Justine Pust

Strip this Heart

Roman

PIPER

Mehr über unsere Autoren und Bücher:
www.piper.de

Wenn Ihnen dieser Roman gefallen hat, schreiben Sie uns unter Nennung des Titels »Strip this Heart« an empfehlungen@piper.de, und wir empfehlen Ihnen gerne vergleichbare Bücher.

ISBN 978-3-492-50402-7

Redaktion: Julia Feldbaum
Satz auf Grundlage eines CSS-Layouts von digital publishing competence (München), mit abavo vlow (Buchloe)
Covergestaltung: Emily Bähr, www.emilybaehr.de
Covermotiv: Bilder unter Lizenzierung von Shutterstock.com genutzt
Printed in Germany

Dieses Buch ist für dich.
Denn wir brauchen manchmal alle etwas Glitzer in unserem Leben.

Playlist

1. You Shook Me All Night Long – ACDC
2. Nice And Slow – Jesse Green
3. Sucker – Jonas Brothers
4. Dear Future Husband – Meghan Trainor
5. Call Me Maybe – Carly Rae Jepsen
6. No Matter Where We Go – Whitney
7. Boulevard of Broken Dreams – Green Day
8. Almost Lover – A Fine Frenzy
9. Airplanes – B. o.B feat. Hayley Williams of Paramore
10. Can't Stop The Feeling – Justin Timberlake
11. Dishes – Lauv
12. Something Strange – Vicetone
13. Sweet but Psycho – Ava Max
14. Glitter & Gold – Rebecca Ferguson
15. Family Portrait – P!nk
16. Perfect Day – Lou Reed
17. Apologize – Timbaland ft. OneRepublic
18. Give Me a Reason – BENNETT
19. Wait for You – Tom Walker
20. Count Me In – Dove Cameron
21. I miss You, I'm sorry – Gracie Abrams
22. Jump Into the Fire – Nilsson
23. Rain On Me – Lady Gaga & Ariana Grande
24. The Story – Conan Gray
25. I'll Be There For You – The Rembrandts
26. Rescue Me – OneRepublic
27. American Dream – MKTO

28. Bitch – Meredith Brooks
29. Every You Every Me – PLACEBO
30. College Girl – Travis Porter
31. My Happy Ending – Avril Lavigne
32. Best Thing I Never Had – Beyoncé
33. Chicago – Sufjan Stevens

1. *You Shook Me All Night Long*

Brooke

So habe ich mir diesen Abend nicht vorgestellt.

Zugegeben, ich bin nicht gerade dafür bekannt, Partys zu feiern oder mit Konfetti um mich zu werfen. Geschweige denn, dass ich von selbst auf die Idee komme, einen Stripklub zu betreten. Allerdings hatte ich bisher durchaus Spaß, was höchstwahrscheinlich an der Menge Gin Tonic und einem Hauch Tequila liegt.

Nun jedoch bin ich nur noch verstört. Zu meinen Füßen hockt Carmen und erbricht sich geräuschvoll in die Toilette, während ich ihre seidigen schwarzen Haare halte. Es kostet mich meine gesamte Willenskraft, sie nicht einfach hier zu lassen und mich selbst in der Kabine nebenan zu übergeben. Genau darum sind Partys nicht mein Ding. Irgendjemand übertreibt es immer, und wenn ich ehrlich bin, fürchte ich den Tag, an dem ich mal auf Knien in einer Klokabine hocke, während eine meiner Freundinnen dazu verdammt ist, mir die Haare zurückzuhalten.

Das Würgen verstummt, und eine unheilvolle Stille breitet sich in der Damentoilette aus. Wir warten beide darauf, ob das Schlimmste überstanden ist oder die nächste Runde beginnt. Warum nur habe ich mich dazu überreden lassen? Hätten wir nicht einfach ein Wellnesswochenende machen können? Oder eine Musicaltour? Etwas mit weniger Potenzial, dass wir mit einem neuen Tattoo am Hintern in einer fremden Stadt aufwachen?

Meine Freundin stöhnt, und ich wage einen Blick zu ihr. Carmen blinzelt unter Tränen zu mir auf. »Ich glaub, es geht wieder«, murmelt sie, und ich versuche, zumindest ein kleines Lächeln auf meine Lippen zu zwingen. Mit einer Hand ziehe ich sie hoch, während die andere spült, bevor ich den Inhalt der Toilette zu gut erkennen kann.

Meine Freundin schwankt leicht auf ihren High Heels. Es gleicht einem physikalischen Wunder, dass sie sich bei dem Pegel überhaupt noch auf den schmalen Absätzen halten kann.

»Bist du sicher?«, frage ich vorsichtig, ehe wir aus der Kabine treten.

Zum Glück sind wir allein. Carmen winkt ab und stöckelt zum Waschbecken, ehe sie sich im Spiegel betrachtet. Sie sieht genau so aus, wie man sich ein Mädchen aus der oberen Schicht vorstellt. Ein Kleid von Moschino, dessen pinker glitzernder Stoff sich an den perfekten Körper schmiegt, und eine Handtasche von Louis Vuitton, aus der sie nun einen Kaugummi angelt. Ich verziehe das Gesicht, kommentiere es jedoch nicht. Meine Gedanken an den Geschmack des Kaugummis, der sich mit dem des Erbrochenen mischt, reichen bereits aus, damit ich eine Gänsehaut bekomme. Hoffentlich hatte sie keine Bröckchen mehr zwischen den Zähnen.

Mit verschränkten Armen stehe ich hinter ihr und kann den Blick in den Spiegel nur schlecht ignorieren. Obwohl ich exakt das Gleiche trage wie sie, wirke ich weit weniger so, als würde ich mit Geldscheinen um mich werfen können. Vielleicht raubt mir auch der große Button mit der Aufschrift *Brautjungfer* die Autorität. Oder es liegt daran, dass ich nicht mit einem prallen Vorbau aufwarten kann. Wo andere Frauen eine Sanduhren-Figur haben, bin ich eher ein Dreieck. Schmale Schultern, breite Hüften. Aber ich will mich nicht beschweren, mein Hintern ist einsame Spitze.

Ich schiebe mir eine meiner Strähnen hinters Ohr und warte geduldig, bis Carmen bereit ist. Nach ein paar geübten

Griffen sieht sie fast wieder aus wie neu. Ihre Augen sind noch etwas glasig, und sie kann definitiv nicht leugnen, dass sie zu viel getrunken hat. Aber niemand, der nicht in den letzten zehn Minuten dabei war, würde vermuten, wie schlecht es ihr wirklich geht. Sie zwingt sich zu einem Lächeln und sieht mich auffordernd an. Ich jedoch fühle mich ausgelaugter als zuvor. Hoffentlich erlaubt mir Juliette, meine hohen Schuhe gleich gegen die bequemen Chucks zu tauschen. Lange machen meine Füße das nicht mehr mit, und wenn ich ehrlich bin, wäre ich jetzt lieber zu Hause.

»Es wäre wirklich kein Problem, wenn du gehen willst«, betone ich noch einmal. »Ich kann uns ein Taxi rufen und dich nach Hause bringen.«

Carmen lacht auf. »Ja, klar ... und dann tötet Juliette uns beide, weil wir ihren Junggesellinnenabschied versaut haben.«

Das Argument sitzt.

Seufzend wasche ich mir die Hände und zupfe an dem pinken Kleid herum. Ich mag es nicht, wenn Juliette die Kleidung aussucht, die ich trage. Es kommt mir so vor, als würde sie absichtlich alles eine Nummer kleiner kaufen, damit ich mich nicht verstecken kann. Allerdings ist das hier ihr Abend, und damit hat sie mich, wie auch den Rest von uns, in der Hand.

»Komm, ich bin sicher, die anderen warten schon«, sage ich aufmunternd, und Carmen hakt sich bei mir unter, damit wir zurück in den Klub schlendern können. Ganz langsam und vorsichtig. Obwohl mir die Aussicht auf einen gebrochenen Knöchel und ein paar Stunden in der Notaufnahme gerade sehr verlockend vorkommen.

Juliette erhebt sich von ihrem Platz, als sie uns sieht, und zieht Carmen zu sich, ehe sie ihr ein Glas Wasser reicht. Wir haben den Klub ganz für uns. An diesem Abend Menschen um sich herum zu haben, die ihr die Show vermasseln, ginge ihr gegen den Strich. Juliette geht in der Rolle der Gastgeberin perfekt auf. Mit ausgebreiteten Armen steht sie an unserem

Tisch und verteilt Schnäpse, Schampusgläser und liebevolle Gesten. Wie es sich für eine Brautjungfer gehört, bin ich an ihrer Seite, auch wenn ich mit der Planung dieses Abends nichts am Hut hatte. Juliette nimmt die Dinge lieber selbst in die Hand, dafür kann man sie lieben und hassen. Je nach Sachlage.

Ich ringe mir ein zaghaftes Lächeln ab und betrachte meine beste Freundin. Mir kommt es noch immer absurd vor, dass sie wirklich heiraten wird. Wir sind noch viel zu jung für die ewige Liebe, Brautkleidanproben und diesen Wahnsinn aus Buttons, Luftballons und aufeinander abgestimmten Partykleidern. Verdammt, es ist gerade mal ein Jahr her, seit wir uns legal betrinken dürfen.

»Wage es ja nicht, gleich wieder zu gehen«, zischt sie.

»Sehe ich etwa aus, als hätte ich keinen Spaß?«

»Schätzchen, wenn ich dir jetzt sage, was du für ein Gesicht ziehst, kündigst du mir die Freundschaft.«

»Das würde es mir ersparen, dir ein sündhaft teures Hochzeitsgeschenk zu machen«, meine ich kopfschüttelnd.

»Untersteh dich, die Kleider für die Brautjungfern sind schon bestellt.«

Ich gebe mir Mühe zu lächeln, doch so richtig will es mir nicht gelingen. Allerdings bleibt mir auch keine Zeit, mich in meinen Gedanken zu verlieren, denn ein neuer Song beginnt, und das pinke Licht erleuchtet die Bühne. Es wird wohl Zeit für das Unterhaltungsprogramm. Der Druck in meinem Magen wird stärker, und ich stürze einen weiteren Tequila Shot hinunter.

Keine gute Idee. Ich bin es nicht gewohnt, auf diesen Schuhen zu laufen, und die solide Grundlage des Abends scheint auch die Wirkung zu verlieren. Vielleicht hätten wir doch lieber Pizza statt Sushi genommen. Mir wird schummrig, doch ich blinzle es weg.

Das aufgeregte Kreischen der Mädels lässt mich zusammenzucken, und bevor ich mich wehren kann, dreht Juliette mich zur Bühne um und drückt mir einen neuen Drink in die Hand.

Im künstlichen Nebel erscheint die Silhouette eines Mannes, und ich nehme unwillkürlich einen großen Schluck von meinem Gin Tonic. Neben mir wird bereits mit Geldscheinen gewedelt. Der dröhnende Bass lässt mich schwanken, doch zum Glück werde ich durch Juliette gestützt.

»Das wird der absolute Wahnsinn«, murmelt sie in mein Ohr, und aus irgendeinem Grund klingt es für mich wie eine Drohung. Mein Gedankenfluss wird jedoch sofort gestoppt, als der Mann direkt im Licht der Scheinwerfer steht.

»Echt jetzt?« Ich sehe meine beste Freundin an.

»Hey«, kontert sie und zuckt mit den Schultern. »Heute Abend geht es um *meine* schmutzigen Fantasien. Es kann ja nicht jeder eine geheime Schwäche für Feuerwehrmänner haben.«

Ich beiße mir auf die Lippen, damit ich dieses Thema nicht weiter ausführen muss, und wende meinen Blick wieder dem Stripper zu. Sein Gesicht ist von einem kitschigen Cowboyhut verdeckt, das hellblaue Jeanshemd steht offen und entblößt einen Bauch, der dazu einlädt, Wäsche auf ihm zu schrubben. Da fällt mir ein, dass ich meine nassen Klamotten noch in der Maschine gelassen habe, ehe ich aufgebrochen bin. Verdammter Mist, wahrscheinlich riecht sie jetzt auf ewig schmuddelig und ich muss meine alten Bandshirts wirklich aussortieren.

Juliette stößt mich an, als habe sie bemerkt, dass meine Gedanken mehr um schmutzige Kleidung als um schmutzige Dinge kreisen. Ich folge ihrem Blick wieder auf die Bühne.

Oh, verdammt.

Bis jetzt hatte ich keine Ahnung, warum Juliette eine Schwäche für Cowboys hat, aber ich fange an, sie zu verstehen, und das gefällt mir gar nicht. Das dunkle Haar des Strippers ist lässig nach hinten gekämmt und einen Tick zu lang. Gerade genug, damit man es mit den Händen zerzausen will.

Breite Schultern, ein sexy Bartschatten und ein V wie *verführerisch*, das deutlich unter dem flatternden Hemd zu sehen ist. Verflucht, ich möchte ihn nicht anhimmeln, aber dieser Mann macht es selbst mir schwer.

Die Bewegungen seines Körpers rufen eine ferne Sehnsucht in mir wach – heiße Blicke voll verbotener Dunkelheit, der bittersüße Kuss der Leidenschaft und samtige Haut, deren Wärme die Nachtluft erhitzt. Und obwohl ich meine Augen am liebsten von ihm reißen will, kann ich nicht anders, als ihm zu diesem Körper zu gratulieren. Neben mir schnappen meine Freundinnen alle zeitgleich nach Luft.

Ich bemerke, wie mir der Mund offen steht, sodass ich ihn wieder schließe. Schamesröte brennt auf meinen Wangen, und in diesem Moment bin ich dankbar über das schummrige Licht. Immerhin ist es nicht der erste Mann, den ich halb nackt sehe, aber ich muss gestehen, es ist schon eindrucksvoll, wie er mit den Hüften wackelt und auf die Horde von jubelnden Frauen zuläuft, als sei es das Normalste der Welt.

Meine Gliedmaßen verkrampfen sich. Verdammt, was ist denn mit mir los? Es muss an diesem verfluchten Gin liegen. Ich verschränke die Arme vor der Brust, als könnte mich das vor der flirrenden Spannung im Raum retten. Doch auch dieses Vorhaben ist verloren.

Er schiebt den Hut zurück. Sein strahlendes Grinsen trifft mich aus dem Nichts.

Das Kinn vorgereckt, die muskulöse Brust rausgedrückt, vollführt er eine wellenartige Bewegung von unten nach oben, bei der das Kreischen noch lauter wird. Sein Grinsen schwillt an. Immerhin hat er Spaß an seinem Job, wenn ich die kreisenden Hüften, als habe er einen unsichtbaren Hula-Hoop-Reifen um seinen Körper, richtig deute. Dann hält er inne. Seine Augen bleiben an mir kleben.

Schon wieder.

Mein Herz kommt aus dem Takt, als bräuchte es einen Moment, um sich wieder zu erinnern, wie es sonst schlägt.

Wahrscheinlich sieht er gar nicht wirklich mich an, sondern Juliette neben mir. In ihrer Nähe bin ich praktisch unsichtbar. Eine Tatsache, die ich mir schon oft zunutze gemacht habe. Doch jetzt lässt meine beste Freundin es nicht zu, dass ich einfach in der Masse verschwinde, und packt mich am Arm. Sie schiebt mich auffordernd näher zur Bühne. Oh, verdammt, was passiert hier gerade?

Panisch blicke ich sie an, erkenne das teuflische Grinsen und die anzüglich wackelnden Augenbrauen. Ich schüttle den Kopf, als könnte ich die böse Vorahnung dadurch verhindern.

Der Stripper kommt unbarmherzig sexy auf mich zu. Seine Hüften kreisen in meine Richtung, während die Hände die Muskelstränge seines durchtrainierten Körpers nachfahren. Ganz langsam zieht er das Hemd aus seiner Hose.

Mein Körper erstarrt zur Salzsäule. Ich kann nicht hinsehen, aber wegsehen kommt auch nicht infrage. Das Hemd fliegt durch die Luft, ich kann meinem Blick allerdings nicht von seinem durchtrainierten Oberkörper nehmen, daher sehe ich nicht, wo es landet und ob seine potenziellen neuen Groupies sich bereits darum prügeln.

Jetzt kann ich nicht mehr leugnen, dass er mich ansieht, trotzdem wäre ich vor Schreck fast zurückgestolpert, als er mir eine Hand entgegenstreckt. Hilfe suchend schaue ich noch einmal zu meiner besten Freundin, doch mein Flehen bleibt vergebens. Ihre Augenbrauen sprechen eine sehr eindeutige Sprache. Niemand auf der Welt hat derartig sexy Augenbrauen wie Juliette. Und um nichts auf der Welt würde ich auf diese Bühne gehen.

Verdammt.

Sein Körper ist das eine, doch dieses Gesicht ist fast noch schlimmer. Die Wangenknochen werden durch den Schatten seines gepflegten Dreitagebarts betont, der ihm einen Hauch von Bad Boy verleiht. Unter den dunklen Augenbrauen blicken mich zwei schimmernde Ozeane an. Es sollte verboten werden, solche Augen zu haben. Kein Wunder, dass hier kein einziger Schlüpfer trocken bleibt.

Juliette raunt mir etwas zutiefst Verdorbenes ins Ohr. Zu meinem Leidwesen spiegelt es ziemlich gut wider, was auch ich gerade gern tun würde.

Er hält mir noch immer seine Hand hin. Das Lächeln ist auf ganze hundert Watt angeschwollen. Selbst seine Augen leuchten, doch ich schüttle panisch den Kopf.

»Komm schon«, stichelt Juliette.

»Los jetzt!«, kreischt der Rest.

Kurz schließe ich die Augen. Langsam dämmert auch mir, dass ich mich meinem Schicksal ergeben muss. Vielleicht will ich es sogar, gerade kann ich mir da nicht mehr sicher sein. Zu viel Gin und zu viele Hormone, die durch die Luft schwirren wie Insekten ums Licht.

Zwei starke Hände ziehen mich zu sich, und ich stolpere gegen die glänzende, glitzernde Brust. Sein holziger Duft kitzelt in meiner Nase.

Hitze flammt durch meine Adern.

Ich habe keine Ahnung, wo der Stuhl plötzlich herkommt, aber ich bin froh, dass ich nicht stehen muss. Sanfte Hände schieben mich mit liebevoller Strenge auf die Sitzgelegenheit. Meine Knie fühlen sich an wie Wackelpudding mit Wodka.

»Es ist ganz einfach«, verspricht er und bringt etwas Abstand zwischen uns.

Allerdings kommt es mir so vor, als würde ich seine harte Brust noch immer spüren. Sie glitzert tatsächlich, als habe eine gute Fee ihn mit einer Lotion eingerieben, die jede Frau schwach macht. Es fühlt sich unnatürlich an, auf dieser Bühne zu sitzen, während meine Freundinnen mir zuwinken. Schluckend blicke ich auf meine Füße, habe keine Ahnung, was ich mit meinen Händen machen soll. Kann dieser Abend noch schlimmer werden?

Der Mann mit der glitzernden Brust lässt sich von meinem Unbehagen jedoch nicht die Show stehlen. Als er mir bedeutet, seinen Gürtel zu öffnen, schüttle ich den Kopf. Er lacht meine Panik jedoch einfach fort und beugt sich nahe zu mir hinab.

»Keine Angst«, raunt er in mein Ohr. »Du berührst mich, nicht ich dich.«

»Verklagst du mich auch nicht wegen sexueller Belästigung?«

Er lacht wieder und es klingt so echt, dass ich nicht sicher bin, ob es wirklich mit zur Show gehört. Dann macht er weiter.

Der Gürtel fällt zu Boden.

Seine Füße und Schultern sind jetzt parallel, die Hüften kreisen munter weiter. Ich schnappe nach Luft, als er plötzlich nach hinten kippt. Für den Bruchteil einer Sekunde glaube ich, dass er einfach ausgerutscht ist. Doch es gehört eindeutig zur Show. Trotz all meiner Yogakurse habe ich noch nie eine derartig erotische Brücke gesehen. Doch noch ehe ich mich an diesen Anblick gewöhnt habe, dreht er sich einmal. Was er danach jedoch mit dem Boden anstellt, lässt mich erneut erröten.

Ich halte mir eine Hand vor Augen, doch das Jubeln meiner Freundinnen sorgt dafür, dass ich einen kleinen Blick riskiere. Nur einen ganz winzigen. Immerhin sieht man so etwas nicht allzu oft.

Der Stripper hat die Hände auf den Boden gestützt, ein Fuß steht, und den anderen kickt er die Höhe, bevor er seinen muskulösen Körper in einer geschmeidigen Welle auf das flimmernde Glas presst. Sein Blick trifft mich fast so sehr wie das Pochen meines Herzens.

Das Grinsen wird breiter und meine Angst noch größer. Plötzlich steht er wieder vor mir. Mein Gesicht ist direkt auf der Höhe seines besten Stücks, was mir erneut Röte in die Wangen schießen lässt.

Scheiße, er ist groß. Der Mann. Nicht die Beule in seiner Hose. Obwohl ...

Verdammt, nach dieser Nacht muss ich auswandern. Tschüss, Chicago. Es war eine sehr kurze aber schöne Zeit, aber wenn dieser Mann gleich seine Hose auszieht, kann ich für nichts mehr garantieren.

Als habe er diese Gedanken gehört, nimmt er meine Hände in seine. Dieses Mal kann ich mich wohl nicht vor einer Aufgabe drücken. Verdammt, ich werde Juliette umbringen, wenn ich wieder fähig bin, klar zu denken, und keine Hitze mehr durch meinen Körper schießt. Meine beste Freundin kommentiert das Geschehen mit einem lauten Ruf, aber ich schaffe es nicht einmal, ihr einen bösen Blick zuzuwerfen.

Ich kann mich weder wehren noch bin ich mir sicher, ob ich das will. Er schiebt meine Finger sacht in den Bund der Hose.

Ein seltsamer Laut schlüpft über meine Lippen.

Es ist verdammt lange her, dass ich meine Hände in der Nähe von etwas hatte, das einem männlichen Wesen gleicht. Das Grinsen in seinem Gesicht macht mir bewusst, dass ihm mein Zittern nicht entgangen ist. Doch er stört sich nicht daran, sondern lächelt und beugt sich zu mir herunter.

»Einmal fest ziehen«, raunt er mir ins Ohr.

Ein Schaudern lässt meinen Nacken prickeln. »Und wenn ich nicht will?«, wispere ich zurück und habe kurz die Hoffnung, dass er mich einfach aus seiner Show entlässt.

»Ich verspreche, du wirst mein Gemächt nicht ins Gesicht bekommen.«

»Das ist sehr beruhigend«, nuschle ich, schließe trotzdem die Augen und ziehe an der Hose.

Der Stripper steht nur noch in einem schillernden pinken String vor mir. Meine weit aufgerissenen Augen starren direkt auf die große Beule, und ich bin mir ziemlich sicher, dass mein Kopf noch mehr Pink zeigt als sein Slip. Zum Glück vollführt er eine ganze Menge neuer Tanzschritte, die meine Freundinnen zum Ausrasten bringen.

Dann endet das Lied so plötzlich, dass die Stille sich seltsam anfühlt. Er verbeugt sich vor der geifernden Meute, bevor er mich vom Stuhl zieht und meine Hand küsst. Seine Lippen sind weicher als in meiner Vorstellung. Die Stoppel auf seinem Kinn schicken ein neues Beben durch meinen Körper.

Verdammt, das war definitiv der letzte Drink.

»Es war mir ein Vergnügen«, meint er so leise, dass ich mir einreden kann, er hätte eigentlich etwas anderes gesagt.

»Stell dir einfach vor, dass es das für mich auch war«, gebe ich zurück und habe keine Ahnung, warum ich etwas so schrecklich Dummes gesagt habe. Dann gehe ich von der Bühne.

Zumindest war das mein Plan. Meine Beine beschließen genau jetzt, dass ich zu viel Tequila hatte. Sie geben einfach nach.

Ich sehe mich bereits mit einem lauten Knall auf dem Boden landen, doch statt kaltem Glas spüre ich warme Haut. Blinzelnd sehe ich in dunkle blaue Augen. Der Duft von Schokolade, Bernstein und Patschuli benebelt meine Sinne.

»Alles okay?«

Die Muskeln seiner Brust schimmern im rosaroten Licht, und er hebt mich so mühelos von der Bühne, dass ich kurz vergesse, dass um uns herum noch andere Menschen sind. Da mein Gehirn sich noch immer weigert, einen ordentlichen Satz zu bilden, bleibe ich stumm und lasse zu, dass er mich zurück zu unserem Tisch trägt. Er setzt mich ab, hockt sich vor mich hin und blickt mich aus diesen Ozeanaugen an, als sei er ernsthaft besorgt.

Irgendjemand bringt mir ein Glas Wasser, und ich stürze es herunter. Dieser Abend schafft es definitiv in die Top 10 meiner peinlichsten Momente im Leben.

»Geht es wieder?«, erkundigt er sich. In seiner Stimme schwingt sowohl Besorgnis als auch Belustigung mit.

»Ja«, würge ich hervor und versuche, ihm in die Augen zu sehen. Gar nicht so leicht, wenn man bedenkt, dass er noch immer ein Hauch von nichts und Cowboystiefeln trägt.

»Tut mir leid«, meint er. »Ich bin Nate, und du bist die erste Frau, die meine Show zum Niederknien fand.«

Fast hätte ich mich an meinem Wasser verschluckt. »Wie oft hast du diesen Spruch schon gebracht?«

»Man mag es kaum glauben, doch es war das erste Mal.«

»Das solltest du besser nicht wiederholen.« Ich schaffe es, ein kleines Lächeln zustande zu bringen. Verdammt, wie kann er nach den ganzen Stunts noch so gut riechen? Er sollte Werbespots für Deos drehen.

»Zu viel des Guten?«, fragt er und wirkt erschreckend interessiert. An mir. Ausgerechnet an mir.

Mein Blick huscht kurz zu unserer Gruppe und findet Juliette mit dem wohl breitesten Grinsen, das es jemals auf ihr Gesicht geschafft hat. Immerhin hat sie ihren Spaß, ich verspüre immer noch den Drang, aus dieser himmlischen Duftwolke von Testosteron und Versuchung zu verschwinden.

»Ja, und wenn wir schon dabei sind: Etwas weniger Glitzer wäre auch nicht schlecht.«

Nate lacht.

Das Geräusch lässt meinen Nacken prickeln. Meine Fingerspitzen kribbeln, als hätte Nate sämtliche Hormone in meinen Körper durch seinen Tanz zum Leben erweckt. Mir wird wieder heiß. Verdammt, kann nicht mal jemand die Klimaanlage anmachen?

»Lauf nicht weg!«, meint er und deutet auf seine Füße. »Ich ziehe mir schnell andere Schuhe an, dann lade ich dich auf ein Entschuldigungsbier ein.«

Ich bin unfähig etwas darauf zu erwidern, aber das muss ich auch nicht. Meine Freundinnen kreischen ohnehin zu laut, als dass er mich gehört hätte.

Nate

Shit.

Ich habe gerade gegen eine der obersten Regeln des Stripper-Daseins verstoßen. Und das Schlimmste daran ist, dass ich absolut keine Reue spüre, sondern etwas, das noch schrecklicher ist: Nervosität.

Um ehrlich zu sein, bin ich mir nicht sicher, warum sie eine derartige Wirkung auf mich hat. Vielleicht ist es ihre Art, mich anzusehen, trotz Cowboystiefel und Glitterlotion.

Diese Augen. Dunkel und grün wie die Tannen kurz vor dem Winter. Allein der Gedanke daran, wie sie vor mir errötet ist, lässt mein Herz wieder schneller schlagen. Noch nie habe ich einer meiner Kundinnen meinen Namen verraten. Doch jetzt bin ich im Begriff, mich abzuschminken, mir etwas anzuziehen und zu dieser unglaublichen Blondine zurückzukehren – nicht als Stripper, sondern als Nate. Der stinknormale Kerl in Jeans und Shirt. Ganz ohne Glitzer. Na ja, zumindest fast. So ganz bekomme ich ihn nicht ab, aber das wird eine nächtliche Dusche erledigen. Später.

Nachdem ich mit *ihr* etwas getrunken habe.

Meine Füße tragen mich zurück zu dem kleinen Tisch, der Nische, ihrem Versteck. Ich muss lächeln, obwohl mir nicht einmal klar ist, warum. Ihr Blick trifft mich und sorgt dafür, dass ich kurz stehen bleibe, ehe ich es wage, mich zu ihr zu setzen. Noch bevor ich es geschafft habe, auch nur ein Wort zu sagen, erscheint ihre Freundin neben mir. In den Händen zwei Bier, die sie mit einem gewinnenden Grinsen vor uns abstellt.

Die schimmernde Schärpe um ihre Brust verkündet stolz, dass sie die künftige Braut ist. Offenbar eine sehr wohlhabende, denn den gesamten Klub zu mieten ist mit Sicherheit nicht günstig. Allerdings ist in Chicago kaum etwas günstig.

»Viel Spaß ihr zwei«, flötet sie, zwinkert anzüglich und wendet sich von uns ab.

Ich blicke ihr nach und schüttle den Kopf. An Selbstbewusstsein mangelt es der Frau auf jeden Fall nicht. Die Schönheit vor mir jedoch scheint ihres noch nicht gefunden zu haben. Sie wagt es kaum, mich anzusehen, und ich befürchte, dass ich sie anstarre. Ein unangenehmes Schweigen breitet sich zwischen uns aus.

»Hat dir die Show gefallen?«, frage ich, weil ich absolut keine Ahnung habe, was ich sonst sagen soll. Offenbar habe ich außerhalb meiner Bühnenpersönlichkeit verlernt, wie man einer Frau sein Interesse mitteilt, ohne wie ein Vollidiot rüberzukommen.

»Ist nicht so ganz meine Vorstellung von einem gelungenen Abend«, gibt sie vorsichtig zurück und mustert mich eine Weile, als sei sie nicht sicher, ob ich wirklich vor ihr sitze.

»Und was wäre mehr dein Fall?«

»Mir würde es reichen, wenn mein Kleid den Abend unbeschadet übersteht«, sagt sie leise und lächelt, als sie auf ihren Busen deutet. Oder besser auf das Kleid, auf dem der deutliche Abdruck meiner glitzernden Haut zu sehen ist. Allerdings kann ich dabei meinen Blick kaum von ihren Brüsten abwenden. Verdammt.

Tolle Nummer, Nate. Keine fünf Minuten mit ihr an einem Tisch, und du starrst auf ihre Oberweite wie ein Teenie.

Jetzt werde ich rot. Räuspernd zwinge ich mich dazu, stattdessen mein Bier anzublicken.

Was ist denn nur los mit mir? Eigentlich bin ich gut darin, mit anderen Menschen umzugehen. Was haben diese tannengrünen Augen nur an sich, dass ich mich plötzlich so unsicher fühle?

»Tut mir leid, offenbar brauche ich eine neue Bodycreme.« Ich schenke ihr ein Grinsen, von dem ich hoffe, dass sie es erwidert. Das tut sie.

»Ich bin Brooke«, erklärt sie, und ich bin froh darüber, denn nun muss nicht mehr fragen.

»Nate.«

»Das hast du schon gesagt«, bemerkt sie. »Aber ist das auch dein echter Name? Oder dein Strippername?«

»Mein Strippername?«

»Du weißt schon, so was wie Magic-Mike oder Glitzer-Nate.«

»Bitte, nenn mich niemals Glitzer-Nate«, meine ich, muss jedoch lachen. Sie lacht auch, und das bringt mein Herz noch lauter zum Klopfen. Alles an ihr wirkt rein und unschuldig. Doch ihr Lachen ist kraftvoll, fast etwas verrucht und weckt in mir das dringende Bedürfnis, sie in meiner Nähe zu behalten.

»Wie wäre es mit Naughty-Nate?«

»Lieber nicht.«

»Okay, Nicht-Glitzer-Nate.« Schelmisch beugt sie sich etwas nach vorn. »Danke, dass du mich vor einem filmreifen Absturz von der Bühne gerettet hast.«

»Danke, dass du mir die Hose vom Leib gerissen hast.«

Sie lacht wieder. Gott, ich glaube, ich habe in meinem ganzen Leben noch kein so schönes Lachen gehört.

»Tut mir leid«, haucht sie leise.

Die zarte Röte färbt wieder ihre blassen Wangen. Es gefällt mir. Ein bisschen zu sehr vielleicht, denn ich spüre dieses seltsame Gefühl im Magen.

»Ich bin sicher, alle anderen Frauen waren bisher begeistert davon, dir an die Wäsche zu dürfen.«

Überrascht blinzle ich. Plötzlich scheint ihr die eindeutige Doppeldeutigkeit ihrer Worte bewusst zu werden.

»O Mist.« Sie schlägt die Hände vor den Mund. »Das ist der verdammte Gin, er wirkt wie ein Wahrheitsserum auf mich.«

»Dann verbuche ich das mal als Kompliment.« Ich nippe noch einmal an meinem Bier, ohne dabei das schelmische Grinsen zu verbergen.

»Ich wollte nicht übergriffig sein oder dich objektivieren«, sagt sie schnell, verhaspelt sich dabei fast.

Überrascht und interessiert gleichermaßen lehne ich mich auf dem Stuhl zurück. »So habe ich es auch nicht aufgefasst«, versichere ich ihr und fahre mir durch die Haare. Sie blickt auf ihre Hände, als hätte sie Angst, etwas Dummes zu sagen. Dabei ist es mir egal, was sie sagt, denn ich bin jetzt schon völlig verloren und absolut sicher, dass ich sie wiedersehen will. An einem anderen Ort, mit weniger Alkohol im Blut und weniger Freundinnen, die uns beobachten, als säßen wir in der finalen Folge des *Bachelors*.

Ich habe keine Ahnung, ob sie das Gleiche denkt wie ich, aber als unsere Blicke sich wieder treffen, halte ich es nicht mehr aus. Das Wummern meines Herzens übertönt sogar den Bass des nächsten Liedes. »Brooke?«

»Ja?«

»Das klingt jetzt sicher wie eine Masche«, murmle ich. Verdammte Scheiße, diese Frau bringt mich dazu, rot zu werden. Mich, den Stripper. »Aber würdest du mir deine Nummer geben?«

Ihr Mund klappt auf.

Für einen schrecklichen Moment glaube ich fast, sie sagt einfach Nein. Doch dann schließt sie den Mund wieder und nickt, bevor sie hektisch in der viel zu großen Handtasche kramt. Die spitzen Absätze ihrer High Heels blitzen neben Gummibärchen und einem Notizbuch auf. Das Zittern ihrer Finger entgeht mir nicht, als sie schwungvoll ihre Telefonnummer in einen kleinen Block schreibt. Einen Augenblick sieht sie auf die Nummer, dann nickt sie und reißt den Zettel heraus.

»Brooke!«, kommt es wie auf ein Zeichen von ihren Freundinnen, die sie zu sich winken. Offenbar ist die Ladys Night noch lange nicht vorbei, und die Damen haben genug von dieser Location. Ich kann es ihnen nicht verdenken, immerhin war ich die einzige Unterhaltung, die sie gebucht hatten.

»Ich komme«, ruft sie zurück. »Hat mich gefreut, Nate.«

Während ich den Zettel greife, berühren sich unsere Finger kurz, und ich kann die Funken spüren, die zwischen uns fliegen. »Mich auch, Brooke«, murmle ich und blicke hilflos hinterher, wie sie zu ihren Freundinnen geht. Statt der High Heels trägt sie nun rote Chucks zu ihrem sündhaft teuren Kleid, offenbar hatte sie Ersatzschuhe dabei. Verflucht, sie könnte auch einen Sack tragen, und ihre Kurven wären unverkennbar. Doch ihr runder Hintern brennt sich nicht so sehr ein wie die großen grünen Augen. Ich beiße mir auf die Lippe, unfähig, meinen Blick von ihr zu lösen.

»Komm schon«, flüstere ich mir selbst zu, als könnte ich damit jemanden – Brooke – beschwören. »Dreh dich um. Wenn du Interesse hast, drehst du dich um.«

Ihre Freundinnen jubeln ihr zu, und gerade als meine Hoffnung anfängt, ins Wanken zu geraten, schenkt sie mir über ihre Schulter ein breites Lächeln.

»Fuck«, sage ich zu mir selbst. »Ich bin ein verfluchter Glückspilz.«

2. Nice And Slow

Brooke

Das Licht bricht sich durch die großen Fenster der Wohnung und funkelt auf dem Lake Michigan, als sei er aus purem Gold. Noch ist das Tosen des Windes nicht zu hören, doch die Bäume wiegen sich im Wind des Frühlings. Dieser Nachmittag könnte fast idyllisch sein, würde meine beste Freundin nicht vor mir stehen und mich daran hindern, mein Buch zu lesen.

»Du musst mehr ausgehen«, fährt Juliette mich an und stützt die Hände in die Hüften, als würde sie bereits üben, ihren zukünftigen Kindern die Hölle heißzumachen.

»Ich war doch gerade erst aus«, entgegne ich, ohne auch nur von meinem Buch aufzusehen. Mit meinem grünen Tee, der Kuscheldecke und den gestrickten Socken meiner Großmutter fühle ich mich gerade sehr wohl. Außerdem fällt es mir schon schwer genug, mich mit dem aktuellen Wartemodus meines Lebens abzufinden. Da möchte ich mich nicht noch zusätzlich bestrafen.

»Das war vor zwei Wochen«, schnaubt sie und schüttelt den Kopf, bevor sie sich zu mir auf das Sofa wirft. Es ist eines dieser Designer-Möbelstücke, auf denen man nur eine einzige bequeme Position findet, die aber auf Instagram immer einen guten Eindruck machen. »Du bist doch nicht immer noch deprimiert, weil Mr. Glitter sich nicht gemeldet hat?«

Danke, Juliette. Mitten in die Wunde.

»Nein«, dementiere ich einen Tick zu schnell und knirsche mit den Zähnen. Offenbar hat in meinem Leben gerade das Kapitel *Ablehnung* begonnen. Ohne meine beste Freundin anzublicken, blättere ich die Seite um, obwohl ich nicht ein Wort gelesen habe. Das Letzte, was ich möchte, ist, an ozeanblaue Augen zu denken, die mich nicht beachten. Obwohl mich natürlich nicht seine Augen ignorieren. Die können nichts dafür. Der Vollidiot, dem sie gehören, ist das Problem.

Mist.

Jetzt denke ich wieder an ihn, dabei habe ich wirklich keine Lust, mich schlecht zu fühlen, nur weil er dumm genug war, mich sausen zu lassen. Ich bin vielleicht nicht reich, ein Model oder kann es auf sexy Art mit einem Fußboden tun, aber ich bin ein verdammter Hauptgewinn, und wenn er das nicht erkennt, ist er kein Verlust.

»Nein?«, hakt Juliette unbarmherzig wie immer nach.

»Hörst du schlecht?«, frage ich mit einem süßen Grinsen.

»Nicht so schlecht, wie du lügst.«

»Ich werde mich nicht vom nächsten Dach stürzen, nur weil ein Kerl mich nicht anruft«, stelle ich entschieden fest und stecke meine Nase wieder demonstrativ in das Buch.

»Meine Güte, du bist manchmal echt anstrengend.« Juliette rollt mit den Augen, ehe sie sich erhebt und zum Telefon schlendert. »Hat sich inzwischen eine der Unis gemeldet?«

Und zack, die nächste Wunde wird mit Salz bestreut.

»Nein.«

So ist das mit den Träumen. Jahrelang habe ich von nichts anderem geredet, als Geschichte zu studieren und später einmal selbst in Harvard zu dozieren. In meinem Kopf existiert diese starke Frau voller Wissen und Esprit, die nichts lieber tut, als genau dies an junge Menschen weiterzugeben. Doch diese Version meiner selbst ist ein Ideal, das ich vielleicht nicht erreichen kann – und das macht mir verfluchte Angst.

Juliette sieht mich kurz an. Sie scheint abzuwägen, ob es besser ist, dieses Gespräch fallen zu lassen oder mir noch mehr aus der Nase zu ziehen. Dann nickt sie, als hätte sie sich selbst die Antwort auf eine Frage gegeben, die mir verborgen bleibt. Betont gelassen tippt sie eine Nummer ins Telefon.

»Was tust du da?«

»Da *du* weiterhin so tust, als seien wir in unseren Fünfzigern, bestelle ich jetzt Sushi und viel zu viel Wein, bevor wir einen Filmmarathon starten«, erwidert sie entschlossen.

Als habe er gehört, dass es ums Essen geht, kommt Tom aus dem Schlafzimmer.

Tom.

Der Inbegriff eines Traummannes.

Gut aussehend, riecht wie ein junger Gott und gibt jedem im Raum das Gefühl, plötzlich etwas kleiner zu sein. Na ja, zumindest gibt er mir dieses Gefühl. Meine beste Freundin strahlt jedes Mal wie ein Stern, sobald er den Raum betritt. Also halte ich mich zurück. Wenn Juliette glücklich ist, bin ich es auch. Obwohl ich ihm wohl nie verzeihen werde, dass sie keinen Hund halten darf. Wie kann man denn Hunde nicht mögen?

»Was ist euer Plan?«

»Mädelsabend.« Juliette blickt ihn so verliebt an, dass ich fast würgen muss.

»Oh, tut mir leid, dass ich den verpassen werde. Hattest du nicht ein Vorstellungsgespräch, Brooke?«

»Keiner von uns will dich hier haben«, kommentiert Juliette feixend, schlingt aber die Arme und seinen Hals. »Also geh und betrinke dich mit deinen Jungs in einer schrecklichen Sportbar.«

»Du kennst mich so gut«, raunt er ihr zu und küsst ihren Nacken.

Nun muss ich doch leise Würgegeräusche von mir geben, da ich sonst unfreiwillig Zeuge einer vorgezogenen Hochzeitsnacht werde. Juliette lacht, aber Tom wirft mir einen tadelnden Blick zu. So richtig werde ich mit ihm nicht warm, obwohl er schon seit zwei Jahren mit meiner besten Freundin zusammen ist. Er wirkt so perfekt, tadellos und irgendwie … glatt.

»Also?«, will er wieder an mich gewandt wissen.

»Ja, am Mittwoch«, antworte ich und versuche mich an einem ehrlichen Lächeln. »Ich habe mir sogar eins dieser hübschen Kostüme von Carmen besorgt, damit ich aussehe, als sei ich die Kompetenz in Person.«

»Es *ist* Mittwoch«, sagt er und richtet sein Hemd wieder.

Gerade will ich nicken, da wird mir bewusst, dass etwas nicht stimmt. Ich muss mich verhört haben, doch sein Blick sagt mir, dass ich falschliege.

»Was hast du gesagt?«, rufe ich plötzlich aus und springe vom Sofa. Tom zuckt zusammen. »Verdammt, es ist Mittwoch?«

Das Paar nickt. Mir bleibt keine Zeit, ihre verwirrten Gesichter genauer zu betrachten, ich sprinte ins Gästezimmer.

»Verfluchte Scheiße«, wettere ich vor mich hin und wünsche mir, ich hätte die Zeit, um mich selbst zu ohrfeigen. Wie kann man nur so völlig planlos einundzwanzig Jahre überleben?

Während ich meine Turnschuhe anziehe, stolpere ich fast, und Juliette erscheint im Rahmen der Tür.

»Das Vorstellungsgespräch«, höre ich meine eigene Stimme sagen, während ich mir eine Bluse überstreife und die Haare zu einem Knoten zusammenbinde. »Mittwoch, 17 Uhr. Ich muss mit den Tagen durcheinandergekommen sein. Warum hast du mir nicht gesagt, dass Mittwoch ist?«

»Ich …«, beginnt sie, scheint es sich aber anders zu überlegen. »Durch die verdammte Prüfung in Wirtschaft war ich selbst völlig durch den Wind.« Sie packt stellvertretend für mich die Handtasche, die auf dem Stuhl vor der Kommode steht. Dann hält sie plötzlich inne. Juliettes Augen weiten sich, und sie blickt auf ihre Armbanduhr. »Shit. Dreißig Minuten.«

Mein Herzschlag setzt einen Augenblick aus. »Das trifft es genau.«

Mir ist jetzt schon bewusst, dass meine Chancen, pünktlich zu sein, gegen null gehen, aber mir bleibt keine andere Wahl, als es wenigstens zu versuchen. Auch wenn der Selbsthass in mir inzwischen so groß ist, dass ich am liebsten den Kopf in den Sand stecken würde.

»Ich rufe dir ein Taxi«, murmelt Juliette und geht, während ich panisch meine restlichen Sachen zusammensuche und zur Tür laufe.

»Kein Taxi«, rufe ich, obwohl ich schon halb aus der Tür bin.

Verdammt noch mal, wie konnte ich ausgerechnet diesen Termin vergessen?

Nate

Das Laufen hilft mir beim Denken.

Ich erhöhe mein Tempo, konzentriere mich ganz auf meine Atmung und warte darauf, dass sich das vertraute High, das jeder Läufer kennt, endlich einstellt. Doch heute ist keiner der guten Tage.

Nur noch wenige Menschen spazieren durch den Park oder sitzen an einem der Springbrunnen. Der Frühling ist noch immer frostig in Chicago, und der Wind sorgt wie üblich dafür, dass die Bäume knarren und Zeitungen zwischen den Parkbänken aufgewirbelt werden.

Und plötzlich ist er wieder da, dieser eine Gedanke, den ich seit Tagen versuche, aus dem Kopf zu bekommen.

Tannengrüne Augen.

Hellblondes Haar.

Verruchtes Lachen.

Fuck.

Egal, wie sehr ich es versuche, Brooke will mir einfach nicht aus dem Kopf gehen. So etwas ist mir bisher noch nie passiert. Ich dachte, sie hätte den Funken auch gespürt. Dieses Prickeln auf der Haut, diesen neuen Takt in der Brust und diese Flammen, die vielleicht zu einem Feuer werden könnten, wenn wir sie nur nicht im Keim ersticken.

Allerdings habe ich mich da offensichtlich getäuscht.

Es ist nicht das erste Mal, dass eine Frau während der Show Interesse an mir bekundet und dann merkt, dass ein Stripper doch nicht zu ihren Lebensplänen passt. Es wäre einfacher, wenn ich ihr deswegen böse sein könnte, doch alles, was ich fühle, ist der leise Stich des Bedauerns. Ob es mir gefällt oder nicht, ich bin ein Sex-Arbeiter. Ein Stripper.

Und es gefällt nun einmal nicht jedem, dass ich mich gegen Geld ausziehe und Fantasien anheize. Ich habe keine Ahnung, was mich geritten hat zu hoffen, dass es bei dieser Frau anders ist. Für sie war ich nur ein glitzerndes Unterhaltungspaket, nicht mehr und nicht weniger. Die Frage ist nur, warum, zur Hölle, mich dieser Gedanke plötzlich so sehr stört. Ich mag meinen Job. Es gefällt mir, begehrt zu werden, ohne dass sich dabei eine tatsächliche Bindung aufbaut. Warum bekomme ich also diese Augen einfach nicht aus meinem Kopf?

Etwas mürrischer als vorher und mit beginnendem Seitenstechen, weil ich zu sehr an Brooke und zu wenig an meine Atmung gedacht habe, biege ich um die Ecke.

In den letzten Tagen habe ich sämtliche soziale Medien nach ihr durchsucht, ohne Erfolg. Ein paar Mal dachte ich sogar, ich hätte sie im Supermarkt gesehen. Kaum erblicke ich einen blonden Pferdeschwanz, denke ich an diese Frau. Ganz offensichtlich bin ich so besessen von ihr, dass ich jetzt auch schon Halluzinationen habe.

Genau wie in diesem Augenblick.

Da steht eine blonde Frau, und ich könnte schwören, dass es Brooke ist. So, wie ich es in den letzten Tagen ständig gedacht habe. Sie wirkt verloren im Licht der Sonne, während sie die Augen schließt und kurz innehält. Fast so verloren, wie ich mich fühle.

Super Nate, selbst deine Halluzinationen sind ...

Nein, Moment. Da steht sie. Direkt vor mir. Den Blick auf ihre roten Schuhe geheftet und die Arme um ihre Mitte geschlungen. Mein Mund klappt auf, ich will etwas sagen und vergesse dabei, dass ich noch immer laufe. In meinem Kopf herrscht Leere.

Mein Körper reagiert zu langsam, während alles plötzlich ganz schnell geht.

Fuck.

Ich renne mitten in sie hinein. Ungebremst.

Der Schmerz wird von der Verwirrung verdrängt.

»Nate?« Ihre Stimme hat einen seltsam schrillen Ton, doch das liegt wahrscheinlich daran, dass wir beide auf dem Boden liegen. Sie direkt unter mir.

Ganz eindeutig keine Halluzination, obwohl ich mir gerade wünschte, es wäre anders. Die einzige Frau in Chicago, die mich ganz offensichtlich nicht in ihrer Nähe haben will, und ich renne sie um.

Fuck, Nate.

Für den Bruchteil einer Sekunde starre ich sie noch immer völlig verwirrt an. Ihre grünen Augen blicken nicht weniger irritiert in meine. Eilig springe ich auf.

»Brooke«, entgegne ich atemlos und helfe ihr, aufzustehen. Das letzte Licht der Abendsonne bricht sich zwischen den Bäumen und lässt ihr blondes Haar golden glänzen.

»Was tust du hier?«, sagen wir wie aus einem Mund, und fast hätte ich gelächelt, wenn mir nicht die Spuren der Tränen auf ihren Wangen aufgefallen wären.

»Ich jogge«, erkläre ich, als sei die Tatsache, dass ich Sportkleidung trage und mitten in sie hineingerannt bin, nicht schon Hinweis genug.

»Offenbar planst du keinen Hindernisparcours«, gibt sie zurück und klopft sich die Jeans ab.

»Und was machst du hier?«

Sie beißt sich auf die Unterlippe, und unter anderen Umständen hätte ich diese Geste verdammt sexy gefunden.

»Ich hatte ein Vorstellungsgespräch«, antwortet sie und wischt sich die nassen Spuren von den Wangen.

»Es lief wohl nicht so gut?«

Verdammt, Nate. Kannst du dich eigentlich noch dümmer anstellen? Sie hat offensichtlich geweint. Natürlich lief es nicht gut.

Ich glaube, sie denkt etwas Ähnliches, denn ihr Schweigen wird eisiger. Sie winkt ab. »Ist schon okay«, meint sie. »Du musst mich nicht fragen, nur weil du in mich reingerannt bist.«

»Das mache ich auch nicht.«

»Ist schon okay«, sagt sie wieder. »Ich will dich nicht stören.«

»Du störst mich nicht«, versichere ich schnell, spüre, wie mein Herzschlag wieder heftiger wird und neue Energie durch meinen Körper tobt, als habe sie einen Hebel umgelegt.

»Nate ...«

Die Art, wie sie meinen Namen ausspricht, lässt mich für einen kurzen Moment glauben, dass es so etwas wie Schicksal oder Vorsehung oder irgendwas anderes Poetisches gibt, doch dann schüttelt sie den Kopf. Ich halte den Atem an. Jetzt kommt die Abfuhr, die sie mir im Klub erspart hat.

»Nate, du musst jetzt nicht aus Höflichkeit mit mir sprechen«, wehrt sie ab, und meine Augenbrauen rutschen überrascht zusammen. »Du hast klargemacht, dass du kein Interesse hast.«

»Warte, was?«

»Du hast nicht angerufen«, murmelt sie nun auch verwirrt.

»Weil du mir eine falsche Nummer gegeben hast«, rufe ich aus und greife nach meiner Geldbörse. Inzwischen ist der Zettel mit ihrer Nummer völlig abgegriffen. Doch die schwungvolle Handschrift gehört ebenso zu ihr wie die kohlrabenschwarzen Wimpern, die das Tannengrün umschließen.

»Das habe ich nicht«, sagt sie leise und starrt den Zettel an. Dann erstarrt ihre Mimik. Sie schüttelt leicht den Kopf, als könne sie es selbst kaum glauben. »Verdammter Gin. Ich hatte einen Zahlendreher in der Nummer.«

Wir starren einander einen Moment lang an. In ihren grünen Augen schimmern kleine goldbraune Tupfen wie auf Herbstlaub, das sich langsam verfärbt. Die Spur aus Tränen ist getrocknet, und ein sachtes Lächeln umspielt ihre Lippen.

»Dann solltest du mich vielleicht auf einen Kaffee einladen«, murmelt sie und schiebt sich eine Strähne hinters Ohr, ohne den Blickkontakt abbrechen zu lassen.

Keine zehn Minuten später sitzen wir mit zwei Bechern Kaffee auf einer Parkbank. Zwischen uns herrscht ein Schweigen, von dem ich nicht genau weiß, wie ich es einschätzen soll. Nervös fahre ich mir durch die von Schweiß verklebten Haare, in der eigensinnigen Bemühung, mich daran zu erinnern, wie Small Talk eigentlich funktioniert.

»Kommt es mir nur so vor, oder sind wir beide absolut schrecklich darin, über Belanglosigkeiten zu reden?«, spricht Brooke meine Gedanken aus und bringt mich damit zum Lachen.

»Wenn ich ehrlich bin, ist mein letztes Date lange her«, gestehe ich und versuche, dabei mehr wie ein Bad Boy und weniger wie der Mann aus der Weichspüler-Werbung zu klingen.

»Damit wären wir dann zu zweit.«

Brooke hebt den Becher und prostet mir zu.

»Wir könnten über das Wetter reden?«, schlage ich vor.

»In Chicago?«, gibt sie lachend zurück. »Windig. Ende.«

»Dieser Punkt geht an dich.«

»Danke.«

»Willst du mir erzählen, warum du geweint hast?«

»Du meinst außer der Tatsache, dass ein verwirrter Jogger in mich hineingerannt ist?«

»Tut mir leid.«

»Schon okay.«

»Ist das deine Art, dieses Thema unauffällig fallen zu lassen?«

Brooke verzieht das Gesicht, dann zuckt sie mit den Schultern. »Ich hatte ein Vorstellungsgespräch«, murmelt sie und fährt mit den Fingerspitzen die Ränder ihres Bechers nach. »Und ich habe es, ehrlich gesagt, ziemlich verkackt.«

»So schlimm war es sicherlich nicht.«

»Es war noch schlimmer«, gesteht sie seufzend. »Ich war zu spät, nicht vorbereitet, und mein Lebenslauf ist eine Aneinanderreihung von Dingen, die genauso schlecht gelaufen sind.«

»Das klingt ziemlich dramatisch.«

»Tut mir leid, aber meine Jobsituation ist nicht ganz so voller Ruhm und Glitzer«, murmelt sie, und ihre Augen blicken so unvermittelt in meine, dass ich schlucken muss.

Noch nie war ich so dankbar, dass ich joggen gehe. »Glaub mir, der Glitzer ist nur auf der Oberfläche«, gebe ich mit einem kleinen Grinsen zurück.

»Willst du mir etwa sagen, es ist nicht wie in Filmen?«

»Kommt drauf an, welche Filme du meinst.«

»Also das mit den kreischenden Frauen stimmt schon mal.«

»Ja, aber niemand sieht, wie sehr die Cowboystiefel drücken.« Ihr Lachen steckt mich an, lässt mein Herz schneller in meiner Brust hämmern und meine Fingerspitzen prickeln. Leider veranlasst meine innere Uhr mich dazu, auf mein Handgelenk zu blicken. Ein leiser Fluch kommt über meine Lippen. »Mist, ich hab die Zeit vergessen«, brumme ich und sehe sie entschuldigend an. »Ich muss leider gehen.«

»Kein Problem, immerhin hast du einen Job.«

»Ja, ich ...« Nervös fahre ich mir durch die Haare. »Ich würde mich freuen, wenn du anrufst«, meine ich und fische aus meinem Portemonnaie eine Visitenkarte.

»Sonderwünsche bitte angeben«, liest Brooke laut vor und grinst zweideutig. »Soll ich dir eine Liste schicken oder lädst du mich zum Essen ein?«

»Nach dem kleinen Unfall bin ich dir ein Essen schuldig.«

»Okay.«

»Okay.«

»Wenn du losmusst, solltest du auch gehen«, meint sie lachend, und ich schaffe es, mich irgendwie von diesen Augen loszureißen.

3. *Sucker*

Brooke

»Nicht. Dein. Ernst.«

Meine beste Freundin beißt in die Pizza, noch ehe ich antworten kann. Auf meinem Nachhauseweg habe ich an einer der Tausenden kleinen Pizzerien angehalten und alles bestellt, das nach einem Herzinfarkt klingt. Nach einem Fußmarsch durch die halbe Stadt habe ich mir die extra Kalorien verdient. Juliette sieht mich immer noch an, als würde sie eine Antwort erwarten. Dabei ist es eigentlich egal, denn inzwischen habe ich ihr schon mindestens fünfmal von meinem Zusammentreffen mit Nate berichtet.

Allerdings kommt mir diese Ablenkung ganz gelegen, zumindest muss ich ihr so nicht von der Absage erzählen. Oder besser, *den Absagen.* Plural.

Brown, Columbia, Cornell, Pennsylvania, Princeton und Yale, sie haben nicht nur die Gemeinsamkeit, dass sie die prestigeträchtigsten Universitäten der USA sind, sondern auch, dass keine von ihnen mich haben will. Die *Ivy League* der ehrwürdigen US-Colleges zeigt mir, den Erwartungen meiner Eltern und meinen Träumen den Stinkefinger. Es stehen nur noch zwei Antworten aus: Dartmouth und Harvard. Ich komme mit jeder Absage zurecht, wenn ich dafür diese eine Zusage bekomme: *Harvard.*

Mein ganzes Leben lang träume ich schon davon. Selbst die Monate im Krankenhaus habe ich mich geweigert, ohne mein Harvard-Shirt zu schlafen. Es ist nicht nur ein einfacher

Traum, es ist meine Bestimmung. Irgendwann werde ich selbst dozieren, nicht nur irgendwo, sondern in der Elite der Fakultäten. Meine Eltern werden nicht mehr sagen »Unsere Tochter ist ein Geschichtsnerd«, sondern »Unsere Tochter hat gerade ihren Doktortitel in Harvard gemacht«. Ich will endlich den Stempel loswerden – seit dem Unfall noch mehr als davor. Harvard wird mir dabei helfen und beweisen, dass ich gut genug bin. Der einzige Funken Hoffnung, für den ich die letzten Jahre gearbeitet habe.

Mühselig lächle ich, denn wenn ich ehrlich zu mir selbst bin, ist Nate auch eine willkommene Ablenkung für mich.

»Du kannst es ruhig glauben. Denn noch einmal werde ich mich nicht wiederholen.«

»Das klingt wie der romantische Anfang eines Liebesfilms«, meint sie erschreckend verträumt.

Manchmal vergesse ich, wie sehr sie an die rosa Kitschwelt glaubt, die mir selbst so fremd ist. »Nicht wirklich. Oder fällt dir ein Film ein, bei dem jemand in einen Stripper rennt?«

»Nimm es doch nicht gleich so wörtlich.«

»Gib mir lieber die Pizza, bevor ich noch verhungere.«

Juliette schiebt mir den Karton zu und wischt sich etwas Soße aus dem Mundwinkel. Ich habe keine Ahnung, wie sie es schafft, dass nicht einmal dabei ihr Lippenstift verschmiert.

»Wie liefen deine Prüfungen? Du hast noch gar nichts erzählt«, will ich wissen.

Juliette zuckt mit den Schultern. »Ich denke, ganz okay.«

»Das klingt ja wahnsinnig begeistert.«

»Ich will nicht über Zahlen, Wirtschaft oder Management reden«, wehrt Juliette ab. »Im Moment interessiert mich dein Leben wesentlich mehr als mein Studentendasein. Wann siehst du ihn wieder?«

Die Frage lässt mein Herz schneller schlagen, doch ich versuche, es geschickt mit einem Räuspern zu verbergen. »Mal sehen.«

»Mal sehen?«, zischt sie und starrt mich fassungslos über den Rand ihres Weinglases an. »Kannst du bitte akzeptieren, dass diese Begegnung absolut schicksalhaft ist?«

»Zumindest ist es ein spannender Zufall.«

Sie wirft aufgebracht die Hände in die Luft. »Nicht. Dein. Ernst.«

»Du wiederholst dich heute ziemlich oft ...«

»Und du bist blind«, gibt sie empört zurück. »Obwohl du in einer der größten Städte Amerikas bist, rennt ausgerechnet der heiße Stripper in dich hinein, dem du deine Nummer gegeben hast. Das ist doch kein spannender Zufall, das ist *Schicksal*.«

»Wenn ich zustimme, hörst du dann auf und suchst endlich einen Film aus?«

»Vielleicht.«

»Diese Antwort ist nicht befriedigend.«

»Nicht halb so schlimm wie ›spannender Zufall‹ ...«

Gegen meinen Willen muss ich lachen. Der Gedanke an Schicksal behagt mir nicht. Wenn es etwas gibt, das ich nicht leiden kann, dann ist es Kontrollverlust. Ich kann den Glauben an das Schicksal nicht zulassen, ohne dass es sich negativ auf meinen Schlaf auswirken würde. Denn wenn es mich bestimmt, woher weiß ich dann, dass es wirklich meine Entscheidungen waren?

Diese Gedanken behalte ich jedoch für mich. Tief in Juliette verborgen befindet sich eine kleine Hobbyhexe, die nicht müde wird, mir Tarotkarten zu legen oder von Energien zu reden – oder mir Gedanken an der Nasenspitze abzulesen. Und genau das kann ich gerade nicht gebrauchen. Dann sitze ich es doch lieber aus und stimme ihr zu. Auch auf die Gefahr hin, dass wir uns schon wieder *The Notebook – Wie ein einziger Tag* ansehen werden.

»Es ist so traurig«, schnieft Juliette schon nach einigen Szenen, obwohl noch nichts Dramatisches passiert ist.

»Wieso schaust du dir diesen Film immer wieder an, wenn du danach tagelang weinst?«, frage ich mit leichtem Grinsen.

»Wahre Liebe tut eben weh!«

Ich rolle mit den Augen. »Mir tut eher dieser Kitschkonsum weh.«

»Tief in deinem Herzen liebst du es genauso sehr wie ich.«

»Darauf würde ich jetzt nicht unbedingt wetten.«

Das Knarzen der Dielen und Klirren von Schlüsseln verrät, dass Tom nach Hause gekommen ist. Ich werfe einen Blick auf die Uhr. Es ist schon spät, fast Mitternacht. Aber ich verkneife mir eine Frage, denn schnell wie eine Katze springt Juliette vom Sofa auf. Sie hechtet zum Eingang und schlingt die Arme um den Hals ihres Verlobten, ehe dieser drei Schritte in die Wohnung machen kann.

»Hey, Schatz, wie war dein Abend?«

Etwas an Tom ist anders. Ich kann es in diesem Moment nicht greifen, doch die Luft im Raum erscheint mir plötzlich stickig.

»Offenbar produktiver als eurer«, schnaubt er und schiebt Juliette von sich. Sein Gesicht ist angespannt, die Augen dunkel. Ohne dass ich erklären kann, warum, versteife ich mich und stelle die Schüssel Popcorn ab.

Das war's dann wohl mit der guten Stimmung. Meine beste Freundin wirkt ebenfalls ratlos. Sie schiebt die Hände in die Gesäßtaschen ihrer Jeans und legt den Kopf schief, ohne ein Wort zu sagen.

»Baby?«, fragt Juliette mit einem Blick voller Sorge.

»Nein.«

Das Wort schwebt einen Moment in der Luft wie eine dunkle Wolke, jeden Moment bereit, mit Blitz und Donner um sich zu werfen. Unbewusst halte ich den Atem an, als wüsste ich schon jetzt, über wen dieses Gewitter zuerst hereinbrechen wird.

Toms Blick trifft mich.

»Wie war das Vorstellungsgespräch?«

Es klingt nicht wie eine Frage, sondern eher wie eine Aufforderung. Und keine von der netten Art. Wenn ich's recht bedenke, klingt es viel mehr nach einer Drohung.

»Nicht besonders gut.«

»Aha?«

»Ich habe den Job nicht bekommen«, füge ich etwas irritiert hinzu und runzle die Stirn. Meine beste Freundin sieht ähnlich verwirrt aus. Etwas stimmt hier ganz und gar nicht. Eigentlich ist ihr Verlobter ähnlich wie Juliette ein ständiger Sonnenschein. Gut gelaunt, voller Elan und so perfekt, dass man aufpassen muss, keine Rosenblätter zu erbrechen.

»War ja klar«, brummt Tom, wirft seinen Mantel über einen der Sessel und stemmt die Hände in die Hüften, während er mich betrachtet. Dabei wirkt er wie mein Vater: gnadenlos.

»Entschuldigung?«, raune ich irritiert.

»Schon gut.«

»Offenbar nicht«, wehre ich ab, denn plötzlich habe ich das Bedürfnis, mich zu rechtfertigen, obwohl ich noch nicht einmal weiß, warum.

Toms Kiefer mahlt. Sein dunkler Blick flackert zwischen Juliette und mir hin und her, dann fährt er sich durch die Haare. Eine Geste, die so gar nicht zu dem Grollen seiner Stimme passt.

»Du willst es also wirklich wissen, Brooke?«

Fast hätte ich verneint, doch die Zeit bleibt mir nicht mehr.

»Vielleicht solltest du anfangen, deine Situation ernst zu nehmen, statt mit meiner Verlobten einen Filmabend nach dem nächsten zu machen«, spuckt er mir entgegen und funkelt mich grimmig an.

Einen Moment lang steht mein Mund offen, so perplex bin ich. Noch nie hat Tom so mit mir geredet.

»Schatz, was ...?«, setzt Juliette an, doch Tom schneidet ihr sofort das Wort ab.

»Wie lange soll sie noch bei uns wohnen?«

»Es sind gerade mal zwei Wochen«, kontert meine beste Freundin und schüttelt leicht den Kopf, als wüsste sie gerade nicht, was hier passiert. Ich kann es ihr nicht verdenken, denn ich verstehe es auch nicht.

»Und wie lange soll das noch so weitergehen?«

Juliette macht einen halben Schritt nach hinten. In ihrem Gesicht spiegeln sich so viele unterschiedliche Emotionen, dass ich unmöglich sagen kann, ob sie nur verwirrt ist oder sogar Angst hat. »Es dauert eben seine Zeit.«

»Ist das dein Ernst?«

Das Blickduell fordert nicht nur meine beste Freundin heraus. »Was willst du von mir hören?«, schnaubt Juliette jetzt zurück und verschränkt die Arme vor der Brust.

Er hat den schlafenden Drachen geweckt. Juliette wird nur selten wirklich wütend, aber wenn, dann sollte man ihr aus dem Weg gehen. »Es dauert eben so lange, wie es dauert.«

»Wirklich präzise Angabe.«

»Was zum Teufel ist los mit dir?« Juliettes Stimme zittert vor Wut. Ihre Augen funkeln angriffslustig, und eine grimmige Röte verfärbt ihre Wangen.

»Mit mir?«, herrscht Tom sie an, deutet aber auf mich, was das flaue Gefühl in meinem Magen noch verstärkt. »Sie kann den Unfall nicht als Ausrede dafür verwenden, hier auf unserem Sofa zu sitzen und nichts zu tun.«

Autsch. Das hat gesessen.

»Hey«, stoße ich kraftlos aus, weil ich mir noch nicht sicher bin, ob ich wütend oder verletzt reagieren soll.

»*Unser* Sofa?«, zischt Juliette. »Du meinst, *mein* Sofa. In *meiner* Wohnung. Und du redest hier von *meiner* besten Freundin. Also tu uns beiden den Gefallen und komm runter, Tom.«

Über sein Gesicht huscht ein hässlicher Schatten, der ihn aussehen lässt wie den Oberfiesling aus einer Soap. Für den Bruchteil eines Augenblicks habe ich die Befürchtung, dass die Situation noch mehr eskaliert. Doch dann entspannt sich seine Haltung. Er fährt sich über das Gesicht und lässt sich in den Sessel sinken.

»Tut mir leid«, murmelt er, plötzlich leise. Doch das Gewitter macht höchstens eine Pause. »Es war ein langer Tag.«

Einige Sekunden lang sagt niemand von uns etwas. Juliette und ich tauschen verwirrte und besorgte Blicke, aber ehe wir die Chance haben, auf diesen Ausbruch zu reagieren, steht Tom auf.

»Ich muss ins Bett«, gesteht er und geht einfach.

Egal, wie oft ich blinzle – meine Verwirrung will einfach nicht verschwinden. Ist das hier gerade wirklich passiert? Bisher habe ich mir wenig Gedanken darüber gemacht, dass ich hier bin. Juliette, Carmen und ich habe schon immer jede Möglichkeit genutzt, um aufeinanderzuhocken. Für mich war es völlig normal, fast schon selbstverständlich. Doch jetzt bekomme ich ein schlechtes Gewissen, denn der Gedanke, dass ich Tom stören könnte, kam mir bis zu diesem Moment noch nicht.

»Was war das denn?«, wispere ich so leise wie möglich, nachdem die Tür des Schlafzimmers hinter ihm zugefallen ist.

»Keine Ahnung«, murmelt Juliette. Sie setzt sich wieder neben mich, doch die gute Laune ist vorbei. Mit einer Hand zieht sie die Kuscheldecke über ihre Beine, während die andere nach dem Popcorn greift.

In meinem Kopf kreisen Fragen, die ich kaum auszusprechen wage. Nach meinem Unfall hat es eine kleine Ewigkeit gedauert, bis ich wieder auf eigenen Beinen stehen konnte. Wörtlich gemeint. Der Schritt, nach Chicago zu kommen, bis ich an einer der Universitäten aufgenommen werden würde, wäre ohne Juliette nicht denkbar gewesen. Nicht nur finanziell, sondern auch emotional.

»Wenn ich euch zur Last falle ...«

»Wage es nicht, diesen Satz auszusprechen«, murmelt sie ohne jede Schärfe in der Stimme. »Du fällst niemandem zur

Last. Diese Wohnung ist mehr als groß genug für drei. Wozu habe ich ein Gästezimmer?«

»Dein Verlobter scheint das anders zu sehen«, gebe ich zu bedenken.

»Keine Ahnung, wer ihm auf den Schreibtisch gekackt hat«, schnaubt meine beste Freundin und grinst schief. »Aber nicht einmal er hat das Recht, mir zu sagen, was ich tun soll.«

Ich seufze leise und wische ein paar Krümel von meiner Jeans. »Ganz unrecht hat er aber nicht«, murmle ich. »Ich brauche einen Job.«

Juliette lehnt sich zurück, kaut bedächtig auf ihrem Popcorn und zuckt dann mit den Schultern. »Soll ich meine Beziehungen spielen lassen?«

Meine Lippen pressen sich unwillkürlich aufeinander. In jeder anderen Situation wäre meine Antwort ein klares *Nein* gewesen, aber jetzt und hier, in diesem Augenblick, fühlt es sich an, als wäre ich allein nicht überlebensfähig. Schon wieder.

»Da ich offenbar nicht fähig bin, auf eigenen Beinen zu stehen ...«, murmle ich zerknirscht. »Ja. Ich wäre dir dankbar, wenn du dich umhören könntest.«

Juliette grinst breit. »Das mach ich gern.«

»Ich weiß, es ist nur ...« Einen Moment lang halte ich inne und schließe die Augen. »Es fühlt sich so an, als würde ich nichts allein schaffen.«

Sie legt den Kopf schief und betrachtet mich auf diese eindringliche Art, bei der ich das Gefühl habe, sie würde mir jedes meiner Geheimnisse rauben. »Das, was du in den letzten zwei Jahren durchgemacht hast, hätte nicht jeder überstanden«, meint sie dann. »Es kommt dir vielleicht gerade nicht so vor, aber du bist eine verdammte Kämpferin.«

»Der einzige Kampf ist der gegen die Popcorn-Krümel.«

»Hey, jetzt überspiel meine emotionalen Sätze nicht mit blöden Sprüchen«, brummt sie und bewirft mich mit den Resten des Popcorns. »Ich habe recht, und du weißt es.«

»Deine Worte in Gottes Gehörgang …«

»In ein paar Wochen hast du die Zusage von Harvard, wirst eine dieser fancy Studenten, und dann denkst du nicht mehr daran, dass du in meinem Gästezimmer gewohnt hast«, verspricht sie mit so viel Zuversicht, dass mir ganz schwindelig wird.

Ich wünschte, ich könnte ebenso von meinem Traum überzeugt sein. Doch die Wahrheit ist, dass ich trotz meines glatten 1er-Schnitts, der außerschulischen Aktivitäten und meines eisernen Willens nicht damit rechnen darf. Der Unfall, dieser verdammte Unfall, hat mich so weit von meinem Traum weggeschleudert, dass ich nicht weiß, was passiert, wenn er endgültig zerplatzt. Hoffnung kann etwas Grausames sein.

Ich muss es mir verbieten, und doch … Die *Ivy League* ist das Ziel. Meine Eltern haben alles, was sie hatten, in mich und diesen Traum investiert. Wenn ich versage, zerplatzt nicht nur *mein* größter Wunsch. Ich enttäusche auch alle um mich herum.

»Vielleicht«, murmle ich, doch so richtig kann ich nicht daran glauben.

4. Dear Future Husband

Brooke

Die *Windy City* zeigt sich heute von ihrer besten Seite. Die Sonne kitzelt in meiner Nase, während bereits am frühen Morgen der Geruch von Pizza in der Luft liegt. Der Wind lässt meine Haare fliegen, und ich schiebe meine Sonnenbrille etwas höher. Juliette neben mir ist gerade dabei, ihre abzunehmen und auf die Straße vor uns zu blicken.

»Immer kommt sie zu spät.«

»Sie arbeitet eben viel.«

»Du meinst wohl, sie feiert viel.«

»Sie macht beides, jetzt werd nicht zickig.«

Juliette stöhnt und zieht einen Schmollmund. »In fünf Minuten öffnet der Laden.«

»Genau, in fünf – nicht jetzt sofort. Gib ihr noch einen Moment.«

Ich schüttle lächelnd den Kopf, denn wir wissen beide, dass Juliette unserer Freundin Carmen niemals böse sein könnte. Die beiden verbindet mehr als die Freundschaft ihrer reichen Eltern. Wie ich selbst es geschafft habe, in diese Konstellation hineinzurutschen, weiß ich nicht genau. Die beiden haben mich gesehen und vom Fleck weg adoptiert – und nun sind sie an meiner Seite. Und dafür bin ich unendlich dankbar.

Eine schwarze Limousine biegt um die Ecke und hält genau vor uns an.

»Da bist du ja endlich!« Juliette schnaubt, noch ehe Carmen ihre gebräunten Beine aus dem Wagen schwingt.

Sie wirkt wie ein Filmstar, als sie aussteigt. Die Sonne funkelt in der goldenen Brille, die schwarzen Haare wehen im Wind, und ich bin sicher, dass irgendjemand das Ganze für die Nachwelt in Slow Motion aufnimmt.

»Entspann dich, Herzblatt«, meint Carmen gelassen und sagt ihrem Fahrer, sie würde ihn anrufen, wenn sie bereit wäre. Dann dreht sie sich schwungvoll zu uns um und hält eine Flasche Champagner hoch. »Ich musste noch schnell *den hier* besorgen.«

Juliettes Ärger wird von einem hohen Kreischen abgelöst, bei dem ich zusammenzucke.

»Es ist noch nicht mal zehn Uhr«, stelle ich fest und muss über meine Freundinnen den Kopf schütteln.

»Sei nicht so spießig.«

»Genau, außerdem ist das *mein* großer Tag«, stellt Juliette klar und nimmt die Flasche an sich, bevor sie vorstürmt.

»Ich dachte, die Hochzeit wäre dein großer Tag?«

»Nein, das ist *unser* großer Tag. Ich bin doch nicht so selbstsüchtig, dass es da nur um mich geht. Das ist schließlich der Tag unserer Liebe.«

»Und das hier ist deiner?«

»Verdammt richtig.«

Carmen hakt sich bei mir unter, ohne Juliette zu widersprechen. Diese marschiert vor, während wir ein Stück hinter ihr hergehen. Schweigend, aber doch sicher, dass unsere Gedanken um die gleichen Dinge kreisen. Es hat einen Hauch von Abschied. Ein bittersüßes Lied im Licht der strahlenden Sonne, das letzte Stück Pizza an einem unserer Filmabende. Wir werden erwachsen und können es nicht verhindern.

Juliette bleibt vor dem kleinen Laden stehen, in dessen Schaufenster bereits das erste Hochzeitskleid verkündet, wie dieser Tag weitergehen wird: Tüll und Tränen nonstop. Sie quietscht aufgeregt und geht vor, während Carmen und ich uns hilflose Blicke zuwerfen.

»Wir tun das hier für sie«, murmle ich und ringe mir ein halbherziges Grinsen ab.

»Du sagst es.« Carmen sieht noch weniger begeistert aus als ich selbst. »Aber wehe, du heulst nachher …«

Statt zu antworten, schiebe ich mich vor ihr in den Laden, wo bereits eine Verkäuferin in einem altrosa Kostüm dabei ist, die künftige Braut zu begrüßen. Ihr Blick fällt auf mich.

Neben der Fashion-Ikone Juliette und der prunkvollen Carmen wirke ich wahrscheinlich wie eine unfreiwillige Protagonistin in einer Sendung auf TLC, die man sich ansieht, damit man sich selbst besser fühlt. Stumm wünsche ich mir, ich hätte mir doch etwas von meiner besten Freundin geliehen. Doch nun ist es zu spät. Jeans und Shirt müssen ausreichen.

»Die Golden Suite ist bereits für Sie hergerichtet«, sagt die Verkäuferin, die sich als Gina vorgestellt hat. Ich kommentiere diesen Namen lieber nicht, sondern folge ihr und meinen Freundinnen.

Um möglichst viel Privatsphäre zu ermöglichen, werden wir in die Suite geführt. Nur wir und die Beraterin – und natürlich so viele Kleider, dass ich das Gefühl habe, in der Tüll-Hölle gelandet zu sein.

Der Raum besteht aus einer Umkleidekabine und Sitzmöglichkeiten für die Begleitpersonen. Carmen lässt es sich auch nicht nehmen, sich sofort auf das rosa Samtsofa fallen zu lassen. Zwischen all den goldenen Details und den rosa Akzenten sieht sie fast aus wie eine Königin. Ich bleibe noch einen Moment stehen und betrachte die eleganten, pompösen, aber auch schlichten Brautkleider von namhaften Brautmode-Designern, von denen ich nicht einen kenne.

Carmen klopft auffordernd neben sich, und ich nehme Platz, auch wenn es sich seltsam anfühlt. Ich habe nichts gegen Hochzeiten, schon gar nicht, wenn es meine beste Freundin glücklich macht. Aber trotzdem fühlt es sich befremdlich an. Die Verkäuferin ist bereits mit Juliette in der Umkleidekabine verschwunden, sodass Carmen, ohne zu zögern, die Flasche entkorkt. Ihre geübten Handgriffe bringen mich zum Schmunzeln.

»An dir ist eine Barkeeperin verloren gegangen.«

»Verrate das nicht meinem Vater, sonst schmeißt er mich gleich wieder aus dem Vorstand raus«, gibt sie zurück und füllt mein Glas auf, ohne dass ich mich dagegen wehren könnte. Dann stoßen wir auf Juliette an. Das Glas klirrt leise, die Bläschen des Champagners prickeln auf meiner Zunge.

»Vertraut er dir immer noch nicht?«, frage ich vorsichtig.

Carmen zuckt mit den Schultern. »Das grundlegende Problem ist eher, dass er seinen Sexismus unter dem Deckmantel der alten Schule versteckt.«

Ich presse die Lippen aufeinander. »Das klingt ziemlich hart.«

»Er versteht nicht, warum ich mich lieber um unsere Immobilien kümmern will statt um einen Mann.« Carmen zuckt lässig mit den Schultern, doch ich kenne sie zu gut, um die Schatten in ihren dunklen Augen zu übersehen.

»Tut mir leid.«

»Genug von mir«, meint sie und winkt ab, bevor sie die Flasche auf einem der kleinen Tische neben dem Sofa abstellt.

»Ich habe nicht viel zu erzählen.«

»Noch nichts von Harvard gehört?«

Für einen Augenblick überlege ich, ob ich sie mit einem der kunstvoll bestickten Sofakissen bewerfen sollte, halte mich jedoch noch zurück. »Nein.«

»Es gibt viele gute Unis, Brooke.«

»Könnten wir heute bitte nicht darüber reden? Meine Schallplatte hat langsam einen Sprung.«

»Okay«, murmelt Carmen und sieht sich in der Suite um.

Noch immer kommt es mir völlig absurd vor, dass wir hier sind. Mit den Minuten, die verstreichen, werde ich unruhiger, rutsche auf dem bequemen Polster hin und her. Immer wieder blicke ich zu der schlichten weißen Tür, als würde ich erwarten, dass sie mit einem Plop aufspringt und eine zauberhafte Braut zeigt.

»Entspann dich«, kommentiert Carmen und rollt mit den dunklen Augen. »Sie plant diese verdammte Hochzeit, seit sie sechs Jahre alt ist, wenn nicht sogar noch länger.«

»Es ist so verrückt«, murmle ich und schüttle den Kopf. »Wir waren doch eben noch in der Schule.«

»Unsere Uhr tickt. Sobald man legal trinken darf, vergeht die Zeit rasend schnell.«

Verwirrt sehe ich sie an, kann aber nicht verhindern, dass ich grinsen muss. »Wir sind noch lange nicht dreißig!«

»Gut so«, schnaubt sie und kichert dann. »Ich wollte noch eine Weile warten, bevor ich mit Botox anfange.«

»Ist das wirklich das Einzige, das dir Sorgen macht?«

»Hast du dir dieses Gesicht mal angesehen?« Carmen sieht mich an und deutet auf sich selbst. »Ich werde dieses verdammte Kunstwerk solange aufrechterhalten, wie es geht.«

Kopfschüttelnd fange ich an zu lachen, und auch Carmen stimmt ein, doch von einer Sekunde auf die andere verstummen wir.

Juliette ist aus der Umkleide getreten.

Sie strahlt über das ganze Gesicht, während wir nur fähig sind, sie anzustarren. Das dunkelbraune Haar fällt in sanften Wellen über ihre Schultern, betont die milchweiße Haut und hebt die feinen Konturen ihres Gesichtes hervor.

Juliette steht in einem wunderschönen Organza-Corsagenkleid vor uns. Durch asymmetrisch angeordnete Lagen wirkt der Rock wie eine Reihe von Schwanenflügeln und schmeichelt ihrer schmalen Taille. Dank des Petticoats schwingt der Stoff bei jedem Schritt, während sie sich auf das kleine Podest stellt.

Sie sieht aus wie der wahr gewordene Prinzessinnentraum.

»Und, was sagt ihr?«

Ich starre sie noch immer mit offenem Mund an, doch ehe ich die richtigen Worte finde, schnieft Carmen plötzlich so laut, dass ich zusammenzucke. Dicke Tränen schimmern in ihren Augen, während sie Juliette ansieht.

»Du bist wunderschön«, murmelt sie erstickt, und ich reiche Carmen mit einem Grinsen die Taschentücher. Es kostet mich meine gesamte Überwindung, sie nicht damit aufzuziehen, dass ausgerechnet sie hier in Tränen ausbricht. Carmen nimmt sich gleich die ganze Packung und tupft in ihrem Gesicht herum, als könnte sie ihren Gefühlsausbruch so noch kaschieren.

Juliette lächelt, betrachtet sich in den drei großen Spiegeln und dreht uns den Rücken zu, sodass wir die kunstvolle Schnürung noch einmal betrachten können – was bei Carmen dafür sorgt, dass sie noch lauter schniefen muss.

»Es ist schön.« Die zukünftige Braut betrachtet sich eingehend und streicht über den Stoff. »Aber ich fühle es nicht. Nicht so richtig zumindest.«

»Trink etwas, dann fühlst du es umso mehr«, kommt es von Carmen, die nun ihre Tränen trocknet und unserer Freundin ein Glas in die Hand drückt.

Juliette dreht sich einmal im Kreis, nippt an ihrem Glas und schüttelt den Kopf. »Das ist es nicht.«

Die Verkäuferin lächelt gutmütig. »Dann schauen wir uns das Nächste an.«

Das nächste Brautkleid ist Romantik pur. Die Inspiration war wohl ein Blumenbeet, denn es ist zum All-over-Blütenzauber mutiert. Ein Prinzessinnen-Look wie aus dem Märchen, denn Hunderte kleine Blumen ranken sich über den elfenbeinfarbenen Stoff. Das figurbetonte Oberteil verführt mit zwei seitlichen Schnürungen und glitzert durch die aufwendige Perlen- und Glitzersteinchen-Stickerei. Kurz gesagt – es ist wirklich viel auf einmal. Zu viel.

Gina legt den Kopf schief. Sie macht ihren Job wirklich grandios, als wäre sie eine gute Fee, die nur dafür da ist, die Wünsche der zukünftigen Braut zu erahnen. Doch dieses Kleid ist eindeutig nicht das Richtige.

Selbst Carmen hat aufgehört zu weinen und schüttelt nur stumm mit dem Kopf. »Es frisst dich auf.«

»Es ist ... «, setze ich an, weiß jedoch nicht so ganz, was ich dazu sagen soll. »Wirklich sehr blumig.«

»Ich hatte es mir irgendwie ... anders vorgestellt«, brummt Juliette sichtlich geknickt und lässt sich nur zu gern von Carmen ein weiteres Glas einfüllen. »In meinem Kopf habe ich *immer* in einem Prinzessinnenkleid geheiratet. *Immer.*«

Ich weiß genau, was sie damit meint. In ihrem Inspirationsordner finden sich Tausende solcher Kleider – alle wie gemacht für den Traum eines kleinen Mädchens.

»Wie alt warst du da?«, will Carmen wissen.

»Keine Ahnung. Acht?«

»Du bist eben kein Mädchen mehr, meine Schöne«, erklärt sie und streicht Juliette eine Strähne hinter das Ohr. »Du bist eine Königin. Keine Prinzessin.«

»Ich brauche mehr Champagner.«

»Niemand wird dir das verwehren.«

»Okay, ich muss wohl umdisponieren.« Juliette blättert in einem Ordner, noch immer auf der Suche nach dem Kleid, das ihren Traum wahr werden lässt. »Bis ich mich entschieden habe, was ich für ein Kleid anprobiere, erzählt mir etwas, das mich ablenkt.«

»Mein Leben ist zu sexy für einen so cleanen Raum wie diesen«, meint Carmen und wackelt wieder mit ihren Augenbrauen, wie es sonst nur Juliette tut.

»Uh, bei sexy kann Brooke jetzt mitreden!«

»Was?« Ertappt winde ich mich in meinem Stuhl, kann weder verhindern, dass ich rot werde, noch dass meine Freundinnen mir Blicke zuwerfen, unter denen ich mich fühle, als müsste ich ein Geständnis ablegen. Ein dreckiges Geständnis.

»Brooke hat den Stripper wiedergetroffen ...«, ruft Juliette, bevor sie wieder in der Umkleidekabine verschwindet. Natürlich streckt sie mir vorher noch die Zunge aus, so viel zum Thema, dass wir erwachsen werden.

»Nein!«, stößt Carmen mit einem breiten Grinsen aus. »Und das sagt ihr mir erst jetzt? Ich verlange alle Details. Sofort!«

»Es gibt keine.«

»Brooke!«

Ich blicke zu Boden. »Ich sollte ihn anrufen, aber das habe ich noch nicht getan.«

»Und warum nicht, im Namen deiner Libido?«

»Keine Ahnung, ich ... « Ich beiße mir auf die Unterlippe und versuche, die richtigen Worte zu finden. Doch da ist nichts. »Ich weiß einfach nicht, was ich sagen soll.«

»Wie wäre es mit: ›Hey Süßer, bitte gib mir eine Privatvorstellung.‹«

»Ich will ihn kennenlernen und keine Glitzerflecken auf meinen Kleidern«, schnaube ich.

»Wenn du es richtig anstellst, hast du ganz andere Flecken auf deiner Kleidung.«

»O Gott, Carmen«, brumme ich. »Du bist unmöglich.«

»Ich weiß, darum liebt ihr mich.«

»Stimmt, aber das ist mir gerade etwas zu viel geballte Sexualität.«

Gina lacht auf, verstummt jedoch gleich wieder und verschmilzt mit dem Raum, als gehöre sie zur Ausstattung.

»Stell dich nicht so an, schnapp dir dein Handy und ruf den sexy Stripper an«, sagt sie ernst und deutet mit ihren perfekt manikürten Fingern auf mein Smartphone.

»Aber ...«

Ich komme nicht mehr dazu, diesen Satz zu beenden, denn Juliette ist wieder zurück. Und ihr Anblick raubt mir den Atem.

Carmen hatte völlig recht: Sie ist eine Königin.

Das neue Kleid ist feminin, figurbetont. Kein Vergleich mehr zu dem Prinzessinnen-Schnitt, sondern ein Mermaid-Kleid mit viel Spitze und Tüllrock, welcher in einer Schleppe endet. Die aufliegenden feinen Spitzenträger geben ihren

Rundungen Halt, und das Arrangement der Spitzenapplikationen zeigt einen Hauch von Nude-Look. Die Farbe von Champagner harmoniert perfekt mit ihrem Hautton.

Ich kann nicht anders, als breit zu lächeln. »Das ist ...«

»Perfekt«, schnieft Carmen in ihr Taschentuch und weint wie ein kleines Mädchen, das zum ersten Mal *Bambi* sieht. »Du bist so wunderschön.«

Juliette lächelt, betrachtet sich im Spiegel und nickt. »Ich glaube, das ist es.«

»Und wie es das ist.« Carmens von Tränen erstickter Stimme lässt meine Mundwinkel zucken.

»O Liebes«, murmelt Juliette, ohne das Lächeln abzulegen. »Müsste *ich* es nicht sein, die jetzt weint?«

»Bei der billigen Wimperntusche wäre das keine gute Idee.«

Wir lachen und schließen einander in die Arme, ehe die Verkäuferin uns auseinanderscheucht, damit wir keinen Champagner auf das teure Kleid schütten.

5. Call Me Maybe

Nate

Es riecht nach Schweiß, Testosteron und Deo. Der klassische Geruch eines Fitnessstudios. Um diese Uhrzeit ist kaum jemand da, sodass ich genügend Zeit habe, um mein eigenes Training aufzugreifen. Doch gerade kann mich nicht einmal der Sport wirklich ablenken.

Ich beiße die Zähne zusammen, während ich die Gewichte noch einmal nach oben drücke. Meine Muskeln beschweren sich bereits, aber ich zwinge mich zu drei weiteren Wiederholungen. Der beißende Muskelkater wird mich ablenken, wenn es nichts anderes mehr schafft.

»Sie hat noch nicht angerufen?«, will Tian wissen und blickt auf mich herab.

Er mag mein bester Freund sein, doch es sind Momente wie diese, in denen ich ihn gern verprügeln würde. Seine schwarzen Haare fallen ihm in die Stirn, während die blauen Augen mich genau beobachten. Kein Wunder, dass er immer ausgebucht ist. Tian ist nicht nur in Topform, sondern hat durch seine chinesischen Wurzeln in Verbindung mit den strahlend blauen Augen auch noch einen Wettbewerbsvorteil. Ob Brooke *ihn* wohl angerufen hätte?

Da ich noch immer nichts gesagt habe, knurre ich: »Nein.«

»O Mann. Das tut mir leid, Bro.«

»Tut es nicht.«

»Doch, wirklich.«

»Ach, halt doch die Klappe.«

Grimmig lasse ich die Hantel wieder in die Halterung gleiten und richte mich auf. Der Schweiß läuft mir über die Stirn, doch ich schaffe es noch nicht aufzustehen. Es ist unglaublich, wie schwer sich der eigene Körper anfühlen kann, wenn man ihn immer wieder an seine Grenzen bringt.

Tian reicht mir ein Handtuch, während er mich eingehend betrachtet.

»Es ist lange her, seit du dir wegen einer Frau so den Kopf zerbrochen hast«, meint er und sticht damit noch etwas mehr in meinen gekränkten Stolz.

»Vielleicht, weil *nicht jeder* die Liebe aufgegeben hat.«

»Hey, jetzt werd mal nicht unfair.« Tian lacht leise. »Meine große Liebe ist das Tanzen, mehr brauche ich nicht.«

Ich rolle mit den Augen. »Du Glücklicher.«

Aufmunternd klopft Tian mir auf die Schulter. »Sie wird schon noch anrufen.«

»Ja, vielleicht – aber was dann?«

Tian runzelt die Stirn. »Was soll die Frage?«

»Dann führe ich sie zum Essen aus. Dann wird ihr klar, dass ich weit unter ihrem Niveau bin. Dann fällt ihr auf, dass sie es doch nicht so sexy findet, dass ich mich vor anderen Frauen ausziehe, und dann beendet sie die ganze Sache noch vor dem dritten Date ...«

Er sieht mich einen Moment lang an, als würde er erwarten, dass noch was kommt. »Mann, Nate«, schnaubt mein bester Freund und schüttelt den Kopf. »Deine Selbstzweifel haben selbst mich abgeturnt.«

Gegen meinen Willen zucken meine Mundwinkel nach oben. »Sehr freundlich.«

Tian schüttelt den Kopf. »Bleib locker. Wenn sie ein Problem mit deinem Job hat, wird sie dich gar nicht erst anrufen.«

»Womit wir wieder bei der aktuellen Situation wären.«

»Suhl dich ruhig weiter in deinem Selbstmitleid, ich verspreche dir, das wird die Ladys nur noch mehr abschrecken«, erklärt er und zeigt mit einem Finger auf mich, als wäre er dabei, mir eine wichtige Lektion zu erteilen.

»Ich dachte immer, es sei gut, Gefühle zu zeigen?«

»Es gibt einen Unterschied zwischen gefühlvoll und Jammerlappen.«

»Autsch.«

»Selbst schuld. Jetzt ab unter die Dusche!«

»Seit wann hast du dich zu meinem Boss entwickelt?«, frage ich, muss jedoch lachen, während wir gemeinsam zur Umkleidekabine laufen.

»Irgendjemand muss dich ja an deine eigentlichen Ziele erinnern. Wann ist die nächste Aufnahmeprüfung?«

Ich stocke kurz.

Noch ein Thema, das ich gern verdränge. Allein der Gedanke daran schnürt mir fast die Kehle zu. Träume haben etwas unheimlich Tückisches, wenn sie drohen, über uns zu zerbrechen und einen Regen voller Scherben auf uns fallen zu lassen. »In zwei Monaten.«

»Dann stell dich darauf ein, dass ich dich in den nächsten Wochen noch härter rannehme als sonst«, verspricht Tian.

»Warum nur habe ich das Gefühl, dass es dir Spaß macht, mich zu quälen?«

Nach der Dusche fühle ich mich besser. Meine Muskeln beschweren sich noch immer, und ich bin ziemlich sicher, dass ich erst morgen spüren werde, wie sehr ich meinen Körper überanspruch habe, doch gerade ist es ein guter Schmerz. Mit noch feuchten Haaren streife ich mir ein Shirt über und greife zu meinem Handy.

Mein Herzschlag setzt aus. »Tian?«

Mein bester Freund ist gerade dabei, in seine Schuhe zu schlüpfen. »Ja?«

Schwer schluckend starre ich das Display an. »Ich hab einen verpassten Anruf«, murmle ich, und meine Kehle ist plötzlich staubtrocken.

Tian zieht verwirrt die Augenbrauen zusammen, während er mich ansieht. »Drück dich etwas klarer aus.«

»Ich glaube, das war Brooke.«

Einen Augenblick schweigen wir, dann schüttelt Tian ungläubig den Kopf. »Dann ruf zurück.«

Für den Bruchteil einer Sekunde fixiere ich ihn, ohne zu verstehen, was das zu bedeuten hat. »Vielleicht ist sie es gar nicht«, murmle ich mehr zu mir selbst als wirklich zu Tian.

»Das findest du nur raus, wenn du zurückrufst«, meint er so absolut tiefenentspannt, dass ich ihn am liebsten boxen würde. »Und was soll ich sagen?«

»Etwas, das nicht nach Jammerlappen klingt. Sie bekommt noch früh genug mit, was für ein Emo du bist.«

»Ich hoffe, du stirbst einsam und wirst von deinem Hund gefressen.«

»Das ist auch meine Wunschvorstellung – und jetzt ruf sie zurück!«

Ich starre das Handy an. Die Nummer, die ich nicht kenne. Mein Herz donnert wie wild in meinem Brustkorb, ganz so, als würde es sich bereitmachen loszulaufen und Brooke in den Schoß zu springen.

Brooke

Der Geschmack prickelt auf meinen Lippen. Fruchtig, süß und mit einem Hauch von Angst. Juliette und Carmen sitzen neben mir und sehen mich erwartungsvoll an. Wir haben uns in ein kleines It-Café zurückgezogen, dessen Namen ich nicht mal aussprechen kann. Besonders nicht in diesem Zustand des Fast-Betrunken-Seins. Irgendwas Französisches. Aber ich will mich nicht beschweren, denn das gemütliche Sofa ist so bequem, dass ich gar nicht mehr aufstehen möchte.

»Wahrscheinlich hat er gerade eine Show.« Carmen winkt ab.

»Oder er isst etwas, was wir übrigens auch tun sollten«, setzt Juliette nach, die bereits ganz blasse Wangen hat. Was nur eins bedeutet: Sie braucht schnell etwas zu essen, sonst wird ihr von dem ganzen Alkohol schlecht.

»Wie kannst du nur so viel Pizza essen und dabei noch immer so eine Bohnenstange sein?« Carmen schüttelt den Kopf, als sei es eine Unverschämtheit, mit einem solchen Stoffwechsel gesegnet zu sein.

»Hey, nicht jeder ist so ein Kurven-Wunder wie du.«

Doch ich höre meine Freundinnen kaum noch. Stattdessen starre ich mein Telefon an.

»Mädels?«

Ich hebe mein Handy, damit die zwei auf das Display sehen können. Nate ruft an. Ich schlucke schwer. Plötzlich fühlen sich meine Hände ganz schwitzig an.

»Worauf wartest du?«, will Carmen wissen und boxt mir leicht gegen die Schulter. »Jetzt geh schon ran.«

Ich schlucke den festen Kloß in meinem Hals hinunter und drücke auf den verheißungsvollen grünen Hörer. »Hey ...«

»Brooke?«, fragt eine Stimme, die ich unter Tausenden erkannt hätte.

»Ja. Ich bin's.«

»Hey.«

»Hey.«

Es ist zu hören, wie er lacht, und unwillkürlich bringt mich das ebenfalls zum Lächeln. Die kleine Pause gibt uns Zeit, unsere Gedanken zu ordnen.

»Kommst du dir auch so bescheuert vor?« Ich beiße mir wieder auf die Lippe, weil ich mich nicht erinnern kann, wann es mir jemals so schwerfiel, mit jemanden zu sprechen. Wenn das so weitergeht, fühle ich mich noch wie in der Besetzung der Ana in *Shades of Grey*. Zumindest das Mysterium ihres dauerhaften Lippe-Kauens kann ich klären.

»Ja, um ehrlich zu sein, ziemlich«, gesteht er. »Aber ich bin froh, dass du doch noch angerufen hast.«

»Ich auch.« Wieder herrscht ein kurzes angespanntes Schweigen.

»War es schon immer so kompliziert, sich mit jemandem zu verabreden?« Seine fragende Stimme schickt einen Schauder über meinen Körper, und ich schließe die Augen. In meiner Vorstellung fährt er sich nervös durch die Haare, während er sich an eine Wand lehnt. Schnell mache ich die Augen auf, um mich nicht in diesem Tagtraum zu verlieren.

»In der Highschool hatte man immer irgendeinen Ball, den man vorschieben konnte, jetzt muss man sich einen anderen Grund überlegen«, setzt er nach und wartet.

Offenbar bin ich wieder dran, etwas zu sagen, doch die Worte stolpern unbeholfen aus meinem Mund. »Okay, wie wäre es mit Hunger?«

»Was?«

»Ich muss essen, du musst essen – wir könnten zusammen essen.«

Neben mir gibt Carmen ein leises Geräusch der Zustimmung von sich, das mir hilft, mich nicht völlig bescheuert zu fühlen.

»Und was schwebt dir vor?«

»Wie wäre es mit dem ...«, Carmen unterbricht mich, »Skyfall?«

Nate hat es offensichtlich gehört, und ich spüre, wie ich nun endgültig rot werde.

»Ist das nicht dieser todschicke Laden im 24. Stock mit Blick auf die Skyline?«, will er wissen.

»Ja?«

»Ich ...«

Hinter meinem Rücken sind meine besten Freundinnen bereits dabei, heftig darüber zu debattieren, dass ich mich nicht mehr aus dieser Sache herauswinden kann. Sie haben offenbar sehr klare Vorstellungen von meinem ersten Date mit Nate.

Also gebe ich mich geschlagen. »Passt dir acht Uhr?«

Seine Antwort kommt schnell: »Ja.«
»Morgen?«
»Brooke, ich ...«
»Gut, dann sehen wir uns da.«
»Warte, ich ...«
Ich lege schnell auf, ehe er noch die Chance hat, etwas zu sagen. »O Gott, was habe ich getan?«, stoße ich hervor und halte mir die Hände vor den Mund. Er muss mich für eine völlige Bitch halten, so, wie ich ihm das Wort abgeschnitten habe. Aber noch eine Sekunde länger, und ich wäre im wahrsten Sinne des Wortes zerflossen.

»Du hast ein heißes Date mit einem heißen Typen – im heißesten Restaurant der Stadt.«

»Was ich mir absolut nicht leisten kann, Carmen«, sage ich ohne jede Schärfe in der Stimme und starre sie an.

»Geht auf meine Rechnung.«

Sie sagt das, als sei es ein Naturgesetz. »Du weißt genau, dass ich es nicht mag, wenn ich von eurem Geld abhängig bin.«

»Hab dich nicht so! Nach allem, was passiert ist, schulden wir dir mehr als ein Abendessen.«

»Keiner von euch schuldet mir irgendwas«, wehre ich ab und reibe mir über die Arme, weil mich allein dieser Satz wieder an all das erinnert, was ich fast verloren hätte. Carmen spricht davon, dass ich sie gerettet habe – doch sie irrt sich. Die beiden haben *mich* gerettet, immer und immer wieder.

Ich versuche, den Gedanken an das Auto abzuschütteln, mir wieder in Erinnerung zu rufen, dass ich auf einem Sofa sitze und nicht in einem Wagen. Doch es reicht, damit sich die vertraute Panik in meiner Brust breitmacht.

»Genau genommen doch.« Juliette grinst und greift nach meiner Hand.

Meine Freundinnen kennen mein Problem. Es ist nicht nötig, etwas zu sagen. Sie halten meine Hand, eine auf jeder Seite – und meine Atmung wird wieder ruhiger. Juliette lächelt aufmunternd. »Wir schulden dir beide unser Leben, also sei so nett und nimm das Essen an.«

»Hört auf, das immer wieder zu sagen, es war reiner Zufall«, murre ich.

»Zufall? Ohne dich hätten wir alle in diesem Wagen gesessen.«

Ich schlucke, will etwas sagen, doch kein Wort will über meine Lippen kommen. Erst als mir bewusst wird, dass beide mich noch immer ansehen, als sollte ich doch noch etwas sagen, bringe ich mit einem schmalen Lächeln hervor: »Manchmal hasse ich euch.«

»Nein, du liebst uns, und darum wirst du dir aus meinem Kleiderschrank einen überteuerten Fummel aussuchen und dir deinen Nasty-Nate schnappen«, beschließt Carmen, Juliette nickt und lässt ihre Augenbrauen wieder anzüglich tanzen.

6. No Matter Where We Go

Brooke

Ich kann mich nicht mehr daran erinnern, wann ich das letzte Mal so nervös war. Im Fahrstuhl des Hochhauses bin ich zum Glück allein und kann meine Turnschuhe gegen die mörderischen High Heels tauschen, die Carmen mir geliehen hat. Sie passen perfekt zu dem schwarzen Seidenkleid, in dem ich mich mehr nackt als angezogen fühle, aber in ihnen zu laufen, ist nicht meine Stärke.

Meine Turnschuhe verstaue ich in der großen Handtasche und bemühe mich um einen lässigen Gesichtsausdruck, der meinen inneren Sturm genauso gut kaschiert wie das Make-up meine nervösen Rötungen.

Wie schaffen es nur alle anderen, tough zu bleiben, sein Gegenüber von sich zu überzeugen und beim ersten Date nicht in alle Fettnäpfchen zu treten? Vielleicht hätte ich bei Juliettes Dating-Knigge doch zuhören sollen.

In meinen Ohren knackt es, als der Fahrstuhl jenseits des vierundzwanzigsten Stocks ankommt und die Türen aufschwingen.

Vorsichtig trete ich hinaus und halte meine Handtasche fest umklammert. Augenblicklich kommt eine elegant gekleidete Kellnerin auf mich zu. Ich nenne ihr meinen Namen, und das Lächeln wird noch breiter. Wahrscheinlich hat Carmen ihr ein extrahohes Trinkgeld versprochen.

»Sie werden bereits erwartet«, flötet sie und bedeutet mir, ihr zu folgen.

Also ist Nate schon da. Ich beiße mir auf die Lippe und ärgere mich über meine kleine Verspätung. Wahrscheinlich war es nicht sonderlich schlau, den ganzen Weg zu Fuß zu gehen, doch ich wollte es vermeiden, eine Panikattacke in einem Taxi zu bekommen.

Schnell schiebe ich die Gedanken zur Seite. Gerade noch rechtzeitig, denn nun sehe ich ihn.

Nate sitzt an unserem Tisch. Vor ihm breitet sich die schillernde Skyline aus. Der Lake Michigan ist von Pastelltönen der untergehenden Sonne erleuchtet, doch Nates Augen hängen an mir.

»Du siehst ...«

Ich weiß nicht, ob er nach den richtigen Worten sucht, aber mir verschlägt es fast ebenso die Sprache. Heute trägt er einen Anzug, ein weißes Hemd und eine rote Krawatte.

»Danke, du auch. Ohne Glitzer hätte ich dich fast nicht erkannt«, scherze ich etwas unbeholfen.

»Warte ab, bis ich das Hemd ausziehe.«

»Vielleicht warten wir damit bis nach dem Essen«, entgegne ich lachend, kann aber dennoch nicht verhindern, dass ich rot werde.

Nate räuspert sich, bevor er meinen Stuhl zurückzieht. Er hat eindeutig bessere Manieren als ich.

Nun sitzt er mir gegenüber, und ich spüre die Höhe dieses Gebäudes zum ersten Mal wirklich. Durch die gläserne Front ist die Stadt unter uns noch beeindruckender als sonst.

»Ich bin wirklich froh, dass du angerufen hast«, sagt Nate und lockert seine Krawatte etwas, als wäre ihm heiß. Offenbar habe ich eine ähnliche Wirkung auf ihn wie er auf mich.

»Um ehrlich zu sein, bin ich nicht gut in diesen Dingen«, gestehe ich und schiebe mir eine der gelockten Strähnen hinter das Ohr.

»Welche Dinge?«

»Dieses ganze Dating-Ding. Diese seltsamen Regeln: *Ruf erst nach drei Tagen an, sei nicht zu interessiert, kein Sex vor dem dritten Date …*«, murmle ich, und wieder wird mir bewusst, was ich da eigentlich gerade von mir gegeben habe. »Du weißt schon.«

»Wenn es dir hilft, ich bin auch nicht gut darin.«

Ich lache auf, denn die Vorstellung ist absurd. Vor mir sitzt ein Mann, der locker auch in einer Fernsehshow mitmachen könnte. Vielleicht bei der Bachelorette oder als Treuetester. Oder bei der männlichen Version der Topmodels. Gibt es so etwas schon? Vielleicht sollte ich Carmen danach fragen, sie ist die Queen des Trash-TVs und wäre definitiv mein Telefonjoker für die dunklen Seiten des Free-TVs. Ich beiße mir auf die Innenseite meiner Unterlippe und sehe ihn an. Wenn er keine Ahnung davon hat, wie man sich als Single verhalten soll, wie soll ich es dann schaffen?

»Wie kommt das? Ist es nicht Teil deines Jobs?«

»Nicht wirklich. Ich werde gebucht, ich tanze, ich gehe.« Seine Stimme ist leiser geworden, als sei ihm dieses Thema nicht ganz geheuer und er müsse darauf achten, nicht in eine Falle zu tappen.

»Du willst mir doch nicht erzählen, dass die Frauen dir danach nicht ihre Nummer zustecken.«

»Manchmal, aber ich treffe mich nicht mit Kundinnen.«

»Und doch sitzen wir hier.«

»Zu meiner Verteidigung: Deine Freundin war meine Kundin, nicht du«, meint er mit einem kleinen Lächeln auf den Lippen, das meinen Herzschlag gleich wieder antreibt.

»Guter Punkt, außerdem bin ich natürlich absolut nicht wie die ganzen anderen Frauen.«

»Natürlich nicht.«

Wir schweigen beide einen Moment und betrachten die Aussicht. Die Metropole hat sich mit ihrer herausragenden Architektur längst in mein Herz geschlichen. Das überschaubare Stadtzentrum lässt sich großartig zu Fuß erkunden. Bisher dachte ich immer, dass New York die schönste Stadt der Welt sei, doch Chicago hat einen Charme, dem ich nur zu gern erliege. Obwohl mir allzu bewusst ist, dass ich mich bald wieder von dieser Stadt verabschieden muss. Und damit auch von Nate.

Die Kellnerin erscheint wieder und reicht uns mit einem wissenden Lächeln die Karte. »Dann wollen wir doch mal sehen, was dieses Restaurant außer dem Ausblick noch zu bieten hat«, murmle ich und erstarre sogleich.

»Oh ...«

»... Fuck«, beende ich Nates Gedanken und blicke mich ertappt um. Die Klientel hier oben ist sicherlich nicht von Schimpfworten angetan. Zwischen all den teuren Stoffen und goldenen Armbanduhren sticht mein Vorstadt-Slang mit Sicherheit heraus. »*Das* verlangen die für ein Glas Wein?«, entschlüpft es mir dennoch, während ich irritiert die Preisliste betrachte.

»Ich traue mich ehrlich gesagt nicht, die Seite umzublättern.« Nate linst mich über den Rand seiner Speisekarte hinweg an.

»O Gott«, stöhne ich. »Es tut mir leid, ich hätte nicht auf Carmen hören sollen.«

»Carmen?«

»Sie hat den Tisch gebucht«, erkläre ich schnell. »Und um ehrlich zu sein, lädt sie uns ein, und wenn ich diese Preise sehe ...«

Nate klappt die Speisekarte zu. Er legt den Kopf schief und betrachtet mich einen Moment, ehe er sagt: »Dann lass uns gehen.«

»Was?«

»Noch haben wir nicht bestellt, wir gehen einfach wieder.«

Ich schüttle den Kopf, weil ich mir nicht sicher bin, ob ich ihn richtig verstanden habe. »Ist das dein Ernst?«

»Ich weiß nicht, wie du zu Hotdogs stehst, aber ich kenne einen Laden ...«

»Schon überredet«, sage ich, schlage die Speisekarte zu und stehe auf. »Bitte sag mir, dass die Hotdogs nicht mehr als fünf Dollar kosten.«

»Versprochen.«

Nate reicht mir seine Hand.

Für den Bruchteil einer Sekunde zögere ich und sehe mich noch einmal um, als müsste ich sicherstellen, dass wir wirklich nicht hierher gehören. Dann schleicht sich ein breites Grinsen auf mein Gesicht, und wir eilen, so schnell es meine High Heels zulassen, aus dem Restaurant.

Der frische Wind lässt mein Kleid flattern, ehe ich den dünnen Mantel ganz geschlossen habe. Bei fast schon sommerlichen Temperaturen am frühen Abend und mit einer sanften Brise im Rücken fühlt sich Nates Hand in meiner noch wärmer an. Wir sagen kein Wort, doch er führt mich vorbei an den beeindruckenden Wolkenkratzern der Stadt, wie dem *Trump Tower* oder den Zwillingstürmen *Marina City*. Vor dem Gebäude mit den neunzehn Stockwerken, die ein spiralförmiges Parkhaus bilden, bleibe ich kurz stehen.

Nate sieht mich an, als könne er meine Gedanken erkennen, doch er sagt kein Wort. Der Abend wird dunkler, die Stadt erstrahlt. Und ich merke, wie ich mich immer mehr in diese Stadt verliebe. In die Hochbahn, die vielen Parks und Grünanlagen, den Chicago River.

Nate lässt meine Hand los und bedeutet mir, kurz zu warten. Ich habe die Orientierung verloren, und doch kommt es mir so vor, als würde ich genau hierher gehören. Genau jetzt. Zu all den Wolkenkratzern, die hoch in den Himmel ragen. Zu den schimmernden Lichtern, die sich auf der Oberfläche des Flusses spiegeln. Zu Nate, der wieder nach meiner Hand greift, eine unscheinbare Tüte trägt und mich weiterzieht. Trotz der späten Stunde kommen uns einige Paare entgegen, während wir bis zum Planetarium laufen.

Dort breitet Nate sein Sakko auf dem Boden aus. Ich schmunzle und erlöse meine Füße von den Folterinstrumenten, die sich *Schuhe* nennen. Wahrscheinlich muss ich Carmen neue kaufen, denn die Absätze sehen aus, als hätten sie den Spaziergang nicht gut überstanden.

Der türkis schimmernde See vor uns ist so groß, dass man sich eigentlich schon fast am Meer wähnt.

»Viel besser, oder?«, will Nate wissen und lässt sich neben mich ins Gras sinken. Über uns die Sterne, hinter uns die Stadt.

»O ja«, murmle ich verträumt und lasse mir meinen Hotdog aus der braunen Tüte reichen. »Jetzt fehlt nur noch ein kaltes Bier.«

»Ihr Wunsch ist mir Befehl, Mylady«, meint er lachend und zieht eine Flasche hervor.

»Jetzt ist es perfekt.«

Wir sehen uns in die Augen. Zu lange, als dass dieser Moment ohne Bedeutung sein könnte. Doch zu kurz, um den nächsten Schritt zu gehen. Vielleicht liegt das jedoch auch daran, dass ich gerade in mein Hotdog gebissen habe und ihn mein Würstchenatem davon abhält.

»Bist du in Chicago aufgewachsen?«, frage ich und nippe an meinem Bier, ohne den Blick vom Lake Michigan zu lösen.

»Ja«, haucht er leise mit einem Lächeln auf den Lippen. »Ich könnte mir nie vorstellen, woanders hinzugehen. Du kommst nicht von hier, oder?«

»Was hat mich verraten?«

»Die leuchtenden Augen, als wir durch die Stadt gelaufen sind.«

»Aufgewachsen bin ich, ganz dem Klischee entsprechend, in einer Kleinstadt in Iowa.« Lachend schüttle ich den Kopf, weil es sich selbst in meinen Ohren dumm anhört.

»Und wie bist du hier gelandet?«

»Juliette und Carmen wollten immer nach Chicago. Es war ihr Traum, seit ich denken kann, und nach dem Abschluss haben sie es einfach getan.«

»Und du nicht?«

»Nein.«

Ich beiße mir auf die Lippen. Das Gespräch driftet zu schnell zu einem Thema, um das ich gern noch einige Kreise gedreht hätte.

»Ich wollte immer nach Harvard«, sage ich in der stummen Hoffnung, es damit zumindest noch eine Weile hinauszuzögern.

Nate gibt ein anerkennendes Pfeifen von sich. »Harvard?«

Ich nicke. »Noch habe ich keine Zusage.« Schon wieder ein Thema, das ich gern umgehen würde. »Was ist mit dir? Wolltest du dein Geld schon immer als Glitzer-Nate verdienen?«

Er lacht, fährt sich durch die Haare, und fast glaube ich zu erkennen, wie er rot wird. »Nein, ich bin irgendwie in diese ganze Sache hineingeschlittert«, gibt er zu.

»Das musst du mir näher erklären.«

»Es ist eigentlich die alte Geschichte: Ich brauchte schnell Geld.«

»Und dann ist dir aufgefallen, dass viele Frauen mit Geldscheinen wedeln, sobald du dein Shirt ausziehst?«

»Nicht ganz.«

Mein Witz hat einen dunkleren Ausdruck auf sein Gesicht gemalt, und ich verfluche mich im Stillen dafür, dass ich ihn schon wieder mit seinem Job aufgezogen habe.

»Ich stelle es mir ziemlich anstrengend vor«, füge ich etwas versöhnlicher hinzu und zucke mit den Schultern. »Nicht nur das Tanzen, sondern das ganze Drumherum.«

»Du meinst die Glitter-Body-Lotion?«, neckt er mich grinsend.

»Die auch, obwohl ich mir da mehr Sorgen ums Mikroplastik mache.«

»Sei unbesorgt, die ist natürlich zu hundert Prozent biologisch abbaubar.«

»Danke, jetzt kann ich wieder beruhigt schlafen.«

»Es war mir ein Vergnügen.«

Nate

Mit ihr zu schweigen fühlt sich an, als könnten wir unsere Gedanken lesen. Dennoch habe ich Angst, den Moment zu verderben. Gerade befinden wir uns in einer Blase, in der es nichts anderes gibt als uns und den Blick auf den See.

Unmerklich ist Brooke näher gerückt und unsere Finger haben sich wieder ineinander verflochten. Doch obwohl wir uns so nahe sind, wage ich es nicht, ihr *noch* näher zu kommen.

»Dir ist kalt«, murmle ich und streichle über die kühle Haut ihrer Hände.

»Vielleicht sollten wir uns das nächste Mal eine Decke mitnehmen«, murmelt sie, und der raue Ton ihrer Stimme weckt das Bedürfnis in mir, sie zu umarmen.

»Und etwas anziehen, das nicht nur chic aussieht, sondern auch einen tatsächlichen Zweck erfüllt.«

»Findest du etwa, dieses Kleid eignet sich nicht hervorragend, um nachts am See zu sitzen?«

»Doch, durch die Grasflecken wird auch noch mal der Schnitt betont«, meine ich und deute auf die deutlichen Abdrücke auf dem teuren Stoff.

Ihr Blick wird für einen Moment nachdenklich. »Ich fürchte, das muss ich reinigen lassen.«

»Zumindest sieht es zu teuer aus, um es in die Waschmaschine zu stopfen«, gebe ich zurück.

»Es gehört Juliette – die mich wahrscheinlich umbringen wird.«

»Schieb es einfach auf mich.«

Sie lacht, und ich stimme ein, bevor ich ihr auf die Beine helfe. Sie schlüpft in ihre Turnschuhe und verstaut die anderen Schuhe in ihrer Tasche. Es ist das gleiche Paar wie bei unserer ersten Begegnung, und es passt ebenso wenig zu ihrer restlichen Garderobe. Doch für mich wirkt sie so nur noch schöner.

Wir laufen zurück zur Straße. Vorbei an leeren Parkbänken und Motten, die um die Straßenlaternen kreisen. »Soll ich dir ein Taxi rufen?«

»Nein«, kommt es so schnell aus ihrem Mund, dass ich stocke. Es klang fast panisch, doch sie überspielt es mit einem Lächeln, das mich von dieser Tatsache ablenkt.

»Ich lasse dich ganz sicher nicht U-Bahn fahren.«

»Ist schon okay, ich laufe gern«, wehrt sie ab, als sei es nichts Besonderes.

»Die ganze Strecke?«

»So weit ist es nicht«, meint sie. »Juliette wohnt am Grant Park, das dauert sicher nicht mal eine Stunde.«

Hoffentlich ist mein Blick nicht so fassungslos, wie meine Stimme es vermuten lässt. »Es ist dir lieber, eine Stunde durch die Stadt zu laufen, als ein Taxi zu nehmen?«

»Ja.«

Ihre Entgegnung kommt schnell und so entschieden, dass ich nicht einmal in Betracht ziehe, sie noch einmal überreden zu wollen. »Bekomme ich darauf eine etwas ausführlichere Antwort?«

»Würdest du, aber ich möchte den Abend nicht verderben.«

Mit zusammengezogenen Augenbrauen blicke ich auf die andere Straßenseite. »Ich will hier sicher nicht den Macho spielen, aber ich lasse dich auch nicht allein durch den Park laufen.«

Sie macht einen Schritt auf mich zu, sieht zu mir auf, und plötzlich explodieren die Schmetterlinge in meinem Bauch.

»Ist das deine Art, mir zu sagen, dass du mich nach Hause bringen willst?«, haucht sie leise.

Ich starre auf ihre Lippen, versuche, dem Drang zu widerstehen, sie noch näher an mich zu ziehen. Sie ist so unglaublich schön, und doch hält mich etwas zurück.

»Offenbar bin ich nicht so subtil, wie ich gedacht habe«, murmle ich und räuspere mich etwas unbeholfen. Der Moment ist verstrichen, schon wieder.

Wir laufen durch den dunklen Park. Selbst der Wind scheint den Atem angehalten zu haben, doch ich finde einfach nicht die richtigen Worte. Den richtigen Moment. Das richtige Irgendwas, um sie endlich zu küssen. Verdammt, ich habe offenbar wirklich verlernt, wie man sich bei einem Date verhält. Ich lasse mein Sakko über ihre Schultern gleiten, damit sie nicht noch mehr friert, und schiebe die Hände in die Hosentaschen, während wir durch den Park schlendern. Mein Zeitgefühl hat mich im Stich gelassen, doch ich möchte die Magie des Abends auch nicht verderben, indem ich auf mein Handy blicke.

Brooke sieht mich von der Seite an, noch immer lächelnd. »Das waren die besten Hotdogs meines Lebens«, verkündet sie schmunzelnd.

»Natürlich waren sie das.«

»Und ich dachte, in Chicago gäbe es nur die beste Pizza.«

»Da hast du etwas missverstanden«, meine ich hämisch. »Einfach alles ist in Chicago am besten. Pizza, Hotdogs, Sushi. Ganz egal.«

Sie rutscht tiefer in mein Sakko hinein und bleibt vor einer der Parkbänke stehen. Aus der Ferne ist bereits wieder die Straße zu sehen. »Was ist mit Pasta?«

»Alles, Brooke, wirklich alles.«

»Hmmm, du schürst wirklich hohe Erwartungen an diese Stadt.«

»Und sie hat mich noch nie enttäuscht«, gebe ich zu.

Brooke lacht, doch plötzlich wird mir klar, dass wir den Park verlassen haben und vor einem der Gebäude stehen, in die jemand wie ich nur reinkommt, wenn eine der reichen Damen eine Party feiert.

»Da wären wir«, murmelt Brooke und sieht mich an.

»Ich muss zugeben, deine Freundinnen schüchtern mich ziemlich ein«, sage ich und betrachte das Gebäude.

Im Inneren sitzt ein Sicherheitsmann, der uns neugierig mustert.

»Das versteh ich gut, mir geht's auch so.«

»Brooke?«

»Nate?«

Ich räuspere mich noch einmal und versuche, die richtigen Worte zu finden, doch dann sage ich nur: »Es war ein wirklich schöner Abend.«

»Ja, das war es.«

»Dann darf ich dich anrufen?«

Sie legt den Kopf schief. »Lass mich darüber nachdenken ...«

Brooke sieht mich an, und mein Herz beginnt wieder, wie wild zu hämmern. Fast schon denke ich, sie würde einfach Nein sagen, doch ein Lächeln schleicht sich erneut auf ihr Gesicht. »Ja, Nate. Du darfst mich anrufen.«

Dann beugt sie sich vor, und für einen kurzen Moment, glaube ich, dass sie mich küssen wird. Doch ihre Lippen berühren nur scheu meine Wangen, während sie mir ins Ohr haucht.

7. *Boulevard of Broken Dreams*

Brooke

Juliette zwirbelt ihre braunen Haare zu einer Strähne und sieht mich lange an. Ich bin nervöser, als ich es mir eingestehen will. Nate wiederzusehen löst etwas in mir aus, das ich noch nicht kenne. Die letzten Jahre war das Letzte, an das ich gedacht habe, eine Beziehung – und auch jetzt ist ein denkbar schlechter Zeitpunkt dafür. Doch je mehr ich mir sage, dass ich es nicht wollen sollte, desto mehr denke ich an ihn, und umso stärker wird dieses seltsame Gefühl in meinem Herzen. Als würde es versuchen, aus meinem Brustkorb zu springen, und sich selbst eine Schleife umbinden wollen, damit man es besser verschenken kann.

»Ja, das ist es«, meint Juliette und macht einen Schritt zurück, damit ich mich besser im Spiegel betrachten kann.

»Nicht zu gewagt?«

»Nur weil du Brüste hast und diese auf einmal zu sehen sind, bedeutet das nicht, dass es gewagt ist.«

»Ich weiß«, schnaube ich und verdrehe meine Augen, um meinem Missmut noch mehr Ausdruck zu verleihen. »Aber ich fühle mich einfach nicht sonderlich wohl, wenn die beiden ständig rausfallen.«

Ich deute auf meine Brüste, die von dem schwarzen Stoff zwar in Form gehalten werden, aber dennoch aussehen, als würde eine falsche Bewegung ausreichen, damit sie sich selbstständig machen.

»Keine Angst, sie werden brav sein«, verspricht meine beste Freundin lachend.

So ganz kann ich ihr nicht glauben, so, wie ich sie kenne, würde es ihr sogar gefallen, wenn meine Boobies einen extra Auftritt hätten.

Noch einmal streiche ich den Stoff glatt und nicke meinem Spiegelbild zu. Der taillierte Schnitt schmeichelt meinen Rundungen. Aber der tiefe geradlinige Carré-Ausschnitt verunsichert mich. Durch die breiten Träger wirken meine Schultern etwas massiger, oder bilde ich mir das nur ein?

Langsam drehe ich mich um und betrachte den Reißverschluss in der hinteren Mitte des schwarzen Stoffes. Es ist ein klassisches Kleid aus dem Schrank meiner besten Freundin. Gefütterte Verarbeitung, seidiger Stoff, und alles daran scheint zu schreien, dass es über meiner Preisklasse liegt. Besonders der Schmucksteinbesatz an der linken Seite in Knopfleisten-Optik. Es ist wunderschön, aber ich fühle mich seltsam verkleidet. Juliette verzieht den Mund leicht, doch ehe sie eine ihrer Reden über Mode halten kann, frage ich: »Freust du dich auf *deinen* Abend?«

Sofort verändert sich der Gesichtsausdruck. Für einen Moment könnte man meinen, sie empfindet ihre Beziehung als ebenso anstrengend wie ihre BWL-Vorlesungen, doch dieser Eindruck währt nur kurz. Sie schaltet sofort wieder in den Ich-bin-super-verliebt-Modus. Doch irgendwo unter all dem Glitzer scheint dennoch etwas zu flackern, das ihre Freude trübt.

»Freuen ist gar kein Ausdruck«, brummt Juliette in einem Ton, der nicht zu dem strahlenden Lächeln passt. »In der letzten Zeit hab ich Tom kaum gesehen. Entweder er war arbeiten oder er hat geschlafen.«

»Oder ihr habt euch gestritten.«

»Das waren nur Kleinigkeiten.«

Ich nicke. Als Mitbewohnerin ist mir nicht entgangen, dass ich mehr Zeit mit ihr verbracht habe als ihr Verlobter. Und auch der rauere Ton zwischen den beiden ist mir aufgefallen. Etwas liegt in der Luft, doch ich traue mich nicht, es anzusprechen. Wahrscheinlich ist das der ganz normale Wahnsinn eines Paares, das gerade mitten in den Vorbereitungen für die Hochzeit steckt.

»Ihr habt euch einen romantischen Abend verdient«, meine ich ehrlich und drücke sie an mich. Manchmal heilt eine Umarmung unter Freunden die kleinen Wunden des Lebens fast so gut wie Schokolade.

»Ich hab mir mehr als ein bisschen Romantik verdient«, meint sie und zwinkert anzüglich.

»Bitte, keine schmutzigen Details. Ich will nicht ständig daran denken müssen, wenn ich Tom in seinen Boxershorts sehe.«

»Ich mach dir einfach ein Video.«

»Darauf würde ich gern verzichten.«

»Heißt das im Umkehrschluss, dass ich auch kein Video von deinem heißen Date bekomme?«

»Das hast du sehr gut kombiniert.«

»Wann holt Nate dich ab?«

»In einer Stunde«, gebe ich nervös zu und mustere mich noch einmal im Spiegel. Gerade genug Zeit, damit ich meine Haare glätten und mich schminken kann. Himmel, ich habe wirklich vergessen, wie anstrengend dieser ganze Dating-Mist ist.

Es klingelt an der Tür, und Juliette springt fröhlich auf. Meine Umarmungsmethode hat offenbar funktioniert, denn sie wirkt nun viel gelöster. »Endlich!«, stößt sie aus, und das Strahlen in ihrem Gesicht lässt auch mich lächeln. »Wir sehen uns morgen.«

»Viel Spaß euch beiden«, rufe ich hinterher, doch wahrscheinlich hat sie mich nicht mehr gehört.

Eine Weile stehe ich einfach in der leeren Wohnung, die nicht mir gehört und sich doch ein wenig nach einem Zuhause anfühlt. Mir ist bewusst, was für ein Glück ich habe, solche Freundinnen mein Eigen zu nennen. Juliette und Carmen sind wie Schwestern, die mich in den letzten Jahren immer wieder aufgefangen haben.

Jedes Mal, wenn ich gefallen bin, haben sie mich wieder auf die Füße gezogen.

Jedes Mal, wenn ich verzweifelt war, haben sie meine Tränen getrocknet.

Jedes Mal, wenn ich dachte, ich sei allein auf der Welt, haben sie mir das Gegenteil bewiesen.

Ohne sie hätte ich mich nie so schnell erholt. Und würde jetzt wohl auf der Straße sitzen. Aber das ist eine andere Geschichte.

Es klingelt wieder an der Tür.

Stirnrunzelnd laufe ich hin, doch statt meiner Freundin, die etwas vergessen hat, steht der Postbote vor mir.

»Ja?«

»Ein Paket für Miss Campbell und ein Brief für Sie«, nuschelt er lächelnd, doch ich verkrampfe mich sofort.

Ein. Brief. Für. Mich.

Augenblicklich beginnt mein Puls, in den Ohren zu rauschen. Ich schlucke schwer und starre auf die Hände des Boten, als würde mir selbst die Kraft fehlen.

»Miss?«

Er reicht mir das Päckchen und den Brief, doch ich stehe noch immer wie versteinert da. In diesem unscheinbaren Umschlag steckt meine Zukunft. Alle Hoffnungen der letzten Monate. All die Arbeit an meinem Abschluss. Einfach alles wird sich entscheiden, sobald ich diesen Brief öffne.

Ich greife zu – und mein Herz bleibt stehen.

Es ist nicht irgendein Brief, es ist der Brief. *Der* Brief.

Die Antwort, auf die ich warte. Der Moment, in dem sich mein gesamter Lebenslauf entscheidet. Wie leicht er ist, wie wenig meine Träume zu wiegen scheinen. Und doch ist mein Herz so schwer, als sei es bereit, in einen Abgrund zu fallen.

Der Bote geht, lässt mich allein, doch ich blicke ihm nicht einmal nach. Die Welt um mich herum existiert nicht mehr. Es gibt nur noch mich und dieses Blatt Papier, verborgen in dem Umschlag.

Meine Knie geben nach. Ich rutsche auf den Boden, sacke in mich zusammen.

Das Päckchen liegt unbeachtet neben mir. Alles in mir sträubt sich dagegen, den Brief zu öffnen. Es ist der letzte Moment der Unsicherheit. Der letzte Moment, in dem ich hoffen darf. Der letzte Moment ohne die Gewissheit, ob meine Träume wahr werden oder zerplatzen wie Seifenblasen.

Ich schließe die Augen und öffne den Brief.

Es tut uns leid, Ihnen mitteilen zu müssen …

Ein so unscheinbarer Satz.

So simpel.

So niederschmetternd.

Harvard hat mich abgelehnt.

Die Gewissheit trifft mich wie ein Schlag in die Magengrube. Tränen benetzen das Papier, während ich eine Hand vor den Mund schlage. Es ist vorbei. Endgültig.

Der Abgrund verschlingt mich, raubt dem glitzernden Traum jede Kraft und mir jeden Mut. Mein Traum ist zerbrochen, zersplittert, und die Scherben schneiden in meine Seele.

Ein Laut dringt aus meiner Kehle, als würde ich versuchen, das Universum anzuschreien, und von meiner eigenen Trauer erstickt werden.

Ende. Aus. Vorbei.

Ich habe versagt, alles war umsonst.

»Brooke, was …?«

Durch meine Tränen durchnässten Wimpern blicke ich hoch. Vor mir steht ein verwirrter Nate, der sachte die Tür hinter sich schließt. Offenbar war ich so aufgeregt, dass ich sie nicht richtig verschlossen hatte. Er sieht mich fragend an, doch ich schaffe es nicht zu antworten. Stattdessen breche ich erneut in Tränen aus und reiche ihm den Brief. Er liest ihn nicht, sondern lässt sich neben mich auf den Boden sinken.

»Es wird alles gut«, murmelt er und streicht mir beruhigend über den Rücken. »Ganz ruhig, hey – sieh mich an! Was ist passiert?«

Nichts wird wieder gut. Gar nichts.

»Harvard«, bringe ich mühevoll hervor. »Sie nehmen mich nicht.«

Er blickt auf den Brief in seiner Hand. Ich kann sein Gesicht nicht lesen, alles ist verschleiert von der dunklen Wolke meiner Tränen.

»Dann sind sie verdammte Idioten.«

Heftig schüttle ich den Kopf. »Es ist Harvard. Das ist mein Traum, war mein Traum und jetzt ...«

... ist alles vorbei.

Meine Tränen fließen ungehindert. Ich achte nicht mehr auf mein Make-up, nicht mehr darauf, dass Nate neben mir ist. Er zieht mich stumm an sich, und ich lasse es zu. Lasse zu, dass er mich hält, während meine zerbrochene Welt sich weigert, sich wieder zusammenzusetzen.

Ich habe keine Ahnung, wie lange wir so im Flur hocken. Doch irgendwann lässt Nate mich wieder los und streicht mir lächelnd eine Strähne hinters Ohr. Ohne ein Wort zieht er mich auf die Füße.

Noch etwas wackelig gehe ich in die Küche und gieße mir ein Glas Wasser ein. Nate holt sein Handy hervor.

»Was tust du da?«, frage ich mit belegter Stimme, bemüht, mir nicht anmerken zu lassen, wie peinlich mir dieser Nervenzusammenbruch ist.

»Ich bestelle beim Asiaten. Er ist gleich um die Ecke. Auf dem Weg kann ich uns noch etwas zu trinken besorgen.«

»Was?«

»Du brauchst jetzt kein Date, du brauchst einen Freund.«

Ich starre ihn perplex an. »Das musst du nicht tun, Nate.«

»Ich will es aber – raus aus diesem schicken Fummel und rein in deine schlimmste Jogginghose.«

»Ist das dein Ernst?«

»So wahr mein Name Glitzer-Nate ist!«

Gegen meinen Willen muss ich lachen, nicke aber. Das Letzte, was ich jetzt will, ist, in ein Restaurant zu gehen. Es ist mir lieber, niemanden zu sehen. Niemanden außer Nate.

»Darf ich den Film aussuchen?«

»Quäl mich mit dem schlimmsten Kitsch, den du finden kannst. Ich besorge uns ein Abendessen, Eis und Wein.«

Kopfschüttelnd sehe ich ihn an, frage mich, womit ich es verdient habe, ihn kennenzulernen, und wische mir die Reste von Scham und Traurigkeit aus den Augen. »Das klingt absolut großartig.«

»Gib mir eine halbe Stunde«, sagt er grinsend und drückt mir einen Kuss auf die Stirn.

»Nate?«, hauche ich und blinzle die Reste der Tränen fort. »Danke.«

»Bedank dich, wenn du im Fresskoma liegst.«

Nate

Als Brooke mir die Tür öffnet, sieht sie mehr aus wie sie selbst. Ich habe keine Ahnung, warum, aber ohne den offensichtlichen Wohlstand, die teuren Kleider und das aufwendige Make-up wirkt sie entspannter. Fast so, als habe sie eine Maske abgenommen. Es ist ein gutes Gefühl, die echte Brooke vor mir zu haben. Selbst jetzt, wo die Spuren der Tränen noch nicht verschwunden sind und jeder Zug ihres Gesichtes verrät, welchen Kampf sie innerlich austrägt.

Von der Schminke ist kaum noch etwas übrig. Nur ihre Wimpern sind noch immer geschwungen wie Federn. Ich lächle und schiebe mich in die Wohnung, die nicht zu dem chinesischen Essen in meinen Händen zu passen scheint –

billiges Essen in einer Wohnung, die sogar nach Luxus schmeckt.

Brooke holt zwei Teller aus der Küche. Ich betrachte den niedrigen Tisch vor dem Sofa und bin mir nicht sicher, ob es wirklich eine gute Idee war. Eine gebratene Nudel auf diesem Teppich, und ich zahle für die Reinigung mehr als für meine Monatsmiete. Und das nicht nur, weil ich noch bei meinen Eltern wohne.

»Es riecht großartig«, murmelt Brooke neben mir.

Ich blicke sie an, versuche, mich nicht in ihren Augen zu verlieren wie ein Teenie im Hormonrausch und zucke mit den Schultern. »Ich hab dir gesagt, dass es in Chicago das beste Essen gibt«, entgegne ich neckend und wage es endlich, mich auf das Sofa zu setzen. Brooke hat damit offensichtlich weniger Probleme. Sie lässt sich im Schneidersitz neben mich sinken.

Ihr Schweigen legt den Finger in eine Wunde, die bei mir selbst noch nicht verheilt ist. Unbeholfen räuspere ich mich. »Wenn du darüber reden willst ...«

»Ich denke, zerbrochene Träume würden unser Essen nicht gerade aufwerten«, haucht sie leise und doch mit einer Bitterkeit, die den Takt meines Herzens ins Stolpern bringt.

»Wir haben alle zerbrochene Träume, Brooke, es kommt nur darauf an, was wir aus den Scherben machen.«

Eine Augenbraue wölbt sich nach oben. »Ich habe absolut keine Ahnung, was du mir damit sagen willst«, meint sie, und der Anflug eines Lächelns zupft an ihren Mundwinkeln.

»Ich will damit sagen, dass dein Leben nicht vorbei ist – auch wenn es sich gerade danach anfühlt.«

»Nein, aber ich bin nicht sicher, ob ich es ertrage, dass die Welt sich einfach weiterdreht.«

»Ich weiß.«

»Spricht da die Erfahrung aus dir?«

»Nur die Scherben meines eigenen Traums«, murmle ich und nicke zum bereits eingeschalteten Fernseher. »Und? Welcher Film macht den Anfang?«

Brooke grinst. Von den Tränen ist kaum noch etwas zu sehen, doch der vertraute Glanz fehlt noch immer. *»... denn sie wissen nicht, was sie tun.«*

»Kenn ich gar nicht«, murmle ich, obwohl ich nur mit halbem Ohr hingehört habe. Während sie mich entgeistert anstarrt, mache ich mich daran, das Essen aus den Pappschalen auf den Tellern anzurichten.

»Das ist ein Scherz!«

»Nein.«

»James fucking Dean?«, stößt sie aus und packt mich am Arm, ehe ich es schaffe, ihr mehr von dem Curry-Hühnchen auf den Teller zu schaufeln.

»Ist das der Film mit den Autos?«, frage ich zurück.

»Ich bin empört!«, stößt Brooke aus und schüttelt den Kopf. »James Dean, die ewige Legende als unsterblicher Herzensbrecher, rebellischer Pionier, charismatischer Draufgänger? Die rote Jacke, das finstere Stirnrunzeln, diese Präsenz von Gefahr und Freiheit?«

»Wüsste ich nicht, dass er tot ist, wäre ich jetzt eifersüchtig«, meine ich amüsiert.

»Der Film ist ein Klassiker, den *muss* man kennen. Es geht um den sechzehnjährigen Jim Stark, natürlich gespielt von dem einzigartigen James Dean«, sagt sie und sieht mich mit großen Augen an, als würde sie erwarten, dass ich ihre Begeisterung stoppe. »Jim ist neu in der Stadt, und seine Familie musste immer wieder umziehen, weil er es regelmäßig schafft, sich in Ärger zu verstricken. Es ist ein Manifest der damaligen Zeit und der selbstzerstörerischen Jugendkultur.«

Trotz der grauen Jogginghose, dem schlabbrigen Shirt und den extra flauschigen Socken wirkt Brooke, als habe sie gerade eine Podiumsdiskussion geleitet.

»Ich habe Angst, noch etwas zu sagen.«

»Der Film ist episch«, meint sie zum Abschluss und drückt auf Play, während ich ihr einen der gefüllten Teller reiche.

Im Gegensatz zu mir scheint sie sich keine Gedanken darüber zu machen, ob sie das Sofa bekleckert. »Ich lasse mich gern überzeugen.«

»Du musst dir vorstellen, wie das gewesen sein muss. Am 30. September 1955 kam James Dean bei einem Autounfall ums Leben. Und vier Wochen später lief sein erst zweiter großer Film in den Kinos an. Er wollte immer ein Star sein, aber hat nichts von seinem Ruhm miterlebt. Sein gesamtes Vermächtnis basiert darauf, dass er zum Inbegriff der unverstandenen Jugend wurde.«

Die ganze Zeit über hat sie während ihres Monologs auf den Fernseher geblickt. »Jetzt hab ich eine Gänsehaut.« Ich blicke ihr Profil an.

»Du bist gemein.«

»So war es nicht gemeint«, murmle ich und betrachte sie. »Es ist unglaublich, wie du es schaffst, mich davon zu überzeugen, dass es der beste Film der Welt sein muss. Und das, obwohl ich noch nicht einmal zehn Minuten davon gesehen habe.«

»Der Film wird dich von ganz allein überzeugen.«

»Das glaube ich dir gern ...«

Fast eineinhalb Stunden später sitze ich noch immer wie gebannt neben Brooke und versuche, mir nicht anmerken zu lassen, dass ich nun auch ein James-Dean-Fangirl bin. Die letzten Zeilen des Abspanns flackern über den Bildschirm. Ich atme ein paar Mal tief ein und aus, bevor ich es wage, Brooke anzusehen. Die Tränen sind endgültig verschwunden, da ist nur eine sehnliche Erwartung an mich.

»Und?«, fragt sie leise.

Während des Films sind wir dichter zusammengerutscht. Die Decke über unseren Beinen ist wie eine Schutzwand zwischen der realen Welt und uns. Sie ist mir so nah, dass ich den Duft ihres Haares riechen kann. So nah, dass mein Herz schneller schlägt. So nah, dass ich mich frage, ob ich sie küssen sollte – oder ob ich damit den Zauber des Moments zerstöre.

»Du hattest recht«, hauche ich mit belegter Stimme. »Der Film war großartig.«

»Bedank dich nicht bei mir, sondern bei Mister James Dean.«

»Brooke?«

»Nate?«

Falls ich etwas sagen wollte, habe ich es augenblicklich vergessen. Ihr Blick bleibt an meinen Lippen hängen, und mein Körper reagiert, noch ehe mein Verstand sich dagegen wehren kann. Ich schiebe mich dichter an sie, wage es jedoch nicht, eine Hand nach ihrem Gesicht auszustrecken. Der Duft ihres Shampoos steigt mir in die Nase.

Ich bin unfähig etwas zu tun, starre sie nur an und warte, bis sie die letzten Millimeter zwischen uns überwindet. Ihre Lippen berühren meine und entfachen ein Feuer in mir, das sämtliche Gedanken in Rauch verwandelt. Ohne mein Zutun schlingen sich ihre Arme um meinen Hals. Ich schließe die Augen und gebe mich dem Kuss hin. Der Geschmack des Weines vermischt sich mit dem meiner Cola. Atemlos ziehe ich sie auf meinen Schoß. Brooke stöhnt leise auf, ohne sich von mir zu lösen.

Ich vergrabe eine Hand in ihren Haaren, während die andere sich von selbst auf ihre Hüften legt. Die Hitze zwischen uns scheint zu flirren wie der Asphalt in einer Sommernacht. Für einige himmlische Minuten verlieren wir uns ineinander.

Scheiß auf Harvard.

Scheiß auf zerbrochene Träume.

Scheiß auf …

»Verdammte Scheiße, was soll das?«

Brooke springt von meinem Schoß.

Verwirrt blinzle ich, streiche mir über die geschwollenen Lippen, als würde ich bereits jetzt das Gefühl von ihren vermissen. Ich brauche einen Moment, bevor mir klar wird, dass ein Mann neben dem Sofa steht.

»Was …?«, bringt Brooke heraus.

»Ist das dein Ernst?«, schnaubt der Unbekannte, doch offenbar redet er nicht mit Brooke, sondern mit der Frau, die gerade zur Tür hereinkommt. Ich erkenne sie als die Braut wieder, die beste Freundin von Brooke: Juliette.

»Jetzt entspann dich!«, zischt sie zurück, blickt von mir zu Brooke und scheint nur den Bruchteil einer Sekunde zu brauchen, um die Situation zu verstehen. »Was ist dein Problem?«

»Deine Freundin macht mit irgendeinem Kerl in unserer Wohnung rum!«

»Hey, ich bin Nate …«, versuche ich es, doch die angebotene Hand wird ignoriert.

Brooke sieht mich entschuldigend an. So viel zum Thema Himmel. Der Fall kam allerdings etwas schneller, als ich erwartet hatte.

»Nate?«, spuckt er mir entgegen und schüttelt den Kopf, als sei allein mein Name eine einzige Beleidigung. »Ist das etwa dieser Stripper?«

Ich verkrampfe mich. Sein Blick zeigt eine solche Verachtung, dass ich sie körperlich spüre. Mein Puls klopft dumpf in meinem Kopf, wie ein Warnsignal.

»Ja, der Stripper«, bestätige ich mit ruhiger Stimme. Ich kenne diesen Ausdruck, diesen Blick, diesen Ekel. Es ist vollkommen egal, was ich jetzt sage oder tue. Der Richter vor mir hat sein Urteil bereits gefällt.

»Du bringst *so jemanden* in meine Wohnung?«, schnaubt Tom und zeigt mit seinem Finger auf mich, als sei ich eine Schabe.

»Tom«, herrscht Juliette.

»Tom, es ist wirklich …«, versucht es Brooke.

Es ist wirklich … Wirklich was? Nicht das, was sie denken?

Ich weiß nicht, was Brooke sagen wollte, doch in meinem Kopf formen sich Sätze, die alle kein gutes Ende haben. Mir war vorher klar, dass ich hier nicht hierher gehöre. Jetzt habe ich den lebenden Beweis vor mir.

»Mit dir rede ich nicht«, herrscht der Kerl Brooke an, und ich beiße mir auf die Unterlippe, damit ich nicht auch noch den Alphamännchen-Modus anschalte.

»Ich sollte gehen«, murmle ich.

»Ja«, schnaubt Tom.

»Nein«, rufen Juliette und Brooke.

»Doch, wirklich«, verteidige ich mich etwas bestimmter. »Ich muss ohnehin früh wieder raus.«

Und vor allen Dingen raus aus dieser Wohnung.

»Seit wann laufen Stripshows am Vormittag«, kommt es abfällig von Tom.

Ich blinzle. Einmal, zweimal. Versuche, mich weder von der aufkeimenden Wut noch von der leise pochenden Scham aus dem Konzept bringen zu lassen.

Also sage ich nichts, wende mich einfach ab und will gerade gehen, als Tom hinterherschiebt: »Jetzt werden wir dieses Sofa wohl verbrennen müssen.«

»Verdammt, Tom«, schnaubt Juliette, gefolgt von einigen Beschimpfungen, die ich nur noch gedämpft wahrnehme.

Brooke schiebt sich an dem streitenden Paar vorbei. »Ich bring dich zu Tür«, murmelt sie gerade laut genug, dass ich sie verstehen kann. Ohne etwas zu erwidern, gehe ich zum Ausgang, greife meine Jacke und blicke noch einmal zu Juliette und ihrem baldigen Gatten aus der Hölle.

»Das war nicht das Ende, das ich mir gewünscht hatte«, spricht Brooke aus, was ich denke.

»Nein.«

»Tut mir sehr leid, Nate.«

»Das muss es nicht.«

»Doch, Tom ist aus irgendwelchen Gründen sauer und hat es an dir ausgelassen«, setzt sie nach und sieht mich aus ihren tannengrünen Augen an. Doch das macht es nur noch schlimmer. Ich fühle mich wie ein Eindringling in diese Welt – und nun hat Brooke wegen mir auch noch Ärger.

»Das ist nicht deine Schuld.«

»Aber es tut mir trotzdem leid.«

Einen Moment lang sagt keiner von uns beiden etwas, dann scheppert es laut. Juliette hat eine Vase nach ihrem Verlobten geworfen. Unter anderen Umständen hätte ich wohl gelacht, doch gerade fühle ich mich eher wie das zerschmetterte Glas.

»Ich sollte jetzt wirklich gehen.«

Fluchtartig reiße ich die Tür auf und will mich gerade hindurchschieben, als Brooke mich am Arm greift. »Nate, bitte ...«, fleht sie leise.

Aber ich kann ihren Blick nicht erwidern, denn würde ich es tun, würde ich stehen bleiben. Es war ein Fehler. Ein dummer, dummer Fehler.

»Es ist okay. Wirklich.«

Und dann gehe ich, weil nichts okay ist.

Brooke hat *ihren* zerbrochenen Traum und ich selbst einen mehr.

8. Almost Lover

Brooke

Die Abendsonne spendet sanftes Licht, aber sie kann die trübe Stimmung dennoch nicht vertreiben. Ich seufze leise und drehe den Wasserhahn auf. Ein langes, heißes Bad ist genau das, was ich jetzt brauche.

Noch immer habe ich es nicht geschafft, mit Juliette zu sprechen. Weder über diesen erneuten Ausbruch ihres Verlobten noch über Harvard. Allerdings bin ich mir auch nicht sicher, ob ich schon in der Lage dazu bin. Auf meinem Handy blinkt die einzige Nachricht, die ich gerade nicht lesen will. Meine Mutter fragt, ob ich schon etwas von den Universitäten gehört habe – und sagt mir, dass sie stolz auf mich sei.

Stolz.

Auf die Versagerin, die es nicht geschafft hat. Obwohl ich fairerweise sagen muss, dass sie es noch nicht weiß. Noch hat sie die Hoffnung, die ich bereits verloren habe. Auch wenn das Dartmouth College sich noch nicht zurückgemeldet hat, gehe ich davon aus, dass auch sie mich ablehnen.

Ich habe mir immer vorgestellt, dass ich den Sprung schaffe. Den Sprung in die Elite, in die Bildung – in die *Ivy League.*

Dieser Gedanke hat mich solange begleitet, dass er zu einer Selbstverständlichkeit wurde. Nichts ließ mich daran zweifeln, dass ich irgendwann einen Doktortitel in Geschichte haben würde. Die weibliche Version von *Indiana Jones,* wie mein Vater zu sagen pflegt. Selbst nachdem ich das Laufen hatte aufgeben müssen, habe ich mich immer an einem College wie Harvard gesehen. Es kam mir gar nicht in den Sinn, dass es anders sein könnte. Mein Zehnjahresplan lag ganz deutlich vor mir. Studium, Doktortitel, Geschichtsprofessorin in Harvard! Und alles, was ich jetzt noch habe, ist nerdiges Wissen über Dinge, die ebenso Vergangenheit sind wie dieser Traum.

Seufzend streiche ich mit einer Hand durch den Schaum, der sich mit schimmernden Blasen in der Wanne auftürmt.

Die Kunst des Badens ist so viel mehr, als nur eine Art, sauber zu werden. Sie reinigt die Seele und hilft beim Nachdenken. Zumindest hoffe ich das, denn meine Gedanken sind verworren und verknotet.

Während der Wasserdampf kleine Wolken zeichnet, blicke ich noch einmal auf mein Handy. Nicht wegen meiner Mutter, sondern wegen des einzigen Menschen, dessen Antwort ich wirklich herbeisehne. Doch Nate hat auf meine Nachricht noch immer nicht geantwortet.

Es tut mir leid.
Sehen wir uns bald wieder?

Ich nage auf der Innenseite meiner Unterlippe und lege den Kopf schief. Ja, ich brauche dieses Bad. Dringend.

Baden ist nicht einfach nur eine nette Entspannung, es ist Teil unserer Kultur und war schon im alten Rom eine Säule im Miteinander. Was in unserer Zeit eine Möglichkeit ist, sich kurz zu entspannen oder ein sexy Instagram-Bild zu posten, war damals ein gemeinschaftliches Ereignis.

Lächelnd denke ich an die Abbildungen in meinen Geschichtsbüchern. Die alten Römer und Griechen machten aus dem Baden ein soziales Event. Die Badehäuser waren ein Mittelpunkt im damaligen Zusammenleben. Selbst für die alten Ägypter war es eine Therapie für Haut, Körper und Geist.

Ich streife mir das Shirt vom Körper, lasse die Jogginghose fallen und atme tief durch. Obwohl ich weißer bin als Toastbrot, versuche ich, mich in Kleopatra hineinzufühlen. Stelle mir vor, wie sie in Milch gebadet hat, weil der Nil verschmutzt und vergiftet war.

Ich bade zwar nicht in Milch, aber durch die ganzen teuren Öle und Badekugeln ist mein Bad noch luxuriöser als das der ägyptischen Königin. Auch wenn ich damit wahrscheinlich nicht in die Geschichte eingehen werde.

Obwohl es nicht zur Entspannung beiträgt, greife ich wieder nach meinem Handy.

Keine neue Nachricht. Mist.

Das heiße Wasser lockert meine Muskeln, doch die Gedanken kreisen. Ich kann nicht verhindern, dass meine Fingerspitzen von selbst zu der langen Narbe an meiner Hüfte wandern. Noch immer fühlt es sich nicht so an, als würde sie zu meinem Körper gehören.

Der Unfall ist mehr als zwei Jahre her, aber sobald ich die Augen schließe, meine ich, ich säße wieder in diesem Auto.

Der Geruch von Bier, Zigaretten und Parfüm schwängert die Luft. Obwohl ich nichts getrunken habe, ist mir schlecht. Ich sehe etwas auf der Straße, will etwas rufen, doch es geht viel zu schnell. Grelle Lichter blenden mich und Reifen quietschen. Dann dreht sich alles. Das Auto überschlägt sich, plötzlich hänge ich in der Luft. Irgendwo in meinem Kopf formt sich die Gewissheit: Ich werde sterben. Das hier ist mein Ende. Mit geschlossenen Augen lausche ich auf mein Herz. Es pocht so schnell, dass es fast ins Stolpern gerät. Immerhin sind Carmen und Juliette nicht im Wagen, denke ich, bevor ich nach vorn geschleudert werde und die Augen wieder aufreißen muss. Das Letzte, was ich mitbekomme, ist ein lauter Knall und Flüssigkeit überall an meinem Körper. Dann wird alles schwarz … alles schwarz.

Ich öffne die Augen wieder und nehme die Finger von meiner Narbe. Das Letzte, was ich heute gebrauchen kann, ist ein

Flashback dieses Unfalls. Stöhnend wische ich mir die nassen Haare aus dem Gesicht und betrachte den Berg aus Schaum.

Der Unfall hat mich so vieles gekostet. Schmerzen, Zeit, Erinnerungen – und meine Zukunft.

Damit ist die Wohlfühlstimmung endgültig vorbei, und ich bin wieder mitten in dem Scherbenhaufen meines Lebens.

Ich halte die Luft an. Das Wasser schwappt über meinem Kopf zusammen. Der Druck in mir ist plötzlich so groß, dass ich nicht anders kann. Ich schreie.

Doch das Wasser schluckt all den Schmerz.

Nate

Die Sonne hat den kleinen Innenhof vor dem Fitnessstudio meiner Eltern aufgeheizt. Der rote Backstein wirkt gleichzeitig passend und fehl am Platz zwischen den neuen Gebäuden der Chicagoer Innenstadt. Ich wische mir über die Stirn und verstaue den letzten Müllsack in den Tonnen, ehe ich wieder ins Innere trete. Die Klimaanlage surrt bereits. Beschwingt laufe ich die geschwungene Treppe hinauf, vorbei an den alten Filmpostern, die noch immer an den Wänden hängen.

Hauptsächlich Sportfilme aus den 80er-Jahren. Mein Vater hat darauf bestanden, den alten Charme des ehemaligen Kinos trotz des Umbaus zu erhalten. Der Tresen, hinter dem früher Popcorn serviert wurde, ist nun eine Smoothie-Bar.

An eben dieser lehne ich mich an und greife mir ein Glas.

»Nate?«, dringt die laute Stimme meiner Mutter durch das Studio.

Mein Nacken verkrampft sich. »Ich bin gleich da.«

»Nate!«

Ich lasse den Kopf hängen, stelle das Glas wieder ab und biege um die Ecke. Meine Mutter steht mit dem Rücken zu mir, die Hände in die Hüften gestemmt.

»Was ist los, Mom?«

»Der Lieferant hat die Kanister falsch abgestellt«, schnaubt sie und deutet auf die Wassertanks vor sich.

»Ich kümmere mich gleich darum«, verspreche ich.

Sie dreht sich zu mir, sodass ich das von Sorgenfalten zerfurchte Gesicht sehen kann. Doch dann lächelt sie, und die blauen Augen funkeln ein wenig. »Und etwas stimmt nicht mit dem dritten Laufband«, gesteht sie und legt den Kopf schief. Ihre blonden Haare sind zu einem Bob geschnitten, der sie jünger wirken lässt. Doch die letzten Monate haben sie gezeichnet.

Genauso wie mich.

Uns.

Einfach alles.

Es fühlt sich an wie eine kleine Ewigkeit, obwohl die letzten zwei Jahre gleichzeitig rasend schnell vorbeigezogen sind. Ein Tag, eine Woche, ein Monat, ein Jahr.

Das alles verliert an Bedeutung, wenn man keine Zeit hat, die Sorgen über sich zusammenbrechen zu lassen. Wer hat noch gleich gesagt, die Zeit sei relativ? Brooke wüsste es bestimmt. Aber auch an sie will ich gerade nicht denken. Stattdessen würde ich gern laufen, bis in meinem Kopf ein alles verschlingendes Vakuum auftaucht. Leider hat dieser Wunsch gerade keine Priorität.

»Das steht schon auf meiner Liste«, antworte ich und ringe mir ebenfalls ein Lächeln ab. Wir sind seit Stunden auf den Beinen, und in zehn Minuten öffnet das Studio. Ich will gar nicht an die endlose Liste von Dingen denken, die noch zu tun sind. Meine Mutter nickt langsam, betrachtet mich mit diesem Blick, den ich nie ganz deuten kann und der doch immer dafür sorgt, dass ich mich fühle, als hätte ich etwas ausgefressen.

»Nate?«

»Ja, Mom?«

»Danke.«

Ich nicke nur, weil ich nichts darauf sagen kann. Es gibt nichts, dass ich für meine Eltern nicht tun würde. Ein paar Wasserkanister zu schleppen und das Studio am Leben zu erhalten sind nur ein kleiner Preis dafür, dass sie glücklich sind. Trotzdem muss ich die Frage stellen, die mein Lächeln gleich wieder erlöschen lässt. »Wann kommt Dad?«

Meiner Mutter seufzt schwer. »Ich hole ihn heute Nachmittag aus dem Krankenhaus ab.«

Da ist er wieder, der vertraute Schatten auf ihrem Gesicht. Mein Vater ist ein guter Kerl, aber wenn er nicht arbeiten kann, weiß er nicht, wohin mit seiner Energie – und sich selbst. Das werden keine leichten Wochen. Auf der anderen Seite war es bereits ein beschissen schweres Jahr. Also kann es wohl nur besser werden. »Brauchst du einen Fahrer?«

»Es geht schon, Schätzchen.«

»Ich könnte Tian fragen.«

»Nein, dein Vater bringt mich um, wenn einer von euch Jungs mit ansieht, wie er im Rollstuhl umhergefahren wird«, murmelt sie und presst kurz die Lippen zusammen. »Es ist besser, wenn ich ihn allein abhole.«

»Bist du sicher?«

»Völlig.«

»Okay«, brumme ich, aber ihr Gesichtsausdruck sorgt nicht gerade dafür, dass ich mich besser fühle.

»Mach dir keine Sorgen um mich.«

»Ich mache mir eher Sorgen um Dad«, gebe ich leise zu.

»Damit sind wir schon zwei«, gesteht sie und schüttelt dann den Kopf, als seien diese Gedanken allein schon ein Frevel. In meinem bisherigen Leben habe ich schon an vielen Dingen gezweifelt, doch nie an meinem Dad. Sein Schlaganfall hat uns alle getroffen, uns alle daran erinnert, dass es nur eine Sekunde braucht, um ein ganzes Leben aus der Bahn zu werfen.

Meine Mutter sieht mich, als würde sie ahnen, was ich denke. Ihre warme Hand legt sich auf meinen Oberarm, und ein sanftes Lächeln umspielt ihre Lippen. »Wenn du mich brauchst, ich werde versuchen, hier noch etwas Ordnung zu schaffen.«

»Gut.« Ich nicke und lasse sie in dem Vorrats- und Abstellraum allein.

Der Alltag eines Fitnesstrainers ist nicht unbedingt das, was ich mir für mein Leben gewünscht habe. Aber es gibt auch wesentlich unangenehmere Jobs. Ich werfe einen Blick in unseren Terminkalender. In einer Stunde habe ich ein Aufnahmegespräch mit einer neuen fitnessbegeisterten Kundin, und ein paar Minuten später wartet auch schon die Gruppe für den Tanzkurs. Es wird ein langer Tag.

Und eine noch längere Nacht, doch davon weiß meine Mutter natürlich nichts.

Nachdem ich den Laden geöffnet und endlich meinen Smoothie ausgetrunken habe, mache ich mich auf den Weg zu Tian. Auch er arbeitet bei uns. Allerdings gibt er nur einige Tanzkurse für Fortgeschrittene. Zumindest offiziell. Und aktuell ohne Gehalt. Dafür kann er Tag und Nacht trainieren, wenn er es will.

»Tian, kommst du?«

»Guten Morgen, Sonnenschein«, grüßt er und sieht mich mit seinem typischen hämischen Grinsen an. »Es ist auch schön, dich zu sehen.«

»Ich könnte deine Hilfe gebrauchen«, erkläre ich.

»Wenn du willst, rufe ich meinen Friseur gleich an, dann schaut er, was da noch zu retten ist.«

Ich verdrehe die Augen. »Hilfst du mir jetzt, oder nicht?«

»Na, wenn du so liebevoll fragst ...«

»Der Lieferant hat die Wassertanks nur abgestellt, nicht eingesetzt«, erkläre ich auf dem Weg.

Mein bester Freund nickt nur. Zu zweit ist es wesentlich leichter, die sechs Wasserspender im Studio zu befüllen.

Und wir sind gerade rechtzeitig fertig, als sich die ersten Kunden anmelden. Dennoch schweigen wir eine Weile, bevor ich sage: »Danke.«

»Immer wieder gern«, meint Tian leichthin. »Willst du mir erzählen, warum deine Laune im Keller ist?«

Ich weiche seinem Blick aus und fahre mir durch die Haare. »Nein.«

Das Wort hängt einen Moment lang zwischen uns, als würde es darauf warten, von jemandem eingefangen zu werden. Ein Teil von mir möchte gern einen der Boxsäcke bearbeiten, während der andere sich nichts sehnlicher wünscht als acht Stunden Schlaf und Pancakes zum Frühstück.

»Du frisst deinen Frust lieber in dich hinein?«

»Ja.«

»Nate …«

»Ich habe keine Zeit, mir jetzt darüber Gedanken zu machen«, knurre ich etwas härter als beabsichtigt. »Dad kommt heute aus dem Krankenhaus, und ich will, dass er das Studio im besten Zustand vorfindet.«

Die Stirn meines Freundes legt sich in Falten. »Deine Ziele in allen Ehren, aber meinst du, er …«

»Du kennst ihn«, unterbreche ich ihn. »Er wird seinen Durchgang machen. Ob im Rollstuhl, auf Krücken oder kriechend. Und wenn er nur einen Krümel an der falschen Stelle sieht, wird er sich aufregen. Und er darf sich nicht aufregen, Tian.«

Mein bester Freund betrachtet mich kurz, als würde er prüfen, wie ernst es mir ist. Dann schiebt er die Hände in die Hosentasche seiner Jogger. »Gut, dann sag mir, wie ich helfen kann.«

Nickend öffne ich wieder den Kalender. Tian übernimmt einen Termin zur Beratung eines leistungsorientierten Sportlers in der Vorbereitung auf seinen nächsten Wettkampf. Ich mache mich an meine eigenen Termine und nehme mir vor, am

Abend einen Trainingsplan für ein Studiomitglied mit Rückenbeschwerden zu erstellen.

So schaffe ich es immerhin bis zum Mittag, ehe ich einen erneuten Blick auf mein Handy werfe.

Brookes Nachrichten leuchten mir entgegen, doch ich wische sie zur Seite. Noch kann ich mich nicht damit befassen. Nicht heute. Vielleicht noch nicht einmal morgen. Alles, was jetzt zählt, ist meine Familie, mein Dad.

Dennoch starre ich das schwarze Display an, als könnte ich so ihr Gesicht vor meinem inneren Auge auslöschen.

»Bist du jetzt bereit zu reden?«, will Tian wissen. Er schwingt sich auf den Barhocker und sieht mich mit einer hochgezogenen Augenbraue an.

»Nein.«

»Nate ...«

»Du lässt nicht locker, oder?«, brumme ich.

»Natürlich nicht. Jetzt sag mir, wie Brooke es vermasselt hat, damit ich weiß, ob Balthasar sein Häufchen vor ihrer Wohnung ablegen muss.«

Gegen meinen Willen merke, ich wie meine Mundwinkel nach oben zucken. Dennoch drücke ich mich noch immer vor einer Antwort. »Es war nicht ihre Schuld.«

»Sondern?«

»Die ihres Mitbewohners«, gebe ich zähneknirschend zurück und werde schon allein bei dem Gedanken an Tom wieder wütend. Dabei war es nicht so sehr das, was er gesagt hat. Es war mehr das, was Brooke *nicht* gesagt hat. Mir ist klar, dass ich überempfindlich reagiere. Doch gerade fühle ich mich nicht imstande, mich und meinen Lebensstil vor jemandem verteidigen zu müssen.

»Und warum antwortest du ihr dann nicht?«, sticht mein bester Freund noch einmal tiefer in die Wunde.

»Woher weißt du, dass ich ihr nicht antworte?«, will ich wissen und sehe ihn fragend an. Er zuckt lässig mit den

Schultern, als seien seine folgenden Worte völlig normal: »Deine Handy-Pin ist 6-6-6-6. Selbst schuld.«

»Ich hasse dich«, brumme ich.

Tian lässt sich davon nicht beeindrucken. »Wenn es nicht ihre Schuld war, solltest du ihr antworten«, erklärt er und lehnt sich lässig nach vorn.

»Dad kommt heute«, meine ich, als sei es die beste Erklärung für einfach alles.

»Das ist keine neue Information für mich.«

»Und ich habe heute Nacht einen Auftritt «, füge ich hinzu und sehe ihm fest in die Augen.

Tian hält inne. Er lehnt sich zurück. »Du weißt, dass ich immer dein Alibi bin. Aber meinst du nicht, es wird Zeit, deinen Eltern die Wahrheit zu sagen?«, will er wissen und setzt diese Miene auf, die ich nicht leiden kann. Als sei er mein großer Bruder, der immer wüsste, was das Beste für mich ist. Zu meinem Leidwesen hat er auch noch unverhältnismäßig oft recht, was es noch schlimmer macht.

Ich schüttle den Kopf. »Nicht, solange Dad sich noch erholt. Aufregung ist das Letzte, was er brauchen kann.«

»Hm.«

»Nichts *hm*. Ich habe gute Gründe«, rechtfertige ich mich.

»Sicher.«

»Tian ...«

»Nate ...«

»Ich meine es ernst«, brumme ich und verdrehe die Augen, während mein bester Freund sich wieder von seinem Platz schwingt.

»Ich auch. Antworte Brooke. Und zwar jetzt. Sonst mach ich es.«

9. *Airplanes*

Brooke

Das Café ist brechend voll. Aber wie immer haben es meine Freundinnen geschafft, dass wir trotzdem den besten Platz haben. Der Blick über den Park ist wunderschön, doch die Stimmung kann auch die strahlende Frühlingssonne nicht erhellen. Ich betrachte die Kondensstreifen am Himmel und wünsche mir einen Moment, irgendwo dort oben zu sein.

Juliette trägt trotz des warmen Wetters ihren grauen Pulli. Sie besitzt ihn seit der Highschool, und wir haben ihn schon damals ihren *Herzschmerzpulli* genannt. Ich beiße mir auf die Unterlippe, um mich davon abzulenken, dass ich auch einen solchen Pulli gebrauchen könnte. Nach dem Tom-Debakel herrscht eisiges Schweigen zwischen Nate und mir. Na ja, eigentlich schweigt nur er, und ich versuche, nicht wie ein Stalker fünfzig Nachrichten am Tag zu schreiben. Und dann noch die Harvard-Sache, von denen ich meinen Freundinnen noch immer nichts erzählt habe.

Shit.

Nein, der schönste Blick auf den Grant Park kann mich gerade nicht ablenken. Es ist scheiße. Einfach alles. Ich brauche eine Überdosis Eiscreme und einen von Juliettes Schnulzen.

»Möchte mir jemand sagen, was hier los ist?«, fragt Carmen beiläufig, während sie ihren funkelnden Blick zwischen mir und Juliette hin- und herschwenkt. Im Gegensatz zu uns ist sie wieder gestylt, als würde jeden Moment ein Werbespot beginnen. Wenn ich ehrlich bin, warte ich nur auf das Einsetzen der Musik und einen Slogan wie: *Schönes Haar ist kein Zufall.*

Juliette verdreht die Augen. Sie war heute nicht bei ihrer Vorlesung, was ich jetzt selbstverständlich für mich behalte, auch wenn es nur noch mehr zeigt, dass sie lügt. Sie zuckt mit den Schultern und sagt: »Nichts.«

»Nichts?«, zischt Carmen spitz, während sie an ihrem Latte nippt. »Ihr seht beide aus, als habe man vor euren Augen einen Welpen geköpft.«

»Danke für dieses anschauliche Bild für mein Kopfkino«, murre ich und rühre in meinem Kakao herum. Carmen schweigt einen Moment. Sie lauert wie eine Katze darauf, dass endlich jemand das Wort ergreift. Doch diesen Gefallen tun wir ihr nicht. »Himmel, jetzt benehmt euch nicht wie Kinder.«

Noch immer antworten wir nicht.

»Das ist schlimmer als der Grant-Vorfall in der Highschool.«

»Grant?«, frage ich verwirrt, weil ich keine Ahnung habe, was sie damit meint.

»Der Junge, auf den ihr beide heiß wart, erinnerst du dich?«

In meinem Kopf macht es Klick, und die verschüttete Erinnerung gräbt sich aus den Gehirnwindungen. Seit dem Unfall passiert es ab und an, dass ich mich an kleinere Dinge nicht erinnern kann. Meistens kommt die Erinnerung wieder, wenn mich jemand mit der Nase drauf stößt.

»Das war unser erster großer Streit.« Ich werfe Juliette einen vorsichtigen Blick zu, doch sie starrt weiterhin in ihre Tasse.

»Wir streiten uns nicht.«

Mehr hat sie dazu offensichtlich nicht zu sagen. Das Schweigen zwischen uns dehnt sich aus wie ein eigenes kleines Universum. In meiner Brust baut sich ein unendlicher Druck auf, den ich kaum noch halten kann. »Es gab einen

Tom-Zwischenfall«, platzt es aus mir heraus, was Juliette mit einem Schlag gegen meinen Oberarm quittiert.

Ich quieke vor Schreck und Schmerz. In solchen Momenten ist sie schnell wie ein Kolibri. Mit verkniffenen Lippen reibe ich mir die schmerzende Stelle.

»Hatten wir nicht gesagt, wir reden nicht mehr drüber?«, schnauzt sie mich an.

Hilflos zucke ich mit den Schultern.

»Mit *mir* redet ihr da sehr wohl darüber«, faucht Carmen und beugt sich etwas nach vorn. »Was für ein Zwischenfall?«

Dieses Mal breche nicht ich das Schweigen. Ein blauer Fleck reicht mir für heute.

»Wir haben uns gestritten«, nuschelt Juliette vor sich hin.

»Und?«

Juliette überlegt kurz, als sei sie sich nicht sicher, ob sie darüber reden dürfte. »Sehr heftig.«

»Und?«

»Musst du so nachbohren?«

»Nicht, wenn du einfach sagst, was los ist, und dich nicht zierst wie eine Nonne.«

Juliette stöhnt theatralisch. Sie zieht die Ärmel ihres Herzschmerzpullis über die Hände und kauert sich in ihrem Stuhl zusammen. Plötzlich sieht sie wieder aus wie früher. Wie ein Mädchen, das sich kurz vor dem Abschlussball von ihrem Freund getrennt hat. Nicht wie die toughe Powerfrau, die ich jetzt kenne.

Dieses Mal wartet auch Carmen, bis unsere Freundin von allein weiterredet. »Wir wollten ein Wellnesswochenende machen, er hat viel gearbeitet, wir haben uns gestritten, und als wir nach Hause zurück sind, hat er Brooke und Nate knutschen sehen. Das hat offenbar einen Kurzschluss ausgelöst. Ende.«

»Nicht so schnell«, kommentiert Carmen und lehnt sich zurück. »Wieso habt ihr euch gestritten?«

Meine beste Freundin hebt nicht den Blick. »Es war nur eine Kleinigkeit?«

»Das war nicht die Frage.«

Sie stöhnt. »Es ging um Geld.«

Einen Moment lang schwebt dieser Satz in der Luft wie ein drohendes Unheil. Ich kann nichts anderes tun, als von Juliette zu Carmen zu blicken, denn offenbar habe ich hier etwas nicht ganz mitbekommen.

»Du meinst um *dein* Geld?«, will Carmen in einem Ton wissen, der schärfer ist als Chilisoße.

»Genau genommen das meiner Familie.«

Die beiden sehen einander an, tauschen grimmige Blicke wie Wörter aus. Unbehaglich räuspere ich mich. »Eigentlich meint sie, dass es um mich ging«, melde ich mich kleinlaut zu Wort.

Carmen hebt eine Augenbraue. »Mehr Information, bitte.«

»Tom ist einfach ...«

»Er hält mich für einen Schnorrer«, unterbreche ich Juliette. »Es ist meine Schuld, dass die zwei aktuell so viel Streit haben. Ich wohne seit einem Monat bei den beiden, zahle nichts dazu und halte Juliette von ihrem Studium ab.«

»Du hältst mich von gar nichts ab! Im Gegenteil.« Uns ist klar, dass Juliette das Studium nicht für sich, sondern für ihre Familie macht, dennoch fühlt es sich nicht richtig an, dass wir ihre Ablenkung sind. Oder eher ich, die Schnorrerin.

Carmen runzelt die Stirn, verzieht den Mund etwas und schüttelt den Kopf. Ihr dunkler Blick liegt auf uns. »Interessant.«

»Das ist alles?«, brummt Juliette etwas mürrisch.

Carmen scheint einen Moment darüber nachzudenken, ob sie dieses Pulverfass wirklich öffnen möchte. »Ihr kennt meine Meinung zu Tom«, sagt sie noch immer vollkommen ruhig.

Manchmal bewundere ich sie dafür, dass sie sich von nichts aus der Ruhe bringen lässt. Wahrscheinlich ist das der Grund, weshalb sie so gut in ihrem Job ist. Es gibt kein Haus, das sie nicht verkaufen kann. Sie bekommt immer, was sie will, und schafft es, selbst in einem Sturm noch völlig cool zu bleiben. Niemand macht ihr bei Verhandlungen etwas vor. Und das weiß sie. So, wie sie in diesem Moment weiß, dass Juliette noch wütender wird.

»Jetzt fang nicht wieder damit an«, schnaubt diese.

»Mach ich nicht«, sagt Carmen und hebt die Hände, als würde sie sich ergeben. Allerdings scheint diese Geste Juliette nicht zu reichen.

»Ich kann dein *Aber* förmlich riechen«, schnaubt sie.

»Man kann Worte nicht riechen.«

»Los, sag es!«

Sie wirft ihr schwarzes Haar zurück. Ihre Miene wirkt noch immer völlig gelassen, als sei sie die Königin in dieser Welt und habe es nicht nötig, eine Diskussion zu beginnen. »Ich habe keine Lust, mich mit dir zu streiten, nur weil du dein Herz an ein Arschloch verloren hast«, gibt Carmen gelassen zurück, und für den Bruchteil einer Sekunde glaube ich, dass Juliette aufspringt.

»Er ist kein Arschloch«, zischt sie sichtlich verletzt.

»Das ist deine Meinung.«

Dieser Streit nimmt langsam Dimensionen an, die mir ganz und gar nicht gefallen. »Hört auf«, presche ich dazwischen. »Tom ist gestresst – und das hauptsächlich meinetwegen. Ich verstehe ihn.« Das stimmt zwar nur halb, aber gerade ist es wichtiger, dass ich diesen Kampf unterbinde. Noch mehr Unruhe kann ich gerade wirklich nicht gebrauchen. »Ich bin schon zu lange euere Mitbewohnerin, es wird Zeit, dass ich mir etwas Eigenes suche. Irgendwie. Oder ich fahre einfach zurück nach Iowa.«

Meine Freundinnen starren mich beide an. Nun ist eine ganz andere Bombe geplatzt, und das auch noch völlig unkontrolliert. Mist, so hatte ich es ganz sicher nicht geplant.

»Warte ... was?«, kommt es von Carmen. Ihren dunklen Augen und dem messerscharfen Verstand entgeht aber auch nichts. »Etwas Eigenes? In Chicago?«

Ich lecke mir unruhig über die Lippen. »Ja. Ich meine vielleicht. Ich meine, keine Ahnung ...«

»Du willst hierbleiben?«, fragt Juliette verwirrt.

Alles in mir sträubt sich, den nächsten Satz wirklich auszusprechen, aber ich weiß selbst, dass ich mich nicht mehr davor drücken kann. »Harvard ... hat mich abgelehnt.«

Beiden klappt der Mund auf.

Wenn ich einen Wunsch frei hätte, würde ich die Zeit um zehn Minuten zurückdrehen und dieses Gespräch neu starten. Obwohl ich diese Fähigkeit vielleicht lieber dazu nutzen würde, doch nach Harvard zu können. Leider habe ich keine Wünsche frei, erkenne statt Hoffnung nur milchige Streifen am Himmel, die ich betrachten kann, um mich nach etwas zu sehnen, das ich nie gefühlt habe. Es dauert eine kleine Ewigkeit, bis Carmen und Juliette endlich wieder Worte finden.

»Fuck.«

»Oh, Honey ...«

Peinlich berührt schiebe ich mir eine Strähne hinters Ohr.

Fang jetzt bloß nicht an zu heulen, Brooke!

Eine tolle Freundin bin ich. Schnorre mich bei ihnen durch und komme dann nicht einmal an die Uni. Offenbar bin ich allein nicht lebensfähig. Vielleicht sollte ich einfach wieder zurück zu Mom und Dad ziehen. Und kellnern. Oder in dem neuen Starbucks arbeiten. Irgendwas ohne große Ambitionen, denn denen bin ich ganz offensichtlich nicht gewachsen. Allerdings kann ich auch nicht leugnen, dass ich mich ziemlich in diese Stadt verguckt habe. Und vielleicht auch minimal in einen Stripper voller Glitzer. Mir wird bewusst, dass ich noch immer nichts gesagt habe. Verdammt. Wieso muss ich mich auch ständig in meinen kreisenden Gedanken verirren.

»Ist schon okay«, bringe ich mühevoll hervor, schaffe es aber nur knapp, meine Tränen zu unterdrücken. »Vielleicht sollte es so sein.«

»Scheiße, Brooke. Hast du vergessen, uns ein Memo zu schicken, oder was?«

»Warum hast du denn nichts gesagt?«, will Juliette nun auch wissen.

Unruhig reibe ich mir über die Unterarme. »Du hattest andere Dinge im Kopf.«

»Ja, das Arschloch.«

»Carmen!«

»Sorry«, murmelt sie in ihre Tasse und zwinkert mir zu. »Ich bin vielleicht minimal angepisst, dass du das Zerbrechen deines großen Traums lieber mit dir allein ausmachen willst, als uns etwas zu sagen.«

»Ganz so ist es nicht«, murmle ich kleinlaut, obwohl Carmen die Angewohnheit hat, immer ins Schwarze zu treffen. »Ich habe es noch niemandem gesagt. Wollte es niemandem sagen. Jetzt habe ich es gesagt, und es ist ...« Jetzt kommen mir doch die Tränen und ich verfluche mich leise dafür, während ich sie wegwische. »... jetzt real.«

Carmen drückt mich so schnell an sich, dass ich kaum eine Chance habe zu entkommen. Ihr großer Busen drückt sich in mein Gesicht, während sie mir beruhigend über die Haare streicht. »Oh, Darling, du musst nicht weinen«, haucht sie mir liebevoll zu. »Die *Ivy League* ist nur was für kitschige Serien und schnulzige Bücher, es gibt so viel mehr als diesen Stempel.«

»Aber Harvard ...«

»Scheiß auf Harvard«, schnaubt sie und packt mich an den Schultern, damit ich ihrem schneidenden Blick nicht ausweichen kann. »Wer war schon da und hat die Welt wirklich verändert?«

»Michelle Obama, Mark Zuckerberg, Priscilla Chan, Yara Shahidi ...«

»Liebes, du musst nicht auf jede Frage antworten«, unterbricht sie mich sanft und wischt mir eine Träne aus dem Augenwinkel. »Scheiß auf die *Ivy-League-Wichser*, scheiß auf Harvard und scheiß auf alle anderen!«

Die Kellnerin bleibt kurz irritiert stehen, was Carmen jedoch nicht vom Fluchen abhält. »Was gucken Sie so, waren Sie etwa in Harvard?«

»Yale«, murmelt die Kellnerin leise und geht mit feuerrotem Kopf an uns vorbei.

»Siehst du, eine Elite-Uni bedeutet gar nichts.«

»Außer dass man gut genug für die Elite ist«, brumme ich, doch immerhin haben die Tränen endlich aufgehört zu fließen. Die beiden sind meine besten Freundinnen, doch sie werden nie verstehen, wie es sich anfühlt, nicht wie sie zu sein. Nicht so privilegiert. Auch wenn sie alles tun, um mir das Gefühl zu geben, ich sei ebenso viel wert wie sie, reißt der unterschiedliche Kontostand einen Abgrund zwischen uns. Ich hatte gehofft, mir selbst zu beweisen, dass ich gut genug bin. Auch zur Elite *gehöre.*

»Liebes, für uns bist du besser als jeder Schnösel aus Yale, Harvard oder eins der anderen Kacknester«, meint Juliette bestimmt und greift nach meiner Hand.

»Was hast du da gerade gesagt?«, frage ich zurück und spüre, wie ich anfange zu grinsen.

Juliette wird kurz rot, schüttelt es jedoch schnell wieder ab. »In diesem Fall bin ich ganz auf Carmens Seite«, fährt sie fort. »Scheiß auf Harvard! Du warst die Beste unseres Jahrgangs. Bist die beste Freundin, die man sich wünschen könnte – und absolut jeder war und ist neidisch auf deinen prachtvollen Hintern.«

Nun muss ich wirklich lachen. Meine Freundinnen tauschen knappe Blicke, die wohl ausdrücken sollen, dass sie froh sind, dass ich nicht mehr mitten im Café weine.

»Und was hast du jetzt vor?«, fragt Carmen ungewohnt vorsichtig.

»Ich habe nicht den Hauch einer Ahnung«, gestehe ich. Gestern wusste ich noch, was ich wollte. Ich war vollkommen sicher, wo mein Weg mich hinführen würde. Doch nun ist dieses Seil, an dem ich mich in meine Zukunft ziehen wollte, gerissen.

Ich fühle mich wie eine Gestrandete zwischen all den Wolkenkratzern.

»Die Uni in Chicago ist gut«, versucht Juliette, wie immer etwas Positives zu sehen.

Innerlich stelle ich mich bereits darauf ein, dass sie einen Termin bei ihrer Wahrsagerin für mich macht. Das ist ihr Heilmittel für so ziemlich jede Daseinskrise. »Ja, aber die Bewerbungsfrist ist schon vorbei«, gebe ich zurück.

Es folgt ein kurzes Schweigen, dann räuspert sich Carmen kurz.

»Und du hast mit dem Stripper geknutscht?«, will sie wissen.

»Sei doch nicht so unsensibel«, faucht Juliette etwas heftiger, sodass ich zusammenzucke.

»Na ja, das Problem ist bereits gelöst – da können wir zu dem spaßigen Teil springen. Und das sind in der Regel schlüpfrige Details.«

»Was meinst du?«, frage ich verwirrt. »Nicht *eins* meiner Probleme ist gelöst.«

»Doch«, gesteht Carmen ohne den Hauch eines schlechten Gewissens. »Es ist eventuell möglich, dass ich dich angemeldet habe.«

»An der Uni?«

Carmen grinst. »An der University of Chicago, ja. Glaubst du wirklich, ich würde dich ohne Fallschirm springen lassen? Deine Ambitionen und die *Ivy League* in allen Ehren, aber ich dachte, es wäre nett, wenn du etwas mehr Auswahl hast. Und in unserer Nähe bist.«

»Du hast Brooke in Chicago eingeschrieben?« Juliette schüttelt den Kopf, aber das Lächeln in ihrem Gesicht ist echt.

»Das glaube ich einfach nicht«, stoße ich aus und reiße die Augen so weit auf, dass ich mir vorkomme wie eine Comicfigur.

»Sieh mich nicht so an, ihr wisst doch, dass ich immer gern einen Plan in der Hinterhand habe«, meint sie leichthin und wedelt mit ihrer perfekt manikürten Hand. »Und vielleicht, ganz vielleicht, habe ich gehofft, dass du dich genauso in Chicago verliebst wie wir. Ich meine, Harvard ist sicher toll, aber du hättest uns vermisst.«

»Und das gibt dir das Recht, mich anzumelden? Gegen meinen Willen? Ohne mein Einverständnis?«

»Also wenn du es so ausdrückst, klingt es ziemlich übergriffig.«

»Und?«, will Juliette wissen.

»Und was?«

»Wurde Brooke angenommen?«

Carmen grinst. »Natürlich.«

»Ist das dein Ernst?«, stoße ich aus.

»Ich scherze eher selten, falls es dir aufgefallen ist.«

»Dann habe ich einen Studienplatz?«

»Damit gehörst du jetzt wohl offiziell nach Chicago. Wir sind vielleicht kein Mitglied der *Ivy League*, aber dafür haben wir dreifach so viel Eier«, sagt sie entschlossen. »Und jetzt zurück zu den wichtigen Dingen: Wie küsst unser Stripper denn so?«

Nate

Familie ist etwas Seltsames.

Jeder von uns hat mehr oder weniger eine, und keine davon ist völlig unkompliziert. Ich liebe meine Familie, aber es gibt kaum etwas, das mir ebenso viel abverlangt.

»Was ist das hier?«, brummt mein Vater mürrisch und stützt sich an der Wand ab.

Niguel ist ebenso groß wie ich, mit grauem Haar, das ihm noch immer in die Stirn fällt. Die eingefallenen Wangen sind mit dichten Stoppeln versehen, die fast schon silbrig im künstlichen Licht schimmern. Obwohl er früher immer wie Hulk auf mich gewirkt hat, scheint seine Kraft in den letzten Monaten verschwunden zu sein.

Er deutet auf den Getränkeautomaten. Ich eile zu ihm, stütze ihn und bringe ihn dazu, sich wieder in seinen Rollstuhl zu setzen.

»Du sollst doch nicht aufstehen«, sage ich tadelnd, was sich seltsam anfühlt. Niemand tadelt meinen Vater. Normalerweise. Erst recht nicht ich. Wie auf ein Stichwort kommt meine Mutter um die Ecke.

»Hier bist du also!«

»Was ist das für ein Ding?«, grummelt mein Vater noch immer.

»Das ist ein Getränkeautomat«, erklärt meine Mutter augenrollend. Wir blicken einander kurz an, und ich erkenne das müde Lächeln auf ihren Lippen.

»Das sehe ich.«

»Was fragst du dann?«

»Was soll dieses Ding hier?«, herrscht er und schnaubt gleich darauf, als hätten wir ihn tödlich beleidigt.

»Es gibt Menschen, die mögen Cola lieber als einen Smoothie«, meine ich vorsichtig, denn ich weiß, wie dünn das Eis ist, auf dem ich mich gerade bewege. Mir war klar, dass ihm die Änderungen im Studio nicht gefallen würden. Aber er war nicht da, um mit mir zu streiten, und ich musste diese Entscheidungen allein treffen. Allerdings beginne ich langsam, mich zu fragen, ob ich es nicht besser hätte lassen sollen.

»Dann sollen sie verdammt noch mal zu McDonalds gehen und nicht in ein Fitnessstudio«, schimpft mein Dad.

»Es ist ein guter Nebenverdienst«, erkläre ich mich, kann aber nicht verhindern, den leisen Stich in meinem Inneren zu fühlen. Dieser Stich gegen meinen Stolz – Niguel schafft es wie kein anderer, diesen zu brechen.

Mein Vater sagt nichts, doch sein Blick lässt keinen Raum für eine positive Deutung. Ihm gefällt meine Arbeit nicht. Und am wenigsten gefällt ihm, dass er mich jetzt nicht anschreien kann.

Die Anspannung zwischen uns ist fast greifbar. Den Starr-Wettbewerb gewinnt wie üblich mein Vater, denn ich fühle mich unter seinem Blick wieder wie ein kleiner Junge, der das Fenster mit dem Ball zerschossen hat. Zum Glück ist meine Mutter wie immer bereit, sich zwischen die Fronten zu werfen.

»Du musst dich ausruhen«, sagt sie wie aufs Stichwort.

»Ich hab mich die letzten Wochen mehr als genug ausgeruht.«

»Komm schon, Dad«, meine ich in dem hilflosen Versuch, die Stimmung etwas aufzulockern. »Du kannst mir auch beim Abendessen noch den Kopf abreißen.«

»Hast du noch mehr an meinem Studio geändert?«, fragt Niguel entgeistert, und meine Mutter beginnt zu lachen.

»Nein, nur ausgetauscht, was kaputt war«, erkläre ich.

»Keine weiteren Automaten?«

Ich schüttle den Kopf. Das scheint Niguel zumindest ein wenig milder zu stimmen. Gerade will meine Mutter Nana ihn an mir vorbeischieben, als er meine Hand ergreift. Mein Herzschlag stolpert kurz, doch dann blicken seine grauen Augen zu mir hinauf.

»Wenn ich doch einen anderen Automaten finde, lege ich dich übers Knie.«

Etwas hilflos grinse ich und schüttle den Kopf. Viel näher kommen wir beide uns wohl so schnell nicht mehr, aber es tut gut, ihn wieder hier zu haben.

Mein Vater ist der Inbegriff eines starken Mannes. Immer in Bestform. Immer bereit, sich die Hände schmutzig zu machen. Immer einen Tick zu ehrlich und mürrisch.

Ohne ihn war das Studio seltsam leer. Ich blicke meinen Eltern nach, bis mich das leise Ping meines Handys ablenkt. Wieder eine Nachricht. Die dritte heute.

Okay, du kannst mir jetzt die kalte Schulter zeigen. Aber ich warne dich vor, ich werde dir nicht nachlaufen.

Das Wummern meines Herzens wird zu einem Rauschen in meinen Ohren. Natürlich läuft eine Frau wie sie nicht jemandem wie mir nach. Doch ich bin so fest in meiner Ecke verankert, dass ich nicht mehr weiß, wie ich wieder herauskommen soll. Es gibt keine Worte, die auch nur im Ansatz beschreiben können, wieso ich sie so lange auf die Warteliste gesetzt habe. Doch der Gedanke, sie deswegen nicht mehr wiederzusehen, ist fast noch schlimmer.

»Hast du ihr noch immer nicht geantwortet?«, erklingt die vertraute Stimme von Tian hinter mir. Ich drehe mich halb zu ihm um.

»Ich will es gerade tun.«

»Tatsächlich?«

Leise stöhnend nicke ich. »Ich weiß nur nicht, wie ...«

Tian setzt sein Macker-Grinsen auf. »Sag einfach: ›Sorry, dass ich mich wie ein bockiges Kleinkind nicht gemeldet habe. Wie wäre es, wenn du mich nach der Arbeit abholst und wir picknicken gehen?‹«

Fragend hebe ich die Augenbrauen. »Ist das dein Ernst?«

»Frühling in Chicago, kann es etwas Romantischeres geben?«, gibt er zurück und zwinkert. »Außerdem geht mir dein Gejammer auf den Sack.«

»Besten Dank.«

»Immer wieder gern.«

Ich verziehe das Gesicht, schaffe es aber irgendwie, eine halbwegs adäquate Nachricht zu verfassen, und frage mich gleich darauf, was zum Teufel ich für ein Picknick vorbereiten kann.

Es ist jetzt der dritte Versuch, dir zu antworten, ohne dass ich wie der letzte Vollidiot dastehe. Aber ich fürchte, dieser Zug ist bereits abgefahren. Kann ich mir deine kalte Schulter im Grant Park ansehen?

Bevor ich zu lange darüber nachdenken kann, wie schrecklich meine Worte klingen, schicke ich die Nachricht einfach ab. Tian sieht mich erwartungsvoll an. Ich nicke. »Okay, ich hab ihr geschrieben.« Triumphierend hebe ich das Handy hoch, als hätte ich die schlimmste Aufgabe des heutigen Tages endlich hinter mich gebracht.

»Braver Junge, jetzt beweg deinen Hintern. Der nächste Kurs wartet.«

»O Mist, den hab ich vergessen.«

»Stets zu Diensten.«

10. *Can't Stop The Feeling*

Brooke

Unsicher blicke ich noch einmal auf meine Navigationsapp. Doch diese verkündet noch immer, dass ich am Ziel bin. Einen Moment betrachte ich die rostrote Steinfassade des alten Kinos. Es hat den Charme der 50er-Jahre, doch statt eines Filmes wird auf der weißen Anzeigetafel verkündet, dass das Fitnessstudio bald schließt und morgen wieder wie gewohnt öffnen wird.

Ich lege den Kopf schief, bleibe aber vor dem Eingang stehen. Nate hat mir diese Adresse gegeben, und da ich nicht glaube, dass er mich nur zum Spaß durch die halbe Stadt schickt, werde ich einfach warten. Mein Blick gleitet über die Straße. Ich atme die eisenhaltige Luft ein, höre das sanfte Dröhnen der verschiedenen Stimmen, Sprachen und des Verkehrs.

»Du bist früh dran.«

Ich drehe mich um und blicke in meerblaue Augen. Offenbar habe ich den Moment verpasst, in dem Nate aus dem Studio gekommen ist. Sein dunkles Haar ist noch nass, und der Duft seines Shampoos weht mir in die Nase.

»Entgegen der landläufigen Meinung versuche ich immer, pünktlich zu sein.«

»Sehr ehrenwert«, meint er mit einem kleinen Grinsen, das meine Knie wieder weich werden lässt.

Verdammt. Diese blöden Hormone machen mich noch fertig. Es muss am Frühling liegen. »Ich hätte nicht gedacht, dass du in einem Fitnessstudio arbeitest«, sage ich und deute auf das Gebäude hinter ihm.

Nate dreht sich halb um, als müsste er sichergehen, was ich meine. Sein Gesichtsausdruck ist schwer zu deuten. »Es gehört meinen Eltern, ich helfe nur aus.«

»Ist das deine elegante Art, mir zu sagen, dass du zwar arbeitest, aber nicht bezahlt wirst?«

»So ungefähr«, gibt er zurück, wirkt aber noch immer so, als würde er dieses Thema am liebsten wieder fallen lassen.

»Und es gefällt dir?«

Keine Ahnung, warum ich das frage. Ich beiße mit auf die Innenseite meiner Lippe und verpasse mir mental einen Klaps. Wenn es einen Award für die schlimmsten Date-Unterhaltungen geben würde, hätte ich ihn sicher längst.

»Es ist schon in Ordnung«, murmelt Nate, der sich von meiner Unfähigkeit, dieses Thema fallen zu lassen, nicht beeindrucken lässt. Stattdessen zeigt er nach vorn, um anzudeuten, dass wir losgehen sollten.

Erst jetzt bemerke ich den kleinen Korb in seiner Hand. Doch bis auf eine große Decke kann ich den Inhalt nicht erkennen.

»Mein Traumjob ist es nicht«, gesteht er nach einer Weile. In dem schlichten Hoodie und der Jeans wirkt er auf mich fast noch anziehender als im Smoking.

»Und was wäre das?«, will ich wissen.

»Das verrate ich nicht.«

Ich reiße empört den Mund auf. »Was, warum nicht?«

»Es wäre doch langweilig, wenn ich all meine Geheimnisse gleich preisgeben würde.«

Ich ziehe einen Schmollmund. »Du bist gemein.«

»Etwas Spannung muss bleiben.«

Ich lache, obwohl ich mir gleich darauf dumm vorkomme. Aber es ist schwer, klar zu denken, wenn Nate so gut riecht und ich langsam, aber sicher Hunger bekomme. Wir laufen ein Stück, bis der Grant Park sich in all seiner Pracht vor uns ausbreitet. Es dauert nicht lange, bis wir einen Platz finden, an dem wir uns niederlassen können.

Nate breitet die Decke aus, und ich bin froh, dass ich mich gegen Juliette durchgesetzt habe und statt eines Kleides meine Boyfriend-Jeans trage. So muss ich zumindest nicht die ganze Zeit darauf achten, wie ich sitze.

»Wow, ein Picknick im Grant Park. Wir erfüllen wohl jedes Klischee«, kommentiere ich, während Nate dabei ist, sich den Inhalt des Korbes vorzunehmen.

»Warte ab, bis du siehst, was unser reichhaltiges Menü sein wird.«

»Bitte sag mir, dass du nicht kochen kannst.«

»Nein, das kann ich tatsächlich nicht.«

»Puh, gut«, stoße ich aus.

»Warum ist das gut?«

»Na, weil ich wirklich sehr darauf stehe, essen zu bestellen.«

»Ein Fast Food-Junkie?«

»Ja, und ich schäme mich nicht dafür«, gebe ich zurück und betrachte neugierig unser heutiges Abendessen: abgepackte Schokoriegel, Chips, zwei Cola-Dosen und eine Menge Energy-Riegel.

»Das ist perfekt«, sage ich mit einem breiten Grinsen und schnappe mir einen der Schokodinger.

»Ich hoffe, du hast keine Allergien.«

»Solange du mir keine Katze ins Gesicht hältst, ist alles in Ordnung.«

»Gut, abgespeichert«, verspricht er lachend.

Mir ist klar, dass ich das Thema Tom irgendwann anschneiden muss. Also versuche ich, es hinter mich zu bringen. »Nate, ich ...«

»Du musst dich nicht entschuldigen«, unterbricht er mich, noch ehe ich die vorbereitete Rede abspulen kann.

»Ich weiß, aber ich fühl mich trotzdem mies.«

»Es ist nicht das erste Mal, dass jemand nicht gut auf meinen Job reagiert«, meint er und tut so, als würde es ihm nichts ausmachen. Doch ich sehe deutlich, wie das Blau seiner Augen einen Ton dunkler wird. Eine leichte Falte zeichnet sich auf seiner Stirn ab, als würde er an all die Momente denken, in denen er wegen seines Jobs diskriminiert wurde.

»Ja, aber ich hab kein Problem damit«, murmele ich und schiebe mir eine der gelösten Strähnen hinters Ohr. »Und Tom hat sich wie ein Arschloch verhalten.«

»Er ist nicht der Erste, der mich so behandelt.«

»Das macht es nicht gerade besser.«

»Nein, aber es gehört dazu.«

Ich schlucke. Bisher habe ich mir nie Gedanken darüber gemacht, was für Nachteile dieser Job mit sich bringen könnte. »Diskriminiert zu werden?«

Nate scheint einen Moment abzuwarten, ganz so, als sei er sich nicht sicher, ob ich die Antwort wirklich hören will. »Ja.«

»Was stimmt nur mit den Menschen nicht?«

Er lacht, doch es klingt freudlos. »Auf diese Frage gibt es eine ganze Menge möglicher Antworten.«

»Ich will trotzdem, dass du weißt, dass es mir egal ist«, brumme ich. »Dass du damit glücklich bist, ist die Hauptsache.«

Nate zuckt mit den Schultern und öffnet eine Cola-Dose. »Hoffentlich sehen meine Eltern das auch so.«

»Wissen sie es nicht?«

»Um ehrlich zu sein, nein.«

Nun bin ich es, die ihre Stirn in Falten legt. »Warum nicht?«

»Es ging meinem Vater in den letzten Monaten nicht sonderlich gut. Und das Studio ist zwar beliebt, aber auch teuer«, gesteht er leise und blickt in die Ferne, als könnte er es gerade nicht ertragen, mich anzusehen.

»Hast du deswegen damit angefangen?«, flüstere ich.

Wieder dauert es einen Moment, ehe er antwortet. »Ja.«

»Oh, Nate«, sage ich lächelnd. »Du bist echt zu gut für diese Welt.«

Nun lacht er wirklich. »Nein, ich bin ziemlich verkorkst.«

»Zieh deine Cowboystiefel an und sag das noch mal!«, antworte ich und zwinkere. Woraufhin ich natürlich sofort rot werde, weil ich es nicht gewohnt bin, so etwas zu sagen. Zumindest nicht, ohne dass meine Freundinnen mich angestachelt haben. Oder Gin im Spiel ist. Offenbar haben Juliettes sexy Augenbrauen auf mein Mundwerk abgefärbt.

Ich starre Nate entschuldigend an, doch er schmunzelt auf eine Art, die meine gesamte Haut kribbeln lässt. »Und ich dachte, das sei die schmutzige Fantasie deiner Freundin und nicht deine eigene«, raunt er, plötzlich viel näher als noch vor ein paar Herzschlägen. Er greift nach meinem Gesicht und fährt mit dem Daumen über meine Lippen.

»Ist es auch, aber ich lasse mich gern überzeugen ...«, hauche ich und bin unfähig, länger zu warten.

Ich will keine Sekunde mehr mit Small Talk verschwenden. Als mein Mund sich auf seinen presst, wird mir schwindelig. Unser Kuss ist süß und salzig – und absolut perfekt unter der goldenen Sonne.

Sachte drückt er seinen Körper an meinen, sorgt dafür, dass ich mich hinlege. Mein Blut rauscht in meinem Kopf, jeder klare Gedanke ist fort. Es gibt nur noch ihn, den Geschmack von Schokolade und Erdnüssen und den sanften Wind. Für einen Moment glaube ich, dass dieser Kuss ewig dauert, bis mich etwas am Kopf trifft.

Nate und ich schrecken hoch.

Eines der spielenden Kinder hat mich mit seiner Frisbee-Scheibe getroffen.

Unsere Blicke verhaken sich ineinander, dann fangen wir an zu lachen.

»Ich will keine Dates mehr«, meine ich grinsend.

Verblüffung trifft es nicht, vielmehr fühlt es sich an, als stünde ich unter Schock. Blinzelnd sehe ich Brooke an, versuche, in ihrer Miene etwas zu erkennen, das mir einen Hinweis gibt, was ich falsch gemacht habe.

»Was?«

»O Gott, entschuldige«, kommt es schnell aus ihrem Mund. »Ich meinte, ich brauche nicht noch so ein Traumdate. Es ist mir nicht wichtig, dass wir ständig romantische Dinge tun.«

Ich schlucke. Noch immer verwirrt. »Okay?«

»Wir treffen uns jetzt das dritte Mal, und ich …« Sie beißt sich kurz auf die Unterlippe. Ihr Blick ist ausweichend. »Es fühlt sich noch immer so an, als wüsste ich fast nichts von dir. Dates sind schön, aber wenn wir herausfinden wollen, ob das hier mehr ist als die Nachwirkungen deines rosa Strings, dann …«

»Du willst etwas über mich wissen?«

»Nein, also … ja«, meint sie und lacht, weil ich offenbar noch immer völlig verwirrt dreinblicke. »Ich meine damit, dass wir uns wirklich kennenlernen. Falls du das willst.«

»Ist das dein Ernst?« Meine Worte klingen fast noch unbeholfener als sonst, aber es erscheint mir absurd, dass eine Frau wie sie auf der kratzigen Decke meiner Mutter sitzt und mich so etwas fragt.

»Ja«, sagt sie leise, fast schon schüchtern.

»Zumindest weißt du, was du willst.«

»Das Leben ist zu kurz für halbe Sachen.«

»Diese Weisheit werde ich mir an den Kühlschrank hängen«, murmle ich lachend.

»Was nur zeigt, dass du einen überaus guten Geschmack hast.«

»Okay.«

»Okay?«

»Du willst mich wirklich kennenlernen, und dass ich hoffnungslos in dich verknallt bin, hat inzwischen ganz Chicago mitbekommen. Also, okay.«

Sie beißt sich auf die Lippe, ehe sie sich eine Strähne aus dem Gesicht streicht und mich anlächelt. »Okay.«

»Wird es seltsam, wenn ich das Wort noch mal wiederhole?«

»Ich fürchte, ja.«

Lachend werfe ich den Kopf in den Nacken. Die Erleichterung weicht einem leisen Stechen in meiner Brust, denn Brooke ist die erste Frau seit langer Zeit, die mehr will als mein glitzerndes Ich. Und das macht mich ziemlich nervös.

»Lass uns losgehen.«

Sie legt den Kopf schief. »Jetzt?«

»Ja, ich will dir was zeigen.«

»Aber wir sind doch gerade erst gekommen.«

»Willst du mich nun kennenlernen oder nicht?«

Sie überlegt nicht lange. Mit einem Satz ist sie auf den Beinen, hilft mir, die Schokoriegel zusammenzupacken, und schüttelt die Decke aus. Das Licht der Abendsonne lässt ihr Haar golden schimmern.

An diesen Anblick könnte ich mich gewöhnen. Ich könnte mich auch daran gewöhnen, mit Brooke durch den Park zu schlendern, für sie Schokolade aus dem Studio zu klauen und ihr zu zeigen, wer ich wirklich bin.

Irgendwie ist dieser Gedanke sowohl schön als auch gruselig. Wenn man Menschen nah an sich heranlässt, bekommen sie Macht. Und nicht jeder dieser Menschen ist sich dessen bewusst oder in der Lage, diese Macht nicht auch gegen einen zu verwenden.

Shit, Nate, jetzt werd nicht wieder zur Memme.

»Wohin gehen wir?«, fragt Brooke und sieht mich erwartungsvoll an. In ihrer Miene spiegeln sich Neugier und ein Hauch von Aufregung.

Mit einer Hand fische ich mein Handy aus der Hosentasche. Die Uhrzeit passt. »Hier lang«, weise ich sie lächelnd an.

Schon nach einigen Schritten können wir die Musik hören. Doch eine Traube von Menschen auf dem breiten Weg versperrt uns die Sicht. Jetzt schon schleicht sich ein Grinsen auf mein Gesicht. Brooke scheint noch nicht zu wissen, was sie erwartet, doch sie rückt dichter an mich heran, während wir uns durch die Menschen nach vorn schieben.

Tian steht mit drei anderen Tänzern in der Mitte der Menge. Die Musik wird durch das Klatschen und die Rufe unterbrochen. Brooke drückt meine Hand.

Ihre Augen beginnen zu leuchten, als hätte sie absolut nicht damit gerechnet. Zum Glück stimmt unser Timing, denn gerade beginnt ein neues Lied. Der wummernde Bass aus den Boxen lässt den Gehweg leicht beben.

Natürlich hat Tian uns längst entdeckt, doch er ist zu sehr in seinem Element, um sich davon ablenken zu lassen. Die Formation der Tänzer steht. Die ersten Töne erklingen, und Tian macht den Grant Park zu seiner Bühne.

Die Tänzer beginnen langsam. Vollkommen synchron setzen sie einen Schritt zur Seite und wieder zurück. Dabei schwingen ihre Hüften alle im gleichen Takt, als könnten sie bereits spüren, was als Nächstes passiert.

Mein bester Freund lässt sich nicht lange bitten und macht direkt einen Backspin.

Eine kleine Breakdance-Einlage schadet nie, um das Publikum anzuheizen. Tian wirft sich auf den Boden und beginnt, auf dem Rücken zu kreisen, ehe er wieder aufspringt – genau an die Spitze der anderen Tänzer, die sich zu einem Dreieck formiert haben.

Ihre Oberkörper und Becken vollführen wellenartige Bewegungen im Gleichtakt, während sie uns Zuschauern seitlich zugewandt sind. Dann legen sie richtig los.

Das Publikum jubelt begeistert, und Brooke gibt ein erstauntes Geräusch von sich. Ihr Blick ist auf die Tänzer fixiert, die ihre Choreografie mit vollem Herzen vom Studio in den Grant Park gebracht haben. Als einer der Schüler einen kleinen Breakdance hinlegt, wird das Publikum zu noch mehr Jubelrufen verführt.

Lächelnd betrachte ich Brooke, die komplett gegen den Takt von einem Fuß auf den nächsten hüpft. Es ist nicht das *Hubbard Street Dance Chicago*, aber Tian macht seinen Job verdammt gut.

Der nächste seiner Schüler ist dran und versucht sich an einem Six-Step – einem Basic Move im Breaking, der einfach aussieht, aber bei dem man schnell das Gleichgewicht verliert, wenn man ungeübt ist. Die Arme des Tänzers sind auf den Boden gestützt, und er geht sechs Schritte mit den Beinen um sich herum, ehe er das Ganze mit einem Headspin abrundet. Allerdings kommt er ins Straucheln. Davon lässt sich jedoch niemand stören. Er springt wieder auf, geht in die Formation zurück.

Brooke jubelt. Sie klatscht im gleichen Takt wie der Rest der Zuschauer.

Bei der Freestyle-Einlage eines der Tänzer kommt Tian etwas atemlos zu uns. »Was macht ihr hier?«

»Ich wollte Brooke zeigen, wer mir meine Tanzschritte beibringt«, gebe ich zurück und deute auf sie.

Brooke lächelt noch immer, wenn auch etwas schüchtern. »Freut mich.«

»Ich bin Tian. Hast du was dagegen, wenn ich ihn mir für einen Tanz ausborge?«

Gerade will ich den Kopf schütteln, doch da nickt sie bereits begeistert, und mir wird klar, dass ich diese Situation hätte kommen sehen müssen. Zum Glück kenne ich Tian gut genug, um mich zumindest nicht zum kompletten Trottel zu machen.

Ohne dass wir uns absprechen müssen, ahme ich seine Bewegungen nach und werde zum Spiegel seiner spontanen Choreografie.

Der Song ist neu für mich, doch mein Körper passt sich mühelos dem Rhythmus an. Ich lasse einfach los, höre nur noch auf den Takt und das Drängen meiner Füße, sich zu bewegen. Es gibt nur noch mich, die Musik, das Tanzen und Brooke, die mir mit einem Lächeln zusieht.

11. Dishes

Brooke

Der Geruch von Blaubeerkuchen und Parfum liegt in der Luft. Auf dem großen Esstisch gibt es mehr als genug Platz, doch meine Freundinnen und ich essen trotzdem direkt von der drehbaren Tortenplatte.

Fünf verschiedene Kreationen stehen vor uns. Falls ich jemals auf die Idee gekommen bin, eine Diät zu machen, ist sie spätestens jetzt gestorben. Genüsslich schiebe ich mir einen weiteren Bissen der Blaubeertorte in den Mund.

Der Boden ist locker, luftig, fluffig. Die leckeren Kalorienbomben haben garantiert einen Schlagsahneanteil jenseits von Gut und Böse.

»Engere Auswahl?«, will Juliette wissen und zieht ihr Hochzeitsnotizbuch hervor. »Wenn ich das genüssliche Stöhnen richtig interpretiert habe, steht Blaubeere weit oben.«

Ich nicke eilig. »Definitiv.«

»Obwohl die Dreifach-Schokoladentorte mir einen halben Geschmacksorgasmus verursacht hat?«, will Carmen wissen und zieht die Torte näher zu sich heran.

Juliette legt den Kopf schief und scheint kurz darüber nachzudenken. »Tom ist kein Fan von Schokolade.«

»Und warum testen wir sie dann?«, will Carmen wissen. Sie wischt sich mit der Serviette elegant die Schokolade aus dem Mundwinkel, bevor sie die Haare über ihre Schultern wirft.

»Weil ich weiß, wie sehr *ihr* auf Schokolade steht.« Juliette lächelt milde.

»Du bist eben die Beste«, meine ich grinsend. »Schokolade und Blaubeere liefern sich auf jeden Fall ein knappes Rennen.«

»Kirsche ist durchgefallen«, bestätigt Carmen nickend.

Mit etwas Wehmut betrachte ich die rosa Glasur, brumme aber dennoch zustimmend.

»Dann wäre da noch Limone-Vanille«, murmelt Juliette. Sie deutet auf die letzte noch unangetastete Torte, deren helles Gelb uns bereits abgeschreckt hat. Es mag an dem aktuellen Zuckergehalt in meinem Blut liegen, doch aus nicht ersichtlichen Gründen überkommt mich bei diesem Anblick nicht das Bedürfnis, ein Stück zu kosten. Und damit bin ich offenbar nicht allein.

»Wer, um Gottes willen, hat denn diese Geschmackskombination ausgesucht?«, fragt Carmen und zieht die schmalen Brauen zusammen. Heute ist sie in ihrer Version eines Gammellooks zu sehen. Jeans und Shirt, nur ihre Armbanduhr und die goldenen Ohrringe verraten sie.

»Ich?«, meint Juliette, wirkt dabei aber ungefähr so überzeugend wie ein Hund, der sich im Körbchen versteckt, nachdem er die teuren Schuhe zerkaut hat.

»Du hasst Zitronen.«

»Okay, es war Tom«, antwortet Juliette und hebt die Hände. »Wir sollten der Torte zumindest eine Chance geben. Immerhin ist sie schon hier.«

Carmen gibt ein Geräusch von sich, das nicht gerade so klingt, als sei sie der gleichen Ansicht. Ich entgegne nichts, sondern futtere stillschweigend meine Blaubeertorte weiter. Noch habe ich Platz in meinem Magen und bin fest entschlossen, so viel wie möglich damit zu füllen. Wahrscheinlich ist mir nachher schrecklich schlecht. Aber das ist es wert.

»Kommt schon, so schlimm wird es sicher nicht«, meint Juliette todesmutig und schneidet ein Stück aus der Torte heraus. Dennoch zögert sie kurz, bevor sie die mundgroße Portion zwischen ihren vollen Lippen verschwinden lässt.

Carmen und ich halten die Luft an.

Juliette kaut. Ihr Mund kräuselt sich, erst nur kurz. Doch dann zieht sich ihr gesamtes Gesicht zusammen, als hätte sie an einem Klostein geleckt. Schnell greift sie nach einer der Servietten und spuckt das Stück wieder aus.

»Das ist ekelhaft.«

»Ich bin stolz auf dich, dass du dich dieser Herausforderung gestellt hast«, sagt Carmen belustigt und tätschelt unserer Freundin die Schulter. Dann trifft ihr wissender Blick mich.

»Da wir mit unserer Arbeit so gut wie fertig sind, wird es Zeit, dass Brooke uns auf den neuesten Stand bringt.«

Meine Augen verdrehen sich von ganz allein. »Muss das sein? Können wir nicht darüber reden, dass Juliette schon wieder ihre Vorlesungen geschwänzt hat?«

»Diesen Punkt diskutieren wir später.«

»Ich will jedes Detail wissen«, platzt es aus Juliette heraus.

Offenbar komme ich aus dieser Nummer nicht mehr heraus. »Habt ihr schon mal was von Privatsphäre gehört?«

»Das ist das, was niemand mehr hat, seit es Instagram gibt«, wirft Carmen ein und lehnt sich lässig auf dem Stuhl zurück.

Meine Freundinnen sehen mich erwartungsvoll an. Bei dem Gedanken an Nate schleicht sich ein Grinsen auf mein Gesicht.

»Es war schön«, murmle ich so leise, dass ich mir erst nicht sicher bin, ob sie mich gehört haben. Doch Juliette lässt ein »Uhhhhhh ...« hören, und ihre Augenbrauen tanzen.

»Bitte mach das nicht.«

»Was denn?«

»Dieses euphorische *Uuhhhhh*, als gäbe es nicht Spannenderes in meinem Leben als ein Date.«

»Ein Date mit einem heißen Stripper«, kommentiert Carmen.

Jetzt verziehe ich mürrisch den Mund, weil es mir nicht passt, dass sie Nate auf seinen Körper reduzieren. Natürlich ist ein Waschbrettbauch nicht übel, aber das Aussehen ist nicht alles. Und besonders ist es nicht der Grund, warum ich Nate so sehr mag. »Euch ist schon klar, dass er mehr ist als nur das?«

Carmen grinst breit und zeigt dabei ihre makellosen Zähne. »Du schaltest in den Verteidigungsmodus, das ist ein gutes Zeichen.«

Erwischt.

»Also, wo steht ihr?« Juliette legt den Kopf schief.

»Ich habe ihm meinen Zettel zum Ankreuzen gegeben. Es liegt also in seiner Hand, ob er *Ja, Nein* oder *Vielleicht* sagt«, brumme ich und rolle mit den Augen, als könnte dies die Ironie noch unterstreichen. »Es war unser zweites Date, also plane bitte nicht schon unsere Hochzeit.«

»Wenn ihr euch bis nächste Woche entscheidet, könnte ich noch eine Doppelhochzeit organisieren«, scherzt sie, doch das sorgt nur dafür, dass ich die Arme vor meiner Brust verschränke.

»Setz sie nicht so unter Druck«, kommt Carmen mir zu Hilfe.

»Es läuft gut, das ist alles, was wir wissen müssen«, meint Juliette und zwinkert mir zu.

»Danke.«

Carmen lässt sich davon jedoch nicht beeindrucken. Genüsslich leckt sie ihre Kuchengabel ab, bevor ihr dunkler Blick mich wieder fixiert. »Hattet ihr schon Sex?«

»Carmen!«

Sie hebt die Hände, als wäre sie sich keiner Schuld bewusst. »Was denn?«

»Mein Sexleben geht euch nichts an.« Ich verschränke die Arme vor der Brust, als könne das meine Privatsphäre noch zusätzlich schützen. Allerdings habe ich die Rechnung mal wieder ohne Carmen gemacht.

»Also nicht.«

»Wo denn bitte, bei Juliette im Gästezimmer?«

»Ich kann euch auch ein Hotel besorgen«, meint sie so gelassen, als sei dieses Angebot etwas völlig Alltägliches. Gegen meinen Willen muss ich lachen, auch wenn ich das Gefühl nicht loswerde, dass Carmen es ernst meint.

»Kommt er zu deiner Geburtstagsfeier?«, reißt Juliette meine Aufmerksamkeit wieder an sich.

»Ich bekomme eine ... Feier?«, frage ich perplex zurück.

»Natürlich, man wird nicht jeden Tag zweiundzwanzig Jahre alt.« Sie sagt es, als sei es bereits festgelegt. Und als hätte ich keine Chance, etwas dagegen vorzubringen. Ich schüttle den Kopf. »Aber wir haben doch darüber geredet ... Ich möchte keine Feier«, starte ich den Versuch, meinen Kopf noch aus der Schlinge zu ziehen.

Juliette greift nach ihrem Glas, als wolle sie mir zuprosten. »Du wolltest auch keine Dates, und jetzt sieh dir mal deine Augen an, sie strahlen wie kleine Sterne.«

Empört reiße ich den Mund auf. »Übertreib es nicht.«

»Mach ich nicht«, sagt Juliette. »Carmen, sag's ihr!«

Ihr blicke zu Carmen – in der verzweifelten Hoffnung, dass sie mir beisteht. Doch sie zerschlägt diese Aussicht mit ihren sexy Augenbrauen. »Liebes, dafür, dass ihr nur Händchen gehalten habt wie verliebte Teenies, geht von dir eine ziemlich eindeutige Aura aus.«

Verwirrt starre ich sie an. »Was für eine Aura denn bitte?«

»Du weißt schon, dieses ganze romantische Bla, Bla, auf das Juliette so steht.«

»Lacht mich ruhig aus, ich schäme mich nicht dafür, dass ich Kitsch liebe.«

»Und dieses ganze Wir-laufen-durch-Chicago-Ding ist Kitsch pur«, bestätigt Carmen.

»Es war nicht ...«, doch ich stocke, noch bevor ich den Satz zu Ende gebracht habe, denn die beiden haben recht. Es war der reine Kitsch. Eigentlich hat nur noch der romantische Kuss im Regen gefehlt. Oder eine Tanzszene. »Mist.«

»Ich hab's dir doch gesagt.«

Mit zusammengepressten Lippen versuche ich, mich daran zu erinnern, wann ich das letzte Mal nicht an Nate gedacht habe. Gar nicht so einfach. »Dann sollte ich ihn anrufen?«

»Ja.«

»Was ist aus der Drei-Tage-Regel geworden, Carmen?«

»Bei der geht es um Macht, hier geht es um echte Gefühle.«

»Gott, jetzt klingst selbst du kitschig«, stoße ich aus und werde rot.

»Ruf ihn an, und frag ihn, ob er einen heißen Freund hat, den er mir zum Geburtstag schenken kann. Ohne Kitsch und ohne Klamotten, bitte.«

»Das klingt schon mehr nach unserer Carmen.«

»Ich hatte auch kurz Angst«, sagt Juliette lachend.

»Okay, ich melde mich nachher bei ihm«, verspreche ich und weiß jetzt schon, dass ich nicht die richtigen Worte finden werde. Obwohl alles so einfach ist, wenn ich mit Nate zusammen bin, erscheint mir die Zeit dazwischen schrecklich schwer. Als würden die Zweifel zuschlagen, sobald ich nicht mehr in seiner Nähe bin.

»Warum nicht jetzt?«, fragt Juliette und klatscht in die Hände.

»Drängt mich nicht so, das ist ja schlimmer als während der Biberkriege.«

»Der was?«

»Die Biberkriege. Ihr wisst schon, man nennt sie auch Franzosen- und Irokesenkriege.« Meine Freundinnen blicken mich weiterhin verwirrt an. »Sie waren eine Folge von Konflikten, die zwischen 1640 und 1701 zwischen der Konföderation der Irokesen und ihren mit Frankreich verbündeten Nachbarstämmen. Es ging um Land, Fellhandel, solche Dinge. Habt ihr wirklich noch nie etwas von den Biberkriegen gehört? In den zwei Jahren, in denen ihr schon in Chicago seid?«

»Willst du darauf wirklich eine ehrliche Antwort?«

»Sie endeten 1701 mit dem Großen Frieden von Montreal«, schließe ich und verkneife mir einen bösen Zusatz.

»Das sagt mir was«, meint Juliette mit einem breiten Grinsen. »Der Friedensvertrag mit den amerikanischen Ureinwohnern.«

»Es ist nicht geschichtlich korrekt, das zu bejahen, aber da ihr mich sonst noch weiter aufzieht, werde ich einfach freundlich nicken und lächeln.«

Carmen grinst. »Und den Stripper anrufen.«

»Er hat einen Namen!«

»Entschuldigung: Nasty-Nate anrufen.«

Nate

Museen haben einen ganz eigenen Geruch. Die kühle, gefilterte Luft ist angenehm und lässt die Vorhersehung von Wissen und Kultur um uns herumwirbeln. Es ist lange her, dass ich eines betreten habe und nicht nur daran vorbeigejoggt bin. Doch das Gefühl ist noch immer dasselbe wie in meiner Kindheit. Nur besser, weil in diesem Moment Brooke bei mir ist.

»Du stehst also auf Geschichte?«, will ich wissen und lasse Brookes Hand los.

»Ja, man könnte sagen, dass ich es mag, in den Wunden und Schätzen der alten Zeit herumzustochern«, gesteht sie.

»Das ist mal eine andere Art von Mittagessen.«

»Es wird dir gefallen, du kannst das ganze Wissen in dich aufsaugen und ...«

»... falls ich mal bei einer Gameshow mitspiele, bin ich gerüstet.«

Brooke lacht und geht voraus. Eine Gruppe von Touristen mit Audioguides in den Ohren machen vor einem Gemälde halt, doch Brooke beachtet sie gar nicht, sondern schlendert weiter. Unser Ziel ist ein Bild, das den Brand Chicagos zeigt.

»Wusstest du, dass die Einwohnerzahl Chicagos bis 1860 auf 100.000 anwuchs? Das war für die damalige Zeit ein unglaublicher Sprung. Die Grundstückspreise stiegen so rasant an, dass sich eigentlich niemand mehr wirklich eine Wohnung leisten konnte. Und als der Bau des Illinois- und Michigan-Kanals zwischen dem Chicago River und dem in den Mississippi mündenden Illinois River 1848 fertiggestellt wurde, explodierte Chicago noch mehr.«

»Ich nehme an, das meinst du nicht wörtlich.«

»Natürlich nicht!«, stößt Brooke aus und verdreht die Augen. »Der große Brand von Chicago war erst zwischen dem 8. und dem 10. Oktober 1871. Nach dem Feuer wurden 125 Leichen geborgen, aber nach Schätzungen kam man letztlich auf dreihundert Tote. Es war eine unglaubliche Tragödie, doch aus ihr ist auch etwas Gutes entstanden.«

Ihr Lächeln ist entwaffnend und sorgt dafür, dass meine Mundwinkel immer wieder nach oben zucken, obwohl sie gerade über Leichen gesprochen hat. »Tatsächlich?«

Ihr Gesicht erstarrt, und die sanfte Röte, die es mir so angetan hat, lässt ihre Wangen leuchten. »Ich langweile dich, oder?«

»Jetzt mach keinen Cliffhanger«, sage ich amüsiert. »Was war das Gute an dreihundert Leichen?«

»So habe ich das nicht gemeint«, murmelt sie etwas verlegen. »Aber nachdem um die 18.000 Häuser zerstört wurden und Tausende Menschen auf der Straße saßen, wurde der Wiederaufbau zu einem epischen Moment. Architekten wie Louis Sullivan und später auch Frank Lloyd Wright kamen in die Stadt. Chicago wurde aus der eigenen Asche neu erbaut und zählte als die *Wiedergeborene Stadt.*«

Sie nickt, als müsste sie sich noch einmal selbst dafür bestätigen, dass dieser Vortrag genial war.

»Ich bin beeindruckt«, meine ich.

»Von mir oder von der Geschichte?«

»Von euch beiden.«

»Das war die richtige Antwort«, haucht sie und kommt etwas näher. Die langen blonden Haare sind zu einem Zopf geflochten, der ihr über die Schulter hängt.

»Und was habe ich jetzt gewonnen?«

Brooke kichert und schlingt die Arme um meinen Hals. »Lass mich nachdenken ...«, murmelt sie so nahe an meinem Mund, dass ich aufpassen muss, dass meine Triebe nicht mit mir durchgehen. »Wie wäre es mit einem Kuss?«

Noch ehe ich die Chance habe, diesen Gewinn entsprechend zu würdigen, fühle ich ihre weichen Lippen auf meinen.

»Der beste Gewinn, den ich kriegen kann.«

»Schleim nicht rum!«, meint sie spielerisch und boxt mir gegen die Schulter. »Ich hab dich nicht ohne Grund hergebracht.«

»Ach, nein?«

»Nein.«

»Mach's nicht so spannend.«

»Das ist mein neuer Job.«

»Mich zu küssen?«

»Sehr witzig, Nate«, sagt sie und verdreht die Augen. »Natürlich nicht. Ich arbeite hier. Im Museum. Okay, ich gebe keine Führungen, aber ich arbeite im Souvenirshop.«

»Das ist klasse, Brooke«, murmle ich und meine es auch so.

»Juliette hat ihre Kontakte spielen lassen.« Die Röte ist von ihren Wangen über ihren gesamten Körper gewandelt. Sprenkelt ihre Haut, doch diese Unsicherheit macht sie nur noch liebenswerter.

»Du hast eine großartige Freundin.«

Ein Schatten huscht über ihr Gesicht. »Ja, auch wenn ich mir wünschte, ich hätte es allein geschafft.«

»Allein schafft es niemand im Leben, Menschen sind Rudeltiere«, gebe ich zu bedenken, was sie nur wieder zum Lachen bringt. Ihr sanfter Kuss lässt meine Knie zittern.

»Und ...«, haucht sie ganz nah an meinen Lippen. Sie weicht meinem Blick aus und legt den Kopf schief. »Und ich muss dir noch etwas sagen?«

»Spuck's schon aus.«

»Die *University of Chicago* hat mich angenommen.«

Mein Herz bleibt einen Moment lang stehen. »Ist das ...?«

»Ja«, unterbricht sie mich, noch ehe ich es aussprechen kann. »Du hattest recht, wenn die Stadt einen einmal eingefangen hat, lässt sie nicht mehr los.«

Dieses Mal bin ich es, der sie küsst. Nicht scheu, nicht flüchtig. Sondern mit all dem Sturm an Gefühlen, die gerade in meiner Brust toben. Sie drückt sich an mich, fährt mit den Händen durch mein Haar und raunt leise meinen Namen. »Das sind die besten Nachrichten seit Ewigkeiten«, murmle ich, als ich mich von ihr löse.

»Wenn ich es jetzt noch schaffe, eine Wohnung zu finden, die bezahlbar ist, beschwere ich mich für mindestens ein Jahr nicht mehr.«

Ich sage nichts, denn ich habe das Gefühl, es läuft gerade einfach zu gut. Diese Leichtigkeit will ich nicht zerstören, und ich will sie nicht unter Druck setzen, indem ich ihr zeige, wie viel es mir bedeutet, dass sie in Chicago bleiben wird. Bei mir. Das Schweigen zwischen uns dehnt sich aus. Nicht unangenehm, sondern eher wohlwollend. Wir genießen die Geräusche der Stadt und unserer Herzen, die im Einklang schlagen.

Brookes Handy klingelt, und ohne es zu wollen, sehe ich, dass ihre Freundin ihr geschrieben hat. Räuspernd warte ich, bis sie eine Antwort getippt hat, dann stelle ich die Frage, die mir schon seit Tagen im Kopf herumschwirrt. »Läuft es mit diesem ...?«

»Tom«, hilft sie mir aus.

»... inzwischen wieder besser?«

Brooke zuckt mit den Schultern. »Ja, ich denke schon.«

»Du denkst?«

»Er ist kaum zu Hause«, gesteht sie etwas leiser. »Wahrscheinlich der Stress.«

Sie drückt meine Hand kurz, als würde sie spüren, wie dieses Thema in eine noch nicht verheilte Wunde schneidet. Allerdings habe ich keine Lust, unsere Zeit mit solchen Gedanken zu verbringen.

»Wie wäre es mit einem Eis, das in Sahne ertrinkt?«, will sie wissen.

»Klingt gut, aber ...«

Noch ehe ich näher darauf eingehen kann, klingelt mein Handy. Diese verdammten Dinger schaffen es wirklich immer, sich dazwischenzudrängeln. Einer der Trainer ist abgesprungen. Also muss ich zurück. Ausgerechnet jetzt.

»Okay«, sagt Brooke nur und greift wieder nach meiner Hand, als wir aus dem Museum schlendern. »Soll ich dich noch hinbringen?«

»Wenn du willst.«

»Solange du kein Problem damit hast zu laufen.«

»Woher kommt nur deine Begeisterung für Spaziergänge?«

»Die Geschichte erzähl ich dir ein anderes Mal, heute ist der Tag zu schön dafür.«

»Du weißt wirklich, wie man den Spannungsbogen oben hält.«

»Wir müssen nach Downtown, oder?«, fragt sie, was mich dazu veranlasst, in schallendes Gelächter auszubrechen.

»Downtown gibt's in Chicago nicht: Der Innenstadtbereich wird *The Loop* genannt.«

»Machst du dich etwa gerade über mich lustig?«

»Ja, ein wenig«, gestehe ich hämisch. »Du kannst wahrscheinlich jede bekannte Person nennen, die in Chicago geboren wurde ...«

»Ernest Hemingway, Walt Disney, Harrison Ford ...«

»... aber weißt noch immer nicht die Grundlagen des Lebens in der *Windy City.*«

Brooke grinst verschmitzt. »Die wirst du mir dann wohl beibringen müssen.«

»Nichts lieber als das.«

Die Schleife führt uns durch die Innenstadt, gibt den Blick auf ihre herausragende Architektur aus einer diffusen Perspektive frei und lässt mein Herz einen kleinen Hüpfer machen. Nicht, weil Chicago mich jeden Tag von Neuem überzeugt, sondern weil Brooke neben mir ist ... als würde sie nie wieder gehen.

»Was zum ...?«

Plötzlich bleibt sie stehen. So abrupt, dass eine Touristin – immer an den »I love Chicago«-T-Shirts zu erkennen –, gegen sie stolpert und sich entschuldigt. Doch Brooke scheint sie gar nicht zu hören.

»Was ist los?«

Sie blinzelt, sieht mich an und schüttelt den Kopf. »Nichts, ich dachte, ich hätte da jemanden gesehen.«

12. Something Strange

Brooke

Sobald Nate im Fitnessstudio verschwunden ist, laufe ich meinen Weg zurück. Das dumpfe Pochen in meinem Hinterkopf fühlt sich an wie eine Warnung meines Unterbewusstseins, die mich darauf hinweisen will, einfach nach Hause zu gehen. Doch so flüchtig meine Entdeckung auch war, so sicher bin ich mir.

Ich habe Tom gesehen.

Wahrscheinlich nur ein dummer Zufall. Chicago ist zwar groß, aber nicht unendlich. Es gibt sicher einen guten Grund dafür, dass er hier war.

Mit pochendem Herzen bleibe ich vor dem Gebäude stehen, in das Tom hineingegangen ist.

Ein kleines Hostel.

Jetzt ist mir noch schlechter.

Dass Tom in der Nähe war, kann ich mir noch erklären, aber was, zum Teufel, sollte er in einem Hostel machen? Normalerweise sind hier Touristen und ein paar ausländische Studenten zu Gast. Völlig in Gedanken versunken, stolpere ich erschrocken zurück, als eine kleine Gruppe Touristen aus der Schwingtür kommt.

Kein Tom.

Natürlich nicht, selbst wenn er es wirklich war, ist er entweder in eines der Zimmer gegangen oder bereits wieder weg. Zur Hölle, was glaube ich eigentlich, gesehen zu haben?

Kopfschüttelnd mache ich kehrt.

Es sieht mir nicht ähnlich, voreilige Schlüsse zu ziehen, aber irgendwas in meinem Inneren sagt mir, dass ich mich nicht geirrt habe.

Meine Füße tragen mich wie von allein nach Hause, und Juliette ist bereits dabei, das Abendessen zu machen, als ich durch die Tür komme.

»Du kochst?«

»Natürlich, wir können nicht ewig vom Lieferservice leben«, meint meine beste Freundin lachend und wischt sich die Hände an ihrer rosa Schürze ab, die sie als »Boss« betitelt.

»Das riecht großartig.«

»Hoffen wir, dass Tom es auch so sieht.«

Beim Klang seines Namens zucke ich zusammen. »Wann kommt er?«

Juliette blickt kurz auf ihre goldene Armbanduhr.

»In ungefähr zwanzig Minuten. Würde es dir etwas ausmachen, schon mal den Tisch zu decken?«

»Natürlich nicht.«

Im Gegenteil, ich bin dankbar dafür, dass meine Hände etwas zu tun haben. Also richte ich die lila Tulpen auf dem Esstisch her, zünde die Kerzen an und verteile das Besteck. Juliette summt währenddessen zu einem Song aus den 50er-Jahren, den ich nicht kenne. Der nostalgische Plattenspieler läuft leise im Hintergrund, doch selbst der melodische schnarrende Klang kann mich nicht auf andere Gedanken bringen.

Dann höre ich die Tür.

Sofort lässt Juliette den Kochlöffel fallen und läuft zum Eingang. Tom bleibt gerade so Zeit, seine Tasche abzustellen, ehe seine Verlobte ihm in die Arme springt.

Die Szene erinnert mich an einen perfekten Liebesfilm. Von seinen seltsamen Ausbrüchen ist nichts mehr zu spüren. Er küsst Juliette voller Leidenschaft und lächelt breit, als er mich sieht.

»Habt ihr mich vermisst?«

»Natürlich«, sage ich in der stillen Hoffnung, dass niemand merkt, wie seltsam meine Stimme klingt.

Tom fährt sich durch die Haare und legt sein Jackett ab, ehe er in die Küche geht. Juliette lässt ihn die Tomatensoße kosten. Sein Lächeln wird noch breiter. Die zwei sind absolut perfekt zusammen, und ich beiße mir auf die Innenseite meiner Lippe. Sie sind seit Jahren perfekt zusammen, wie konnte ich nur daran zweifeln? Die Hochzeit ist in nicht einmal zwei Monaten. Sie sind glücklich – und was noch viel wichtiger ist, Juliette ist es.

»Wein?«

»Was?«

Tom zieht die Augenbrauen zusammen. »Ich habe gefragt, ob du auch ein Glas Wein möchtest.«

Endlich schaffe ich es wieder, das Lächeln in mein Gesicht zu tackern. »Das klingt fantastisch.«

Tom kommt näher und reicht mir ein volles Glas. Meine beste Freundin ist noch dabei, die Teller aufzufüllen. Entweder jetzt oder nie.

»Tom?«

»Ja, Brooke?«

»Warst du heute in Oldtown?«

Er sieht ernsthaft überrascht aus, nicht ertappt. Oder er ist verdammt gut darin, es zu verbergen.

»Nein, ich war den ganzen Tag im Büro.«

Ich suche in seinem Gesicht nach einem Hinweis. Nach etwas, das zu dem seltsamen Gefühl in meinem Magen passt. Meine Mutter hat immer gesagt, ich solle auf meinen Bauch hören – und der ist sich sicher, dass hier etwas nicht stimmt.

»Okay.«

Schnell weiche ich seinem Blick aus und bereue, dass ich überhaupt etwas gesagt habe. Ich bin nicht gerade gut darin, mich unauffällig zu verhalten.

»Wieso fragst du?«

»Ich war mit Nate unterwegs und dachte, ich hätte dich gesehen.«

»Das glaube ich nicht«, meint er und weicht meinem Blick aus.

Zumindest denke ich das, vielleicht ist der Wein aber auch interessanter als ich.

»Ich war mir so sicher.« Meine Worte kommen so leise über meine Lippen, dass ich erst nicht glaube, dass er sie überhaupt gehört hat.

»Um diese Zeit war ich nicht mal in der Nähe von Oldtown.« Er lacht. »Ich sag's nicht gern, aber alle Geschäftsmänner der Stadt tragen den gleichen Anzug – nicht einmal ich kann uns in der Masse noch auseinanderhalten.«

»Worüber lacht ihr?«, will Juliette wissen und stellt den ersten dampfenden Teller ab.

Die Pasta riecht so gut, dass mir augenblicklich das Wasser im Mund zusammenläuft.

»Brooke hat mich verwechselt.«

»Ach?«

»Wir sind durch die Stadt gelaufen, und ich dachte, ich hätte Tom gesehen«, erkläre ich noch einmal. Mit jedem weiteren Lachen komme ich mir dümmer vor, denn Toms Worte klingen noch immer in meinem Kopf nach. *Um diese Zeit ...* Woher weiß er, zu welcher Zeit ich in Oldtown unterwegs war?

»Liegt sicher am Anzug«, meint Juliette und lässt sich neben Tom sinken, der ihr einen Kuss auf die Wange gibt.

»Genau das habe ich auch gesagt.«

»Oh, Honey ...«

Die beiden küssen sich. Die Perfektion ihrer Beziehung zieht mein Herz zusammen, denn das dumpfe Gefühl ist noch immer nicht verschwunden. Tom verbirgt etwas – und ich werde herausfinden müssen, was.

Nate

Der menschliche Körper hält einiges aus. Allein das Herz ist ein wahres Wunder, der wichtigste Muskel. Es schlägt unglaubliche sechzig- bis achtzigmal pro Minute, und bei jedem Herzschlag pumpt es Blut durch den Körper. Mein Herz leistet gerade Schwerstarbeit. Es donnert gegen meinen Brustkorb, lässt das Blut durch meinen Körper rasen und tut alles, was in seiner Macht steht, damit ich auch diese Aufgabe bewältige.

»Noch eine Wiederholung.«

Ich schließe die Augen, versuche, mich nur darauf zu fokussieren, dass meine Muskeln ihre Arbeit verrichten. Der Schmerz, das Zittern, das Rauschen in meinen Ohren – all das versuche ich auszublenden. Ächzend ziehe ich mich ein weiteres Mal nach oben.

»Fuck.«

»Wenn du noch die Kraft zum Fluchen hast, schaffst du noch drei«, schreit Tian mich erbarmungslos an.

Ich beiße fest die Zähne zusammen und ziehe mich weitere dreimal nach oben. Meine Muskeln zittern vor Anstrengung. Dann gebe ich meinem besten Freund gar nicht erst die Chance, mich zu noch einem Klimmzug zu nötigen, sondern lasse die Stange los.

Für einen kurzen Moment tanzen Sterne vor meinen Augen.

»Na also«, meint Tian und klopft mir auf die Schulter.

Ich würde ihm gern eine zynische Erwiderung geben, aber ich bin zu fertig dafür. Wortlos greife ich nach der Wasserflasche, zwinge mich aber dazu, nicht alles auf einmal zu trinken. Am besten mische ich ein paar Mineralstoffe in meinen Smoothie, denn einen Muskelkater kann ich gerade wirklich nicht gebrauchen.

»Bitte sag mir, dass wir für heute durch sind«, murmle ich, nachdem ich wieder etwas zu Atem gekommen bin.

Tian lacht und fährt sich lässig durch die Haare. »Hoffentlich jammerst du beim Test nicht auch so viel rum.«

Ich kann in sein Lachen nicht einstimmen. In meinem Kopf tut sich bereits ein Abgrund auf, wenn ich nur an die Aufnahmeprüfung denke. »Wenn ich bestehe, weine ich höchstens vor Freude.« *Wenn,* dieses kleine Wort hat die Macht, meinen Traum erneut zu zerstören, und ich bin mir nicht sicher, ob ich noch eine Niederlage wirklich ertragen kann.

»Wenn du meinen Rat willst, lass das lieber«, sagt Tian, und ich blinzle ihn verwirrt an, bis ich verstehe, dass er nicht auf meine Gedanken geantwortet hat.

»Ich schwöre, ich weine erst, wenn ich wieder zurück bin.«

»Meine Schulter ist bereit für dich, Bro.«

»Das weiß ich zu schätzen.«

»Gut so.«

Mit dem Handtuch wische ich mir über das Gesicht und teste dann, ob ich meine Schultern gut bewegen kann oder ob sich meine Muskeln bereits schmerzhaft verkrampfen.

»Mach dir nicht so viele Gedanken«, führt Tian weiter aus. »Dein Körper ist nicht das Problem, du bist so gut in Form, dass ich mir darüber keine Sorgen mache.«

»Und worüber machst du dir dann Sorgen?«

»Dass du dich übernimmst, Nate.«

Ich lache. Nicht, weil es absurd ist, sondern weil ich schlicht nicht weiß, was ich darauf sagen soll. Mir ist bewusst, dass ich weit über mein Limit hinaus arbeite – aber es geht nicht anders. Jemand muss das Studio am Leben erhalten, ohne meine Shows als Stripper reicht das Geld nicht, und das Letzte, was ich will, ist, meine Chance auf die Aufnahmeprüfung zu vergeigen. Schon wieder.

»Ich komm klar«, sage ich schnell, als ich bemerke, wie mein Freund mich nachdenklich mustert.

»Davon bin ich überzeugt«, brummt er mit vor der Brust verschränkten Armen. »Aber es gibt einen großen Unterschied zwischen klarkommen und *klarkommen.*«

»Warum habe ich das Gefühl, dass du mir gleich einen Vortrag halten wirst?«

»Weil du dich in den Tiefen deines Herzens bereits danach sehnst«, fährt Tian ungerührt fort. »Du musst kürzertreten, Nate. Es hilft weder deiner Familie noch dir, wenn du irgendwann zusammenbrichst. Weißt du, wie lange es her ist, seit du das letzte Mal mit uns um die Häuser gezogen bist?«

Kurz schweige ich, versuche, mich an ein Datum zu erinnern, einen Anlass oder zumindest an das Gefühl der Unbeschwertheit. Doch da ist ... nichts.

»Siehst du, und genau das ist besorgniserregend«, meint Tian und zeigt mit dem Finger auf mich. »Wenn du so weitermachst, wirst du der Nächste sein, der im Krankenhaus landet. Du brauchst Pausen. Und damit meine ich keine Bett-Sport-Pausen mit Brooke.«

»Könnten wir sie aus dieser Unterhaltung bitte rauslassen?«

»Ich bin mir ziemlich sicher, dass sie auf meiner Seite wäre.«

»Ja, aber keiner von euch beiden trägt die gleiche Verantwortung wie ich«, schnaube ich nun etwas grimmiger. »Jemand muss sich um alles kümmern.«

»Und dieser jemand bist du?«

»Wer sollte es denn sonst sein?«, fahre ich ihn an. »Mom ist völlig am Ende, Dad schafft es nicht einmal aufzustehen, und ich kann es mir nicht leisten, eine Aushilfe einzustellen.«

»Hast du mit deinen Eltern geredet?«, will Tian so seelenruhig wissen, dass die Wut in mir noch schlimmer wird.

»Nein.«

»Du führst hier ein Doppelleben, Nate«, meint er und tritt einen Schritt näher zu mir. »Sie wissen nicht einmal die Hälfte der Dinge, die du tust, um diesen Laden hier am Leben zu erhalten. Und ich bin sicher, sie würden nicht wollen, dass du ...«

»Stopp«, unterbreche ich ihn, noch bevor er diesen Satz zu Ende bringen kann. »Ich will das nicht hören.«

»Scheiße, denkst du, das weiß ich nicht?«

»Lass es, Tian.«

»Du bist ein störrischer Esel«, brummt mein bester Freund und schüttelt den Kopf. »Dieses Studio lässt sich nur halten, wenn ihr einen Kredit bekommt. Du weißt es, ich weiß es – nur deine Eltern haben keine Ahnung, dass du jede dritte Nacht …«

»Ich sagte, du sollst aufhören.«

Meine Stimme hallt im leeren Studio wieder. Ich habe nicht bemerkt, wie meine Hände sich zu Fäusten geballt haben.

Tian mustert mich, sagt jedoch nichts mehr.

Endlich.

»Ich komme klar«, wiederhole ich etwas leiser und zwinge mich dazu, meine Hände zu entspannen.

»Ja«, murmelt Tian leiser. »Die Frage ist nur, wie lange noch.«

13. Sweet but Psycho

Brooke

Meine Sicht ist begrenzt auf hell und dunkel.

»Muss ich Angst davor haben, dass ihr mich umbringt?«, frage ich und stolpere leicht nach vorn. Durch die Augenbinde ist mein Gleichgewichtssinn völlig durcheinander. Würde ich nicht spüren, wie meine Freundinnen mich halten, hätte ich Angst der Länge nach hinzufallen.

»Dann hätten wir dich in den Keller gebracht«, meint Carmen, und ich kann vor meinem inneren Auge deutlich sehen, wie sie die Augen verdreht. »Niemand verscharrt eine Leiche im zweiten Stock.«

»Das ist wirklich beruhigend.«

»Außerdem ist der Tag viel zu schön, um jemanden zu töten«, flötet Juliette direkt neben mir.

»Darüber lässt sich streiten, Herzblatt.«

»Kann ich jetzt die Augenbinde abnehmen?«, will ich wissen. Denn auch wenn ich es nicht gern zugebe, fühlt es sich ungeahnt beengend an, nichts zu sehen. Mein Herz klopft bereits wie wild, als würde mein Körper etwas ahnen, das meinem Verstand noch völlig entgangen ist.

»Einen Moment noch.«

»Zuerst musst du uns etwas versprechen«, erklärt Carmen. »Du darfst nicht ausrasten, nicht Nein sagen und nicht anfangen zu heulen.«

»So weit ich weiß, warst du die Letzte von uns, die in Tränen ausgebrochen ist. Oder muss ich dich an die Brautkleidanprobe erinnern?«, stichle ich grinsend, allerdings lässt sich auch damit kaum überspielen, dass meine Nervosität gerade ins Unendliche schießt. Keine Ahnung, was meine Freundinnen jetzt wieder geplant haben, aber ich werde es jeden Moment herausfinden.

»Das werde ich auf ewig dementieren.«

»Also, versprichst du es?«, nimmt Juliette das Thema wieder auf.

Ich kann fühlen, wie sie dichter an mich herantritt.

»Ich habe das Gefühl, dass ich keine andere Chance habe, als einzuwilligen?«

»Damit hast du recht.«

»Okay, lass die Augen noch geschlossen«, weist Juliette mich an.

Dann spüre ich ihre Finger an meinem Hinterkopf, sie löst die Augenbinde, und ich presse die Lippen aufeinander. Etwas raschelt leise.

»Eine Sekunde noch.«

Knistern. Klirren. Knarzen.

»Jetzt«, höre ich Carmen.

Und dann öffne ich die Augen.

Ich stehe mitten in einer wunderschönen kleinen Wohnung, die an die Miniaturausgabe eines Lofts erinnert. Mein Atem stockt. Es sieht aus wie in den 1940er-Jahren in New York City, wo leer stehende Hallen zu Wohnzwecken umgestaltet wurden. Große Fenster lassen das Licht der strahlenden Sonnen hinein. Der dunkle Holzboden schimmert leicht. Ohne es zu merken, wird mein Lächeln breiter. Die aufwendige Renovierung der alten Industriehalle hat sich definitiv gelohnt – der offene Charakter der Wohnung, der Sichtbeton, das unverputzte Mauerwerk und die offen verlegten Leitungen zwischen den Deckenbalken ... Es ist ein Traum.

»Wow«, hauche ich, weil ich keine anderen Worte habe.

Wie aufs Stichwort bewirft Juliette mich mit pinkem Glitzer. Ich huste, da sich ein paar der schimmernden Partikel in meinen Mund verirrt haben. Carmen und Juliette sehen einander mit einem zufriedenen Grinsen an, dann sagen sie wie aus einem Munde: »Happy Birthday!«

Ich starre die beiden nur an, nicht sicher, was sie mir damit sagen wollen. »Wartet ... Was?«

»Die Wohnung ist für dich«, platzt es aus meiner besten Freundin heraus, was mich zu einem nicht gerade formschönen »Hä?« bringt.

Carmen gibt ein Schnauben von sich. »Juliette hat meine Ansprache ruiniert, aber da es jetzt schon gesagt ist: Herzlich willkommen in deiner ersten eigenen Wohnung.«

Blinzelnd schüttle ich den Kopf. »Nein.«

»Doch.«

Ohne es zu wollen, drehe ich mich einmal im Kreis, betrachte die Wohnung, dann wieder meine Freundinnen, dann den Sekt, der gerade von Carmen geöffnet wird, und die drei Gläser in Juliettes Händen. »Nein.«

»Liebes, ich weiß nicht, ob es dir aufgefallen ist – aber du hast hier kein Mitspracherecht.« Carmens Lächeln ist warm, doch ihre Stimme hat einen Klang, der mir deutlich sagt, dass ich diese Diskussion längst verloren habe.

»Das ist weit über meinem Budget«, sage ich mit dem Anflug einer Verzweiflung, die gerade mal die Spitze meines Eisberges aus Existenzängsten ist.

»*Alles* ist weit über deinem Budget«, meint Carmen mit einem schiefen Grinsen. »Aber du hast Glück, denn deine Vermieterinnen sind ziemlich nette Bitches.«

Fragend legt sich meine Stirn in Falten. »Wenn ihr mir nicht gleich sagt, was genau hier los ist, bekomme ich einen Nervenzusammenbruch.«

Juliette drückt mir ein Glas in die Hand und streicht mir eine Strähne hinters Ohr. »Wir haben diesen Wohnkomplex gekauft.«

»Hä?«

Offenbar sind meine kognitiven Fähigkeiten im ersten Schluck Sekt ertrunken.

»Also eigentlich habe ich es gekauft«, meint Carmen leichthin. »Aber Juliette hat die Einbauküche und die Renovierung übernommen.«

Meine Sicht verschwimmt. Überall sehe ich die pinken Glitzerpartikel auffunkeln, als hätten sie sich in meine Netzhaut gebrannt. »Ich glaub, ich muss mich setzen«, murmle ich und spüre tatsächlich, wie meine Knie weich werden.

»Dann musst du den Boden nehmen, denn für Möbel hat es nicht mehr gereicht.«

Wie von selbst lande ich im Schneidersitz auf dem Parkett. Meine Freundinnen sehen mich einen Moment fragend an, dann tun sie es mir gleich. Allerdings nicht in der gleichen Kartoffel-Sack-Optik, sondern deutlich eleganter.

»Hä?«

»Oh, Liebes, trink erst mal was«, meint Carmen lachend. »Ich habe die Wohnung gekauft und du mietest sie. Glaub mir, einen besseren Preis findest du in ganz Chicago nicht.«

»Ich ...«

Meine Stimme stockt, lässt nicht zu, dass irgendwas Zusammenhängendes über meine Lippen kommt. Juliette füllt mir ermutigend das Glas nach, von dem ich noch gar nicht gemerkt habe, dass ich es geleert hatte.

»Du brauchst etwas Eigenes, wenn du hier studieren willst«, meint sie liebevoll. »Der Weg zur Uni ist etwas weiter, und du hast keinen Panorama-Ausblick – aber ich denke, deine ganzen seltsamen Geschichtsbücher werden hier sicher reinpassen.«

Unwillkürlich schweift mein Blick durch die Wohnung. »Ich ...«

»Wenn du jetzt versuchst, uns das auszureden, muss ich dich enttäuschen«, sagt Carmen so gelassen, als würden wir über das Wetter sprechen. »Wir bekommen unser Geld nicht mehr zurück, und wir werden es nicht an jemand anderen vermieten.«

»Aber …«, ich will ihnen sagen, dass es zu viel ist, viel zu viel, »… ich habe noch gar nicht Geburtstag.«

Carmen und Juliette fangen wie auf ein Stichwort an zu lachen.

»Ich glaube, wir haben sie kaputtgemacht.« Carmen wirft ihr Haar nach hinten, und ihre goldenen Armreifen geben ein leises Klappern von sich, während mir eine Welle ihres Parfüms in die Nase steigt.

»Sei nicht so gemein, sie hatte 'ne harte Zeit, und offenbar war es etwas übereifrig, ihr die Wohnung jetzt schon zu zeigen.«

»Redet bitte nicht über mich, als sei ich nicht da«, hauche ich in mein Glas, das wie durch ein Wunder schon wieder leer ist. »Wieso habt ihr das getan?«

»Dummkopf«, schimpft Carmen. »Weil wir dich lieben natürlich.«

»Eine ganze verdammte Wohnung?«

»Übertreib nicht, es ist die kleinste in diesem Komplex, und den hab ich günstig bekommen«, wehrt sie ab. »Und ich schwöre, ich habe den Verkäufer so richtig über den Tisch gezogen.«

»Das beruhigt mich nicht wirklich …«, murmle ich und kann nicht glauben, dass das hier kein Traum sein soll.

»Ist alles okay?«, fragt Juliette etwas ruhiger und sieht mich an. »Gefällt sie dir nicht?«

»Doch, es ist nur …«

»Sag jetzt nicht *zu viel.*«

»Viel zu viel.«

Carmen rollt mit den Augen. »Für irgendwas muss mein College-Geld gut sein, ich sehe es eher als wirklich gute Investition.«

»Und mein Dad hat angeboten, dir die Brüste gratis zu vergrößern, aber ich fand eine Renovierung außerhalb deines Körpers dann doch angebrachter«, kommt es von Juliette.

Ich blicke meine Freundinnen an, als würde ich sie zum ersten Mal sehen. In meinem Leben hatte ich so oft Pech, dass die zwei mir manchmal wie ein Wunder vorkommen. Meine guten Feen, die immer auf mich achten. Ohne kitschige Flügel oder Reifröcken, dafür mit Prada und Gucci. »Das ist wirklich euer Ernst, oder?«

»Liebes, ich sitze hier mit meinem scheißteuren Kostüm auf deinem nackten Holzboden – viel ernster geht es gar nicht mehr.«

»Ihr seid irre«, murmle ich, fühle, wie sich Tränen aus meinen Augenwinkeln stehlen und meine Wangen runterlaufen.

»Irre großartig«, berichtigt Juliette. »Also, was sagst du?«

Da ich unfähig bin, noch ein Wort von mir zu geben, übernimmt Carmen wieder das Ruder. »Du musst nur noch unterschreiben.« Sie schiebt mir einen Mietvertrag zu.

Ich habe keine Ahnung, wo sie den Stift herhat, denn mein Blick klebt an dem Papier. An allem, was dieser Vertrag bedeutet: Chicago, meine unbiologische Familie, ein Studium.

Aber keine *Ivy League*. Kein Harvard. Kein Traum.

Gegen meinen Willen muss ich an Nates Worte denken: *Wir haben alle zerbrochene Träume, Brooke, es kommt nur darauf an, was wir aus den Scherben machen.*

Ich hatte alles anders geplant. Mein ganzes Leben sollte eigentlich anders laufen, doch das ändert jetzt nichts mehr. Alles, was zählt, ist dieser nackte Holzfußboden unter mir, der sich bereits jetzt wie ein Zuhause anfühlt. »Okay.«

Juliette quietscht, klatscht in die Hände und umarmt mich so stürmisch, dass ich wieder nach Luft schnappe. Carmen lächelt.

»Willkommen in deinem neuen Zuhause, Brooke«, sagt sie und haucht mir einen Kuss auf die Wange, ehe ich meinen Namen unter den Vertrag setze und es besiegle.

Nate

»War das Brooke?«

Ich schiebe das Handy wieder in meine Hosentasche und grinse Tian an. Das warme Gefühl in meinem Inneren ist noch nicht erloschen, obwohl mein bester Freund bereits eine Augenbraue nach oben gezogen hat. »Was hat mich verraten?«, will ich wissen und lehne mich gegen die Wand.

Mein letzter Kunde ist gerade gegangen. Die leise Musik läuft monoton im Hintergrund, während in meinem Kopf noch immer eine ganze Symphonie spielt.

»Dein dümmliches Grinsen.«

»Warte ab, bis du dich mal verliebst.«

Tian beäugt mich skeptisch. Selbst nach der heißen Dusche und in der grauen Jogginghose sieht er noch immer aus, als wäre er bereit, ins nächste Musikvideo zu hüpfen und J.Lo Konkurrenz zu machen. Er legt den Kopf schief, während er mich betrachtet. »Oh, du sprichst schon von Verliebtsein?«

Nun fühle ich mich doch ertappt. Offenbar war mein Mund mal wieder schneller als mein Verstand. »Nein, also ...« Das höhnische Lachen hält mich davon ab weiterzusprechen.

»Shit, es hat dich voll erwischt.«

Innerlich fluche ich etwas, aber das wischt das Grinsen trotzdem nicht aus meinem Gesicht. Die Wahrheit ist, dass ich keine Ahnung habe, ob ich wirklich verliebt bin. Aber wenn ich an Brooke denke, hat nichts anderes in meinen Gedanken Platz. »Ich kann nichts mehr sagen, um das zurückzunehmen, oder?«

»Nein«, meint Tian und schüttelt den Kopf, sodass ihm das schwarze Haar in die Stirn fällt.

»Fuck. Ja, vielleicht bin ich dabei, mich zu verlieben«, gestehe ich mehr mir selbst als meinem besten Freund. Irrationalerweise habe ich es nicht kommen sehen, obwohl es wohl vom ersten Augenblick an deutlich war.

»Glückwunsch, Bro.«

»Ist das dein Ernst?« Unsicher sehe ich ihn an. Normalerweise folgen in solchen Momenten ein ellenlanger Vortrag darüber, dass wir zu jung sind, Liebe nur eine Illusion ist oder ein anderer vorgeschobener Grund, warum eine monogame Bindung zum aktuellen Zeitpunkt keine gute Idee ist. Doch wie so oft schafft es mein Freund, mich zu überraschen. Er zuckt lässig mit den Schultern.

»Hast du dir Brooke mal angeschaut? Sie ist klug, akzeptiert dich so, wie du bist, und sie sieht auch noch umwerfend aus.«

»Muss ich mir Sorgen machen, dass du sie mir ausspannst?«, frage ich scherzhaft.

»Nein, aber nach der Scheidung garantiere ich für nichts.«

»Sehr beruhigend.«

»Ich bin eben ein Gentleman.«

Nun muss ich doch lachen. »Sie will mir etwas zeigen, aber ich habe in vier Stunden einen Auftritt.«

Tian rollt mit den strahlend blauen Augen. »Wenn du mein Auto willst, frag mich einfach und mach nicht so kryptische Andeutungen.«

»Leihst du mir dein Auto?« Einen Moment lang setze ich meinen treuesten Dackelblick auf, doch Tian ignoriert ihn gekonnt. Offenbar muss ich seinen Hund Balthasar mal fragen, wie er es immer anstellt.

»Kein Sex im Wagen«, schnaubt Tian streng, als hätte ich ihm das falsche Pfötchen gegeben.

»Ich würde nie …«

»Das war ein Witz, entspann dich.« Er zuckt mit den Schultern, als sei damit alles geklärt. Und mir wird mal wieder bewusst, was für ein Glück ich habe, dass er mein bester Freund ist. »Danke.«

»Ich muss los, Balthasar wartet«, meint er leichthin und klopft mir zum Abschied auf die Schulter. »Stell mir den Wagen einfach vor die Tür – und jogge nach Hause. Wir müssen noch an deiner Kondition arbeiten.«

Ich verkneife mir eine grantige Antwort darauf, denn natürlich weiß Tian, dass ich es hasse, so spät noch zu joggen. Besonders nach einem Auftritt. Aber er hat wie immer recht, meine Kondition ist noch immer nicht gut genug. »Du bist der Beste, Mann.«

»Ich weiß, das höre ich ständig«, meint er grinsend. »Jetzt ab unter die Dusche, und benutz nicht wieder dieses schreckliche Deo.«

Mitten in der Bewegung halte ich inne. »Was stimmt denn mit meinem Deo nicht?«

»Vertrau mir, nimm das andere.«

»Es verletzt mich, dass du meinen Geruch nicht magst«, murmle ich, doch Tian ignoriert diese Andeutung. Offenbar wird es Zeit, dass ich mehr Kohle in einen guten Duft investiere.

»Und Nate?«

»Ja?«

»Das mit dem Auto war kein Scherz, wehe, ich finde seltsame Flecken.«

Kopfschüttelnd fange ich den Autoschlüssel, den er mir zuwirft, kann jedoch das Lachen nicht verhindern. Manchmal kommt es mir so vor, als wäre Tian noch immer der Aufreißer aus der Highschool. Bis zu einem gewissen Grad stimmt das auch, allerdings kann ich ihm kaum verdenken, dass er nach der Sache damals länger braucht, um zu heilen. Ihm wurde das Herz gebrochen, und nun hat er sich verschlossen.

Ehe ich unter die Dusche springe, schreibe ich Brooke eine kurze Nachricht. Ich muss mich beeilen, damit ich die wenige Zeit vor dem Auftritt nicht vertrödele.

Mit noch feuchten Haaren packe ich schnell meine Tasche und will gerade nach draußen eilen, als meine Mutter im Türrahmen steht.

»Du gehst schon wieder?«

Ihre Stimme lässt keinen Raum für eine Fehlinterpretation. Sie ist enttäuscht, und hätte ich die Zeit dafür, würde es mir das Herz brechen. So jedoch schlucke ich die aufkommenden Schuldgefühle wieder herunter.

»Ja, Tian braucht meine Hilfe.«

Sie presst kurz die Lippen aufeinander. »Das ist schon das dritte Mal diese Woche.«

Ebenso gut hätte sie mich mit Eselsohren in die Ecke stellen können. »Tut mir leid«, sage ich und meine es auch so, doch das ändert nichts daran, dass ich trotzdem gehen werde.

»Ich dachte, wir würden zusammen essen.«

»Tut mir leid, Mom. Aber ich muss los.«

»Okay, dann morgen?«

Die Hoffnung in ihrer Stimme versetzt mir einen weiteren Stich. »Klar, gib Dad einen Kuss von mir.«

Ich schiebe mich an ihr vorbei, noch ehe sie die Chance hat nachzufragen. Obwohl mir bewusst ist, dass meine verschlossene Art sie verletzt, kann ich es nicht ändern. Sie darf ebenso wenig erfahren, was ich nachts wirklich mache, wie mein Vater. Meine Eltern sind von der alten Schule – dass ihr Sohn sich für Geld auszieht, würde wahrscheinlich den nächsten Schlaganfall meines Vaters verursachen.

Tians Auto war vor dem Studio geparkt, und ich habe mich trotz der ewig andauernden Rotphasen beeilt, so schnell wie möglich zu der Adresse zu kommen, die Brooke mir genannt hat.

Fast habe ich mit einem neuen Luxusviertel gerechnet, doch es ist mehr das, was die Makler als »aufsteigend« bezeichnen würden. Eine Menge Hipster, viele kleine Läden und ein leicht muffiger Geruch, der von den alten Lagerhallen ausgeht.

Noch einmal überprüfe ich die Adresse.

Ich bin richtig.

Offenbar ist Brooke immer für eine Überraschung gut. Allein, dass ich nicht eine Ewigkeit nach einem Parkplatz suchen muss, ist bereits ein ziemliches Plus für dieses Viertel.

Gerade habe ich die Tür zufallen lassen, als ich auch schon höre, wie jemand meinen Namen ruft.

Brooke steht mit einem breiten Lächeln vor mir, das sofort sämtliche Pheromone in meinem Körper aktiviert. Sie trägt Jeans, ein verwaschenes Bandshirt und die langen blonden Haare wehen leicht im Wind.

»Du bist spät«, sagt sie, doch es klingt kein Tadel aus ihrer Stimme, sondern nur ein warmes Lächeln. Ein Lächeln, das nur mir und dem ewigen Wind von Chicago gehört.

»Tut mir leid«, murmle ich beim Näherkommen, doch meine Stimme wird durch ihre Lippen auf meinen gedämpft.

»Ich verzeihe dir«, haucht sie, ehe sie meine Hand greift.

»Was möchtest du mir am anderen Ende von Chicago zeigen, und warum riechst du nach Pizza?«

»Komm!«

Sie zieht mich hinter sich her, und ich habe Mühe, auch etwas von meiner Umgebung mitzubekommen und nicht nur von ihrem Strahlen, das mich für alles andere blind zu machen scheint.

Wir bleiben vor einer Tür stehen, und erst da dämmert mir, was das alles zu bedeuten hat.

»Was …?«

»Ich habe eine Wohnung.«

»Fuck, Brooke – das ist der Wahnsinn!«

»Warte es ab, es wird noch besser …«, meint sie lachend und geht vor.

Ich folge ihr ins Innere.

»Wow!«

Hohe Decken, Holzdielen, die unter meinem Gewicht leise knarren, und Fenster, durch die das Sonnenlicht alles erhellt.

»Das kannst du laut sagen«, haucht sie.

»Es ist unglaublich.«

»Ich weiß, ich kann es auch immer noch nicht fassen.«

»Eine Zweizimmerwohnung in Chicago.«

»Ein Sechser im Lotto.«

»Wie kannst …? Also ich meine …« Schon während ich den Satz beginne, wird mir klar, dass ich so etwas nicht fragen sollte. Brooke scheint sich daran jedoch nicht zu stören, nur eine zarte Röte färbt ihre Wangen.

»Das Gebäude gehört meiner besten Freundin.«

Ich blinzle, denn mir wird mal wieder bewusst, in welchen Kreisen sich Brooke bewegt. Manche meiner Freunde haben zwar ein Auto und sogar eine eigene Wohnung, aber nichts auch nur annähernd in dieser Preisklasse.

»Vielleicht sollte ich ihr Blumen schicken.«

»Besser nicht, Carmen hasst Blumen.«

Ihr Lachen hallt leicht in dem großen leeren Raum wider. Keine Möbel, keine Bilder – nur das Sonnenlicht und unsere Schatten.

»Wann ziehst du ein?«

»So schnell es geht. Aber vorerst bleibe ich bei Juliette«, sagt sie noch immer lächelnd. »Mein erstes Gehalt wird in eine Matratze und etwas Wandfarbe investiert«, fährt sie aufgeregt fort.

Sie marschiert zur offenen Küchenzeile. So natürlich, als wäre sie für diese Wohnung gemacht.

»Das Beste hast du noch nicht gesehen.«

Ich schmunzle. »Und was?«

»Die Pizza.«

Triumphierend hält sie einen Karton in die Höhe, der offenbar für den himmlischen Geruch verantwortlich ist. Allein bei dem Gedanken an zerlaufenen Käse beginnt mein Magen leise zu knurren. »So schwer es mir auch fällt, das zu sagen, ich muss leider passen.«

Der ehrliche Schock in ihrem Gesicht sorgt dafür, dass ich grinsen muss. »Was? Warum? «

»Ich habe nachher noch einen Auftritt.«

»Und dafür lässt du Pizza sausen?«

»Leider ja, ein Foodbaby ist nicht unbedingt der Grund, warum ich gebucht werde«, meine ich und klopfe mir demonstrativ auf meinen Bauch.

Brooke überlegt nicht lange, sie nickt. »Oh, tut mir leid. Das war unsensibel.«

Etwas unschlüssig steht sie da, sieht sich in ihrer leeren Wohnung um und lässt sich dann einfach auf dem Boden nieder. Ich mache es ebenso. Die Pizzaschachtel steht zwischen uns wie ein Fragezeichen, das mich dazu auffordert weiterzusprechen. »Alles gut, du konntest ja nicht wissen, dass ich arbeiten muss. Oder dass ich vorher nichts esse oder trinke.«

»Moment ... was?«, platzt es aus ihr heraus, noch ehe sie den Karton geöffnet hat. »Nichts trinken?«

Ich schüttle den Kopf. »Nein.«

»Warum nicht?«

Ein leises Seufzen kommt über meine Lippen. »Wenn man leicht dehydriert ist, sehen die Muskeln definierter aus.«

Einige Sekunden vergehen. Brooke blinzelt, einmal, zweimal. »Du verarschst mich doch.«

»Nein, so leid es mir tut, es ist die volle Wahrheit.«

Sie weicht meinem Blick aus. »Keine Pizza, okay – aber kein Wasser?«

»Klingt schlimmer, als es ist«, versichere ich ihr und hoffe inständig, dass sie nicht hört, wie mein Magen dagegen protestiert. Ein Stück Pizza und ein kaltes Bier klingen gerade wie der Himmel auf Erden.

»Shit, Nate«, sagt sie leise. »Dein Job ist viel härter, als ich dachte.«

»Es ist wirklich halb so schlimm«, wehre ich ab, obwohl es sich anders anfühlt. Sie schüttelt noch immer den Kopf, sodass ihre blonden Haare hin und her schwingen.

»Ich bin ehrlich schockiert.«

»Es ist ein kleiner Trick aus Hollywood – ein Sixpack sieht selten von sich aus so sexy und definiert aus.«

Nachdenklich sieht sie mich an. Das Grün ihrer Augen wird dunkler, als hätte sie etwas entdeckt, von dem sie vorher nichts geahnt hat. »Alles nur Schein und Glitzer?«

»Manchmal auch etwas Make-up«, meine ich lachend.

»Und ich dachte, nur Frauen hungern sich runter.«

»Tja, diese sexistische Einstellung kann ich hoffentlich revidieren, denn auch wir Männer leiden ziemlich unter den Schönheitsidealen.« Ich meine es neckend, doch offenbar ist der Wahrheitsgehalt dieser Aussage zu hoch, um wirklich darüber zu lachen.

Brookes Augen finden meine. »Du meinst das wirklich ernst, oder?«

»Natürlich. Es ist ein Vorurteil, dass nur Frauen sich Gedanken um ihre Figur oder ihr Aussehen machen.«

»Das meine ich nicht«, wirft sie dazwischen. »Mir ist klar, dass auch Männer diesen Druck spüren. Aber dir scheint es ziemlich nahezugehen.«

Ich beiße mir auf Zunge. Verdammt, inzwischen kennt Brooke mich wirklich besser, als ich dachte. Sie hat das Aufflackern meines alten Ichs gesehen, und nun ist es zu spät, um dieses Thema einfach wieder fallen zu lassen.

»Ich war fett«, platzt es formschön aus mir heraus.

»Was?«

Es ist unmöglich, sie anzusehen, denn dann würde sie vielleicht etwas entdecken, das ihr nicht gefällt. Oder noch schlimmer, ich sehe die Reaktion, die ich schon so oft gesehen habe. Das Mitleid, die Abwertung und der Vergleich meines jetzigen Körpers mit dem von früher. »Als Junge … Ich war fett.«

Sie scheint noch immer verwirrt zu sein. »Du hattest Übergewicht?«

»Das war nicht unbedingt das Wort, mit dem Menschen mich beschrieben haben«, murmle ich etwas leiser und weiche ihren fragenden grünen Augen aus. Wie habe ich es nur geschafft, die Stimmung innerhalb weniger Sekunden von aufgeladen zu peinlich zu schwenken? Und warum konnte ich nicht einfach die Klappe halten? Sie hätte noch früh genug davon erfahren.

»Das tut mir leid«, sagt sie nach einem langen Schweigen.

»Muss es nicht. Ist ja nicht deine Schuld, dass ich Fast Food liebe.«

»Nicht dass du übergewichtig warst, sondern dass irgendwelche Arschlöcher dir deswegen Komplexe eingeredet haben«, meint sie und schnauft gleich darauf.

»Deine Nase kräuselt sich, wenn du wütend bist«, bemerke ich leise und bin versucht, nach ihrem wunderschönen Gesicht zu greifen. Oder nach der Pizza, die noch immer zwischen uns steht.

»Ja, und zu meinem Leidwesen werden meine Ohren rot.«

»Wirklich?«

Sie lächelt schief und streicht sich das blonde Haar zur Seite, sodass ich ihre Ohren sehen kann. Unwillkürlich muss ich lächeln. Das zarte Rosa wirkt durch ihre helle Erscheinung tatsächlich fast pink.

Und in diesem Moment wird mir klar, dass ich spätestens jetzt vollkommen in sie verliebt bin.

Fuck.

14. Glitter & Gold

Brooke

»So?«

»Noch etwas mehr.«

Ich beuge mich näher an Nate heran, kneife die Augen etwas zusammen und fixiere die Stelle genauer, ehe ich eine weitere Schicht auftrage. Dabei versuche ich, krampfhaft zu ignorieren, dass mein Herz klopft, als hätte ich gerade einen Sprint hingelegt. Meine Aufmerksamkeit sollte sich auf die Aufgabe richten, nicht auf Nate und seinen fabelhaften Körper. Oder seinen Geruch, der sämtliche Hormone aus dem Winterschlaf gerissen hat.

Konzentriere dich, Brooke!

Angespannt fokussiere ich mich auf meine Aufgabe. Dann lege ich den Kopf schief und betrachte die Stelle genauer. So richtig zufrieden bin ich mit dem Farbergebnis noch immer nicht. Unsicher blicke ich zu den Farbtuben und überlege.

»Damit es wirklich deckt, brauchen wir mindestens zwei Lagen«, erklärt er, ganz so, als habe er die Fragezeichen in meinen Augen gesehen. Während es für ihn das Normalste der Welt ist, fühle ich mich, als stünde ich in einem absurden Paralleluniversum. Randvoll mit Glitzer.

»Ich bin mir nicht sicher, ob es für noch eine Lage reicht«, murmle ich und blicke die bereits halb leere Tube an. »Hm, oder wir nehmen noch etwas von dem Rosa.« Um meine Aussage zu unterstreichen, halte ich die noch komplett unberührte Farbtube hoch, allerdings scheint diese Idee keinen

Anklang zu finden und an Nates stahlharten Muskeln abzuprallen.

Er schüttelt den Kopf. »Nein, die Kundin hat sich explizit Blau gewünscht.«

»Sie hat sich blauen Glitzer gewünscht?« Irritiert blinzle ich ihn an, ganz so, als würde ich erst jetzt wirklich begreifen, was ich die letzte Stunde getan habe.

Ein feines Lächeln hebt seine Mundwinkel an, doch ich erkenne auch die hauchfeine Röte auf seinen Wangen. »So steht es im Auftrag.«

»Diese Fantasie ist irgendwie schräg.« Mit verschränkten Armen mache ich einen Schritt zurück und betrachte mein Werk. Nate trägt nichts außer einem blauen String. Eine Tatsache, die es mir nicht gerade einfach macht, mich adäquat auf meine Aufgabe zu konzentrieren und nicht zu sabbern. Seine Haut schimmert, als sei er gerade aus einer ziemlich schrägen Pornoversion von *Twilight* gestiegen. Und es ist mir fast peinlich, dass es mich auf absurde Art anturnt, wie die Tatsache, dass ich den ersten Band der toxischen Vampirschnulze gelesen und nicht gehasst habe.

»Das ist noch einer der harmlosen Wünsche«, murmelt er und dreht sich einmal um sich selbst, damit ich auch seine Rückseite auf fehlenden Glitzer überprüfen kann. Der feine Schimmer des blauen Glitzers kommt durch die Drehung erst richtig zur Geltung, je nach Licht funkelt er wie Sternenstaub.

Der Blick auf seinen Hintern ist dabei natürlich auch ein Bonus. Tatsächlich bedeute ich ihm, kurz zu stoppen, und betupfe eine Stelle auf seiner Schulter noch einmal, damit das Ergebnis etwas einheitlicher aussieht. »Ach?«, frage ich beiläufig, dabei interessiert es mich tatsächlich. Es muss ziemlich anstrengend sein, ständig einer sexuellen Fantasie zu dienen und nur auf seine Oberfläche reduziert zu werden.

»Ich war schon so ziemlich jeder Disney-Bösewicht, von Gaston bis hin zu Scar. Ein Einhorn – natürlich mit einem nicht jugendfreien ...«

Schlagartig werde ich wieder rot. »Schon gut, mehr muss ich gar nicht wissen.«

Nate lacht. »Die Klassiker gehen natürlich immer, aber nicht jeder steht auf den heißen Cop oder …«

»… den Feuerwehrmann«, platzt es aus mir heraus, und Nate stutzt kurz, als hätte ich etwas gesagt, dass er nicht erwartet hat. Er sieht mich an.

Sehr unauffällig, Brooke. Mach ihm doch gleich eine Liste mit deinen heimlichen Vorlieben.

»Ja, genau.«

Mist.

Räuspernd streiche ich mir eine Haarsträhne hinters Ohr. »Gut, ich tunke dich lieber in mehrere Lagen Glitzer, als dir ein neues Horn zu basteln«, scherze ich.

Er dreht sich wieder um und sieht mich eine Weile an. Ich kann seinen Blick nicht wirklich deuten. Ist es ihm unangenehm, oder reagiert er nur darauf, dass meine Ohren bereits knallrot angelaufen sind? »Ich weiß deine Hilfe wirklich zu schätzen.«

Schluckend ignoriere ich die Schmetterlinge, die in meinem Bauch mit den Flügeln schlagen. »Kein Problem – aber aus reinem Interesse, wer schmiert dich sonst mit dieser Lotion der guten Fee ein?«

»Meistens Tian, aber Balthasar hat Durchfall.«

»Balthasar?«

»Sein Hund.«

»Das ergibt Sinn.«

»Eine Deutsche Dogge.«

»Balthasar?«

»Na ja, Tian wohl kaum«, meint er schmunzelnd. Offenbar genießt er es, dass sein fast nackter schimmernder Körper es mir schwer macht, einen klaren Gedanken zu fassen.

Noch einmal betrachte ich ihn. In meinem Kopf wird sich dieses Bild für immer einbrennen, und bisher hat er seinem Spitznamen noch nie solche Ehre gemacht. Glitzer-Nate durch und durch. Zufrieden breitet sich ein Lächeln auf meinem Gesicht aus. Wenn das seiner Kundin nicht gefällt, weiß ich auch nicht weiter. »Ich denke, wir sind fertig.«

Nate macht ein paar Schritte zur Seite und betrachtet sich in dem großen Spiegel des Zimmers. Er dreht sich ein paar Mal. Dann nickt er. »Gut, dann muss es nur noch trocknen.«

»Dieser Job ist wirklich schräg«, sage ich lachend und schüttle den Kopf. »Glitzer, Rollenspiele und ständiges Tanzen. Bist du sicher, dass du nicht eigentlich in einem Musical mitspielst?«

Nate legt den Kopf schief. »Wenn es so ist, warum bin ich dann ständig nackt und muss nicht singen?«

»Gutes Argument.«

Wir lächeln. Da meine Hände nun nichts mehr zu tun haben, schiebe ich sie in die hinteren Taschen meiner Jeans, um nicht in Versuchung zu kommen, Nate doch noch mal anzufassen. Wir wollen ja schließlich nicht, dass ich den Glitzer noch von seinem Körper rubble.

»Vielleicht buche ich dich nun immer fürs Bodypainting.«

»Ruf mich jederzeit an, ob mit oder ohne Glitzer.«

Ich wische mir meine Hände mit einigen feuchten Tüchern ab und lasse sie in den Papierkorb fallen. Zugegeben, ich habe nicht erwartet, heute im Hinterzimmer eines Stripklubs zu landen. Schon gar nicht mit Glitzer an meinen Händen und Schmetterlingen in meinem Bauch.

»Brooke?«

»Nate?«

Sein Lächeln wird verlegen. »Danke, wirklich. Ohne dich wäre es ziemlich schwierig geworden.«

»Kein Problem.« Grinsend mache ich nun doch einen Schritt in seine Richtung und lasse zu, dass ich einen Augenblick im Meer seiner Augen versinke. »Auch wenn es wirklich unfair ist.«

»Unfair?«

Statt ihm zu antworten, hauche ich einen Kuss auf seine Lippen. Am liebsten hätte ich ihn besprungen, wortwörtlich. Aber das hätte die Arbeit der letzten zwei Stunden zunichtegemacht, also bleiben meine Hände brav, wo sie sind.

»Hmmm, wirklich unfair«, raunt Nate an meine Lippen. »Bist du sicher, dass du nicht bleiben willst? Der Auftritt dauert nur ungefähr eine Stunde, maximal zwei.«

»Du führst mich in Versuchung«, gebe ich zu. »Aber ich habe Carmen versprochen, mit ihr essen zu gehen.«

»Hmmm ...«

Sein Atem streift meinen Nacken und löst ein Kribbeln aus, das meinen gesamten Körper ergreift. Verdammte Pheromone! »Tut mir leid, Glitzer-Nate. Aber ich muss gehen.«

Er sieht enttäuscht aus, was mir einen kurzen Stich versetzt. »Na gut.«

»Schaffst du es morgen?«

»Ich werde doch nicht die legendäre Party verpassen.«

»Falls du mich doch kidnappen willst, würde ich mich nicht wehren«, gebe ich zurück, denn allein der Gedanke an meine Geburtstagsparty sorgt dafür, dass mir etwas flau im Magen wird.

Nate streicht mir eine Strähne hinters Ohr. »Ich befürchte, deine Freundinnen würden mir den Krieg erklären.«

»Und wenn wir jemanden beauftragen, der uns beide kidnappt?«, schlage ich vor, und es ist nur ein halber Scherz. Mein Bauchgefühl sagt mir sehr deutlich, dass diese Party nicht so episch und großartig wird, wie meine Freundinnen es mir versprochen haben.

»Wenn ich unseren Kontostand betrachte, wird das wohl in der kurzen Zeit auch nichts.«

»Unfair.«

»Das Wort des Tages«, haucht er und küsst mich noch einmal. »Jetzt geh, bevor ich die Beherrschung verliere.«

»Du bist spät – und voller Glitzer.« Carmen haucht mir zwei Küsse auf die Wangen, ehe ich mich ihr gegenüber hinsetze und dabei aufpassen muss, nicht vor Genugtuung zu stöhnen. Meine Füße bringen mich um, die Riemchensandalen sind eindeutig nicht dafür gemacht, einmal quer durch Chicago zu laufen. »Tut mir leid, ich habe bei Nate ausgeholfen.«

Carmen zieht eine Augenbraue nach oben und sieht mich mit einem halben Grinsen an. »Bekomme ich nähere Informationen?«

»Nein.«

»Du folterst mich wohl gern«, meint sie und zieht einen Schmollmund.

Fast schon beiläufig winkt sie einen Kellner heran und gibt eine Bestellung auf Spanisch auf. Das tut sie immer, wenn sie mich dazu bringen will, etwas zu essen, dass ich eigentlich nicht essen würde, weil es nicht nach Fast Food klingt.

»Komm schon, Brooke. Erzähl mir dein glitzerndes Geheimnis.«

»Wenn du schmutzige Geschichten willst, muss ich dich enttäuschen, es war nur für einen seiner Jobs.«

»Hoffentlich liefert er dir dafür einen Lapdance.«

»Ich denke, das wäre uns beiden ziemlich unangenehm.«

Der Kellner bringt eine Flasche Wein und verschwindet unauffällig wieder, während Carmen unsere Gläser füllt. »Es scheint gut zwischen euch zu laufen«, stellt sie fest. Ihre Augen funkeln, als könnte sie die Schmetterlinge in meinem Bauch tatsächlich sehen.

Ich weiche ihrem Blick aus, denn noch kann ich es selbst nicht so ganz glauben. Die letzten Wochen waren ein ständiges Auf und Ab meiner Gefühle. Sämtliche Splitter meines Traumes sind noch immer bei jedem Schritt zu spüren, doch die Momente, in denen ich mich frage, ob es vielleicht genau so kommen sollte, werden auch immer mehr. »Tut es, besser als ich erwartet habe.«

Carmen nippt an ihrem Glas. »Wenigstens eine von uns, die einen Guten abbekommen hat.« Der bissige Unterton ist ebenso unauffällig wie ihre feuerroten Stilettos.

»Dir ist schon klar, dass Juliette bald heiraten wird?« Eine meiner Augenbrauen hebt sich unwillkürlich an.

Carmens Gesichtsausdruck verdunkelt sich. »Leider, ja.«

»Ist dir Tom je ... keine Ahnung ... seltsam vorgekommen?«

»Du bist diejenige, die mit dem selbst ernannten Traumpaar zusammenwohnt, sag du es mir«, gibt sie zurück.

Offenbar habe ich es gerade mal wieder geschafft, in eine offene Wunde zu stechen. Ich räuspere mich etwas unbehaglich. »Wann hat dieser Hass gegen Tom eigentlich angefangen?«

Carmen überlegt einen Moment und zwirbelt eine ihrer dunklen Locken zwischen den Fingern. »Hm, ich bin nicht sicher. Ich glaube, ich mochte ihn nie wirklich.«

»Aber warum? Hattest du ...?« Ich beiße mir kurz auf die Unterlippe, weil ich nicht weiß, wie ich es am besten ausdrücken soll, ohne selbst wie eine Verrückte zu klingen oder Carmens Unmut noch mehr Feuer zu geben. »Hattest du je einen Verdacht?«

Nun habe ich ihr Interesse endgültig geweckt. Ihre dunklen, klugen Augen betrachten mich eine Weile, als würde sie meine Gedanken lesen wollen. »Was meinst du?«

»Keine Ahnung, du musst doch einen Grund haben, warum du ihn so wenig magst ...« Ich sehe sie fest an, obwohl ich nicht einmal weiß, wie ich meine eigenen Gedanken rund um Tom in eine Richtung lenken soll. Geschweige denn in die *richtige* Richtung, was auch immer das heißen soll. Doch ehe ich eine Antwort bekomme, wird unser Essen serviert.

Offenbar werde ich heute dazu genötigt, Meerestiere zu essen, die in Knoblauch ertränkt wurden. Skeptisch betrachte ich die Shrimps in meiner Pasta, traue mich aber nicht, etwas zu sagen. Carmen wird mich nicht aufstehen lassen, ehe ich es nicht zumindest versucht habe. Also spieße ich einen Shrimp auf und drehe ihn einmal, ehe ich vorsichtig hineinbeiße. Zu meiner Überraschung schmeckt er nicht furchtbar, nur nach Knoblauch.

Meine Freundin nickt zufrieden und nimmt unser Gespräch wieder auf, als hätte es keine Unterbrechung gegeben. »Es gibt sicherlich vieles, das man an Tom nicht mögen könnte. Aber wie wäre es mit seinen seltsamen Wutausbrüchen?«

»Da die neu sind, zählen sie nicht.«

»So neu sind sie nicht«, murmelt Carmen etwas leiser und weicht ganz untypisch meinem Blick aus. Ihr Essen hat sie noch nicht angerührt, dafür schenkt sie sich großzügig von dem Wein nach.

»Was?«

»Sie sind nicht neu. Oder zumindest nicht *so* neu.«

Ich lasse meine Gabel sinken und lehne mich in meinem Stuhl zurück. »Carmen, warum redest du um den heißen Brei herum?«

»Es gab da einen Vorfall«, gibt sie zögerlich zu. »Als du in der Reha warst, haben Tom und Juliette sich gestritten.«

Nun bin ich es, die zum Weinglas greift. »Okay?«

Sie lässt sich Zeit mit der Antwort, als würde sie jedes Wort bereits im Kopf formulieren, um nichts zu sagen, das von der Wahrheit abweicht. Ganz und gar untypisch für Carmen. »Juliette hatte den Verdacht, er hätte eine andere.«

Schockiert starre ich sie an. »Ist das dein Ernst?«

»Aber das ist nicht der Punkt. Die beiden sind seit Jahren zusammen, der Punkt ist viel mehr, was dann passiert ist.«

Eine Gänsehaut breitet sich auf meinem Körper aus. Dieses dumpfe, undeutliche Gefühl in meinem Hinterkopf fängt wieder an zu pochen. Als wäre da etwas, das ich wissen müsste, an das ich mich aber nicht mehr erinnern kann. »Jetzt spuck's schon aus, denn ich platze gleich.«

»Er hat sie ... geschubst.«

Einige Sekunden verstreichen, während ich darauf warte, dass noch eine andere Enthüllung kommt. Doch Carmen schweigt. »Irgendwie habe ich jetzt etwas anderes erwartet.«

»Sie stand völlig verzweifelt und weinend vor ihm, und er hat sie geschubst«, setzt Carmen vollkommen ernst dazu. »Wenn man jemanden liebt und sieht, wie verzweifelt er ist ... dann schubst man ihn nicht. Man nimmt ihn in den Arm.«

»Das ist es?«, versichere ich mich noch einmal. »Das ist der Grund, warum du Tom nicht leiden kannst? Juliette wirft regelmäßig Geschirr durch die Wohnung, was soll ein Schubser dagegen sein?«

»Du hast es nicht gesehen«, murmelt sie leise. »Ich denke, das war der erste Moment, in dem er seine Maske fallen gelassen hat. Er ist nicht dieser perfekte Traumtyp, den ihr in ihm seht. Er ist ein geldgeiles Arschloch, das versucht, sein Leben durch diese Hochzeit wieder in den Griff zu bekommen.«

»Das ist ziemlich hart.«

»Du hast gefragt.«

»Ich weiß.« Nur bin ich mir gerade nicht sicher, ob es so klug war, etwas zu sagen. In meinem Kopf dreht sich alles.

»Und jetzt frage *ich* mich, warum.« Carmens Miene hat sich verändert. Sie schaut mich an wie eine Raubkatze, die genau weiß, dass man ihr nicht entkommen kann.

»Es ist nichts«, versuche ich, mich wieder aus der Situation zu winden, und stochere in meinem Essen herum.

»Brooke?«

»Hm?«

»Verarsch mich nicht.«

Ich stöhne leise. »Vielleicht bist du nicht die Einzige, die ein komisches Bauchgefühl hat.«

»Vielleicht bin ich einfach die Einzige, die bei Tom klarsieht«, schnaubt sie und rollt mit den dunklen Augen.

Möglicherweise hat sie recht, doch in diesem Fall wird es uns nichts bringen, auf unser Gefühl zu beharren, denn so sehr es mich auch schmerzt: Wir haben keine Grundlage für unseren Verdacht und keine Beweise für unsere Anschuldigungen.

»Es geht aber nicht um dich oder mich, es geht um Juliette.«

»Ganz genau – und darum sollten wir noch mehr auf unser Bauchgefühl hören, denn bei Juliette setzt das Hirn aus, sobald das Herz anspringt.«

Diese Aussage kann ich nicht entkräften. »Möglich.«

»Tatsache.«

Für den Bruchteil einer Sekunde denke ich darüber nach, Carmen von dem Hotel-Vorfall zu erzählen, doch noch bin ich selbst nicht sicher, ob es da überhaupt etwas zu erzählen gibt. Vielleicht projizieren wir beide nur etwas auf Tom und Juliette. Vielleicht ist es nichts anderes als die Angst, unsere Freundin zu verliere, wegen der wir Tom als Feind wahrnehmen. Vielleicht haben wir auch gar nicht das Recht, überhaupt darüber nachzudenken.

»Sie wird ihn heiraten – egal, was unsere Bäuche ihr sagen«, spreche ich meinen Gedanken aus, auch wenn er nichts an dem ändert, was in meinem Hinterkopf weiterhin arbeitet.

Carmen zuckt mit den Schultern. »Warten wir es ab.«

15. *Family Portrait*

Nate

Schwer atmend bleibe ich vor der Haustür stehen und versuche, meinen Herzschlag etwas zu regulieren. Meine Muskeln beschweren sich, ein schmerzhaftes Stechen erschwert mir die Atmung, und ich habe noch immer Glitzerreste auf meiner Haut. Die kühle Nachtluft hüllt mich ein, als würde sie bereits spüren, dass es gleich mit der Idylle vorbei ist.

So leise wie möglich schließe ich die Tür auf und schiebe mich in der Dunkelheit in die Wohnung. Das plötzliche grelle Licht lässt mich ebenso zusammenzucken, wie die drohende Stimme meines Vaters.

»Wo warst du?«

Ich schaffe es gerade noch, die Tür hinter mir zu schließen, ehe ich in das finstere Gesicht meines Erzeugers blicke. Der Morgenmantel ist um seinen sehnigen Körper geschlungen, der in den letzten Monaten so hager geworden ist. Er stützt sich auf einen Stock, der jedoch nichts an seiner bedrohlichen Aura ändert.

»Ich ...«

»Spiel keine Spielchen!«, schnauzt mein Vater, noch ehe ich mir überhaupt eine Lüge ausdenken kann. »Solange du noch unter meinem Dach lebst, bist du mir eine Erklärung schuldig.«

»Ich war aus«, murmle ich leiser, als es eigentlich meine Absicht war. Etwas Besseres fällt mir nicht ein, denn die

Wahrheit würde seinen Blutdruck wahrscheinlich zum Explodieren bringen.

»Das dritte Mal diese Woche.«

»Ich bin kein Teenager mehr, Dad.«

»Ist mir aufgefallen, als Teenie warst du umgänglicher.«

Wir schweigen einen Moment, liefern uns ein stummes Blickduell, das ich ihn wie immer gewinnen lasse. Er darf sich nicht aufregen, nicht noch mehr als ohnehin schon. Das Letzte, was ich will, ist, dass er einen erneuten Schlaganfall erleidet. Etwas versöhnlicher mache ich einen Schritt auf ihn zu. Es ist deutlich zu erkennen, dass es ihm schwerfällt, sich aufrecht zu halten. »Was machst du überhaupt hier, es ist mitten in der Nacht.«

»Vielleicht konnte ich nicht schlafen, weil mein Sohn unser schwer verdientes Geld mit seinen Kumpels versäuft.«

Schluckend sehe ich ihn an, wage es aber nicht, darauf zu antworten. Für ihn muss es tatsächlich so aussehen. Denn er hat keine Ahnung, wie schlecht es wirklich für das Studio aussieht und was ich alle paar Tage tue, um das fehlende Geld wieder in die Kasse zu bekomme.

»Was ich mit meinem Geld mache, geht dich nichts an«, erkläre ich, nun wesentlich fester, denn ich weiß, dass ich aus dieser Diskussion nur heil herauskomme, wenn ich ebenso stur bin wie mein Vater.

»*Dein* Geld?«

Ich beiße mir auf die Innenseite meiner Wangen und balle die Hände zu Fäusten, damit ich mich daran erinnere, dass es besser ist zu schweigen.

Ruhig bleiben, Nate. Mach ihn nicht noch wütender.

»Dein Geld?« Donnert mein Vater weiter. »Deine Mutter und ich tun alles, um dir ein anständiges Leben zu bieten, das Studio am Leben zu erhalten – und du sprichst von *deinem* Geld.«

Etwas in meinem Inneren zuckt. Vielleicht ist es mein verletzter Stolz, vielleicht ist es der Wunsch, ihm entgegenzuschleudern, dass ich seit Monaten nichts anderes mache, als *seinen* Traum am Leben zu erhalten. Doch statt ihm die Wahrheit an den Kopf zu donnern, sage ich: »Ihr bezahlt mich weit unter dem Mindestlohn.«

Etwas zuckt über das Gesicht meines Vaters. »Und geben dir ein Dach, unter dem du schlafen kannst!«

»Was ist hier los?« Die Stimme meiner Mutter unterbricht den beginnenden Wutanfall meines Vaters. Verwirrt steht sie an der Treppe der oberen Etage und blickt zu uns herunter. In ihrem Gesicht spiegelt sich Verwirrung mit einem Hauch von Wut. Offensichtlich haben wir sie geweckt, denn Abdrücke ihres Kissens sind noch immer in ihrem Gesicht zu erkennen. Mit eiligen Schritten kommt sie näher. »Was tut ihr hier mitten in der Nacht?«

»Nichts«, sage ich, doch es ist bereits zu spät, und mein Vater ist zu wütend. Er schnaubt so voller Verachtung, dass ich mich augenblicklich wieder fühle wie ein kleiner Junge.

»Unser Sohn feiert lieber die halbe Nacht mit seinen Freunden als seinen Beitrag zu dieser Familie zu leisten.«

Entgeistert starre ich ihn an. Ja, er weiß nichts von meinem Nebenjob. Aber auch ohne das Extrageld, das ich jeden Monat in das Studio stecke, reiße ich mir wortwörtlich den Hintern auf. Ich arbeite rund um die Uhr ohne Rücksicht auf alles andere. »Das muss ich mir echt nicht anhören.«

»Doch, das musst du«, herrscht mich mein Vater an, verliert dabei fast das Gleichgewicht und lehnt sich gegen die Wand. »Es wird Zeit, dass du …«

»Niguel«, unterbricht meine Mutter. Ihr Ton ist ruhig, aber fest. »Ohne Nate hätten wir das Studio schon längst dichtmachen müssen.«

Wenn du wüsstest, wie recht du hast, Mom.

Mein Vater schüttelt den Kopf. »Das ist lächerlich. Nur dank uns hat er einen Job. Setz dem Bengel nicht ständig Flausen in den Kopf.«

Ich lache leise auf, denn irgendetwas muss ich tun, um nicht selbst völlig aus der Haut zu fahren.

»Nate?«, fragend sieht meine Mutter mich an.

»Falls es euch entgangen ist, ich bin erwachsen. Was ich außerhalb meiner Arbeitszeit mache, geht euch nichts an.«

Der Blick meines Vaters ist so kalt wie der letzte Schneesturm. »Das ist deine Familie also für dich? Arbeit?«

»Niguel, sei nicht ...«

Nana will nach dem Arm meines Vaters greifen, um ihn zu stützen, doch er reißt sich los. Dabei fällt eins der gerahmten Bilder herunter, und das Glas zerspringt in tausend Teile. »Hör auf, ihn ständig in Schutz zu nehmen.«

»Du solltest besser aufhören, dich wie ein frustrierter Klops zu benehmen. Nate ist ein guter Sohn und hat uns schon mehr als einmal den Arsch gerettet.«

»Ach ja?«

»Ja!«

»Tanzt die Nächte durch mit diesem Tian und versäuft unser Geld«, herrscht mein Vater.

»*Mein* Geld.«

Unsere Blicke finden sich wieder, zücken ihre Pistolen und machen sich bereit, den letzten Schritt in diesem Duell hinter sich zu bringen. Mein Körper spannt sich an. In meinem Kopf herrscht vollkommene Stille, ich kann nicht mehr klar denken.

»Wir sollten dieses Gespräch lieber morgen führen«, meint meine Mutter mit einem milden Lächeln. »Um diese Uhrzeit löst man keine Probleme.«

Nickend wende ich mich ab, wohl wissend, dass ich dieses Duell damit wieder einmal verloren habe. Müde schiebe ich mich die ersten paar Stufen hinauf. »Ich gehe in mein Zimmer.«

»*Dein* Zimmer?«

Auf dem Treppenabsatz verharre ich und drehe mich noch einmal zu meinem Vater um. Es gibt tausend Dinge, die ich ihm gern sagen würde, doch nichts davon findet den Weg aus meinem Mund.

»Das hier ist noch immer mein Haus, und ich dulde dieses Verhalten nicht.« Sein Gesicht ist vor Wut ganz rot angelaufen, und Schweiß perlt von seiner Stirn. Ich kann sehen, wie schwer es ihm fällt, sich weiterhin aufrecht zu halten.

»Niguel!«

»Nein, wenn er sich nicht an meine Regeln halten will, muss er die Konsequenzen tragen.«

»Niguel, jetzt reicht es aber!« Die Stimme meiner Mutter ist schneidend, doch auch sie kann das Fiasko dieser Nacht nicht mehr aufhalten.

»Ja, es reicht. Es wird Zeit, dass der Junge lernt, auf eigenen Beinen zu stehen.«

Ich verkneife mir ein Kommentar dazu, dass er es selbst gerade nicht einmal schafft, allein von einem Zimmer zum anderen zu gehen. »Das ist es, was du willst?«, frage ich so ruhig, dass es mich fast selbst erschreckt.

»Wir haben dich lange genug durchgefüttert.«

Nun muss ich lachen, doch es klingt eher ungläubig und verzweifelt. »Dann sollte ich vielleicht ausziehen.«

Noch in dem Moment, in dem ich es ausgesprochen habe, bereue ich es bereits. Jetzt kann ich es nicht mehr zurücknehmen. Die Schultern meiner Mutter sacken etwas nach unten, als sei auch ihr klar, dass sie nun nichts mehr tun kann.

»Dann los!«, schnauft mein Vater. »Als ob du es ohne uns schaffen würdest.«

»Niguel«, meine Mutter blickt verzweifelt zwischen uns hin und her. »Nate, bitte hör nicht auf ihn. Das sind nur die Schmerzen und ...«

»Schon gut«, wehre ich ab. »Er hat recht, ich ziehe aus. Jetzt.«

»Nate!«

Ich drehe ihr den Rücken zu und marschiere in mein Zimmer. Meine Tasche packt sich wie von allein, während ich höre, wie meine Eltern sich noch immer streiten. Sie verstummen erst, als ich mit Sack und Pack wieder auf der Treppe erscheine.

»Nate, bitte ...«

Der flehende Ton meiner Mutter bricht mir fast das Herz, doch der Blick meines Vaters ist noch immer eisig.

»Na dann, viel Spaß«, schnaubt mein Vater und macht die Tür auf. »Ich freue mich drauf, wenn du merkst, wie recht ich hatte.«

Ich sage nichts, drücke meiner Mutter einen Kuss auf die Wange und verschwinde in die leuchtende Nacht von Chicago.

Das Erste, was mir entgegenschlägt, ist der schlimmste Mundgeruch der Welt. Ich stöhne leise und schiebe Balthasar von mir weg. Die Deutsche Dogge verzieht beleidigt das Gesicht.

»Guten Morgen, Sonnenschein«, begrüßt Tian mich grinsend. Ich fahre mir durch die Haare und gähne herzhaft. Die kurze Nacht steckt mir noch in den Knochen. Balthasar bellt grimmig, bis ich ihm etwas Platz mache und er aufs Sofa springt. Dabei ist es ihm herzlich egal, dass er seinen Hundehintern genau auf mein Kopfkissen drückt.

»Kannst du deinen Hund bitte davon abhalten, mich wach zu küssen?«

»Nein, und zu seiner Verteidigung: Du besetzt seinen Schlafplatz.«

»Wozu hat er ein Körbchen, wenn er doch auf dem Sofa schläft?«, will ich wissen, kann aber trotzdem nicht anders, als dem großen Hund den Kopf zu tätscheln, ehe ich aufstehe. Das schwarz-blaue Fell ist erstaunlich seidig, allerdings kleben jetzt schon Haare auf meinem Shirt.

»Das Körbchen ist mehr für den Mittagsschlaf«, sagt Tian lachend. »Kaffee?«

»Ja, bitte.«

Balthasar macht sich daran, mein Nachtlager für sich zu beanspruchen. Er wirft die Decke von dem kleinen Sofa und schiebt mit der Nase das Kissen in die gewünschte Position, ehe er sich zweimal um sich selbst dreht und sich dann erstaunlich klein zusammenrollt. Der gigantische Hund wirkt in dieser Position fast schon niedlich.

Tian hantiert derweilen in seiner kleinen, offenen Küche herum. Der Geruch von Kaffee ist wesentlich angenehmer als der Hundeatem. Mein bester Freund reicht mir eine volle Tasse. »Hast du dich wieder etwas beruhigt?«

»Ich bin nicht derjenige, der durchgedreht ist.«

»Nein, aber dein Vater hat ja auch keine Ahnung, dass sein Sohn sich den Arsch abarbeitet und jeden Cent in das Studio steckt.«

Fast hätte ich mit den Augen gerollt, kann mich jedoch gerade noch davon abhalten. »Danke für diese Zusammenfassung.«

»Immer wieder gern, also wirst du dich heute mit deinen Eltern aussprechen?« Er lässt es beiläufig klingen, doch uns ist beiden klar, dass er es alles andere als beiläufig meint.

»Nein.«

Tian stemmt die Hände in die Hüften. Obwohl er ein Stück kleiner ist als ich, bekomme ich kurz Angst. »Verdammt, Nate. Das geht so nicht weiter.«

Nun kann ich ein Stöhnen doch nicht unterdrücken. Der heiße Kaffee verbrennt mir fast die Zunge, doch ich brauche wenigstens einen kleinen Energieschub. »Ich weiß, aber nicht heute.«

»Wieso nicht? Schlimmer kann es wohl nicht mehr werden.«

»Brooke hat Geburtstag.«

Sein Gesichtsausdruck verändert sich, wird etwas weicher, und er zuckt mit den Schultern. »Oh, okay, das ist in der Tat ein gutes Argument, um das Familiendrama noch etwas nach hinten zu schieben.«

»Und es ist besser, wenn mein Vater einen Tag hat, um sich wieder zu beruhigen.«

»Nate, dir ist schon klar, dass du nicht ganz unschuldig daran bist, dass es eskaliert ist?«

»Darf ich erst meinen Kaffee austrinken, ehe du mir einen Vortrag hältst?«

»Na ja, wir wissen beide, dass ich dir den Vortrag schon so oft gehalten habe, dass wir beide genervt davon sind. Also warum kürzen wir das Ganze nicht ab und springen direkt zu dem Teil, in dem du mir sagst, dass ich recht habe?«

Es ist nicht einfach, sich einzugestehen, dass er recht hat. Besonders nicht, wenn er diesen besserwisserischen Gesichtsausdruck aufgesetzt hat. Dennoch ergebe ich mich. »Ich werde es ihnen sagen ... nach Brookes Geburtstag.«

»Gut.«

»Darf ich mich jetzt hinsetzen?« Statt auf eine Antwort zu warten, lasse ich mich an dem kleinen Küchentisch nieder und nehme noch einen Schluck. Kaffee ist nicht gerade das Beste für mein Training, aber heute würde ich den Tag nicht ohne überstehen.

»Ja, aber denk dran, mit Balthasar rauszugehen.«

»Warum muss ich das tun? Es ist dein Hund.«

»Erstens liebst du ihn genauso wie ich, und zweitens schuldest du mir was. Immerhin habe ich dank dir meinen Schönheitsschlaf unterbrochen und deine Tränen getrocknet.«

»Und gerade bereue ich beides zutiefst.«

Tian klopft mir auf die Schulter. »Ich muss los, bis später.« Noch ehe ich wach genug bin, um darauf zu reagieren, ist er verschwunden, und Balthasar bellt, als würde er sich von seinem Herrchen verabschieden. Ein paar Minuten lang sitze ich einfach da, trinke meinen Kaffee und frage mich, wie es dazu kommen konnte. So ungern ich es auch zugebe, aber Tian hat recht. Ich hätte meinen Eltern viel eher sagen müssen, was wirklich los ist. Zumindest meiner Mom.

Aber das Tanzen war meinem Vater schon immer ein Dorn im Auge. Ich bin mir ziemlich sicher, dass die Tatsache, dass ich es nun halb nackt für Geld mache, nicht viel an dieser Einstellung ändern wird.

Bevor ich unter die Dusche springe, schreibe ich Brooke eine kurze Nachricht.

Happy Birthday!
Bist du bereit für Geschenke, Luftballons und Kuchen?

Dann verbringe ich eine geschlagene halbe Stunde damit, nach der Leine von Balthasar zu suchen, ehe ich endlich mit ihm auf die Straße trete.

Eine Deutsche Dogge ist nicht gerade das ideale Haustier in einer Stadt wie Chicago, aber Tian hat sich noch nie darum gekümmert, was praktisch und sinnvoll ist. Er hat Balthasar im Tierheim entdeckt und den gigantischen Hund mitgenommen, noch ehe ihn jemand aufhalten konnte.

Ich laufe im gemütlichen Tempo mit ihm bis zum Park und lasse ihn dann von der Leine. Statt jedoch wie alle anderen Hunde einfach loszulaufen, bleibt er sitzen und sieht mich an. Seine braunen Augen scheinen mich etwas zu fragen.

»Na los, lauf schon!«

Balthasar springt wieder auf und sprintet davon. Einige Enten fliegen ihm empört schnatternd aus dem Weg, während er schwanzwedelnd in den kleinen Tümpel springt. So elegant und fast schon majestätisch Balthasar auf Tians Instagram-Fotos auch wirkt, in der Realität ist er das tapsigste Riesenbaby, das ich je gesehen habe.

Tropfnass erscheint er wieder neben mir, schüttelt sich und ignoriert dabei meinen grimmigen Gesichtsausdruck, ehe wir weiterlaufen. Der Morgen ist noch ruhig. Einige Hundesitter schlendern an uns vorbei, betrachten die Dogge skeptisch, und eine alte Frau beschimpft mich, als ich gerade dabei bin, eine besonders große Hinterlassenschaft des Hundes im Müllkorb zu verstauen.

Balthasar trottet treudoof mit einem Stock im Maul hinter mir her, bis ich abrupt stehen bleibe. Wir haben den Park einmal umrundet, sodass ich nun wieder bei dem kleinen Coffee Bike am Eingang stehe.

»Ist das nicht …?«

Ein Kerl im Anzug, der verdächtig nach dem Verlobten von Brookes Freundin aussieht, ist gerade dabei, einer hübschen Blondine einen Kaffee zu reichen, ehe er ihr einen Kuss auf den Mund drückt. Ich starre den beiden hinterher, unsicher, ob ich wirklich gerade das gesehen habe, was ich befürchte. Erst das Bellen des Hundes bringt mich wieder in die Realität zurück.

Fuck.

Offenbar habe ich gerade ein neues Drama für den nächsten Akt meines Lebens entdeckt.

16. Perfect Day

Brooke

Der Geburtstag ist für alle ein besonderer Tag.

Man feiert jedes weitere Jahr, das man geschafft hat. Als gäbe es ein großes Ziel, auf das man unaufhörlich hinarbeitet. Dabei gibt es am Ende einfach nur ein großes Nichts. Und kein perfekter Schokoladenkuchen dieser Welt kann daran etwas ändern.

Mit geschlossenen Augen stehe ich im Bad, wohl wissend, dass ich mich nicht mehr länger drücken kann. In wenigen Sekunden wird meine beste Freundin an die Tür klopfen, ich werde mir ein Lächeln ins Gesicht zaubern und es über mich ergehen lassen. Nur der Gedanke an den Schokoladenkuchen hält mich auf den Beinen.

»Ist alles in Ordnung?«

Juliette ist früher dran, als ich erwartet habe. »Komme.«

Ein letztes Mal sehe ich mein Spiegelbild an, fahre mir durch die perfekten blonden Locken und atme tief durch. Vielleicht schaffe ich es, mich zu amüsieren, wenn ich mir einrede, dass es nicht mein Geburtstag ist.

»Girl, du bist so heiß, ich fang gleich Feuer«, jubelt Juliette mir zu und zwingt mich zu allem Überfluss auch noch, mich einmal im Kreis zu drehen, damit sie begutachten kann, wie gut sich dieses Kleid aus schimmernden Regenbogenpailletten an meinen Hintern schmiegt.

»Ausnahmsweise gebe ich dir recht«, kommentiert Carmen.

Sie zwinkert mir zu, als könnte sie spüren, wie wenig Lust ich auf eine rauschende Party habe. Warum können wir nicht einfach zu dritt Kuchen essen, bis uns schlecht wird, und ein historisches Drama gucken? Fast vermisse ich die Zeit während der Reha. Obwohl: Nein, kein Gebäck dieser Welt reicht als Aufmunterung, wenn jede Bewegung eine einzige Qual ist.

»Ist Nate schon da?« Meine Stimme klingt fast flehend, denn noch habe ich die Hoffnung nicht aufgegeben, dass wir durchbrennen können, um dieser Party zu entgehen.

Juliette schüttelt den Kopf. »Nein, ich hab ihn zur Location bestellt.«

»Und die ist wo?«

»Das wirst du erfahren, wenn wir da sind.«

»Du liebst es, mich zu quälen, oder?«

»Nein, du wirst den besten Geburtstag deines Lebens haben, warte es nur ab.« Juliette grinst über das ganze Gesicht. Man könnte fast meinen, dass nichts ihr so viel Spaß macht, wie Partys zu organisieren.

Carmen blickt auf ihre Armbanduhr. »Gut, der Fahrer ist da.«

Ich verkneife mir eine bissige Erwiderung. Meine Freundinnen tun all dies nicht, um mich zu quälen, aber ich kann dennoch nicht anders, als mich zu verkrampfen. Natürlich müssen sie mir auch noch mit einem Auto kommen, als ob dieser Tag nicht schon schlimm genug wäre. »Toll.«

Juliette grinst und setzt mir einen albernen Partyhut auf, wofür ich sie am liebsten geschlagen hätte. Aber ich reiße mich zusammen. Leider kann ich meine Angst nicht so schnell eindämmen wie meinen Frust. Allein der Gedanke, in einen Wagen steigen zu müssen, sorgt dafür, dass meine Hände schweißnass sind. Doch als wir durch die Haustür treten und der Wind von Chicago meine Locken zerzaust, steht keine Limousine vor mir. Sondern eine Kutsche.

»Was zum ...?«

»Ich habe doch gesagt, das wird der perfekte Tag«, säuselt Juliette und drückt mir einen Kuss auf die Wange. Gegen meinen Willen spüre ich, wie mir Tränen in die Augen schießen. Ich habe wirklich die besten Freundinnen auf dieser Welt.

Zwei Flaschen Champagner später bin ich mir immer noch nicht sicher, ob ich nicht doch träume.

»Meine Wohnung?«, frage ich irritiert.

»Ich habe dir den besten Geburtstag deines Lebens versprochen, oder?« Juliette zuckt mit den Schultern, als sei das alles völlig normal.

»Auch wenn es mir niemand glaubt, ich habe auch meinen Teil dazu beigetragen«, kommentiert Carmen und nimmt ihre Sonnenbrille ab. »Bekomme ich auch einen dieser schmachtenden Hundeblicke?«

Ich lache und falle ihr um den Hals. »Ich liebe dich, Carmen Miguel Rodríguez.«

»Okay, übertreib's nicht – du zerknitterst mein Kleid.« Doch als sie mich wegschiebt, sehe ich trotzdem ihr mildes Lächeln. Hinter Carmens supercooler Bossbitch-Fassade steckt ein warmes Herz. Nur lässt sie es nicht jeden sehen.

»Na los!«, fordert Juliette mich auf. »Deine Gäste warten.«

Mein Herzschlag gerät ins Stolpern, denn fast hatte ich gehofft, dass sie von einer Party vollends abgesehen haben. Dennoch versuche ich, mein Lächeln beizubehalten, während wir die Treppen hinauf gehen und ich die Tür öffne.

»Happy Birthday!«

Die Wohnung ist vollgestopft mit Dutzenden Ballons, einer schillernden Girlande und einem knallpinken kuscheligen Teppich in Kreisform, auf dem ein einzelnes Geschenk liegt. Nate steht zusammen mit seinem besten Freund zwischen den Ballons, und ein perfekter Kuchen besiegelt den Deal.

»Ist das ...?«

»Der beste Schokoladen-Piñata-Kuchen in ganz Chicago. Mit Smarties-Füllung«, gibt Juliette an.

»Ich liebe dich«, platzt es aus mir heraus, während ich den Kuchen anstarre.

Juliette lässt sich davon jedoch nicht die Show stehlen. »Ich weiß, das tut jeder.«

»Ist es zu früh, um mein Veto einzulegen?«, will Carmen wissen und rollt mit den Augen, ehe sie Nate den Kuchen abnimmt. Er sieht mich lächelnd an.

Mein Körper reagiert, bevor mein Kopf versteht, was er da tut. Ich greife nach seinen Händen und ziehe ihn zu mir. In dem Moment, als unsere Lippen aufeinandertreffen, weiß ich, dass ich nie einen schöneren Geburtstag haben werde.

Zum Glück habe ich keine Ahnung davon, wie sehr ich mich da täusche.

»Kuchen?«, fragt Carmen, obwohl sie längst dabei ist, in der Küche mit einem Messer zu hantieren.

»Ich verstehe die Frage nicht?«, gebe ich zurück.

Mein Lachen ist echt. Nate nimmt meine Hand und Carmen zerteilt fachmännisch den Kuchen. Die Smarties kullern aus dem Inneren. Tian macht die Musik an, und jemand reicht mir ein weiteres Glas. Es war richtig, ihn eingeladen zu haben. Obwohl wir bisher nicht viel Zeit hatten, uns kennenzulernen, gehört er doch irgendwie bereits dazu. Unsere kleine Runde macht es sich auf dem flauschigen pinken Teppich bequem, und ich bin froh, dass meine Freundinnen klug genug waren, auch an Kissen zu denken. In diesem Kleid wäre es sonst unmöglich, mich hinzusetzen, ohne dass jemand meinen farblich nicht passenden Slip sieht.

Juliette klatscht in die Hände. »Ich denke, es wird Zeit für die Partyspiele!«

Fast entfleucht mir ein genervtes Stöhnen, doch Carmen und Tian sind schneller. Zum Glück kassieren sie einen strengen Blick.

»Also«, fährt sie ungerührt fort und zieht einen Hut hervor, von dem ich mich ernstlich frage, woher sie ihn hat.

Ernstlich? Gibt es dieses Wort? Vielleicht sollte ich lieber anfangen, Wasser zu trinken, sonst gesellt sich ein weiteres Blackout in mein Leben.

»Wir spielen ›Wer bin ich?‹«, haucht sie Juliette verzückt.

»Ich bin nicht interessiert«, meint Carmen, was Tian zum Grinsen bringt.

»Es heißt *wer* und nicht was.« Juliettes Blick wird finsterer. Kein gutes Zeichen, aber ich bewundere Carmens Einsatz. »Und da es Brookes Geburtstag ist, dreht sich alles um historische Persönlichkeiten.«

Mit einem Grinsen reicht sie Tian den Hut, der einen der gefalteten Zettel herausfischt. Nacheinander tun wir es ihm gleich.

Keine fünf Minuten später ist Carmen bereits dabei zu schreien: »Verdammt noch mal, du bist einer der bekanntesten Männer der Welt.«

»Offenbar nicht, denn ansonsten hätte ich die Lösung schon gefunden«, schnauzt Tian zurück.

Carmen verengt die Augen zu schmalen Schlitzen. »Benutz die grauen Zellen in deinem Kopf.«

»Vielleicht solltest du mir einfach bessere Hinweise geben.«

»Jeder hier hätte die Antwort bereits gewusst.«

»Das bezweifle ich«, gibt er zurück und blickt in die Runde. Nicht direkt Hilfe suchend, eher so, als bräuchte er Feuerschutz.

»Kalter Krieg mit Kubakrise, Vietnamkrieg und Mauerbau«, werfe ich ein.

Tian sieht mich an. Er blinzelt. »Kennedy?« Seine Stimme klingt fragend, doch dann verwandelt sie sich in Wut. Er dreht sich halb zu Carmen um. »Ist das dein Ernst?«

Sie zuckt mit den Schultern. »Er wurde am 29. Mai geboren. In Brookline, Massachusetts. Und ist am 22. November 1963 mit 46 Jahren gestorben.«

»Kein normaler Mensch weiß so etwas.«

»Ich weiß es und Brooke auch«, sagt sie mit einem Lächeln, das den armen Tian wahrscheinlich nur noch wütender macht.

»Allerdings ist das nicht ganz fair«, nuschelt Juliette in sich hinein. »Brooke ist ein Geschichtsgenie, und du kennst sämtliche Verschwörungstheorien auswendig.«

»Danke«, stößt Tian aus. »Wenigstens eine Person in diesem Raum, die auf meiner Seite ist.«

»Zieh mich in diesen Disput lieber nicht mit hinein«, sagt Juliette lachend, und für einen Augenblick glaube ich, ein Glitzern in ihren Augen zu sehen, das mir neu ist. Doch diesen Gedanken verwerfe ich schnell wieder. Gerade will Carmen zu einer Erwiderung ansetzen, als es an der Tür klingelt. »Wer ist das?«, frage ich sichtlich verwirrt, doch Juliette ist bereits aufgesprungen.

»Tom natürlich.«

Von einem Moment auf den anderen fühle ich mich seltsam. Ich schlucke, hadere damit, mein Lächeln aufrecht zu erhalten, und spüre, wie Nate meine Hand drückt.

Tom kommt in den großen offenen Raum, und plötzlich fühlt sich alles enger an. Selbst Carmen scheint sich anzuspannen, worunter der arme Tian leiden muss, der eine bissige Bemerkung an den Kopf geworfen bekommt.

Ich versuche, mir nichts anmerken zu lassen, doch von der guten Stimmung oder dem Schampus ist keine Spur.

Juliettes Verlobter grüßt mit einem warmherzigen Lächeln in die Runde, doch so richtig scheint das nicht zu helfen. »Keine Stühle?«, will er wissen, während sein Blick durch den Raum schweift.

»Der Teppich ist sehr kuschelig, und wir haben Kissen«, antwortet Juliette.

Ich kann ihr Gesicht nicht sehen, aber etwas an ihrem Tonfall verschafft mir eine Gänsehaut. Wenn einer der anderen etwas bemerkt, sagt er zumindest nichts. Tom drückt mich kurz, was mein Unbehagen noch einmal exorbitant vergrößert. Dann fällt sein Blick auf Tian.

»Hey«, sagt dieser so entspannt, dass ich ihn ernsthaft beneide. »Bier?«

»Klar.«

Ich blicke den beiden etwas angespannt nach, aber Tian scheint die Situation im Griff zu haben. Und warum auch nicht? Es ist nur Tom. Nicht der Antichrist. Obwohl Carmen dazu sicherlich eine andere Meinung hätte. Doch so sehr ich mir auch einzureden versuche, dass alles super ist, so sehr kratzt etwas an meinem Unterbewusstsein, dass ich genau *daran* nicht glauben kann.

»Ist alles okay?« Nate sieht mich fragend an.

»Sicher.«

Sein Blick wird ernster. »Wirst du mir später erklären, was wirklich los ist?«

»Irgendwie finde ich es gruselig, dass du mich schon so gut kennst.«

»Pffff«, macht Carmen und zieht eine Augenbraue nach oben. »Du bist einfach die schlechteste Schauspielerin der Welt.«

»Leute, reißt euch zusammen, ja«, schnaubt Juliette. Sie funkelt uns grimmig an und geht dann zu den Jungs in die Küche.

»Sie hat recht«, meine ich. »Es ist alles okay.«

Carmen öffnet den Mund, schließt ihn jedoch wieder, als hätte sie gerade eben entschieden, dass sie diese Schlacht an einem anderen Tag in Angriff nehmen würde. Unsere kleine Gruppe verlegt die Gespräche in die Küche.

Carmen sitzt mit übereinandergeschlagenen Beinen auf dem Küchentresen und nippt an ihrem Rotwein. Tian unterhält sich mit Juliette und Tom. Und ich stehe neben Nate und bin unendlich froh, dass er da ist.

Der Schokoladenkuchen, die schlechten Witze und Wortgefechte zwischen Carmen und Nate bringen mich zum Lachen.

Und inzwischen fange ich sogar wieder an, mich zu entspannen.

Was ist nur los mit mir? Seit wann gönne ich Juliette ihr Glück nicht? Wieso nur löst Tom immer wieder dieses seltsame Gefühl in mir aus?

Ich gebe zu, die letzten Tage habe ich es ausgenutzt, noch immer bei Juliette zu wohnen. Es ging nicht anders, ich musste schnüffeln. In den Schubladen, der dreckigen Wäsche und an seinem Laptop. Aber nichts. Es gibt keinen rationalen Grund dafür, dass ich dieses seltsame Gefühl in mir habe, dass etwas hier ganz und gar nicht stimmt. Tom ist genau der nette Sonnyboy, für den ich ihn immer gehalten habe.

Aber was, wenn nicht? Was, wenn …?

»Brooke?« Nates Stimme holt mich aus dem wirren Gedanken.

»Sehe ich auch so.«

»Dass die *Bachelorette* falsch besetzt wurde?«

»Was?«

»Du hast nicht zugehört«, stellt er mit einem sanften Grinsen fest. »Was geht in deinem Kopf vor?«

»Nichts, ich glaube, ich brauche nur kurz frische Luft.«

Nate

Wir klettern durch das große Fenster auf die Feuerleiter und setzen uns auf das Fensterbrett. Ich ermahne mich, mir keine Gedanken darum zu machen, dass diese Konstruktion eine Einladung für jeden Einbrecher ist, und blicke stattdessen Brooke an.

Die blonden Locken wippen leicht im Wind, doch ihre Augen fixieren mich streng. »Ist alles okay?«

Ich antworte nicht.

»Jetzt rück schon raus mit der Sprache.«

Vor meinem inneren Auge spielt sich die Szene noch einmal ab. Tom im Park mit dieser hübschen blonden Frau. Vielleicht habe ich gar nicht gesehen, was ich glaube, gesehen zu haben. Immerhin bin ich, was diesen Kerl angeht, minimal voreingenommen. »Du warst es doch, die etwas sagen wollte, aber nichts gesagt hat«, merke ich an und hoffe, dass ich mich so noch etwas vor diesem Gespräch drücken kann.

Sie zieht ihre Unterlippe nach innen und saugt einen Moment daran, während ihr Blick in die Dunkelheit schweift. »Es ist dumm.«

»Offenbar machst du dir trotzdem Gedanken. Ist es wegen Toms ... nennen wir es ›Ausbruch‹?«, taste ich mich langsam vor.

»Nein ... also nicht nur.«

»Was ist es dann?«

Ein schmales Lächeln erscheint auf ihrem Gesicht. »Du wirst nicht aufhören zu fragen, oder?«

Nun muss auch ich grinsen. »Nein.«

Einen Moment lang schweigt Brooke. Es fühlt sich an, als könnte ich all ihre Gedanken und Gefühle an dem Sturm hinter ihren Augen erkennen. Ihr Kopf wiegt sich leicht hin und her. »Ich dachte, ich hätte ihn gesehen, neulich ... in Oldtown.«

Verdutzt schnellen meine Augenbrauen nach oben. »Und?«

Ihre Finger reiben nervös über ihre Arme. Es hat sich deutlich abgekühlt. Das schimmernde Paillettenkleid wird sie kaum warm halten. Gerade als ich fragen will, ob sie meine Jacke möchte, sagt sie: »Er hätte zu dieser Zeit nicht dort sein dürfen und hat geleugnet, dass er es war.«

»Bist du denn sicher, dass er es war?«

»Keine Ahnung«, antwortet sie so leise, dass ihre Worte fast vom Wind verschluckt werden. »Ich habe einfach dieses Gefühl. Wie eine Vorahnung. Du weißt schon, so, als hätte ich von einem Flugzeugabsturz geträumt. Im letzten Moment verlasse ich das Flugzeug, und dann stürzt es wirklich ab. Und dann …«

Dieses Mal kann ich ein leises Lachen nicht unterdrücken. »Ich hab dir doch gesagt, du sollst dir *Final Destination* nicht vor dem Schlafengehen ansehen.«

Sie verdreht ihre grünen Augen. »Das ändert nichts an dem Gefühl.«

Unser Schweigen dehnt sich einen endlosen Moment lang aus. In meinem Kopf klopft etwas gegen die Tür, die ich heute eigentlich nicht öffnen wollte. Aber Brooke hat mit diesem Thema begonnen, und es fühlt sich falsch an, nicht mit ihr darüber zu reden. »Auch wenn ich das Gefühl habe, dass ich es bereuen werde: Ich habe ihn gesehen. Ziemlich sicher. Gestern.«

»Wo?«

Ich befeuchte kurz meine Lippen, ermahne mich, dass es nun zu spät ist, um einen Rückzieher zu machen. »Im Park … mit einer Frau.«

Sie stößt sich vom Fensterbrett ab. »Und das sagst du mir erst jetzt?« Mit den in die Hüften gestemmten Händen wirkt sie erstaunlich groß. Ihr Kleid knistert leise, während sie den Kopf schüttelt.

Langsam schüttle auch ich den Kopf. »Ich war mir nicht sicher, aber ich glaube, er hat mich auch gesehen und irgendwie … Ach keine Ahnung, vielleicht habe ich auch nur einen Zuckerschock und rede Unsinn.«

»Spuck's aus, Nate!«

Das habe ich nun davon, dass ich einfach nicht den Mund halten konnte. Unbehaglich lecke ich mir über die Lippen. »Sie wirkten einfach sehr vertraut«, murmle ich, wohl wissend, dass ich etwas verschweige. Doch mein Kopf weigert sich, diese letzte Information über meine Lippen kommen zu lassen. Etwas tief in mir blockiert. Vielleicht ist es der leise Zweifel über meine eigene Beobachtung.

»Blond sagst du?«

Ich nicke.

»Damit fallen seine Verwandten raus, und auch alle Freundinnen von Juliette ... außer mir. War sie von Natur aus blond?«

Die Frage irritiert mich. »Ich habe nicht die geringste Ahnung, Brooke.«

»Mist.« Sie dreht mir den Rücken zu und lehnt sich an das Geländer. Nicht weit, aber genug, damit mein Herzschlag etwas schneller wird und ich sie dichter zu mir ziehe.

»Willst du es Juliette sagen?«

Ihr leises Seufzen lässt etwas in mir zucken. Sie klingt traurig, angespannt und irgendwie verloren. »Das kann ich nicht, so ohne Beweise.«

»Beweise?«

»Ja, du weißt schon. So was wie Sexting auf seinem Handy.«

»Hmm«, mache ich nachdenklich und ziehe sie in meine Arme. Ihre kühle Haut trifft auf meine, löst zarte Schauer aus und vertreibt die letzten Reste der Zweifel.

»Hm?«

»Dann müssen wir nur an sein Handy kommen.«

Für den Bruchteil einer Sekunde sieht sie aus, als hätte sie in eine Zitrone gebissen. »Ist das dein Ernst?«

Zu meiner eigenen Überraschung ist es das. Ich kann es selbst kaum erklären, aber bei Tom schrillen sämtliche meiner Alarmglocken. Wenn Brooke mit ihrer Vermutung also wirklich recht haben sollte, müssen wir das wissen. Oder besser, Juliette muss es wissen, noch ehe sie diesem Kerl ihr Jawort gibt. Also nicke ich. »Ich lenke ihn ab, Tian schnappt sich das Handy, und du verschwindest ein paar Minuten damit auf dem Klo. Wenn du etwas findest, hast du Beweise. Wenn nicht, wissen wir, dass wir beide verrückt sind.«

Das kurze Schweigen zwischen uns lässt mich zweifeln. Bin ich zu weit gegangen? Habe ich sie mit meinem Plan erschreckt?

Es dauert zehn verfluchte Herzschläge, bis ein kleines Grinsen ihre Mundwinkel nach oben zieht. »Verdammt, Nate, ich wusste nicht, dass du ein echter Bad Boy bist.«

Erleichtert lache ich auf. »Vielleicht habe ich einfach selbst ein seltsames Bauchgefühl.«

»Wow, und innerhalb einer Sekunde ist dein Bad-Boy-Dasein wieder beendet«, raunt sie so nahe an meinem Mund, dass es mir schwerfällt, mich noch auf etwas anderes zu konzentrieren.

»Damit kann ich leben«, sage ich lachend. »Also, wollen wir die *Mission Tom* in Angriff nehmen?«

17. *Apologize*

Brooke

Mein Herz klopft, als hätte ich vor, ins Weiße Haus einzubrechen und den geheimen Aktenkoffer mit dem berühmten roten Knopf zu stehlen. Allerdings ist Tom als Opfer meiner neuen Superdiebin-Identität auch nicht gerade der einfachste Einstieg.

Keine Ahnung, wie Nate Tian dazu bekommen hat mitzumachen, aber es erfüllt mich mit einem seltsamen Gefühl zu wissen, dass die zwei solch kleine Verschwörungen innerhalb weniger Sekunden aushecken können. Meine zitternden Hände streichen immer wieder über mein Kleid, während sich mein Weinglas dank Carmen füllt.

»Ist alles okay bei dir?«

Ich zucke heftig zusammen. Carmen zieht eine Augenbraue nach oben. Ihr Blick gleitet von oben nach unten über meinen Körper, ganz so, als würde sie nach etwas suchen, das meine Anspannung erklärt.

»Voll okay!«

Sie sieht nicht überzeugt aus. »Redest du wegen des Weins wie ein Teenager?«

»Nein, also ich meine …«

»Himmel, Brooke«, sagt sie lachend. »Was hat Nate mit dir da draußen angestellt?«

Unwillkürlich werde ich rot. Denn so sehr ich unsere aktuelle Mission auch durchziehen will, fast wäre es mir lieber, Nate hätte tatsächlich etwas Versautes mit mir getrieben.

Doch darüber mache ich mir lieber später Gedanken. Allein, in meinem Bett. Oder noch besser, mit Nate in meinem Bett. Meine Augen finden seine, und ich glaube, darin das gleiche Funkeln zu erkennen, allerdings wird es noch immer von der *Mission Tom* überschattet. Diesem klopft Nate gerade auf die Schulter, als seien sie alte Freunde. Tian wirft mir einen Blick zu und vollführt eine Geste, die aussieht, als würde er sich jeden Moment erbrechen.

»Was habt ihr vor?«

»Nichts?«, frage ich zurück.

Carmen verschränkt auf diese gefährliche Art die Arme. »Brooke?«

»Es ist möglich, dass ich gleich versuchen werde, etwas auf dem Handy von jemandem zu finden, den wir *eher nicht* mögen«, flüstere ich leise.

Unwillkürlich blickt Carmen von mir zu Tom. »Ich bin dabei.«

»Im Ernst?«

»Was für eine Freundin wäre ich, wenn nicht?«, gibt sie zurück und fährt sich betont lässig durch die dunklen Haare. »Was für ein Handy hat er?«

»Ich glaube ein iPhone, warum?«

Sie schüttelt den Kopf wie eine Mutter, die nicht glauben kann, wie dumm ihr Kind ist. »Hast du dir noch keine Gedanken gemacht, wie du es entsperren willst?«

Einen Moment blinzle ich verwirrt, denn das habe ich bisher tatsächlich nicht getan. Langsam schüttle ich den Kopf.

»Du aktivierst Siri«, murmelt meine Freundin verschwörerisch. »Gib ihr einen Befehl, dann noch einen, und dann sag ihr, sie soll die Farben umkehren.«

»Bitte was?«

»Danach klickst du auf Einstellung, wenn du dann nicht drin bist, versuch es noch mal«, sagt sie so gelassen, als würden wir über das Wetter reden und nicht darüber, wie man sich in ein Handy schleusen kann.

»Woher, zur Hölle, weißt du so etwas?«, entfährt es mir.

»Frag lieber nicht.«

Ich muss grinsen. Doch meine Gesichtszüge erstarren, als Tian sich schwungvoll im Kreis dreht. Niemand sieht, wie er dabei in die Tasche von Tom greift. Mein Herzschlag verdreifacht sich. So lässig wie in einem *Bond*-Film tanzt Tian auf mich zu, drückt mir das Handy in die Hand und beginnt, mit Carmen zu reden.

So schnell ich kann, laufe ich ins Badezimmer. In meinem Kopf hat dieser Plan so einfach und simple geklungen, doch nun frage ich mich, wie wir auf eine derart bescheuerte Idee kommen konnten. Irgendwo im letzten Winkel meiner Gedanken verpufft der Widerstand und jeder Gedanke an etwas anderes als an den Inhalt dieses Handys. Ich folge Carmens Anweisungen. Zu meiner eigenen Überraschung klappt es erstaunlich gut. Siri tut genau, was ich ihr sage – und plötzlich bin ich in den Einstellungen des Handys, ohne die Zahlenkombination benutzt zu haben. Etwas gruselig, doch darüber mache ich mir jetzt keine Gedanken.

Das wilde Hämmern meines Herzens wird immer lauter. Wie bedrohliche Trommeln, die in meiner Mitte geschlagen werden. Schnell checke ich die Apps. Nichts Auffälliges. Dann die Nachrichten. Sofort springt mir etwas ins Auge, doch ehe ich dazu komme ...

»Was tust du da?«

Erschrocken reiße ich den Kopf hoch. Juliette steht vor mir. Ihr Blick gleitet von mir zu dem Handy in meiner Hand.

»Ich ...«

Die Augen meiner besten Freundin weiten sich. Binnen weniger Sekunden zucken so viele verschiedene Emotionen über ihr Gesicht, dass ihre Augenbrauen nur noch nach oben schnellen. Gerade als ich einen erneuten Erklärungsversuch anbringen will, macht sie einen Schritt zurück. In ihrem Blick liegt nun eine Erkenntnis, die sich durch nichts mehr erklären lässt. »Das ist Toms Handy.«

»Juliette, das ist nicht, wonach es aussieht.« Unbeholfen stolpere ich nach vorn, kann jedoch nichts mehr ausrichten. Zwischen uns hat sich in diesem kleinen Badezimmer ein gewaltiger Abgrund aufgetan.

»Und wonach sieht es, verdammt noch mal, aus?« Ihre Stimme zittert vor Wut, ich zittere vor Angst.

»Ich ...«

»Was machst du mit Toms Handy auf dem Klo?«

»Ich ... hab was gesucht.«

Ihre Stimme ist schrill. »Und was?«

»Juliette, bitte es ist nicht ...«

Sie schluckt. Die kleine Ader auf ihrer Stirn beginnt, bedrohlich zu pochen. »Brooke, ich schwöre, ich springe dir an die Kehle, wenn du nicht sofort sagst, was hier los ist.«

Einen scheinbar endlosen Moment starren wir einander an, ganz so, als würden unsere Augen versuchen, diesen Konflikt untereinander zu lösen. Gerade in der Sekunde, als mein Kopf sich die richtigen Worte zurechtgelegt hat, werde ich unterbrochen – noch ehe ich meinen Mund geöffnet habe.

»Liebling?« Tom kommt um die Ecke. Natürlich, es kann ja nicht noch schlimmer werden. »Was ist hier los?«

Ratlos sehe ich von Juliette zu Tom, zu dem Handy in meiner Hand. Wie kam ich nur auf diese selten dumme Idee? Scheiße. Juliette sieht mich mit einem Blick an, der bisher nur für andere Menschen bestimmt war. Es ist ihr Du-bist-für-mich-gestorben-Blick.

»Ja, Brooke. Was ist hier los?«, will sie wissen und verschränkt demonstrativ die Arme vor der Brust. Carmen, Tian und Nate erscheinen im Hintergrund, scheinen aber nicht so recht zu wissen, ob sie sich dieser Szene nähern können, ohne es noch schlimmer zu machen.

»Mein Handy«, stößt Tom plötzlich aus und tastet an die Seite seines Jacketts, als würde ihm das fehlende Gewicht erst jetzt auffallen. »Zur Hölle, jetzt beklaust du mich auch noch?«

Auch wenn ich mir dabei vollkommen dumm vorkomme, behalte ich das Handy in der Hand. »Ich habe Tom in einem Hotel gesehen«, sage ich so leise, dass ich mich fast selbst nicht verstehe. »Und Nate ... er hat ihn mit einer Frau beobachtet.«

Juliettes Wut ist noch immer deutlich zu sehen, doch in ihren Augen funkelt noch etwas anderes. Zweifel. Nicht an mir, sondern an Tom. »Das ist ein Scherz?«

»Du spionierst mir nach?«, schnaubt Tom, in dessen Gesicht sich wiederum absolut nichts anderes spiegelt als blanke Wut.

Noch immer halte ich das Handy so fest umklammert, dass ich fast Angst habe, das Glas könnte einfach zerspringen. Flehend sehe ich Juliette an. »Es waren eher Zufälle.«

»Und nur weil du glaubst, etwas gesehen zu haben, hängst du mir eine Affäre an?«

»Hast du eine?« Die Frage kommt von Juliette. Sie sieht ihn an – mit all den Zweifeln, die ich in den letzten Wochen immer wieder an ihr gesehen habe. Mit der Angst, dass ihr großer romantischer Traum von der einen wahren Liebe nun doch zerplatzt.

»Verdammte Scheiße, natürlich nicht«, schnaubt Tom, doch das reicht seiner Verlobten offenbar nicht mehr aus.

»Und mit wem wurdest du dann gesehen?«

»Mit Tina«, sagt er, als würde sich damit alles aufklären. Doch ich habe diesen Namen bisher nur in Verbindung mit Tina Turner gehört, und da ich ziemlich sicher bin, dass er sich nicht mit ihr getroffen hat, bin ich genauso ratlos wie vorher.

»Tina?« Juliette scheint damit wesentlich mehr anfangen zu können.

»Ja, du warst so traurig, dass sie nicht zur Hochzeit kommen kann«, meint Tom, nun scheinbar verlegen. »Und ich dachte, es wäre eine schöne Überraschung, wenn ich sie einfliegen lasse.«

»Wer, zur Hölle, ist Tina?«, platzt es aus mir heraus.

»Das ist nicht dein Ernst?«, zischt Juliette und funkelt mich wütend an. »Tina war meine Mitbewohnerin in New York während meines Praktikums.«

Irgendwo in den Tiefen meines Kopfes klingelt etwas. Eine verschüttete Erinnerung bahnt sich seinen Weg ans Licht, nur undeutlich, aber unweigerlich da.

»Mit ihr habe ich mich getroffen«, knurrt Tom. »Ich wollte dich damit überraschen.«

»Oh, Darling«, seufzt Juliette und haucht ihm einen Kuss auf die Wange.

»Und wann?«, fragt Carmen, ohne das Juliette sie auch nur ansieht. »Wolle sie erst einen ganzen Monat hier verbringen, bevor du deiner Verlobten etwas davon sagst?«

»Sie macht eine Fortbildung«, antwortet Tom gelassen.

»Natürlich.«

Ich kann sehen, wie Carmen das Gesicht verzieht. Nate und Tian blicken einander kurz an. Ich kann es ihnen nicht verdenken. Es ist offiziell: Ich habe es versaut. »Das wusste ich nicht«, murmle ich kleinlaut und fühle mich gleichzeitig unfassbar dumm.

»Natürlich nicht«, schnauzt Tom. »Darum nennt man es ja Überraschung.«

Ich reiche ihm das Handy. »Es tut mir ...«

»Wage es nicht.« Juliettes Stimme ist so kalt wie ein Schneesturm. »Versuch gar nicht erst, es zu erklären. Wir gehen.«

Ich will nach ihrem Arm greifen, doch sie reißt sich los. »Juliette, bitte ...«

Mit einer Hand hat sie Tom gepackt, mit der anderen fächert sie sich Luft zu, als wäre ihr durch die eigene Wut schwindelig. »Nein.«

Meine Stimme klingt brüchig und flehend. Tränen brennen in meinen Augenwinkeln. »Juliette!«

»Geh mir aus dem Weg, oder ich schwöre, dieser Geburtstag wird dein letzter sein.«

Erschrocken weiche ich von ihr zurück, als hätte sie mich geschlagen.

»Juliette«, schnaubt Carmen und schiebt sich zwischen uns. »Reiß dich zusammen, Brooke hat nur versucht, dich zu beschützen.«

»*Mich* zu beschützen?«, echot Juliette und baut sich bedrohlich vor uns auf. »Wahrscheinlich hätte ich wissen müssen, dass du sie dazu angestachelt hast. Es hat dir noch nie gepasst, dass ich mit Tom zusammen bin.«

»Stimmt«, räumt Carmen ohne Umschweife ein. Sie ist so vollkommen ruhig, dass ich noch mehr zittere.

»Wieso nur bist du so eifersüchtig auf mein Glück?«, faucht Juliette und schüttelt den Kopf.

»Liebes, ich bin ganz sicher nicht eifersüchtig auf einen Lauch wie diesen«, meint Carmen zuckersüß und deutet auf Tom, der wie ein Schoßhündchen hinter Juliette wartet. »Aber ich liebe dich zu sehr, um zuzulassen, dass du dich an den Nächstbesten klammerst.«

»Soll ich lieber wie du die halbe Stadt flachlegen?«

Einen Herzschlag lang ist alles still. Ich kann sehen, wie verletzt Carmen ist. Obwohl ihr Gesicht vollkommen regungslos ist, werden ihre Augen dunkler. »Danach wüsstest du vielleicht, wie sich ein Orgasmus wirklich anfühlt.«

»Stopp«, rufe ich nun aus und schiebe mich zwischen meine Freundinnen. »Bitte, ich ...«

»Nein«, unterbricht Juliette mich. Ihre Wut hat sich abgekühlt, doch der Abgrund zwischen uns erscheint mir nur noch größer. Sie dreht mir den Rücken zu, greift nach ihrer Jacke, während Tom direkt vor mir steht. Ich kann den leisen Triumph in seinen Augen sehen, zwinge mich aber dennoch dazu, die Worte auszusprechen. »Tom, es tut ...«

»Lass es, Brooke«, knurrt er. »Juliette hat alles für dich getan. Und nur, weil du eifersüchtig auf mich bist, versuchst du, unsere Verlobung zu sabotieren?«

Ein paar Mal blinzle ich, als hätte ich Mühe, seine Worte in eine sinnvolle Ordnung zu bringen. »Nein, ich meine ...«

Nate greift nach meiner Hand. »Brooke hat es ganz sicher nicht nötig, etwas zu sabotieren. Außerdem habe ich gesehen ...«

Bevor Nate etwas von unserem Verdacht und dem Kuss sagen kann, trete ich ihm auf den Fuß. Er flucht, sieht mich verwirrt an, doch er schweigt, auch wenn er nicht verstehen kann, wieso ich ihn nicht habe aussprechen lassen.

»Und wie nennst du diese Aktion dann?«, kontert Tom, wieder ganz das überhebliche Arschloch. »Vielleicht ist das in den schmuddeligen Klubs, in denen du dich für Geld ausziehst, anders, aber hier, in der normalen Welt, stiehlt man keine Handys oder spioniert Freunde aus.«

»Fällt dir wirklich nichts Besseres ein, um mich zu diskreditieren, als mein Job?«, will Nate wissen und drückt meine Hand etwas fester. »Brooke hat nur getan, was sie für richtig hielt, um Juliette ...«

»Sie hat Scheiße gebaut«, zischt Juliette und drückt Tom seine Jacke und ihre Handtasche in die Hand. »Extreme Scheiße.«

»Ja, aber doch nur ...«

»Wir gehen«, wiederholt Juliette. Sie ignoriert die stummen Tränen, die über meine Wange laufen und knallt die Tür hinter sich zu.

Happy Birthday to me ...

»Hm, du hast dich gut geschlagen.«

Etwas verdutzt blicke ich zu Carmen auf, die mir eine Flasche Bier hinhält. Einen Augenblick lang bin ich versucht, ihr zu sagen, dass ich in strengen Trainingszeiten nichts trinke, doch ihr Blick ist so ernst, dass ich den Mund halte und das Bier an meine Lippen setze.

»Nicht jeder hätte sich todesmutig zwischen Juliette und Brooke geworfen.«

»Ich gebe zu, ich bin da parteiisch«, brumme ich, muss aber dennoch schmal lächeln. Carmen ist genau so, wie Brooke sie immer beschrieben hat. Der Inbegriff einer Powerfrau, ebenso klug wie schön und mit einem Blick, von dem ich nicht weiß, ob ich ihn nur respektiere oder auch Angst vor ihm habe.

»Nicht gerade das beste Ende einer Party.«

»Also endet es bei euch nicht immer in Tod und Verderben?«

»Nein, zumindest nicht zwischen uns dreien«, murmelt sie, und für den Bruchteil einer Sekunde frage ich mich, ob sie Freunde bei der Mafia hat. Dann erinnere ich mich wieder daran, dass dieses Vorurteil extrem rassistisch ist, und verpasse mir innerlich eine Ohrfeige.

»Irgendwie beruhigt mich das nicht sonderlich.«

»Soll es auch nicht«, meint sie und zwinkert, als habe sie mir gerade ein Geheimnis verraten, das niemals ans Licht kommen darf.

Mit schief gelegtem Kopf sehe ich sie an. »Ich habe das Gefühl, den Moment verpasst zu haben, in dem dieses Gespräch in eine andere Richtung abgedriftet ist.«

»Wenn du Brooke wehtust, sorge ich dafür, dass du an all deinem Bodyglitter erstickst«, sagt sie zuckersüß und lässt ihre Bierflasche gegen meine klirren. Carmen ist eine unfassbar schöne Frau, doch ihre ebenmäßigen Gesichtszüge und die grade Nase betonen nur ihre Selbstsicherheit und die Dominanz, die sie ausstrahlt. In ihrer Gegenwart hat man Respekt. Nicht nur vor ihr, sondern auch vor den Menschen, mit denen sie sich umgibt. Vielleicht spielt auch ein Hauch von Angst mit.

»Das ist fair, denke ich.« Einen Moment blicke ich aus dem Fenster. »Aber was, wenn sie *mir* wehtut?«

»Sorry, Bro, da bin *ich* parteiisch.«

Nun muss ich lachen, selbst wenn die Stimmung des Abends völlig dahin ist. Brooke hat inzwischen zwar aufgehört zu weinen, doch sie sitzt immer noch wie ein Häufchen Elend auf ihrem Teppich.

»Werdet ihr euch wieder vertragen?«

Carmen zuckt mit den Schultern. »Keine Ahnung, bisher gab es keinen vergleichbaren Streit zwischen uns.«

»Scheiße.«

»Das ist die beste Zusammenfassung dieses Abends.«

»Was machen wir jetzt?«, frage ich, weil ich es wirklich nicht weiß. Ich habe keine Ahnung, was ich tun kann, damit dieser Abend für Brooke doch noch schön werden kann.

»Hast du deinen magischen Glitzer nicht dabei?«

»Doch, aber irgendwas sagt mir, dass Brooke nicht auf Glitzer anspringt.«

»Herzchen, wenn du den Glitzer auf deinen Dödel schmierst, wird sie sich das anders überlegen.«

Einen Moment starre ich sie entsetzt an. Doch dann beginne ich so heftig zu lachen, dass Carmen davon angesteckt wird. Obwohl es in Anbetracht der letzten Stunde vollkommen falsch erscheint, können wir nicht aufhören. Jedes Mal, wenn wir einander ansehen, beginnen wir erneut. Selbst als Tian und Brooke uns verwirrt anstarren, hilft es nichts. Erst als mein Bauch schmerzt wie nach einem Work-out und Carmen uns neue Drinks mixt, werde ich wieder ruhiger.

»Sie hasst mich jetzt«, murmelt Brooke in ihren Drink.

»Nein, uns«, stellt Carmen klar.

»Aber sie wird sich wieder beruhigen«, meine ich.

»Keine Ahnung. In ihren Augen brannte ein echtes Höllenfeuer.«

»Du weißt echt nicht, wann du die Klappe halten musst«, schnaubt Carmen Tian an, und dieser schenkt ihr ein süffisantes Grinsen.

»Offenbar gehört dieses Feuer zu eurer Gruppe dazu.«

»Wenn du so weitermachst, brennt dein Arsch, weil ich ihn aufreiße.«

»Carmen«, mahnt Brooke und schüttelt leicht den Kopf. »Lass den armen Kerl in Ruhe, immerhin hat er diesen ganzen Wahnsinn mitgespielt.«

»Und darum war ich auch so freundlich und habe nicht in seinen Drink gespuckt.«

»Das ist also die mexikanische Freundlichkeit, von der alle reden«, nuschelt Tian, jedoch scheint Carmen es für heute gut sein zu lassen.

»Was hast du jetzt vor?«, will Carmen wissen.

»Zum Glück habe ich eine Wohnung.«

»Aber kein Bett – und auch sonst nichts.«

»Es ist immer wieder schön, wie einfühlsam du bist.«

»Du kannst für heute mit zu mir kommen«, bietet Carmen an. »Und morgen besorgen wir dir ein Bett.«

Brooke nickt müde, umklammert meine Hand fester, und ich wünschte, es gäbe etwas, das ich für sie tun könnte.

18. *Give Me a Reason*

Brooke

Dunkles Blau. So tief, dass es fast schwarz wirken würde, wären da nicht die Lichttupfer der Stadt.

Stille, die von den Makeln durchbrochen wird und sie dennoch vollkommen macht. Ein sanfter Windhauch, der durch das geöffnete Fenster zu mir hereinweht, das ewige Rauschen der Straße und das Heben und Senken meiner Brust im Rhythmus meines Atems. Chicago und ich befinden uns in einer geradezu absurden Einsamkeit, in der ich mich dennoch so geborgen fühle, als gäbe es keinen anderen Ort für mich in dieser Welt.

Gegen Osten hin beginnt die städtische Wüste langsam an Kontur zu gewinnen. Die Wolkenkratzer heben sich dunkelgrau gegen das langsam heller werdende Blau ab. Tief unter mir, auf den breiten Straßen, die sich wie kleine Flüsse zwischen den riesigen Gebäuden hindurchschlängeln, schwillt der Verkehr an. Das sanfte Rauschen wird zu einem ganzen Orchester.

Ich halte noch einen Moment inne, schöpfe Kraft für den Tag und versuche, nicht auf die Angst und die Einsamkeit in meinem Inneren zu hören. Die Linie des Horizontes gewinnt an Klarheit und Stärke, als würde dieser Morgen mit mir zusammen wachsen.

Und dann: die Explosion.

Ich habe sie erwartet, fast schon herbeigesehnt, und doch trifft mich ihre Schönheit mitten in die Seele. Ein aus dem

Wolkenkratzer-Ozean aufsteigender Feuerball. Die Welt wird zu einer Leinwand der sich ständig verändernden Farben. Von kräftigem Purpur bis hin zu zartem Orange spiegelt sich die ganze Pracht des Sonnenaufgangs in den Millionen Fenstern vor mir.

Ich lehne mich auf das Fensterbrett, lass die zwei, drei Minuten ohne Eile vergehen, bis der Sonnenball eine Handbreit Himmel zwischen sich und den Horizont gebracht hat.

Chicago ist vollständig erwacht.

Der Wind erscheint mir plötzlich kälter und zerrt an meinen provisorischen Schlafklamotten. Seufzend mache ich das Fenster zu, ehe ich mir den flauschigen Morgenmantel schnappe und aus Carmens Gästezimmer trete.

»Guten Morgen«, ruft sie mir entgegen, noch ehe mein müder Verstand überhaupt wahrgenommen hat, dass sie am Esstisch sitzt. Ihr Laptop steht aufgeklappt vor ihr, doch ich kann nicht erkennen, woran sie arbeitet. Mit einem breiten Lächeln bedeutet sie mir, mich zu ihr zu setzen.

Ich unterdrücke ein Gähnen. »Es ist unverantwortlich, dass du am frühen Morgen schon so gut drauf bist.«

Carmen lässt sich davon jedoch nicht abhalten. »Im Gegensatz zu dir bin ich ein Arbeitstier.«

Ich greife nach dem Kaffee und fülle mir eine große Tasse ein. »Stimmt.« Für einen Moment betrachte ich Carmen, wie sie vor ihrem Laptop sitzt und etwas anstarrt, das ich nicht sehen kann. Wahrscheinlich eine Immobilie, die mehr kostet, als ich in einem Leben verdienen werde. Noch während ich überlege, wie ich das Thema, das zwischen uns schwebt, aufgreifen kann, ohne die Stimmung zu drücken, kommt sie mir zuvor.

»Hat Juliette dir geantwortet?«

Ich schüttle den Kopf. »Nein, dir?«

»Leider nicht.« Carmen klappt den Laptop zu und lehnt sich auf ihrem Stuhl zurück. Im Gegensatz zu mir ist sie bereits perfekt gestylt. Wären ihre Füße nicht nackt, könnte man denken, sie sei mitten in einem Meeting. Die langen schwarzen Haare sind locker hochgesteckt und der nudefarbene Lippenstift betont ihre dunklere Haut. Die roten Fingernägel trommeln nachdenklich auf dem Holztisch herum.

»Scheiße, was machen wir jetzt?«, will ich leise wissen, denn in meinem Bauch verkrampft sich bereits alles. Allein der Gedanke an den vergangenen Abend lässt die Übelkeit wieder in mir aufsteigen.

Carmen hört mit dem Getrommel auf. »Wir geben ihr zwei Tage Zeit, um sich abzureagieren und zu ihrer Wahrsagerin zu gehen.«

»Ist das dein Ernst?« Perplex blinzle ich sie an und ziehe den Morgenmantel enger um mich.

»Es bringt nichts, wenn wir sie jetzt bedrängen. Sie braucht einfach etwas Zeit.«

Obwohl ihre Stimme fest klingt, seufzt sie leise. Jemand, der sie nicht so gut kennt wie ich, würde den kleinen Schatten in ihren Augen kaum bemerken. Sie wirkt unterkühlt, doch in ihrem Inneren sieht es anders aus. Dieser Streit nimmt nicht nur mich mit.

»Können wir nicht einfach zu Kreuze kriechen?«, frage ich und lasse den Kopf hängen, weil ich die Antwort eigentlich schon kenne.

»Ich sage es dir nur ungern, aber selbst wenn wir ihr die Füße küssen, wird sie uns nicht verzeihen.«

»Scheiße.«

»Und ich werde mich auch nicht entschuldigen.«

Verwirrt blicke ich sie an. »Was?«

Meine Freundin zuckt mit den Schultern. »Es war nicht meine Idee, Tom auszuspionieren. Und ich sehe nicht, wobei ich einen Fehler gemacht haben sollte.«

Ich kann ihr nicht widersprechen und muss zugeben, dass sie recht hat. Ich bin diejenige, die Mist gebaut hat, Carmen ist nur ein Opfer des Dramas, in das ich uns habe schlittern lassen.

Gut gemacht, Brooke.

»Und ich dachte, wir teilen alles«, versuche ich mich an einem Scherz und sehe, wie ihre Mundwinkel kurz nach oben zucken.

»Tun wir, immerhin ist sie auf mich nun auch sauer.«

Weil Carmen mir zur Seite gestanden hat, wirklich große Klasse.

Ich stelle meinen Kaffee wieder weg. »Jetzt fühle ich mich noch schlechter.«

»Keine Angst, Honey«, meint Carmen grinsend und drückt mir einen Kuss auf die Stirn. »Schnapp dir deinen Stripper und lass dir die Sorgen aus dem Kopf fi...«

»Carmen!« Entgeistert starre ich sie an und kann nicht glauben, dass sie am frühen Morgen schon derartige Ausdrücke in den perfekt geschminkten Mund nimmt. Doch meine Freundin lacht nur, während ich mit knallroten Wangen an ihrem Tisch sitze.

»Entschuldige bitte. Habt Koitus, bis sich die düsteren Wolken in deinem hübschen Kopf in Wohlgefallen aufgelöst haben.«

Ich rolle mit den Augen, kann aber nicht verhindern zu grinsen. Trotz des Schmerzes, den mir unser Streit bereitet, spüre ich noch etwas anderes. Der Gedanke an Nate lenkt meine Gefühle in eine andere Richtung. Vorfreude. Und dieses Mal geht es weit über ein paar kleine Schmetterlinge in meinem Bauch hinaus.

»Oh?«, macht Carmen, als hätte sie meine Gedanken gelesen. »Denkst du etwa wirklich darüber nach?«

Zum Glück bin ich schon rot, also kann sie nicht sehen, wie ertappt ich mich wirklich fühle. »Vielleicht habe ich heute einen romantischen Abend geplant.«

»Oh?«

»Bitte, lass dieses bedeutungsschwangere *Oh.*«

»Hauptsache, du wirst nicht vor deiner Zeit schwanger.«

»Carmen!«

Sie lacht und schüttelt den Kopf, während sie mich betrachtet. »Ich freue mich wirklich, dass es zwischen euch so gut läuft.«

Mein Lächeln wird breiter. »Ich auch.«

»Endlich mal ein Kerl, bei dem meine Alarmglocken nicht ausschlagen«, murmelt sie und verschränkt die Arme vor der Brust.

»Dann bekommt Nate das Carmen-Gütesiegel?«

»Damit warte ich noch, bis ich schmutzige Details habe – aber bisher wollte ich ihn zumindest noch nicht umbringen.«

»Das ist in der Tat ein Rekord.«

»Dann bist du heute Abend in deiner Wohnung?«

Ich nicke, kann aber nicht verhindern, dass sich wieder dieses dümmliche Grinsen in mein Gesicht schleicht. Verdammt, ich habe wirklich vergessen, wie es sich anfühlt, verliebt zu sein.

Carmen kommentiert es nicht weiter, drückt mir aber einen Kuss auf die Wange und schnappt sich ihre Handtasche. »Dann werde ich mein Sushi wohl allein essen.«

Nate

Niemand geht gern mit Bauchschmerzen zur Arbeit. Wenn der Arbeitsplatz dann aber auch noch der Wohnort und die Familienzentrale ist, nimmt das Ganze eine neue Dimension an.

Verdammt, wann bin ich nur so verkorkst worden?

Allerdings war Schwänzen keine Option, denn meine Kurse sind ausgebucht. Immerhin habe ich es bis zu den ersten beiden geschafft, ohne dabei meinem Vater in die Arme zu laufen, nun jedoch hat mich mein Glück verlassen.

»Was tust du hier?«

Ich zucke nicht zusammen wie ein kleiner Junge. Die Kundin, die ich gerade abkassiert habe, sieht noch einmal irritiert über die Schulter, doch ich winke ihr zum Abschied, als stünde mein Vater nicht wie ein Henker neben mir. »Ich arbeite.«

Humpelnd kommt er näher. Sein Stock hilft ihm dabei, das Gleichgewicht zu halten, doch gleichzeitig wirkt das Ding wie eine Waffe.

»Kann mich nicht daran erinnern, dich darum gebeten zu haben.«

Ich zwinge mich dazu, ihm fest in die Augen zu sehen. »Du bist auch viel zu stur dafür.« Diese Tatsache scheint ihn kurz zu irritieren.

»Willst du streiten?«

»Nein, Dad. Aber offensichtlich willst du es.« Ich verschränke die Arme vor der Brust und lehne mich an die Bar. Mein Tonfall ist noch immer ruhig, dennoch verkrampft sich alles in mir. Mein Vater kann ein ziemlicher Idiot sein, aber ich liebe ihn trotzdem. Ansonsten hätte ich schon lange aufgehört, mit ihm für das Studio zu kämpfen.

»Werd nicht frech.«

»Und du nicht undankbar.«

Das trifft ihn nun doch härter als gedacht. Er starrt mich perplex an und will gerade wieder den Mund öffnen, um etwas zu sagen, das wahrscheinlich nicht sonderlich nett ist.

»Kann man euch beide keine fünf Minuten allein lassen?«, fragt meine Mutter sichtlich genervt und schüttelt den Kopf. Sie stellt eine Kiste mit frischem Obst auf dem Tresen ab, ehe sie zwischen mir und meinem Dad hin und her blickt.

»Ich hab nicht angefangen«, kommentiere ich, bereue es aber gleich darauf, weil ich nun doch klinge wie ein kleiner Junge.

»Es ist mir egal, wer angefangen hat. Aber ich wäre euch sehr dankbar, wenn ihr aufhören würdet.«

»Sorry, Mom.«

Meine Mutter schaut Niguel auffordernd an. Doch er schweigt beharrlich. Das ist in seinem Fall fast so gut wie eine Entschuldigung.

»Ich für meinen Teil bin dankbar, dass du gekommen bist«, fährt sie fort. »Deine Kurse sind immer ausgebucht.«

Während sie das sagt, zuckt ein Schatten über das Gesicht meines Vaters. Er hat nie viel vom Tanzen gehalten, und es wurmt ihn sichtlich, dass selbst unser Studio inzwischen gut daran verdient. Genau das ist der Grund, warum ich ihm nichts von meinem Nebenjob erzähle. Wenn er normale Tänzer schon nicht akzeptieren kann, wie reagiert er dann erst auf *Glitzer-Nate*?

»Ist okay, Mom.«

»Nichts an deinem respektlosen Verhalten ist okay«, knurrt mein Vater und sieht mich grimmig an. »Du könntest dich wenigstens entschuldigen.«

»Wofür?«

Für einen kurzen Augenblick glaube ich, dass mein Vater gleich an die Decke geht oder sein Kopf explodiert wie in einem Comic.

»Du zeigst mir gegenüber keinen Respekt!«

»Ich denke eher, du zeigst Nate keinen Respekt«, kommt es zuckersüß von meiner Mutter. Ihr Lächeln wird noch breiter, als sie sieht, wie sehr meinen Vater das aus der Fassung bringt.

»Du musst das nicht tun, Mom«, sage ich schnell, weil ich nicht will, dass die beiden sich wieder streiten.

Doch sie winkt ab, als hätte sie alles im Griff. Wahrscheinlich hat sie das auch. »Schon gut, Liebling, im Übrigen wartet da ein hübsches Mädchen auf dich.«

»Was?«

Das Lächeln meiner Mutter wird noch etwas breiter. »Eine gewisse Brooke.«

Mein Blick gleitet zur Uhr, und ich kann nur mit Mühe einen Fluch unterdrücken. »Mist, ich hab die Zeit vergessen.«

»Und offenbar auch, sie uns vorzustellen.«

Ich schiebe mich an ihr vorbei, doch sie scheint nicht einmal daran zu denken, ihrer Arbeit nachzugehen. Stattdessen folgt sie mir – und zu meinem Bedauern auch mein Vater.

»Mom, bitte ...«

Doch es ist schon zu spät, meine Eltern machen sich bereit, mich vollkommen lächerlich zu machen. Viel schlimmer kann es wirklich nicht mehr kommen.

»Hey«, sagt Brooke, als sie mich sieht, wird jedoch sofort rot, als ihr klar wird, dass meine Eltern ebenfalls mit an den Empfangstresen kommen. Sie trägt kurze Jeans und ein schlichtes Shirt, auf dem ihr langer blonder Zopf liegt. Wäre ich von meinen Eltern nicht so abgelenkt, hätte ihr Anblick mich für die ganzen Strapazen des Tages entschädigt.

»Das ist meine Mom, Nana«, stelle ich vor und muss hilflos mit ansehen, wie meine Mutter Brooke die Hand schüttelt.

Doch mein Vater ist wie immer die Krönung des Ganzen. »Brooke? Kommen Sie aus Chicago.« Er betrachtet sie mit einem derart kritischen Blick, dass ich erstaunt bin, dass sie ihr Lächeln aufrechterhalten kann.

»Nein, Sir. Ich bin ein Landei.«

Er nickt, als sei das die richtige Antwort. »Hm, und was macht so ein hübsches Ding mit meinem Sohn?«

Brookes Lächeln verrutscht kurz. »Ich möchte nicht respektlos sein, Sir«, sagt sie und sieht mich Hilfe suchend an. »Aber ich bevorzuge es, wenn man mich nicht als Ding bezeichnet.«

Fuck.

Niguel hebt die Augenbrauen. Für einen Moment erwarte ich, dass nun alles noch viel schlimmer wird. Doch dann zucken seine Mundwinkel für den Bruchteil einer Sekunde nach oben. »Hm, die gefällt mir«, brummt mein Vater und tut zum ersten Mal an diesem Tag etwas Nettes – er geht wieder, ohne noch weiter Gift zu verspritzen.

»Und was habt ihr zwei geplant?«, will Mom wissen, die offensichtlich noch nicht gewillt ist, wieder zu gehen. Das wäre auch zu einfach gewesen.

»Nate hilft mir, meine Wohnung einzurichten«, erklärt Brooke.

»Und wir müssen auch los«, setze ich nach.

»Unsinn, du bist ganz verschwitzt«, kommentiert meine Mutter. »Du ziehst dich um, und ich werde mit deiner Freundin einen Kaffee trinken.«

»Mom, nein ich ...«

»Schon okay«, sagt Brooke schnell. »Geh in Ruhe duschen.«

Ich blicke sie an und erwarte, einen Hilferuf in ihren Augen zu sehen, doch offensichtlich kommt sie mit meiner Mutter erschreckend gut zurecht. Dennoch sprinte ich los und bin so schnell unter der Dusche, dass ich Flash Konkurrenz machen könnte.

Wenige Minuten später stehe ich, mit noch nassen Haaren, aber immerhin nach Duschgel duftend, wieder an der Theke und erstarre. Meine Mutter und mein Vater sitzen neben Brooke – und sie lachen. Alle drei.

Für einen Moment bin ich so irritiert, dass ich es nicht schaffe, einen Schritt vor den anderen zu setzen.

»Wieso hast du sie vor uns versteckt?«, will mein Vater wissen.

Er wirkt plötzlich um Jahre jünger – und viel weniger wütend. Offenbar habe ich den Moment der Alien-Invasion verpasst.

»Habe ich nicht.«

»Hat er wirklich nicht«, bestätigt Brooke und rutscht von dem Barhocker, um zu mir zu kommen. »Niguel, Nana – es war wirklich schön, Sie kennenzulernen.«

»Uns hat es auch gefreut«, sagt ausgerechnet mein Vater und lächelt, was meinen Schockzustand noch mehr ausbaut.

»Überreden Sie meinen Sohn, dass Sie am Sonntag zum Essen kommen«, sagt meine Mutter und hakt sich bei ihrem Mann unter.

»Mach ich«, verspricht Brooke und grinst breit. Ich bin immer noch zu sehr damit beschäftigt, die Situation zu verarbeiten, als sie mich sanft aus dem Studio zieht. Erst als ich die warmen Sonnenstrahlen auf meiner Haut spüre, schaffe ich es, wieder etwas zu sagen. »Warum habe ich das Gefühl, dass hier etwas ganz Furchtbares passiert ist?«

»Stell dich nicht so an, deine Eltern sind sehr herzlich.«

»Ich weiß nicht, mit wessen Eltern du da gerade gesprochen hast, aber meine können es nicht gewesen sein.«

Sie lacht, und das Geräusch schickt wohlige Schauer durch meinen ganzen Körper. »Gut, dein Vater ist ein Brummbär, aber mit so etwas komme ich gut klar.«

»Das habe ich gesehen«, murmle ich und bleibe stehen. »Du überrascht mich immer wieder.«

Unsere Blicke verhaken sich ineinander. Ich kann nicht verhindern, dass ich nach ihrem Gesicht greife und mein Daumen über ihre vollen Lippen streift. Sie ist so viel mehr, als ich je erwartet habe.

Sachte drückt sie ihren Körper an meinen, küsst mich sanft und raunt mir ins Ohr: »Und ich schwöre, es wird noch besser.«

19. *Wait for You*

Nate

»Wie wäre es damit?«

Ich halte inne und betrachte den seltsam verformten Gegenstand in Brookes kleinen Händen. »Eine Vase?«

»Das hast du sehr gut erkannt.« Ihr anerkennender Tonfall bringt mich zum Kopfschütteln. Inneneinrichtung ist wirklich nicht mein Ding. Dennoch nehme ich ihr das Glasding ab. Es hat mehrere kleine Öffnungen, die wie seltsam geschmolzene Äste zu allen Seiten auslaufen. »Sie ist schön«, sage ich, auch wenn ich nicht sicher bin, wie praktisch es ist, jede Blume einzeln in die Löcher zu stecken.

»Wow, deine Begeisterung ist ja wirklich ansteckend«, meint sie neckend. In ihrem Blick glänzt etwas, das meine Haut prickeln lässt. Am liebsten würde ich sie an mich ziehen und mich nie wieder von ihr lösen. Allerdings wäre das mitten in einem Möbelhaus wohl nicht gerade klug.

»Vielleicht ist die Vase ein gutes Geschenk für deine Mutter?«, überlegt Brooke laut, und sofort sind meine Gedanken nicht mehr bei unanständigen Dingen, die ich gern mit ihr tun würde.

»Eher nicht.«

Ihre grünen Augen mustern mich skeptisch. »Ist alles okay?«

»Tut mir leid, ich komme noch immer nicht drüber weg, dass du dich mit meinen Eltern verstehst.« Ich stelle die Vase weg und schiebe meine Hände in die Jeans.

Mein Unbehagen scheint Brooke jedoch noch immer zu amüsieren. Sie zuckt mit den Schultern. »Eltern lieben mich, das liegt an meinem puppenhaften Gesicht und dem gebärfreudigen Becken.«

Unwillkürlich lasse ich meinen Blick von ihren Augen zu ihren Hüften gleiten und spüre, wie in mir gleich zwei verschiedene Gefühle toben. Zum einen liebe ich ihre Kurven, zum anderen ist der Gedanke, dass diese ihr einen Pluspunkt bei meinen Eltern einbringt, nichts, über das ich tatsächlich nachdenken will. »Jetzt bin ich noch mehr verstört.«

Brooke lacht. »Damit will ich sagen, dass ich den Charme des netten Mädchens von nebenan habe – und das mögen die meisten Eltern.«

Versöhnlich legt sie die Arme um meinen Hals und sieht mich so lange an, dass mir fast schwindelig wird.

»So hätte ich deinen Charme sicher nicht beschrieben«, raune ich in ihr Ohr und atme den Duft ihres Haares ein. Sachte drückt sie ihre Hüfte gegen meine, doch es reicht aus, damit das Blut aus meinem Kopf in andere Regionen wechselt. Das süffisante Lächeln zeigt mir deutlich, dass Brooke es bemerkt. Ihre Pupillen weiten sich.

»Das liegt nur daran, dass wir uns in einem Stripklub kennengelernt haben«, haucht sie.

»Da ist was dran.«

Grinsend küsst sie mich. Ihre Hand berührt meine Wange, und mein Herz macht einen kleinen Hüpfer. Wärme durchflutet mich. Ich will sie mit jeder Faser meines Körpers. Jeder Herzschlag führt mich näher zu ihr, bringt mich dazu, mich wieder an sie zu drängen. Die Bilder der vergangenen Tage rasen durch meinen Kopf. Brooke und ich. Ich und Brooke. Ihr Körper drückt sich an mich, meine Hände gleiten wie von selbst über die Kontur ihrer Hüften. Jeder klare Gedanke ist ausgelöscht. Ich habe keine Ahnung mehr, wo ich bin, was ich hier wollte oder ob es sich gehört, mitten in einem Möbelhaus schwach zu werden. Es gibt nur noch Brooke. Ihren Körper. Ihren Duft. Ihren Geschmack. Von mir aus könnte dieser Moment ewig andauern, doch offenbar sieht das jemand anders.

Ein unangenehm deutliches Räuspern bringt Brooke dazu, sich von mir zu lösen.

»Okay, also keine Vase – aber dieses Kissen sieht gut aus«, meint Brooke, deren Kopf offenbar besser funktioniert als meiner. Sie reicht mir das Kissen, damit ich die Ausbeulung in meiner Jeans verstecken kann. Die Frau, zu der das Räuspern offensichtlich gehörte, geht kopfschüttelnd an uns vorbei.

»Fuck.«

Brooke kichert leise und schüttelt den Kopf. »Ich hätte nicht gedacht, dass deine Schamgrenze so niedrig ist, Glitzer-Nate.«

»Könntest du bitte etwas sagen, dass nicht so unverschämt sexy klingt?«, knurre ich leise und versuche angestrengt, nicht daran zu denken, was passieren könnte, wenn ich sie auf die aufgebauten Betten werfe.

Ihr Lächeln wird noch breiter. »Ich brauche noch ein Geschenk für deine Mutter.«

»Perfekt«, murmle ich und atme erleichtert aus.

»Und ein paar Pflanzen.«

»Es ist deine Wohnung, und es sind deine Regeln.« So unauffällig wie möglich lasse ich das Kissen sinken, kann mich jedoch nicht dazu überwinden, es zurück auf den Stapel zu legen. Irgendwie gefällt mir der Gedanke nicht, dass jemand es mit zu sich nach Hause nimmt, obwohl gerade noch ... Ich werfe das Kissen in den Korb und bin froh, dass Brooke es nicht kommentiert.

Sie schiebt den Wagen weiter. »Du hast die Ehre, mich auf dieser Mission zu unterstützen.«

»Ich bin ein echter Glückspilz«, sage ich und meine es auch so. Obwohl Brooke erst seit wenigen Wochen in meinem Leben ist, kann ich mir nicht mehr vorstellen, ohne sie zu sein.

»In der Tat«, stellt sie klar und deutet auf ein Regal. »Wie gefällt dir die Bettwäsche?«

»Sie ist schön, ich mag Rot.«

Brooke grinst auf eine Art, die ich nicht verstehe, die jedoch wieder einen anderen Körperteil von mir aufweckt. Verdammt, was ist denn heute mit mir los?

»Oh …«, macht sie plötzlich und geht von der reduzierten Bettwäsche zu einer Reihe großer Leinwände. Fast schon ehrfürchtig kniet sie sich vor das Bild, das Clark Gable vor einem Hintergrund voller Feuer zeigt, die ohnmächtige Vivien Leigh in den Armen.

»Vom Winde verweht?«, frage ich erstaunt, als sie das Bild betrachtet. »Wirklich?«

»Wenn du jetzt sagst, dass du diesen Film nie gesehen hast, muss ich dich übers Knie legen.«

Dass mir dieser Gedanke möglicherweise gefällt, verschweige ich in diesem Moment lieber. Meine Hormone sind jetzt schon völlig außer Kontrolle.

»Ich bin mir nicht sicher, ob das für mich spricht, aber ich kenne ihn. Es war der Lieblingsfilm meiner Großmutter.«

Brooke sieht mich mit strahlenden Augen an. »Er ist … episch.«

»Und ziemlich lang.«

»Das liegt an der ehrwürdigen Geschichte, die in diesem Film erzählt wird.«

»Dein Hang zu alten Filmen wird mich noch viel Lebenszeit kosten. Und dich offenbar Einiges von deinem Ersparten«, meine ich und deute auf das Preisschild.

»Mist, ist das teuer«, flucht sie und schüttelt den Kopf, als hätte sie innerlich mit sich selbst darüber diskutiert, ob sie mehr als hundert Dollar für ein Bild ausgeben würde.

»Es gibt sicher ein Poster bei eBay.«

Eine ihrer Augenbrauen zuckt nach oben. »Diesen Kommentar überhöre ich jetzt.«

Lachend ziehe ich sie von dem Bild weg. »Ich mach's wieder gut.«

»Woher willst du wissen, dass du das kannst?«, fragt sie mit der Stimme eines kleinen Mädchens, das ihren Willen nicht bekommen hat. Bei jeder anderen Person auf dieser Welt hätte ich das vermutlich anstrengend gefunden, doch bei Brooke ist es irgendwie niedlich. Und ich habe auch noch ein Ass im Ärmel. »Du hast dein Geschenk gestern nicht mehr geöffnet.«

»Was ...?«, setzt sie an und scheint einen Moment zu brauchen, bis sie realisiert, dass es noch immer verpackt in ihrer Küche steht. »Oh ...«

»Na los, greif dir noch eine Blume, die du nicht brauchst, und dann lass uns gehen.«

Wir zahlen, wobei ich deutlich in Brookes Gesicht sehen kann, dass sie einen kurzen Herzaussetzer bei der Endsumme hat. Während ich die ganzen Sachen in stolze fünf Tüten packe, zieht Brooke ihr Handy hervor und checkt den Fahrplan.

»O Mist.«

»Was ist los?«

»Wir haben den letzten Bus verpasst«, sagt sie und sieht mich an, als wäre das die schlimmste Nachricht des Tages.

»Ich kann uns ein Uber rufen«, sage ich und ziehe bereits mein Handy hervor.

»Nein, auf keinen Fall.«

»Warum nicht?«, frage ich irritiert.

Brooke dreht sich von mir weg, und ich lasse die Tüten neben mir auf den Gehsteig sinken. Offenbar habe ich den Moment verpasst, in dem ihre Stimmung gekippt ist. Von der fröhlichen Gelassenheit ist nichts mehr zu sehen, stattdessen steht nackte Angst in ihren Augen. »Ich ...«

Da ohnehin kaum noch jemand außer uns hier ist, lasse ich die Tüten stehen und mache einen Schritt auf sie zu. »Brooke?«

Sie schüttelt den Kopf, als würde sie schon wissen, was ich sagen will. »Lass uns einfach zu Fuß gehen.«

Der Satz irritiert mich. »Das ist verdammt weit.« Wir sind weit außerhalb der Innenstadt. Selbst mit den öffentlichen Verkehrsmitteln haben wir mehr als eine Stunde hierher gebraucht. »Wenn du kein Uber oder Taxi willst ...«

»Ich will kein Taxi, kein Uber – ich will laufen.«

Sie sieht mir fest in die Augen. Das Grün wirkt plötzlich dunkler, als hätte sich der Schatten ihrer Angst über die sonst strahlenden Farben gelegt.

»Brooke, du weißt, ich gehe liebend gern mit dir durch die gesamte Stadt, aber wir haben echt viele Tüten dabei, und es würde Stunden dauern.«

Ihr Körper verkrampft sich. Plötzlich rutscht sie auf den Boden, winkelt die Beine an, und ich erkenne Tränen in ihren Augenwinkeln. »Ich ...«

Ich hocke mich zu ihr. »Hey, uns wird nichts passieren«, versuche ich sie zu beruhigen. Allerdings habe ich keine Ahnung, was ich tun oder sagen soll. Ihre Angst ist so greifbar, dass es selbst mir die Kehle zuschnürt.

»Das weißt du nicht«, fleht sie fast und schüttelt den Kopf.

»Stimmt, aber ich verspreche dir, uns wird nichts passieren.«

»Wie kannst du so etwas versprechen?« Ihre Stimme zittert, und in die Angst mischt sich eine stumme Wut. Nicht auf mich, sondern auf das, was auch immer ihr passiert ist und diese Angst ausgelöst hat.

Stumm rechne ich im Kopf nach, wie lange wir von hier bis zu ihrem Apartment brauchen werden. Wenn wir die nächste Bahnstation anpeilen, können wir es in drei Stunden schaffen. Zugegeben, ich habe mir den Tag anders vorgestellt, aber es hilft nichts, wenn Brooke jetzt schon wie Espenlaub zittert. Ich will ihr Trauma nicht noch mehr fördern. »Okay.«

Ihre in Tränen schwimmenden Augen blicken zu mir hoch. »Okay?«

»Wir laufen heim.«

»Wirklich?«

Nickend ziehe ich sie wieder auf die Füße, drücke ihr eine der leichteren Tüten mit meinem Ständer-Kissen und die Palme im knallpinken Blumentopf in die Hand. »Ja, aber da wir einen wirklich langen Weg vor uns haben, musst du die Zeit nutzen, um mir zu erzählen, warum du solche Angst vor Autos hast.«

Sie schluckt schwer, und ich kann in ihrem Gesicht ablesen, wie sie abwägt, was schlimmer ist: endlich mit mir reden oder doch ein Taxi rufen. Ich stelle die Navigationsapp auf meinem Handy ein, da selbst ich bisher nie eine Strecke wie diese zu Fuß durch Chicago gelaufen bin, und schnappe mir die restlichen Tüten.

Brooke schweigt beharrlich. Offenbar fällt es ihr schwer, den richtigen Anfang zu finden, und ich werde sie nicht drängen. Immerhin haben wir noch mehr als genug Zeit. Wenn es ihr hilft, sich die Worte vorher in ihrem Kopf zurechtzulegen, ist es mir nur recht. Die Abendsonne brennt auf uns nieder und lässt die Luft der Asphaltwüste vor uns flimmern.

»Ich hatte einen Unfall«, sagt sie plötzlich ohne jede Einleitung.

Statt sie anzusehen, blicke ich stur geradeaus, denn ich habe Angst, dass ich sie ansonsten nur in den Arm nehme und den Rest dieser Geschichte niemals aus ihrem Mund hören werde. »Wann?«

Sie schluckt. »Im Abschlussjahr an der Highschool.«

»Was ist passiert?«

»Ich ...«

Nun bleibe ich doch stehen. Das Beben in ihrer Stimme verursacht mir eine Gänsehaut, die nichts mit der körperlichen Anziehungskraft zwischen uns zu tun hat. »Brooke, wenn ...«

Sie winkt eilig ab. »Nein, du hast ja recht. Es wird Zeit, dass ich es dir erkläre.«

Wir blicken einander an. Sie blinzelt die Tränen fort und versucht sich an einem hilflosen Lächeln, das mir fast das Herz bricht.

»Ich hätte dich nicht so bedrängen dürfen«, murmle ich und schüttle den Kopf, weil es sich plötzlich anfühlt, als sei ich der größte Idiot in ganz Chicago.

»Dann würde ich es wohl nie erzählen, also ist etwas Bedrängung in diesem Fall wohl angebracht.«

»Tut mir leid.«

»Muss es nicht«, haucht sie und ringt sich erneut ein Lächeln ab. Doch es erreicht wieder nicht ihre Augen.

Langsam gehen wir weiter.

»Wir waren auf einer Party. Juliette, Carmen und ich. Es wurde ziemlich viel getrunken.«

Der Griff um meine Tüten wird fester. »Oh ...«

»Ja, oh ...«, meint sie und weicht meinem Blick aus.

Das Sonnenlicht zieht lange Schatten vor uns her. Einen Moment schweigt sie, als wäre sie wieder in dieser Erinnerung gefangen, die ihr noch immer solche Angst macht.

»Jedenfalls wollten wir weiterziehen, aber unser nüchterner Fahrer hatte nicht genügend Plätze im Auto. Carmen und Juliette wollten mit jemand anderem fahren. Aber ich ...« Sie stockt.

Trotz der sommerlichen Temperaturen wird mir plötzlich eiskalt.

»Ich hatte nur zwei Bier und hab gesagt, ich fahre, wenn sie den anderen Wagen nehmen. Carmens Bruder hatte nicht genügend Platz für uns alle, und Juliette war viel zu betrunken, um auch nur zu stehen. Also dachte ich, es wäre gut, wenn *ich* den Wagen nehme.«

Vor Schreck hätte ich fast die Tüten fallen lassen. »Du bist gefahren?«

Brooke nickt, nur um gleich darauf den Kopf zu schütteln. »Ja, also nein. Ich wollte es, aber dann wurde mir schlecht«, erklärt sie. Jedes ihrer Worte trieft vor Scham, Angst und Bedauern. Wieder schimmern Tränen in den Winkeln ihrer Augen. »Einer der Jungs hat sich ans Steuer gesetzt.« Sie atmet tief ein. »Wir sind von der Straße abgekommen.«

Eine einzelne Träne läuft über ihre Wange und mit ihr scheint der Damm ihrer Worte gebrochen zu sein.

»Es passierte so schnell. Ich ... plötzlich ... ich war nicht angeschnallt und wurde aus dem Wagen geschleudert.«

Die Tüten rutschen aus meinen Händen, und ich drücke Brooke an meine Brust. »Fuck.«

Ihre Tränen drücken sich durch den Stoff meinen Shirts. Sie zittert wieder. »Das fasst es ganz gut zusammen. Er hat es nicht geschafft, Nate. Er ist an diesem Tag gestorben, weil ich nicht fahren wollte. Nicht konnte, und ich ...«, haucht sie gegen meinen Brustkorb.

Eine Weile stehen wir einfach so da. Ihre Atmung beruhigt sich langsam wieder, und ihre Schultern hören auf sich zu verkrampfen. Hilflos halte ich sie in den Armen, ohne zu wissen, wie ich all die Fragen in meinem Kopf stellen soll, ohne sie erneut zum Weinen zu bringen.

»Dann ... ich meine ...« Brooke wischt sich über das Gesicht. Offenbar ist sie geübt darin, nach solch emotionalen Ausbrüchen wieder zur Tagesordnung überzugehen. Sie rückt ein Stück von mir weg. »Ich lag zwei Monate im künstlichen Koma«, fährt sie fort. »Meine Hüfte war zertrümmert, meine Rippen gebrochen, und es hat eine halbe Ewigkeit gedauert, bis ich wieder in der Lage war, überhaupt das Bett zu verlassen.«

Langsam dämmert es mir, warum sie erst jetzt mit dem Studium beginnt. »Dann musstest du deinen Abschluss nachholen?«

Sie nickt. »Ja, während der Reha.«

»Fuck.« Offenbar wird das mein Wort des Tages. Ich fahr mir durch die Haare, weil ich noch immer überfordert bin. Irgendwie schafft es Brooke, kurz zu lachen, doch es fehlt jede

Freude darin. »Leider hat sich Harvard nicht für meine tragische Backgroundstory interessiert.«

»Jetzt macht alles einen Sinn«, bricht es aus mir heraus.

»Dass ich nicht gern in einem Auto sitze?«, fragt sie perplex.

Ich nicke. »Und warum deine Freundinnen dich in ihrer Nähe haben wollen, warum du jetzt erst anfängst zu studieren und ...« Der Rest meiner Worte verklingt, weil ich Angst habe, eine unsichtbare Grenze zu überschreiten.

Brooke sieht mich an. »Und was?«

»Und warum etwas in deinen Augen immer nach Schmerz aussieht.«

Brooke

Es gab noch nie einen Moment, in dem ich dankbarer dafür war, endlich zu Hause zu sein. Mit einem wohligen Seufzer streife ich die Turnschuhe von meinen Füßen und lasse die Tüte fallen. Nate ist dicht hinter mir. Er lässt sich ohne Umschweife auf den Boden sinken. Bei dem Anblick seines großen Körpers rücklings auf meinem Holzboden muss ich lachen.

»Ich glaube, meine Füße bluten«, stößt er aus.

Kopfschüttelnd gebe ich der inzwischen etwas geknickten Palme Wasser und stelle sie auf dem Küchentresen ab, ehe ich neben ihm stehen bleibe. »Und du willst gut in Form sein?«

»Hätte ich gewusst, dass wir drei Stunden brauchen, um alles herzubringen, hätte ich andere Schuhe angezogen.«

Obwohl er mir tatsächlich etwas leidtut, muss ich dennoch grinsen. Mit geschlossenen Augen liegt er auf dem Boden, ohne sich zu rühren. »Ich schwöre, du wirst diesen etwas ausgedehnteren Spaziergang nicht bereuen.«

»Und ich schwöre, meine Laune wird sich bessern, sobald ich etwas zu essen bekomme«, gibt er zurück und läuft damit fast schon zu perfekt in meine Falle.

»O Mann«, stoße ich vielleicht einen Hauch zu theatralisch aus.

Nate öffnet die Augen wieder. »Was ist?«

Entschuldigend beiße ich mir auf die Lippe und wippe von einem Fuß auf den anderen, als würde es mir tatsächlich leidtun. »Ich hab vergessen, etwas einzukaufen.«

Er stöhnt leise. »Dann bestellen wir eben.«

»Die Lieferdienste finden dieses Gebäude nicht«, setze ich schnell nach, obwohl mir klar ist, dass diese Ausrede nicht sonderlich gut ist.

»Das ist ein Scherz?«

»Die Firma von Carmens Vater hat dieses Gebäude gerade erst gekauft, es gibt noch nicht einmal eine Hausnummer.«

Nate richtet sich auf. Seine Augen erinnern mich an die eines Hundewelpen, der nicht versteht, warum er aus seinem gemütlichen Körbchen aussteigen muss. Noch ehe er eine weitere Frage stellen kann, die mein zugegebenermaßen eher schlechtes Konstrukt zum Wanken bringt, füge ich hinzu: »Es gibt diesen kleinen Thailänder um die Ecke, es ist wirklich nicht weit.«

»Ich ahne, dass ich meine Schuhe gleich wieder anziehen muss.«

Mit der besten Version meines eigenen Hundeblicks ziehe ich ihn auf die Füße. »Biiiitte!«

»Du machst mich fertig, Brooke.«

»Ich verstaue solange unsere Einkäufe, die du ritterlich bis hierher getragen hast.«

»Irgendwas an dieser Arbeitsteilung kommt mir absolut nicht fair vor«, murmelt er, küsst mich jedoch sanft und streicht mir eine Strähne aus dem Gesicht.

»Ich schwöre dir, danach musst du dich nicht mehr bewegen.« Noch eine Lüge, aber ich bin sicher, am Ende wird er mir nicht böse sein.

Nate nickt ergeben. »Okay, ich beeile mich.«

Sobald die Tür ins Schloss gefallen ist, sprinte ich los. Zuerst geht es kurz unter die Dusche, dann bleibe ich gleich nackt und werfe mir nur den seidenen Morgenmantel über, ehe ich mich daran mache, die gekauften Kerzen im Raum zu verteilen.

Mein Herz klopft erwartungsvoll, als wüsste es noch nicht, wie es mit der Aufregung umgehen solle. Ich zünde die Kerzen an, rücke das provisorische Bett zurecht und verteile ein paar gemütliche Kissen.

Gerade, als ich mit meinem Werk fertig bin, klingelt es.

Vor Aufregung werden meine Knie weich. Für den Bruchteil eines Augenblickes bekomme ich Angst, es zu überstürzen, doch jeder Zweifel wird ausgelöscht, als Nate endlich vor mir steht.

Er sagt kein Wort, schluckt nur schwer.

Mit einer Hand nehme ich ihm die Papiertüte mit unserem Essen ab, während ich ihn mit der anderen in die Wohnung ziehe. Das schummrige Leuchten der Kerzen zeichnet Licht und Schatten in sein Gesicht.

»Damit hab ich nicht gerechnet.«

Seine Stimme klingt heiser, rau und verursacht einen Schauder, der über meinen gesamten Körper läuft. Ich bin nicht in der Lage, etwas zu sagen, stelle das Essen weg und lasse meinen Morgenmantel zu Boden fallen. Nates Blick streift fingerleicht über mich. Über jede Rundung meines Körpers, über die Narbe an meiner Hüfte.

Ich sehe zu ihm hoch. Sein Blick ist dunkel, fast schon etwas abwesend, ganz so, als würden seine Gedanken bereits um all das kreisen, was wir gleich tun werden.

Als unsere Lippen endlich aufeinandertreffen, schwebe und falle ich zur gleichen Zeit. Mein Körper erzittert, mein Herz brennt. Alles in mir schreit danach, Nate endlich zu spüren. Er legt seine Hände an meine Wangen. Ich spüre das gleiche Beben in ihm, dass auch mich befallen hat.

Wir ertrinken miteinander, ineinander.

Die Welt um uns herum hört auf zu existieren.

Meine Hände liegen auf seiner Brust, ich schiebe sie höher, berühre seinen Hals, seinen Kiefer. Fühle die kleinen Stoppel auf seiner Wange, das seidige Haar, in das ich meine Finger vergrabe.

»Brooke.«

Mein Name kommt heißer über seine Lippen, als koste es ihn unendlich viel Kraft, mich nicht mehr zu küssen. Er hält den Atem an, zögert einen Moment.

»Bist du dir sicher?«

Fast hätte ich gelacht. »Denkst du, ich warte für jeden vollständig nackt und von Kerzen umringt in meiner fast leeren Wohnung?«, hauche ich in sein Ohr.

Meine Hände schieben sich unter sein Shirt. Wortlos hebt er die Arme, damit ich den lästigen Stoff endlich von seinem Oberkörper streifen kann. Ich lege die Hände auf seine Brust, lasse sie über die definierten Muskeln gleiten und genieße es zu hören, wie sein Atem stockt. Das V seiner Bauchmuskeln verschwindet in dem Bund seiner Boxershorts, der über der engen Jeans zu sehen ist. Doch ich will das gesamte V sehen.

Nate hält mich nicht auf, als ich seinen Gürtel öffne. Alles an seiner Körperhaltung schreit nach mir, schreit nach meinem Körper und allem, was ich bereit bin, heute Nacht mit ihm zu teilen.

»Einfach kräftig ziehen«, raunt er, und seine Mundwinkel kräuseln sich leicht. Auch ich muss lächeln, denn der Gedanke an das erste Mal, als ich ihm wortwörtlich die Klamotten vom Leib gerissen habe, lässt mein Herz noch schneller klopfen.

Seine Hose landet auf dem Boden. Falls er sich bis eben zurückgehalten hat, ist dieser Bann nun gebrochen. Er zieht mich an sich. Fordernd, fast flehend. Und ertränkt jeden klaren Gedanken mit seinem Kuss.

Es gibt keine Hindernisse mehr zwischen uns. Keine Zweifel, keine Zurückhaltung, keine Kleidung.

Haut an Haut.

Mund an Mund.

Herz an Herz.

»Brooke …«

Ich lasse mich auf die Matratze sinken, ziehe ihn wieder zu mir. Das seidige Laken kühlt meine erhitzte Haut, doch nichts kann das Feuer in mir noch bändigen. Es soll explodieren, lodern und alles versengen. Nate senkt den Kopf, zieht eine Spur von Küssen von meinem Hals bis hinab zu meinem Schlüsselbein. Gleichzeitig ziehen seine Finger eine hauchfeine Spur über meine Hüften. Ich kann nichts gegen die Geräusche tun, die fast wimmernd über meine Lippen kommen. In meinem ganzen Leben habe ich noch nie jemanden so sehr gewollt wie Nate in diesem Moment.

Als hätte er diesen Gedanken gehört, packt er mich etwas fester. Wie von selbst schlingen sich meine Beine um seine Hüfte, und ich spüre seine Härte umso deutlicher.

»Fuck«, knurrt er leise an meinem Ohr.

Dieses Mal weiß ich bereits, was er meint. Meine Finger tasten nach dem Kondom, und ich reiche es ihm mit einem kleinen Grinsen. Das Funkeln in seinen Augen lässt etwas in meinem Inneren zucken.

Hemmungslos erkunden unsere Hände den Körper des anderen. Ich kralle die Finger in seinen Rücken, bäume mich ihm entgegen. »Nate«, stöhne ich auffordernd, verlangend.

Dann endlich küsst er mich wieder. Ich keuche, drücke mich ihm entgegen, will seine Haut noch mehr auf meiner spüren. Noch mehr Aufforderungen braucht er nicht. Er greift unter mich, hebt mich kurz hoch und positioniert mich in der Mitte unserer Spielwiese.

Einen Augenblick lang ist alles still. Die Kerzen um uns herum flackern. Unsere Herzen rasen.

»Du bist wunderschön«, murmelt er, während sein Blick über meinen Körper gleitet. Über die Rundungen meiner Hüften, die Narben und meine intimsten Stellen.

»Hör auf zu reden«, verlange ich spielerisch, doch in Wirklichkeit glaube ich, bald wahnsinnig zu werden, wenn er mich nicht endlich nimmt.

Er beugte sich über mich, streicht mir eine Strähne aus dem Gesicht und sieht mir so tief in die Augen, dass ich sicher bin, dass er bis auf den Grund meiner Seele blickt. Ohne zu zögern, hebe ich ihm mein Becken entgegen. Gleichzeitig halten wir den Atem an.

Das Gefühl, endlich eins zu werden, ist so überwältigend, dass sich in meinem Inneren bereits eine Welle puren Glücks ausbreitet. Meine Beine zittern, doch ich schlinge sie um seinen Körper. Sein Griff um meinen Nacken wird stärker, während er mir einen heißen Kuss auf den Mund drückt. Ich klammere mich an ihm fest, versuche, zur Zimmerdecke zu starren, doch inmitten meiner Lust verschwimmt alles. Nate presst meine Hüfte an seine, baut einen langsamen Rhythmus auf und scheint es zu genießen, wie sich das Verlangen in mir immer weiter steigert. Schauder durchzucken meinen Körper, schießen ein Kribbeln von meinem Haaransatz bis in meine Zehenspitzen.

»Nate«, wispere ich, weil ich nicht weiß, wie lange ich es noch aushalte.

»Brooke ...«

Er klingt verzweifelt, überwältigt, gefangen im gleichen Rausch wie auch ich. Dann verkrampft sich sein Körper, und ich drücke mich ihm noch einmal entgegen. Mit geschlossenen Augen lehnt er seine Stirn gegen meine und haucht wieder und wieder meinen Namen.

20. Count Me In

Brooke

Ich liebe meine Wohnung, aber obwohl sie so klein ist, wirkt sie so ganz ohne Möbel ein wenig verloren. Das provisorische Bett haben wir ans andere Ende des Raumes geschoben und den Bereich durch ein altes Bücherregal von Carmen etwas abgegrenzt. Neben dem Küchenbereich steht inzwischen ein massiver Holztisch, den Nate und ich unter einigen Flüchen hier hochgetragen haben. Er stand einfach so auf der Straße herum, obwohl das dunkle Holz viel zu schön ist, um es einfach wegzuwerfen.

Obwohl Fabrik- und Werkstatträume, in denen heute Lofts und Wohnungen entstehen, nicht fürs Wohnen gebaut wurden, habe ich von so einem Zuhause immer geträumt. Früher dachte ich dabei zwar eher an New York oder New Orleans, doch Chicago hat mich so sehr für sich vereinnahmt, dass ich überlege, wie je eine andere Stadt für mich infrage kommen konnte. Der Gedanke an Harvard, an ein Leben auf dem Campus – all das kommt mir plötzlich schrecklich weit weg vor. Wie kann etwas, das ich solange wollte, nur innerhalb weniger Wochen so an Bedeutung verlieren?

»Woran denkst du?«, will Nate wissen und hält inne. Sein Gesicht ist gesprenkelt von Farbklecksen. Nicht zum ersten Mal an diesem Tag bin ich froh, dass wir das halbe Loft mit alten Zeitungen ausgelegt haben. Irgendwie haben wir beide ein Talent dafür, mehr Farbe auf uns und dem Boden zu verteilen, als an die Wand zu bringen.

Das sanfte Hellgrau betont den Sichtbeton der Wohnung gut, ohne zu aufdringlich zu sein, und ist dennoch nicht so klinisch wie das grelle Weiß. Außerdem kommt das Grün meiner Minipalme damit schön zur Geltung.

»Daran, wie froh ich bin, hier zu sein«, gebe ich zu und lächle, was mir schrecklich kitschig und dumm vorkommt. Aber ich kann einfach nicht anders.

»Dann sind wir schon zu zweit.« Nate lehnt sich vor und küsst mich, was die Schmetterlinge in meinem Bauch direkt wiederbelebt. Und weitere Regionen meines Körpers, die jedoch wenig mit dem romantischen Kitsch aus Filmen zu tun haben.

»Ich finde es schön, dass jetzt keine Geheimnisse mehr zwischen uns stehen – oder tragische Hintergrundgeschichten, die der Plot eines New-Adult-Buchs sein könnten.«

Ich rolle mit den Augen. »Na ja, genau genommen kennst du jetzt *mein* Geheimnis. Aber du bist weiterhin ein Mysterium.«

»Bin ich nicht. Ich habe keine dunklen Geheimnisse oder Leichen im Keller. Zumindest nicht, dass ich wüsste.«

»Ach?«

»Wirklich nicht.«

Armer Nate, er springt tatsächlich immer auf meine Fragen an und sorgt so dafür, dass ich ihn in eine Ecke drängen kann. Fast bekomme ich Mitleid, wenn es nicht so viel Spaß machen würde. Triumphierend verschränke ich die Arme vor der Brust. »Dann kannst du mir ja endlich verraten, warum du jeden Tag wie ein Irrer trainierst.«

Nate lässt den Pinsel endgültig sinken. Immerhin ist die Wand fertig. »Ich liebe deine feinfühlige Art«, meint er und seufzt leise.

»Dafür bin ich bekannt.«

»Ich sag's nicht gern, aber wir müssen langsam los. Oder zumindest ich«, weicht er aus.

»Wieso?«

»Wie du richtig erkannt hast, muss ich vor der Arbeit trainieren.«

Ich werfe die Hände in die Luft. »Du willst mir wirklich nicht sagen, wofür?«

»Es ist ...« Er macht eine Pause und scheint nach den richtigen Worten zu suchen, um mir das Ganze zu erklären. »Ich mache mir deswegen ziemlich Druck, und wenn ich es dir sage, ist der Druck noch größer. Denn meine Chancen stehen nicht unbedingt gut genug, um auf mich zu wetten.«

Damit habe ich nicht gerechnet. Ich trete näher an ihn heran, streichle über die feinen Stoppel an seinem Kinn und frage mich einmal mehr, was hinter seinen strahlend blauen Augen alles verborgen liegt. »Hm ...«

»Hm?«

»Ich denke, es würde dir helfen, wenn ich es wüsste.«

Er lacht, schiebt mich jedoch nicht von sich weg, sondern zieht mich noch näher zu sich. »Wie kommst du darauf?«

»Es beschäftigt dich, aber du zwingst dich dazu, nicht darüber zu reden, und damit blockierst du dich selbst«, analysiere ich und stelle im gleichen Moment fest, dass dieser Satz auch von Juliette hätte stammen können. Der Gedanke an sie versetzt mir einen kleinen Stich. Noch immer herrscht zwischen uns absolute Funkstille.

»Das macht auf erschreckende Art Sinn«, gibt Nate zu.

»Vielleicht ist es dir noch nicht aufgefallen, aber ich bin ziemlich klug.«

Er beugt sich zu mir herunter und haucht einen Kuss in meinen Nacken, der sofort sämtliche klugen Gedanken auslöscht. »Und ziemlich sexy.«

»Fang nichts an, das du nicht beendest, Mister«, raune ich, obwohl es mir ziemlich recht wäre, wenn er mich einfach über seine Schultern wirft und ...

»Hmmm ...«, macht er und bringt mich damit wieder aus meinem feuchten Tagtraum raus. »Wie wäre es mit einem Deal?«

»Ein Deal? Beinhaltet er, dass wir die letzten Nächte wiederholen?«, will ich wissen, während er an meinem Ohrläppchen knabbert, aber ich ahne schon, dass dieses Gespräch nicht in die Richtung geht, die ich mir gewünscht habe. Nate lässt von mir ab und sieht mir wesentlich ernster in die Augen. »Nein.«

Verdammt, ich hätte es wissen müssen. Meine Lippen verziehen sich zu einem Schmollmund. »Ich fürchte, dann bin ich nicht interessiert.«

Leider lässt Nate sich davon nicht beeindrucken. Wie immer, wenn er etwas Unangenehmes ansprechen muss oder verunsichert ist, schiebt er seine Hände in die Hosentaschen. »Lass uns ins Autokino fahren und …«

Es braucht einen Moment, bis ich seine Worte richtig entschlüsselt habe und mir nicht mehr die Frage stelle, ob ich nicht doch träume. »Was?«

Beschwichtigend hebt er die Hände. »Lass mich ausreden.«

Autokino? Ist das sein verfluchter Ernst?

Noch ehe ich es verhindern kann, spüre ich, wie Angst und Wut in mir hochsteigen. »Scheiße, Nate! Bis eben hatte ich noch gute Laune.«

»Gib mir eine Minute, um es zu erklären«, bittet er, und ich beiße mir auf die Unterlippe, damit ich ihn nicht anschreie. Natürlich ist mir klar, dass er mich nicht verletzen will. Aber allein bei dem Gedanken wird mir übel. Nate fährt trotzdem fort. »Wir müssen nicht mit dem Auto hinfahren, aber wir sitzen während des Films im Auto.«

Meine Augenbrauen ziehen sich wie von allein zusammen. »Das ist alles?«

Nate lacht. »Ja, mehr verlange ich nicht.«

Einen Moment lang überlege ich tatsächlich, Ja zu sagen. Zum einen, weil ich glaube, dass ich es schaffe, einen Film anzuschauen, ohne in Panik zu verfallen, und zum anderen, weil ich wirklich wissen will, warum Nate so viel Zeit und Kraft in das Training steckt. »Nur ein Film – und das Auto bewegt sich nicht?«

Das Lächeln auf seinem Gesicht wird breiter. »Ich schwöre es.«

Ich lege den Kopf schief. »Welcher Film?«

Nun ist er es, der triumphiert. *»Casablanca.«*

Verdammt, inzwischen kennt er mich wirklich gut. »Du spielst mit unfairen Mitteln«, gebe ich zu und boxe ihm spielerisch gegen die Schulter.

»Ich weiß.« Er zieht mich wieder in seine Arme, obwohl mir gerade eigentlich nicht nach Nähe ist, sondern mehr nach Bockig-Weglaufen. Leider bin ich nicht mehr vierzehn Jahre alt. Stattdessen lasse ich zu, dass mein Körper sich an seinen schmiegt und sein Duft mich einhüllt.

»Und dann erzählst du mir, wofür du dich so abrackerst?«, frage ich zur Sicherheit noch einmal nach.

»Noch besser.«

Ich blicke ihn an. »Das musst du mir näher erklären.«

»Ich werde es dir zeigen, schon diesen Freitag. Für welchen Job ich so hart trainiere. Meinen Traum, wenn du so willst.«

»Hast du da nicht eine Show?«

»Ganz genau«, meint er und küsst mich so lange, bis meine Knie weich werden.

»Okay – ich bin dabei.«

»Da wäre noch etwas.«

Meine Schultern spannen sich an. Ich habe keine Ahnung, was es noch geben könnte, und bin mir auch nicht sicher, ob ich eine weitere Herausforderung wirklich überstehen kann.

»Bitte sag mir, dass es nichts mit Autos zu tun hat«, murre ich und schaue ihn an, wobei ich versuche, in meinen Blick nicht nur ein Flehen, sondern auch eine gute Portion Genervtheit zu legen. Nate lacht leise, was meine Verunsicherung nur noch mehr betont. Dann geht er zum Küchentresen und holt das in Knallpink verpackte Geschenk, das unter Zeitschriften und Lieferservice-Prospekten vergraben war.

O Mist, das habe ich völlig vergessen.

»Du hast es immer noch nicht ausgepackt«, sagt er und hält es mir hin.

Peinlich berührt nehme ich es entgegen, die glitzernde Folie gibt ein leises Knistern von sich, als ich darüberstreiche. »Bei dem ganzen Drama in meinem Leben muss ich es vergessen haben.«

»Das ist mir nicht entgangen. Mach es auf!«

Plötzlich klopft mein Herz wieder schneller. Ohne Rücksicht auf Verluste reiße ich das Geschenkpapier von dem kleinen Karton, dann öffne ich den Deckel und erstarre.

Eine Schneekugel liegt im Inneren, umrahmt von Papier, um sie vor Stößen zu schützen. Doch es ist kein handelsübliches Modell. Behutsam nehme ich sie in die Hände. Das Lächeln in meinem Gesicht wird so breit, dass mein Herz vor Freude zuckt.

Statt Schneeflocken schimmern rosafarbene und goldene Glitzerpartikel in dem Wasser und fallen auf eine kleine Figur im Inneren. Ein Mädchen mit blonden Haaren, das vor dem klassischen Chicago-Schriftzug steht ... Neben ihr befindet sich ein Stapel Bücher, auf der anderen Seite etwas, das aussieht wie eine kleine Mumie. Die Szenerie ist absurd und wunderschön zugleich.

»Hast du die selbst gemacht?«, frage ich, obwohl die Antwort eigentlich auf der Hand liegt.

Nate nickt stumm, doch sein Lächeln lässt auch die letzten Mauern um mein Herz schmelzen. Ich schüttle die Kugel, betrachte den Glitzer für einen Moment. Der unordentliche Kleber macht es nur noch perfekter. Noch nie hat jemand so etwas für mich gemacht.

»Da fehlt noch etwas«, murmle ich.

»Und was?«

»Du, Glitzer-Nate.«

Tian verzieht angeekelt das Gesicht. »Es ist wirklich ekelhaft, wie gut ihr zusammenpasst.«

Gegen meinen Willen muss ich lachen. »Höre ich da eine leise Eifersucht?«

Mein bester Freund schüttelt den Kopf. »Balthasar ist der Einzige, der mich beim Schlafen beobachten darf.«

»Alter, das klingt echt ungesund«, brumme ich und verziehe das Gesicht, als hätte ich in eine Zitrone gebissen.

»Hör auf, mich zu verurteilen, nur weil ich nicht den Drang habe, mich festzubinden.«

Typisch Tian, er tut immer so, als sei er ein freier Vogel ohne den Wunsch nach Liebe. Aber ich kenne ihn gut genug, um zu wissen, dass die ständigen One-Night-Stands ihm nicht reichen. Trotzdem sage ich: »Tut mir echt leid.«

»Ich glaub dir kein Wort.«

»Also hilfst du mir nun oder nicht?«

Er stöhnt leise, doch ich kann an seiner Haltung bereits sehen, dass ich gewonnen habe. »Du lässt mir nicht gerade eine Wahl.«

»Ich schwöre dir, ich werde mich erkenntlich zeigen«, verspreche ich und stelle mich darauf ein, bald seine sämtlichen Schichten zu übernehmen.

»Bro, du schuldest mir schon deine drei Erstgeborenen.«

»Es wäre nett, wenn du das vor Brooke verschweigst«, sage ich lachend und erinnere mich daran, dass ich Tian vor einigen Jahren versprechen musste, meine erste Tochter nach seiner Großmutter zu benennen: Cixi. Hoffentlich hat Brooke nichts dagegen.

Scheiße, denke ich gerade über Kinder nach? Ernsthaft? Diese verdammten Hormone rauben mir noch den Verstand.

»Ah, jetzt habe ich also ein Druckmittel«, sagt Tian und sieht mich mit diesem wissenden Blick an, bei dem ich immer Angst bekomme, dass er meine Gedanken lesen kann.

»Hattest du das nicht schon vorher?«

Er schüttelt den Kopf, als könne er mal wieder nicht glauben, wozu ich ihn zwinge. »Stimmt, aber ja, ich bin dabei.«

»Danke.«

»Ich werd dich dran erinnern.«

»Darauf verlasse ich mich.« Ich klopfe ihm auf die Schulter, bevor ich die Dusche ansteuere.

»Hey, wo willst du hin?«, ruft er mir nach.

»Wir essen gleich mit meinen Eltern.«

»Shit, Alter ist das dein Ernst?«, stößt Tian aus. »Wenn ihr in dem Tempo weitermacht, muss ich mir nächstes Jahr 'nen Anzug besorgen, damit ich den Trauzeugen spielen kann.«

Lachend schüttle ich den Kopf, obwohl auch mir klar ist, was dieser Schritt bedeutet. »Entspann dich, es ist nur ein Essen.«

»Mit deinem Vater.«

»Erinnere mich nicht daran«, murmle ich und bemühe mich eiligst, halbwegs passabel auszusehen, bevor Brooke kommt. Wenn sie nach diesem Essen noch immer bei mir ist, könnte sie vielleicht wirklich die Richtige sein, falls es so etwas gibt.

Ich habe es gerade in den Wohnbereich des Studios geschafft, als es auch schon klingelt. Mit klopfenden Herzen reiße ich die Tür auf. Brooke steht in einem gelben Sommerkleid vor mir. Die blonden Haare hat sie zu einem hohen Pferdeschwanz gebunden. Ihre grünen Augen leuchten mir entgegen, während sie einen Schritt auf mich zumacht.

»Du siehst gut aus«, murmelt sie, noch ehe ich meine Stimme wiedergefunden habe.

»Du auch.«

Ich küsse sie, doch ehe ich die Chance habe, sie zu fragen, ob wir nicht doch lieber in die nächste Burgerbude gehen wollen, höre ich meine Mutter rufen.

»Brooke!« Sie kommt polternd die Treppen hinunter. »Pünktlich auf die Minute.«

»Hallo«, sagt Brooke und setzt wieder dieses Lächeln auf. Es wirkt ehrlich, doch gleichzeitig frage ich mich, wo sie gelernt hat, wie die Traumversion aller Schwiegereltern zu wirken. »Ich hoffe, Sie mögen Weißwein.«

Meine Mutter wirkt so entzückt über das Gastgeschenk, dass ich fast genervt gestöhnt hätte. Doch ich kann es mir gerade noch so verkneifen.

»Das wäre doch nicht nötig gewesen«, flötet meine Mutter und winkt uns hinter sich her.

Brooke folgt ihr, ohne zu zögern. Offenbar bin ich der Einzige, der sich heute unwohl fühlt.

Der Esstisch ist bereits gedeckt. Mein Dad nickt mir kurz zu, steht jedoch zumindest für Brooke kurz auf und schüttelt ihre Hand. »Schön, dass Sie uns beehren.«

»Ich danke Ihnen für die Einladung.« Brooke lächelt entwaffnend. Sie lässt sich an unserem Tisch nieder, als würde sie jetzt schon zur Familie gehören.

Aktuell weiß ich nicht, ob ich mich darüber freue oder langsam Angst bekomme. Eine Weile schaffen wir es, uns mit belanglosem Gerede über das Wetter (windig) und das Essen (lecker) über Wasser zu halten. Gerade als ich tatsächlich anfange, mich zu entspannen, räuspert sich mein Vater.

»Mein Sohn bringt selten eine Frau mit.«

Brooke lässt ihre Gabel sinken. Einen Moment blickt sie mich mit einer stummen Frage auf den Lippen an, doch es dauert nur einen Wimpernschlag, bis ihr Lächeln unsere Küche erhellt. »Dann kann ich mich ja besonders geehrt fühlen.«

»Und noch seltener eine, die sich so gut ausdrücken kann«, setzt meine Mutter nach.

»Das ist wirklich sehr freundlich, Mrs. Reynolds.«

Unter dem Tisch tastet Brooke nach meiner Hand und drückt sie kurz, als würde sie spüren, wie schwer es mir fällt, hier zu sitzen. Mein Vater war nie einfach, doch seit seinem Schlaganfall wird es immer schwerer, sich daran zu erinnern, welche guten Seiten er hat. Die Berührung ihrer Hand beruhigt mich etwas, aber Niguel Reynolds wäre nicht er, wenn er es nicht schaffen würde, auch dieses Ruder wieder herumzureißen. »Und, Brooke, was machen Sie so?«

»Dad!«

»Ist schon gut«, wehrt Brooke ab. »Ich bin eingeschrieben an der *University of Chicago* und arbeite im Historischen Museum.«

»Oh«, macht meine Mutter entzückt.

»Es ist nur ein Job im Souvenirladen«, stellt Brooke so bescheiden klar, als wären meine Eltern nicht auch so schon von ihr begeistert.

Meine Mutter beugt sich etwas vor. »Und was wollen Sie studieren?«

»Geschichte.«

»Was macht man damit?«

»Dad!«

»Das ist ja wohl eine berechtigte Frage«, brummt er zurück und fixiert mich mit seinem Blick.

Dabei ist es nicht die Frage, die mich stört, sondern der abfällige Tonfall.

»Das ist es in der Tat, Sir«, meint Brooke, und ihr Lächeln verrutscht nicht einmal für eine Sekunde. »Ich würde gern unterrichten.«

»Oh«, macht meine Mutter wieder.

»Die Geschichte prägt uns – und damit auch die Zukunft. Ich glaube, es gibt nichts Wichtigeres, als aus den Fehlern zu lernen, die bereits gemacht wurden. Nur so kann man die Welt wirklich verändern, wenn man nicht nur im Jetzt lebt, sondern auch die Vergangenheit einbezieht.«

Ohne dass ich es verhindern kann, verliebe ich mich in diesem Moment noch etwas mehr in Brooke – und offenbar geht es meinen Eltern genauso. Mein Vater blickt von mir zu dieser unfassbaren Frau.

»Ich freue mich, dass Nate jemanden gefunden hat, der im Gegensatz zu ihm verstanden hat, wie wichtig Ziele sind.«

Meine Lippen pressen sich aufeinander, während ich versuche, mir eine Antwort zu verkneifen.

Brooke drückt meine Hand noch einmal. »Oh, ich bin sicher, Nate weiß, was er will.«

Mit einer Serviette wischt mein Vater sich den Mund ab, ehe er sich zurücklehnt und erst mich und dann meine Freundin ansieht. »Nichts für ungut, aber mein Sohn hatte schon immer zu viele Flausen im Kopf. Allem voran dieses alberne Getanze – vielleicht können Sie ihm das austreiben.«

Ich schließe kurz die Augen und frage mich, ob er wohl jemals akzeptieren wird, dass Tanzen zu meinem Leben gehört.

»Oh, das fällt mir nicht im Traum ein«, sagt Brooke und kaut noch immer völlig gelassen auf ihrem Brokkoli herum. »Nate ist ein begnadeter Tänzer, doch was noch wichtiger ist: Er liebt es. Und man sollte sein Leben doch mit Dingen füllen, die einem Spaß machen. Oder sehen Sie das anders, Mr. Reynolds?«

»Nur dass Spaß nicht den Kühlschrank füllt«, grunzt mein Vater.

Ich sehe Brooke an, dass sie eine Erwiderung auf den Lippen hat, sie aber herunterschluckt, um diesen brüchigen Frieden zu bewahren.

»Woher kommt Ihr Interesse an Geschichte?«, fragt meine Mutter.

»Das kann ich gar nicht genau sagen«, erklärt Brooke etwas schüchtern. »Ich liebe es, einfach zu durchdringen, wie all die Ereignisse der Vergangenheit dazu beigetragen haben, wo wir heute stehen.«

»Was ist mit Ihren Eltern, Brooke?«

»Meine Mutter ist Lehrerin, mein Vater hat einen Gebrauchtwagenhandel.«

Diese Information überrascht mich. Bisher habe ich nie darüber nachgedacht, in was für einem Haushalt Brooke aufgewachsen ist. Wahrscheinlich war ich von ihren reichen Freundinnen etwas abgelenkt.

»Arbeiterklasse«, stellt mein Dad fest, wofür ich mir am liebsten gegen die Stirn gehauen hätte. »Das ist gut, das heißt, Sie sind ordentlich erzogen und wissen den Wert von ehrlicher Arbeit zu schätzen.«

»In der Tat, Sir.«

»Ich bin überrascht«, gibt er zu. »Sie sind klug, schön und offenbar auch noch gut erzogen. Wo haben Sie meinen Sohn kennengelernt?«

Brooke sieht mich Hilfe suchend an.

»Beim Junggesellenabschied ihrer besten Freundin«, helfe ich aus und bereue es gleich wieder.

»Oh, also in einem Klub?«, fragt meine Mutter.

Mein Vater jedoch tut etwas, das mir Angst macht. Er lehnt sich lässig auf seinem Stuhl zurück und grinst kurz. »Oh, dann haben Sie ihn angeheuert?«

Wir alle starren ihn an. »Was?«

»Als Stripper«, stellt mein Vater klar.

Etwas in meinem Inneren zerplatzt. Wahrscheinlich die Seifenblase, die sich so sorgsam um mein Geheimnis gelegt hat. Mit weit aufgerissenen Augen starre ich meinen Vater an. Sein Grinsen hat etwas Bösartiges, doch das, was hinter seiner Wut liegt, ist noch tausendfach schlimmer: Enttäuschung und ein Hauch von Ekel.

Ekel vor mir. Vor meinem Job. Vor meinen Entscheidungen.

Ich schlucke schwer, weil mir klar wird, dass dieses eisige Schweigen schon zu lange andauert. Aber ich bekomme keinen Ton heraus, umklammere nur Brookes Hand, als sei sie das Einzige, was mich noch auf meinem Stuhl hält.

»Was ...«, haucht meine Mutter, doch mir fehlt die Kraft, sie anzusehen. Von meinem Vater kenne ich diesen Blick, doch ihre Enttäuschung zu sehen, würde ich jetzt nicht verkraften.

»Ich …«

»Nate?«, wispert sie, doch ich kann nicht. Ich kann sie nicht ansehen, ich kann es ihr nicht erklären.

»Sein Feingefühl hat Nate also nicht von Ihnen geerbt«, stellt Brooke so nüchtern fest, dass ich in einem anderen Moment wahrscheinlich darüber gelacht hätte.

»Hat mein Sohn sich für Sie ausgezogen?«, fragt Niguel spöttisch.

»Ich …«, beginnt Brooke, doch endlich habe ich ebenfalls meine Stimme wiedergefunden.

»Dad, bitte …«

»Bitte was, Nate?«, will er wissen und funkelt mich wütend an. »Habe ich nicht recht? Ziehst du dich nicht für ein Rudel läufiger Hündinnen aus, um dir deinen Lifestyle zu finanzieren?«

»Entschuldigung?«, bricht es aus Brooke heraus.

»Halten Sie sich da raus, Brooke – hierbei geht es nicht um Sie«, brummt mein Dad und fixiert mich mit seinem Blick.

Genau davor hatte ich die letzten Monate Angst, vor diesem Blick und all den Gefühlen, die wieder in mir hochkochen würden.

Die Angst. Das Schamgefühl. Das Versagen.

»Du strippst?«, fragt meine Mutter schockiert und sieht mich an.

Ich atme langsam aus, ehe ich endlich den Mut finde, ihr ins Gesicht zu sehen. Doch zu meiner Überraschung sind ihre Augen ohne Härte. Keine Verachtung, keine Enttäuschung – nur eine einsame große Frage.

Ich schlucke schwer. »Ja.«

Sie nickt. Ich kann sehen, dass sie mit den Tränen kämpft. Tränen, für die ich verantwortlich bin. »Seit wann?«

»Etwas mehr als ein Jahr.«

Mein Vater flucht. »Mein Sohn ist eine männliche Hure«, stößt er aus.

Fast wäre ich aufgesprungen, doch Brooke umklammert meine Hand noch immer und schüttelt leicht den Kopf.

»Warum?« Meine Mutter sieht mich an. »Warum hast du damit angefangen, Nate?«

Das nächste Geständnis. Und dieses Mal fällt es mir noch schwerer, die richtigen Worte zu finden. »Weil das Studio nicht reicht, um all unsere Kosten zu decken«, murmle ich leise.

»Schieb nicht das Studio vor!«, knurrt mein Vater. »Das Studio hat nichts damit zu tun, dass du deinen Körper und deine Ehre verkaufst.«

»Hören Sie sofort auf damit!«, sagt Brooke. In ihren grünen Augen lodert ein Feuer, das ich bisher noch nie gesehen habe. Ihre Nase kräuselt sich leicht.

»Was?«

»Nate hat weder seinen Körper noch seine Ehre verkauft.«

Mein Vater schüttelt den Kopf. »Er tanzt nackt vor Frauen.«

»Ja, und er ist verdammt gut darin. Ich bin sicher, seinen Hüftschwung hat er von Ihnen.«

Niguel schlägt auf den Tisch. Wir zucken alle zeitgleich zusammen. »Reizen Sie mich nicht, junge Frau.«

»Das Gleiche kann ich zu Ihnen sagen, Sir«, zischte sie und beugt sich leicht nach vorn. »Falls es Ihnen entgangen ist: Nate hat sich die letzten Monate seinen knackigen Hintern abgearbeitet, um *Ihr* Studio am Laufen zu halten. Statt ihn zu beleidigen, sollten Sie ihm danken.«

»Ihm danken?«, grunzt mein Vater. »Er hat mich lächerlich gemacht. Mich und die gesamte Familie.«

Brooke lacht gequält auf. »Der Einzige, der sich hier lächerlich macht, sind Sie.«

Für den Bruchteil einer Sekunde habe ich Angst, dass mein Vater nun endgültig die Fassung verliert. Doch statt wütend aufzuspringen, sieht er nur Brooke an. »Ich darf doch …«

»Halt den Mund, Niguel«, zischt meine Mutter. »Es reicht.«

Meine Eltern liefern sich ein kurzes Blickduell, das offensichtlich meine Mutter gewinnt.

Mein Dad schüttelt mit dem Kopf. »Er hat uns ein Jahr lang belogen.«

»Ja, und ich fange an zu verstehen, warum er das getan hat.«

»Das ist nicht dein Ernst!«

»Um es mit den Worten der Jugend zu sagen: Entspann dich!«

Das tut mein Vater nicht. Er springt auf, nimmt seinen Gehstock und verlässt humpelnd den Raum. Das Geschirr klappert, als er die Tür des Schlafzimmers donnernd zuwirft.

Brooke atmet neben mir tief aus.

»Oh, Nate«, haucht meine Mutter. Sie dreht sich zu mir um. »Es tut mir so leid.«

»Ist schon gut, Mom«, bringe ich mühevoll hervor.

»Ist es nicht. Ich hätte etwas mitbekommen müssen, ich hätte dir nicht die gesamten Finanzen überlassen sollen und …«

»Mom, du hast nichts falsch gemacht«, versichere ich ihr. Dann verfallen wir wieder in Schweigen. Ich habe keine Ahnung, wie ich all das sagen soll, das ich längst hätte aussprechen müssen. Meine Kehle ist wie zugeschnürt.

»Gefällt es dir?«

Ich blinzle verwirrt. »Was?«

»Das Strippen?«

»Es ist okay«, sage ich langsam und blicke Hilfe suchend zu Brooke. Mit der Wut meines Vaters habe ich gerechnet, aber meine Mutter so zu sehen – nicht enttäuscht von mir, sondern von sich selbst –, ist fast noch schlimmer. »Und die

Frauen, die ...« Sie scheint einen Moment zu brauchen. »Sie fassen dich nicht an?«

»Er tanzt nur, Mrs. Reynolds«, hilft Brooke mir aus. »Und glauben Sie mir, es ist ein Job wie jeder andere.«

»Ich brauche einen Moment«, gesteht sie, drückt mir dann aber einen Kuss auf die Wange. »Bitte, lass deinem Vater etwas Zeit. Ich bin sicher, er wird es verkraften.«

Ich nicke stumm.

»Nate?«

»Ja, Mom?«

»Du weißt, dass wir dich lieben, oder?«

Ich antworte nicht.

»Denn das tun wir, auch wenn wir nicht jede deiner Entscheidungen gutheißen. Und wir sind stolz auf dich.«

Da ich nicht weiß, was ich darauf sagen soll, stehe ich nur auf. Brooke ist an meiner Seite. Sie schafft es irgendwie, sich von meiner Mutter zu verabschieden, während ich schon die Treppen hinunterlaufe.

Die angestaute Hitze der Abendsonne schlägt mir ins Gesicht und bringt mich zum Keuchen. »Scheiße.«

Brooke kommt hinter mir aus dem Haus. »Nate?«

»Gib mir eine Minute«, sage ich und winke ab. In meinem Kopf dreht sich alles. Obwohl eine Last von meinen Schultern gefallen ist, weil ich nun nichts mehr zu verstecken habe, ist da dieses klaffende Loch irgendwo in meinem Herzen.

»Es ist alles okay.«

»Nichts ist okay«, schnauze ich sie an und merke gleich darauf, dass ich mich im Ton vergriffen habe. »Tut mir leid.«

Brooke nickt nur. »Jetzt verstehe ich, warum du es ihnen nicht sagen wolltest.«

Ich gehe einfach los. »Ja, mein Vater hat ziemlich genauso reagiert, wie ich es erwartet habe.«

Brooke hat Mühe, mit meinem schnellen Schritt mitzuhalten. »Er ist ein Idiot.«

»Leider bleibt er trotzdem mein Vater.«

»Er wird sich abreagieren«, verspricht sie mit einer Zuversicht, die meine Wut noch etwas anstachelt.

Niguel Reynolds ist noch nie von seinem Standpunkt abgerückt. Noch nie. Er konnte schon das Tanzen nie wirklich akzeptieren. Das Strippen ist für ihn wie Hochverrat an meiner Familie und der männlichen Würde, von der er ernsthaft glaubt, es würde sie geben. »Du kennst ihn nicht.«

»Nate, auch wenn er gerade vor Wut kocht – er wird lernen, damit umzugehen«, meint Brooke und packt meine Hand, sodass ich gezwungen bin, stehen zu bleiben und sie anzusehen.

»Oder er redet nie wieder ein Wort mit mir.«

Sie zuckt mit den Schultern. »Das wäre dann *sein* Verlust.«

»Fuck«, bringe ich hervor. »Ich wollte es ihnen sagen, aber nicht so. Keine Ahnung, wie er es rausgefunden hat. Scheiße, wahrscheinlich hat er meine Visitenkarte gefunden.«

In meinem Kopf versuche ich, das Bild meines Zimmers abzurufen. Offenbar habe ich etwas vergessen, das mein Geheimnis offenbart hat. Und das bedeutet auch, dass mein Vater in meinem Zimmer herumgeschnüffelt hat.

»Du hast dieses Doppelleben echt ein Jahr lang durchgezogen?«, fragt Brooke leise.

»Ja.«

»Oh, Nate.«

»Bitte, lass diesen mitleidigen Tonfall.«

»Kann ich irgendwas sagen, damit ...«

»Nein, kannst du nicht«, wehre ich ab, lasse ihre Hand los. »Ich ...«

»Ist schon okay«, sagt sie schnell. »Du musst das erst mal verdauen.«

»So kann man es auch ausdrücken«, brumme ich. »Erst mal brauche ich etwas Zeit. Denn ich werde mich sonst wie ein Arschloch verhalten – und du hast es nicht verdient, dass ich meine Wut an dir auslasse.«

Sie macht einen Schritt auf mich zu und sagt: »Du bist weit davon entfernt, ein Arschloch zu sein.«

»Da wäre ich mir nicht so sicher.«

Brooke lächelt, nimmt mein Gesicht in ihre Hände und drückt einen zarten Kuss auf meinem Mund.

»Du bist kein Arschloch – denn wenn es so wäre, hätte ich mich nicht in dich verliebt.«

21. I miss You, I'm sorry

Brooke

Die stickige Luft in der *Chicago Elevated* – besser bekannt als *Chicago-Hochbahn, Chicago El, Chicago L, El* oder *L* – macht mir das Atmen schwer. Meine Orientierung habe ich längst verloren, während die Bahn sowohl über der Stadt als auch ebenerdig oder in Tunneln ihre Kreise zieht. Doch heute habe ich keinen Blick für die Schönheit Chicagos, sondern nur für meine unnatürliche nackte Angst. »Ich fasse es nicht, dass ich mich darauf eingelassen habe.«

Nate sitzt so entspannt neben mir, dass ich ihn am liebsten dafür boxen würde. Sein Rucksack ist prall gefüllt, und ich hoffe für uns beide, dass er eine Menge Nervennahrung dabei hat.

Er legt den Kopf schief. »Es wird nicht halb so schlimm, wie du es dir vorstellst.«

Seine Zuversicht sorgt leider nur dafür, dass ich mich noch schlechter fühle. Natürlich verstehe ich, dass er mir meine Phobie vor Autos nehmen will, doch wenn ich ehrlich bin, habe ich aktuell herzlich wenig Lust, mich damit auseinanderzusetzen. »Ein verdammtes Autokino … Müssten die nicht längst ausgestorben sein?«

»Du bist doch das Geschichtsgenie, sag du es mir.«

Seine meerblauen Augen fangen meinen Blick auf. Ein Teil von mir möchte diese Bemerkung einfach ignorieren, doch mein Hirn hat bereits in den Klugscheißermodus gewechselt. Es lässt sich nicht mehr aufhalten. »Nachdem das Auto erfunden war, florierte die Wirtschaft, und vor dem Hintergrund dieser neuen Technologien hat Richard Hollingshead Jr. im Jahre 1933 das weltweit erste Autokino vor den Toren seiner Heimatstadt Camden, New Jersey, eröffnet.«

»Ich hab ehrlich gesagt nicht erwartet, dass du tatsächlich etwas über die Geschichte des Autokinos weißt«, meint Nate lachend und schüttelt den Kopf.

»Tja, diesen Vortrag musst du dir jetzt leider gefallen lassen.«

Er zieht mich etwas näher zu sich. »Wenn es dich davon ablenkt, dass wir gleich da sind, gern.«

Ich atme tief ein, obwohl die stickige Luft nicht wirklich für mehr Sauerstoff in meinem Blut sorgen kann. »Der erste Film, der gezeigt wurde, war *Wife Aware*, leider hat er heute keinerlei Bedeutung mehr. Um ehrlich zu sein, habe auch ich ihn nie gesehen. Das sollten wir bei Gelegenheit ändern. Jedenfalls beeindruckte das Autokino die Menschen nachhaltig. Als Projektionsfläche verwendete Hollingshead nicht, wie man glauben würde, eine Leinwand, sondern eine große weiße Steinmauer. Er hatte natürlich keine Ahnung, ob seine Idee sich wirklich durchsetzen konnte. Darum wurde auch erst mal nicht viel investiert. In der damaligen Zeit gab es noch keine Soundanlage, wie wir es heute kennen, und auch keine Möglichkeit, den Ton über das Autoradio zu synchronisieren.«

Nate nickt. »Natürlich nicht«, meint er todernst und sieht mir fest in die Augen.

»Höre ich da Spott in deiner Stimme?«, will ich wissen. Meine rechte Augenbraue hebt sich automatisch, während ich in seinem Gesicht nach einem Hinweis suche, dass er mich veralbern will.

»Vielleicht ein bisschen.«

Ich lasse mich davon nicht aus der Ruhe bringen. »Die Beschallung erfolgte also über Lautsprecher. Das Problem daran war, dass der Ton so noch mehrere Kilometer entfernt zu hören war. Du kannst dir sicher vorstellen, dass es damals schon Menschen gab, die etwas lärmempfindlicher waren als andere.«

»Ruhestörung bei der ersten Vorstellung?« Nates Interesse scheint geweckt zu sein, er beugt sich leicht nach vorn.

»Leider ja.«

»Skandal«, sagt er und schüttelt den Kopf, als könnte er sich lebhaft vorstellen, welche Leute sich damals in derselben Lautstärke beschwert haben, in der sie auch von den Lautsprechern beschallt wurden.

Gegen meinen Willen fange ich an, mich zu entspannen.

Nate nimmt meine Hand in seine. »Und dann?«

»Trotzdem ging das *Camden Drive-In Theatre* in die Geschichte ein, und die 335 Fahrzeug-Plätze waren immer ausverkauft. Wegen der ganzen Lärmgeschichte musste es jedoch schon nach drei Jahren wieder schließen.«

»Das ist irgendwie traurig.«

Ich zucke mit den Schultern. »Die Idee starb trotzdem nicht aus. 1942 gab es etwa hundert Autokinos in den Staaten. In den 1950er- und frühen 1960er-Jahren erreichten die Kinos die Spitze ihrer Popularität. Es gab um die dreitausend Autokinos, doch mit den konventionellen Kinos in den Innenstädten konnten sie nicht lange mithalten.«

»Und nun gibt es nur noch eine Handvoll.«

»Und immer nur temporär.«

»Dann kannst du dich ja besonders glücklich schätzen.«

Ich knirsche mit den Zähnen. »Ehrlich gesagt hatte ich gehofft, mein Vortrag schläfert dich ein, damit ich flüchten kann.«

Nate erhebt sich von unserem Sitzplatz und zieht auch mich mit auf die Füße. »Da enttäusche ich dich nur ungern, aber wir sind jetzt da. Bist du bereit, deiner Angst in die Augen zu sehen?«

»Es ändert nichts, wenn ich Nein sage, oder?«, will ich wissen und unterdrücke einen frustrierten Laut, während die Bahn zum Stehen kommt.

»Nein.«

»Dann los!«

»Etwas mehr Begeisterung, bitte!«

»Nur wenn ich dich während des Films mit Glitzer einschmieren kann.«

Nate

Wir laufen auf den großen Parkplatz zu, auf dem sich bereits ein paar Dutzend Wagen tummeln. Der Geruch von Hotdogs und Popcorn liegt in der Luft, während die wärmende Sommersonne sich langsam bereit macht unterzugehen. Brooke läuft neben mir, doch ihre Schritte werden immer langsamer. Angespannt starrt sie geradeaus. Die Arme hat sie fest vor ihrer Brust verschränkt, und trotz der warmen Temperaturen sehe ich deutlich die Gänsehaut.

Tian steht neben seinem Auto, einen Pappeimer Popcorn in der Hand, und blickt zu uns. Balthasar sitzt brav neben ihm. Der große Kopf des Hundes befindet sich etwa auf Höhe von Tians Bauchnabel. Der Schwanz klopft fröhlich gegen das Auto. »Ihr seid spät«, meint Tian grinsend.

Ich beuge mich hinunter und streichle Balthasars Kopf. »Sorry, die Touristen haben die Bahn verstopft.«

»Immer das Gleiche.« Tian blickt zu Brooke, die jedoch beharrlich schweigt und sein Auto anblickt, als sei es ein Höllenwesen. Balthasar schiebt auffordernd seinen Kopf unter ihre Hand, doch sein Charme bleibt bei ihr wirkungslos. »Ich wollte euch eigentlich viel Spaß wünschen, aber gerade frage ich mich, ob ich Brooke nicht über die Schulter werfen und flüchten sollte.«

»Ich wäre dafür«, murmelt Brooke und versucht sich an einem Lächeln. Allerdings ist das Ergebnis eher noch beängstigender. Selbst der Hund nimmt etwas Abstand.

»Gut, dann gehe ich mal«, sagt Tian, drückt mir den Eimer Popcorn in die Hand und räuspert sich unbehaglich. »Ich bin wieder da, wenn der Film zu Ende ist.«

»Danke, Mann.«

»Ja, ja.« Er winkt ab und geht davon, während wir noch immer vor dem Auto stehen. Brookes Atem geht langsam, als würde sie ihre gesamte Aufmerksamkeit darauf legen, einen tiefen Atemzug nach dem nächsten zu nehmen.

Sanft lege ich ihr eine Hand auf die Schulter und zwinge sie dazu, mich *anstelle* des Autos anzusehen. »Du musst dich nur reinsetzen.«

»Ich weiß.«

»Wir werden uns nicht vom Fleck bewegen«, verspreche ich. Brooke schnaubt leise und geht auf die Beifahrerseite. Ich kann sehen, wie ihre Knie zittern.

»Das ist mir klar«, brummt sie, dann reißt sie die Wagentür auf. Einen Moment lang starrt sie nur in das Innere, als sei sie sich nicht sicher, ob statt eines Sitzes nicht doch ein Monster auf sie wartet.

Langsam tue ich es ihr nach, öffne die Fahrerseite und lehne mich auf den Wagen, während ich sie betrachte. »Brooke ...«

»Gib mir eine Sekunde, ja?«

Ich nicke, weil ich plötzlich nicht mehr so überzeugt von meiner eigenen Idee bin. Brookes Gesicht ist kreidebleich. Ihre Hände sind zu Fäusten geballt, während sie vor der Beifahrertür steht und in das Auto starrt, als sei es ein tödliches Mordinstrument. Was es in ihrem Fall ja leider auch war. Um mit gutem Beispiel voranzugehen, lasse ich mich auf den Fahrersitz gleiten.

Das Popcorn stelle ich zwischen die Sitze. Brooke sieht zu mir und für den Bruchteil einer Sekunde glaube ich fast, sie würde einfach davonlaufen. Doch dann setzt sie sich hin.

»Ich bin stolz auf dich«, sage ich ehrlich.

»Bitte sag das nicht, besonders nicht, wenn ich es gerade einmal geschafft habe, mich reinzusetzen.«

»Okay, ich habe hier etwas, das deine Laune vielleicht heben wird«, meine ich und ziehe Schokoriegel und Cola-Dosen aus meinem Rucksack.

»Du spielst wirklich mit harten Bandagen.«

»Wenn der Zucker dir hilft, dann soll es mir recht sein.«

»Zucker hilft immer – und in absolut jeder Lebenslage«, sagt sie und reicht mir auch einen der Riegel. Ich jedoch winke ab. Brooke hat inzwischen gelernt, dass sie nicht mehr nachfragen muss. Sie kaut auf ihrem Riegel herum. Die Tür steht auf ihrer Seite noch offen, doch ich will ihr noch einen Moment geben, um sich an diese Situation zu gewöhnen.

Die Sonne geht endgültig unter, und der Himmel über uns nimmt die Farbe von rosa Zuckerwatte an, ehe er zu mitternachtsblau wechselt. Wir sitzen schweigend da, allein mit unseren Herzschlägen.

Unbehaglich räuspere ich mich. »Der Film fängt gleich an.«

Sie schließt kurz die Augen. »Gut.«

»Brooke?«

»Nate?«

Ich zwinge mich zu einem Lächeln. »Du musst die Tür jetzt leider schließen.«

»Fuck, warum hab ich mich nur darauf eingelassen?«

»Weil du weißt, dass du diese Angst irgendwann hinter dir lassen musst.«

»Genau das wollte ich jetzt nicht hören«, brummt sie und lässt die Tür zufallen. Augenblicklich ist es wärmer im Auto. Die Luft zwischen uns wird plötzlich dicker, als würden ihre Angst und meine Sorge sie anreichern.

»Wenn du willst, kannst du dich damit ablenken, mir den geschichtlichen Hintergrund von Casablanca zu erklären«, schlage ich vor.

»Zweiter Weltkrieg, Nazis sind blöd, USA an der Macht«, sagt sie verkrampft und schließt kurz die Augen.

Ich antworte nicht direkt, sondern starte den Wagen. Brooke zuckt bei dem Geräusch zusammen. Ich kann deutlich sehen, wie sie schwer schluckt. Dann mache ich das Radio an, suche die passende Frequenz, die auf den kleinen Kärtchen steht, die verteilt wurden, und schalte die Klimaanlage ein.

Der Film beginnt und in gigantischen Schwarz-Weiß-Bildern sehen wir eine Nachrichtenmeldung, in der erklärt wird, dass zwei deutsche Offiziere in Nordafrika ermordet und ihre Transitvisa gestohlen wurden.

Brooke tastet nach meiner Hand. »Erinnere mich daran, dass ich dich für diese Idee übers Knie lege«, murmelt sie, doch ihre Stimme klingt bereits etwas entspannter.

»Warte ab, bis du die nächste hörst.«

»In unser beider Interesse solltest du jetzt lieber schweigen.«

Sie greift zum Popcorn und richtet den Blick starr auf die Leinwand.

Rick und Ilsa erleben die Romanze ihres Lebens in Paris – bis die Truppen der deutschen Besatzer die Seine-Metropole einnehmen. Gegen meinen Willen fange ich an, tatsächlich mitzufiebern, obwohl mir bewusst ist, dass dieser Film kein wirkliches Happy End haben wird.

Nach der ersten halben Stunde scheint Brooke endgültig entspannt zu sein. Ihre Lippen bewegen sich synchron zum Text, wenn sie nicht gerade dabei ist, unendliche Massen Zucker zu sich zu nehmen.

»Du sollst den Film ansehen, nicht mich«, sagt sie plötzlich.

Ich fühle mich ertappt. Doch insgesamt bin ich zufrieden. Ihre Schultern sind nicht mehr völlig verkrampft, und ihre Wangen nehmen wieder den zarten Rosaton an.

Ich folge ihrem Befehl und lasse mich von dem Drama vor mir einnehmen. Das Finale kommt viel schneller, als ich es erwartet habe.

Nachdem Rick für Ilsa und ihren Mann die Flucht ermöglicht hat, ist beiden klar, dass dies der Abschied für immer sein wird. Mein Herz zieht etwas bei dem Gedanken, dass er alles für diese Frau opfert – nur um sie in den Armen eines anderen zu sehen. Ich räuspere mich, um zu verdecken, dass ich fast weinen könnte. Brooke entgeht das jedoch nicht. Sie wirft mir einen amüsierten Seitenblick zu.

In der Schlussszene beugt sich Humphrey Bogart alias Rick zur schönen Ingrid Bergman und haucht: »*Here's looking at you, kid.*« Ich kann sehen, wie Brooke sich Tränen aus dem Augenwinkel wischt und ihre Lippen mitbewegt. Als ihr klar wird, dass ich sie wieder beobachte, lächelt sie verlegen.

»Willst du einen Fun Fact zu diesem epischen Filmzitat?«

Ich nicke.

»Kein Film ist bis heute mehr zitiert als Michael Curtiz' Meisterwerk. Doch seine Synchronisation hat ihr Eigenleben entwickelt. Gerade im deutschsprachigen Raum ist ein ganz anderes Zitat zu ewigem Ruhm gekommen: ›Schau mir in die Augen, Kleines!‹«

»Das hat aber herzlich wenig mit dem Original zu tun«, meine ich und muss grinsen.

»Und trotzdem ist die deutsche Version des Schlusssatzes fast berühmter als das Original.«

Ich lehne den Kopf zurück. Der Film ist zu Ende, und die Laternen um uns herum werden wieder angestellt. »Wie kannst du dir solche Sachen nur merken?«

»Für dich sind es Tanzschritte, für mich historische Hintergründe, die jeden anderen einschläfern würden«, gibt sie zurück ... und lächelt. Das erste Mal an diesem Tag ist es ein ehrliches Lächeln, das nicht von ihrer Angst überschattet wird.

»Nate?«

»Brooke?«

»Danke.«

»Wofür?«

»Dass du mich zwingst, über meinen eigenen Schatten zu springen.« In ihren Augen flackert eine Wärme, die meinen gesamten Körper in Brand steckt. Noch nie habe ich mich einem anderen Menschen so nahe gefühlt.

»Gewöhn dich dran«, meine ich neckend. »Denn ich werde nicht so schnell damit aufhören.«

»Das ist beruhigend und beängstigend zugleich.«

Ich greife nach ihrer Hand und hauche einen Kuss auf ihre Fingerknöchel. Neben uns werden bereits einige Autos dazu aufgefordert, sich in die Reihe zum Hinausfahren einzugliedern.

»Bist du bereit, nach Hause zu gehen?«, frage ich, noch ehe sie sich erneut in eine Panik stürzen kann. Offenbar weiß Brooke genau, was ich damit meine. Sie rafft ihre Sachen zusammen und springt förmlich aus dem Wagen, während sie ein »Ja« ruft.

»Gut, Tian sollte jeden Moment ...«

In diesem Augenblick klopft es an die Scheibe. Ich zucke heftig zusammen und sehe meinen breit grinsenden Freund an. »Und, wie war der Film?«, will er wissen, als ich aussteige. Balthasar bellt, als würde ihn die Antwort ebenso brennend interessieren.

»Super«, antwortet Brooke für uns beide.

Sie hockt sich vor die Deutsche Dogge und lässt zu, dass Balthasar ihr einmal quer übers Gesicht leckt. Doch dann schmeißt sich der Hund schwungvoll auf den Boden, damit Brooke auch seinen Bauch streicheln kann.

Tian grinst, wie er es immer tut, wenn sein Hund es mal wieder schafft, die Aufmerksamkeit auf sich zu ziehen. »Ich hoffe, ihr habt mein Auto nicht missbraucht.«

»Keine Angst, du findest höchstens etwas Popcorn«, meint Brooke und schüttelt den Kopf. Die Erleichterung ist ihr deutlich anzusehen.

»Kein Problem, das verbuche ich als Snack für Balthasar.« Der Hund hebt den Kopf, entscheidet dann aber, dass er sich noch weiter den Bauch kraulen lässt.

»Danke, Tian«, meine ich und klopfe ihm auf die Schulter.

»Ja, danke«, stimmt Brooke zu. Sie lässt von der Dogge ab und kommt zu mir. Wie selbstverständlich legt sie die Arme um mich, ehe sie ihren Kopf an meine Brust bettet.

»Müsst ihr zwei so unheimlich verliebt aussehen?«, brummt Tian und verzieht das Gesicht. »Diesen Zuckerschock kann ich wirklich nicht gebrauchen.«

»Ist das deine Art, Danke zu sagen?«, will Brooke amüsiert wissen.

»Ich ...«, setzt Tian an, doch er kommt nicht dazu, diesen Satz auszuformulieren. Plötzlich springt Balthasar auf. Wie von einer Biene gestochen sprintet er um das Auto. Tian ruft ihm hinterher, doch es nützt nichts. Zu dritt stürmen wir ihm nach.

Balthasar sitzt vor einer Frau, die offenbar gerade ihr Hotdog fallen gelassen hat. Sie lacht und krault dem gigantischen Tier die Ohren.

»Juliette?« Brooke sieht panisch von der Frau zu mir.

Selbst Tian scheint für einen Moment die Fassung zu verlieren.

»Was ...?« Juliette hält inne. »Scheiße«, stößt diese aus und verschränkt die Arme vor der Brust. »Was, zur Hölle, macht *ihr* denn hier?«

Tian ruft seinen Hund zu sich, der nun, da der Hotdog bereits in seinem Magen verschwunden ist, auch wieder zu wissen scheint, wie er heißt. Ich wechsle einen Blick mit meinem besten Freund, der ebenso verwirrt und überfordert zu sein scheint wie ich.

»Tut mir leid«, murmelt Tian und starrt Juliette an, als würde er sie zum ersten Mal sehen. Sie schluckt sichtlich verkrampft, muss bei dem Anblick der riesigen Dogge, die ihr über das Knie leckt, jedoch kurz grinsen.

»Schon okay«, murmelt sie an meinen Freund gewandt, ehe sie ihre Abwehrhaltung völlig einnimmt und Brooke finster anstarrt. Jetzt verstehe ich, was Brooke und Carmen mit dem Du-bist-für-mich-gestorben-Blick meinte.

»Wir haben uns den Film angesehen«, erklärt Brooke kleinlaut.

»In einem Autokino? Du?«

Brooke schluckt. »Es war Nates Idee.«

»Natürlich, was auch sonst. Es ist ja immer alles Nates Idee, nicht wahr?«, zischt Juliette und schüttelt den Kopf.

»Jetzt lass deine Wut nicht noch an Nate aus«, kommentiert Tian, was ihm einen giftigen Blick einbringt.

»Willst du lieber, dass sie sich gegen dich richtet?«

»Du scheinst mir eigentlich zu klug für diesen Kindergarten zu sein«, meint Tian so gelassen, dass ich direkt noch etwas mehr Respekt für ihn habe.

»Klar, ich bin schuld. Obwohl meine beste Freundin meinem Verlobten eine Affäre anhängen wollte«, fasst sie zusammen und schüttelt den Kopf. »Ich würde ja sagen, es hat mich gefreut, euch zu sehen. Aber das trifft nur auf den Hund zu.«

»Juliette!«, setzt Brooke an und macht einen schnellen Schritt auf ihre Freundin zu. »Bitte, rede doch mit mir.«

»Was gibt es da zu reden?«, will diese so kalt wissen, dass selbst mein Herz einen kleinen Riss bekommt.

»Ich habe einen Fehler gemacht«, setzt Brooke nach.

»Ja, das hast du.«

»Aber bitte, ich habe mich entschuldigt.« Ihr Ton ist flehend, als würden die Tränen der letzten Tage den Klang ersticken.

»Manchmal reicht eine Entschuldigung nicht aus, Brooke.«

»Juliette, komm schon, wir sind beste Freundinnen.«

Für einen Moment glaube ich zu erkennen, wie Juliette mit sich kämpft. Doch ehe Brooke noch etwas sagen kann, hören wir, wie Tom nach ihr ruft.

Juliette blickt in seine Richtung, ehe sie noch einmal zu Brooke sieht. »Das dachte ich auch«, murmelt sie. Dann lässt sie uns stehen.

22. *Jump Into the Fire*

Brooke

Die abendliche Luft ist erfüllt von freudigen Erwartungen. Die Freitagnacht hat einen ganz besonderen Zauber, dem auch ich mich nicht entziehen kann. Der sanfte Wind zaust an meinen Haaren, während ich vor dem Hochhaus warte, in dem Carmen wohnt. Chicagos bunte Lichter liegen vor mir wie eine ganze magische Welt, die es noch zu erkunden gilt. Ich atme tief die Luft in meine Lunge und frage mich einmal mehr, warum Chicago immer diesen Hauch von Eisen auf meinen Lippen hinterlässt. Doch ehe ich dieser Frage wirklich auf den Grund gehen kann, kommt Carmen aus dem Gebäude.

»Wie sehe ich aus?«, will sie wissen und dreht sich einmal im Kreis, sodass die Fransen ihres weißen Kleides um ihre Kurven schwingen.

Grinsend blicke ich sie an. »Großartig.« Es ist keine Lüge. Der helle Stoff bildet einen schönen Kontrast zu ihrer dunklen Haut.

»Gut«, sagt sie und lächelt breit. In den High Heels ist sie ebenso groß wie ich, doch durch den erhabenen Gang wirkt sie dennoch größer. Sie hängt sich an meinen Arm, und der Geruch ihres schweren Parfums kitzelt in meiner Nase.

»Danke, dass du mitkommst«, murmle ich.

»Kein Grund, mir zu danken, wenn es um heiße tanzende Kerle geht, bin ich grundsätzlich dabei.«

»Wie konnte ich das nur vergessen.«

Zum Glück ist der Weg nicht weit. Nur ein paar Straßen weiter sehen wir bereits die Schlange vor dem Klub. Ich bekomme ein schlechtes Gewissen, als wir uns an den wartenden Menschen vorbeimogeln. Es fühlt sich komisch an, auf einer Gästeliste zu stehen.

Im Inneren brauche ich einen Moment, um mich zurechtzufinden. Der Klub ist viel größer, als ich erwartet habe. Eine lange Bar wird bereits belagert, während zwei Barkeeper oben ohne Drinks mixen.

»Da seid ihr ja«, ruft Tian und winkt uns zu sich.

Carmen biegt jedoch vorher zur Bar ab, um uns etwas zu trinken zu besorgen. Tian steht vor einer Treppe, die mit einem pinken Band verhängt ist. Ich muss schlucken, als mir klar wird, dass er fast nackt vor mir steht. Der Cowboyhut, ebenfalls in Pink, und die dazu passenden Schuhe machen es auch nicht gerade besser.

»Hey«, sage ich etwas kleinlaut, weil ich nicht verhindern kann, dass ich mich in dieser Umgebung unwohl fühle. Ich betrachte die große Bühne.

»Na, bist du schon aufgeregt?«, will Tian wissen.

»Es ist Nates Auftritt, nicht meiner.«

»Ja, aber die Enthüllung seines Traumjobs muss dich doch auch ganz unruhig machen.«

»Ich ziehe es vor, dir darauf keine Antwort zu geben.«

Tian lacht entwaffnend. Langsam fange ich an zu verstehen, wie Nate und er so fest zusammengewachsen sind. Sie haben trotz aller Unterschiede das gleiche Lachen.

»Du siehst ja fast scharf aus«, kommentiert Carmen sein knappes Outfit und drückt mir einen bunten Cocktail in die Hand.

Tian verdreht die Augen. »Und du bist fast freundlich.«

»Das machen die erstaunlich guten Cocktails«, murmelt sie und nimmt zur Bekräftigung noch einmal einen großen Schluck. Tian grinst. Ich werde das Gefühl nicht los, dass er bereits an seinem nächsten Wortgefecht feilt.

»Wann ist Nate dran?«, will ich wissen, ehe die beiden Streithähne noch anfangen, übereinander herzufallen.

»Dauert nicht mehr lange«, meint der Tänzer in der knappen Bekleidung und schaut demonstrativ auf seine Armbanduhr, die gar nicht da ist.

»Wo wollen wir hin?«

»Geht am besten in den ersten Stock«, sagt Tian und deutet auf die Treppe hinter sich. »Der ist nur für die VIPs.«

»Dass Brooke *mich* mal in einen VIP-Bereich bringt, hätte ich wirklich nicht gedacht.«

»Wenn man es genau nimmt, war es Nates Verdienst«, nuschle ich vor mich hin, während ich die Stufen hinaufgehe.

»Stimmt.«

Oben angekommen schnappe ich kurz nach Luft. Von hier aus können wir den gesamten Klub überblicken. Die Bühne liegt in den schillernden Farben von Pink und Violett unter uns. Und obwohl ich nicht gerade die klassische Klubgängerin bin, schon gar nicht zu etwas, das sich *Ladys Night* nennt, bin ich doch beeindruckt.

»Ich wünschte, Juliette wäre auch hier«, bricht es aus mir heraus, noch ehe ich selbst weiß, was ich da sage. Carmen zieht mich dichter zu sich, während wir uns an das Geländer stellen. »Das weiß ich, Liebes«, murmelt sie mir ins Ohr.

»Hat sie dir auch nicht geantwortet?«

»Doch, sie hat gesagt, ich soll aufhören, ihr täglich zu schreiben.«

»Verdammt, wie sollen wir das nur wieder geradebiegen?«, fluche ich und möchte mich gleich darauf am liebsten ohrfeigen, weil ich jetzt gerade mit den Gedanken bei Nate sein sollte. Ich habe so lange darauf gewartet, dass er mir endlich sein Geheimnis beichtet – und nun wird alles davon überschattet, dass meine beste Freundin nicht mit mir spricht.

Carmen schüttelt den Kopf. »Wir sind ihre Brautjungfern, glaub mir – dieser Wutanfall dauert nicht mehr lange.«

»Dein Wort in Gottes Ohren.«

»Wohl eher in Juliettes.«

Juliette.

Mein Herz krampft sich zusammen. Das letzte Mal, als zwischen uns so lange kein Wort gewechselt wurde, lag ich im Koma. Sie fehlt mir mehr, als ich es ausdrücken kann. Ohne sie ist unser Dreiergespann einfach nicht dasselbe. Carmen und ich sind nicht dieselben. Wir waren immer zu dritt. Immer ...

Carmen stupst mich an, als habe sie bemerkt, dass meine Gedanken beginnen, zu unerfreulichen Dingen zu gleiten. Gerade will ich noch etwas sagen, da verstummt die Musik, und ein Kerl, der ebenso wenig an hat wie Tian, betritt die Bühne.

»Oh, ich glaube, es fängt an.«

»Und so will Mister Glitzer dir verraten, wofür er so hart trainiert«, fasst Carmen noch einmal zusammen.

»Das zumindest hat er versprochen.«

»Ist es ein Job?«

»Sein Traumjob.«

»Wenn es auch als Stripper-Outfit taugt, ist die Auswahl begrenzt«, führt sie weiter aus, während mein Herz plötzlich anfängt, schneller zu schlagen. Sie hat recht. Darüber habe ich mir bis eben absolut keine Gedanken gemacht – und irgendwo ganz tief in mir drin glitzert eine Vorahnung.

»Wenn wir noch darauf wetten wollen, sollten wir es schnell tun.«

Ich kann Carmen nicht mehr zuhören. Denn das Licht wird gedimmt, und die Scheinwerfer richten sich alle auf die Bühne. Mein Herzschlag setzt aus, als ich die Silhouette von Nate erkenne.

Nate als Feuerwehrmann.

Nate

In den letzten Wochen hatte ich vor keinem Auftritt so viel Angst wie vor diesem. Der künstliche Nebel weht mir ins Gesicht. Schützend senke ich den Kopf, lausche auf den Moderator der Show, der bereits dabei ist, mich anzukündigen.

Dann geht der Vorhang auf.

Mein Herzschlag beginnt im selben Moment wie der Takt des Liedes. Ich mache zwei Schritte nach vorn. Nicht weit entfernt, zwischen den Gogo-Stangen auf der Bühne, hat der mechanische Wind einen winzigen Wirbelsturm aus Nebel und Glitzerfetzen gebildet.

Der Glitzer senkt sich auf und nieder und wieder auf, dreht eine Acht, streift meine Beine. Für einen Moment bleibe ich stehen. Warte auf meinen Einsatz.

In der wartenden Menge suchen meine Augen Brooke. Sie steht zusammen mit Carmen an dem Geländer des ersten Stockes. Ich lächle, als ich erkenne, wie sie aufgeregt ihre Hände aneinander reibt. Dann sind die Scheinwerfer auf mich gerichtet, und der Jubel übertönt fast die Musik.

Weitere Glitzerkanonen werden abgefeuert, und in einem Regen aus schimmernden Funken stehe ich … in meiner Stripperversion eines Feuerwehrmannes.

Als Erstes nehme ich den Helm ab, blicke mich fragend um, als sei ich mir nicht sicher, welches Feuer es zu löschen gibt. Dann werfe ich den Helm zur Seite, drehe mich im Kreis und reiße die Jacke auf.

Ein paar Frauen in der ersten Reihe fächern sich theatralisch Luft zu, bevor ich ihnen und dem Rest des Publikums den Rücken zudrehe und die Jacke von meinen Schultern gleiten lasse.

Dann gehe ich langsam in die Hocke.

Da ich nun wieder dem Publikum zugewandt bin, versuche ich, Brooke zu entdecken, doch das Licht blendet mich zu sehr, um ihren Gesichtsausdruck zu erkennen. Vielleicht ist es besser so. Ich habe keine Ahnung, wie sie auf diese kleine Offenbarung reagieren wird.

Geschmeidig robbe ich zum Rand der Bühne, an dem bereits eine Flasche Wasser steht. Ich komme wieder auf die Beine, wische mir über die Stirn, als sei auch mir bereits heiß. Dann öffne ich die Flasche, trinke einen kleinen Schluck und verteile den Rest des Wassers auf meinem weißen Muskelshirt. Dabei streiche ich mit meinen Händen über die durchschimmernden Muskeln meines Bauches.

Die Flasche werfe ich zur Seite. Es wird Zeit, aus den nassen Sachen wieder rauszukommen. Der erste Hosenträger fällt. Die Hemmungen der Frauen in der ersten Reihe auch. Der zweite gleitet von meinen Schultern. Auffordernd hebe ich das Shirt hoch, heize das Publikum an, mich dazu zu animieren, es auszuziehen.

Der Jubel wird lauter.

Ganz langsam ziehe ich mir das Shirt über den Kopf. Meine nassen Haare hängen mir in die Stirn, doch ich kenne diese Show in- und auswendig. Meine Füße bewegen sich wie von allein, während mein Kopf nur damit beschäftigt ist, sich zu fragen, was Brooke gerade denkt.

Ich stehe hüftbreit und drehe meine Füße nach rechts. Dabei gehe ich leicht in die Knie und hebe meinen Hintern nach links außen. Die linke Hand lege ich auf meiner Hüfte ab, taste nach dem kleinen Vorsprung auf der Hose und ziehe mit einer fließenden Bewegung den Stoff weg, der bis eben meine Pobacken verdeckt hat. Zum Lohn wird das Gekreische noch lauter. Damit auch die andere Seite der Menge einen Blick auf meinen Hintern werfen kann, drehe ich mich ihnen zu. Meine rechte Hand folgt dem rechten Bein und streicht mit der Bewegung bis zum Knie runter. Um wieder in den normalen Stand zu kommen, führe ich diese Bewegung rückwärts aus. Was Beyoncé kann, schaffe ich auch.

Ich blicke über meine Schulter in die Richtung, in der eben noch Brooke stand und zwinkere. Der kurze Moment reicht aus, um zu erkennen, dass sie es verstanden hat. Damit steht mein Traum ebenso blank vor ihr wie ich selbst. Sie weiß nun, dass ich mich nicht im Fitnessstudio abmühe, um zu strippen, sondern um die Aufnahmeprüfung für die Feuerwehr von Chicago zu bestehen.

Keine Ahnung, ob sie das gut oder schlecht finden wird, doch mir bleibt ohnehin keine Zeit, darüber nachzudenken. Ich mache eine kleine Drehung, dann greife ich meinen Tanz wieder auf, bis ich auf dem Boden knie. Die Scheinwerfer lassen meine Brust glänzen. Ich lege einen kleinen Breakdance ein, komme schwungvoll wieder vom Boden hoch und reiße mir die Hose von den Beinen.

Die Menge tobt.

Sie haben auch gut lachen, denn mir steht die größte Herausforderung noch bevor. Der schwierigste Part des Strippens ist, den Slip auszuziehen.

Damit das sexy aussieht, muss man verdammt viel üben, und selbst nach einem Jahr habe ich mit diesem Part noch immer die meisten Probleme. Vielleicht ist es auch der letzte Rest Scham. Ich bin nicht sicher.

Ich stelle mich mit dem Rücken zur Bühne seitlich hin, ein Bein etwas weiter nach vorn als das andere. Dann greife ich mit den Händen den Slip an beiden Seiten und ziehe ihn Stück für Stück runter. Dabei bewege ich meine Hüfte mit und strecke den Po schön weit raus.

Als ich spüre, wie der Stoff locker genug sitzt, lasse ich die Muskulatur meines Hinterns den Rest machen, während meine Hände sich um mein bestes Stück legen.

Das Lied endet. Nackt, wie ich geschaffen wurde, drehe ich mich wieder zu meinen Zuschauern um. Elegant trete ich aus dem Slip und kicke ihn zur Seite. Der Applaus bringt mich zum Grinsen, während ich mich verbeuge.

Hoffentlich ist Brooke von der ganzen Sache auch so begeistert wie ich.

23. Rain On Me

Nate

Brooke springt mir in die Arme, noch ehe ich ganz an ihrem Tisch bin. Ihr Kuss raubt mir einen Moment den Atem.

»Dann hat dir die Show gefallen?«

Ihr strahlendes Lächeln ist mehr wert als jedes Geld, das ich heute verdient habe. Ich lasse sie runter und bin froh, dass ich wieder ich bin und nicht die Stripperversion. In Jeans und Shirt fühle ich mich wohler als in einem Kostüm.

»Uns allen hat es gefallen«, kommt es von Carmen, die mir zuzwinkert. Bei jeder anderen Frau hätte ich das seltsam gefunden, doch bei Carmen ist es wie ein Ritterschlag.

»Das war ...«, setzt Brooke an.

Doch es ist ihre Freundin, die den Satz beendet: »... der Inbegriff ihrer schmutzigen Fantasien.«

»Carmen!«

»Was denn?«

»Das war nicht, was ich sagen wollte«, meint Brooke wieder an mich gewandt, doch auch im Flimmerlicht des Klubs kann ich sehen, wie sie rot wird. »Aber ich muss gestehen, dass ich eine kleine Schwäche für Feuerwehrmänner habe.«

»Tatsächlich?« Ich kann mir ein schmutziges Grinsen nicht verkneifen. Hätte ich gewusst wie Brooke auf meinen Berufswunsch reagiert, hätte ich ihn vielleicht doch eher offenbart. »Dann findest du es gut?«

»Machst du Witze? Ich bin stolz auf dich, Nate. Das *Chicago Fire Department* kann sich glücklich schätzen, wenn sie dich bekommen.«

»Noch hab ich es nicht geschafft«, wehre ich ab.

»Nicht wegen der ziemlich heißen Feuerwehrmann-Sache«, sagt sie grinsend. »Sondern im Allgemeinen. Du bist ein großartiger Tänzer und kämpfst so hart für deine Träume.«

»Und um Brookes Unterwäsche«, wirft Carmen ein.

Tian kichert. Auch er hat sich inzwischen umgezogen. Damit haben wir offiziell Feierabend – und das noch vor drei Uhr nachts. Ein guter Tag. Brooke grinst. Ich greife nach ihrer Hand und will mich gerade zu ihr beugen, als mein Freund genervt stöhnt.

»Ihr könnte euch später noch verliebt anschauen«, meint Tian. »Jetzt stoßen wir erst mal an.«

»Ich weiß nicht, Mann. Die Prüfung ist in zwei Wochen«, murmle ich und betrachte das kalte Bier mit einem Hauch von Wehmut.

»Entspann dich, du bist in Topform.«

»Wie wir alle gesehen haben«, stimmt Brooke zu. Sie zieht mich zu einem kleinen Tisch, an dem bereits ein kaltes Bier auf mich wartet. Obwohl ich den Anflug eines schlechten Gewissens bemerke, setze ich die Flasche trotzdem an die Lippen.

»Also, Mister Fire – wie wird man denn heutzutage noch Feuerwehrmann?«, will Carmen wissen, während sie an einem Drink nippt. »Ich höre ständig was von einer Prüfung und habe keine Ahnung, wie das abläuft. Müsst ihr euch erst für einen sexy Kalender ausziehen?«

»Carmen«, tadelt Brooke, muss aber grinsen.

»Ich bekomme langsam das Gefühl, dass du das männliche Geschlecht sehr aufs Äußere reduzierst«, kommentiert mein bester Freund.

»Was, ich? Niemals.«

»Das ist sexistisch.«

»Bitte? Honey, ich kann gar nicht sexistisch sein.«

»Und warum nicht?«

»Erstens bin ich eine Frau, was dafür sorgt, dass ich täglich mit den Strukturen einer Gesellschaft konfrontiert werde, die mich systematisch unterdrückt. Und zweitens ist es nicht sexistisch, auf schöne Menschen zu stehen, die wenig anhaben. Wäre es anders, wären du und Mister Glitzer schließlich arbeitslos.«

»War ich nicht eben noch Mister Fire?« Ich muss lachen. Tian und Carmen in Kombination sind fast noch besser als Trash-TV.

Brooke will gerade etwas sagen, doch das Klingeln ihres Handys unterbricht sie. Einen Moment starrt sie auf das Display.

»Ist alles okay?«

Mit aufgerissenen Augen sieht sie mich an. »Das ist die Nummer des Empfangs von Juliettes Haus.«

Brooke

Ich spüre, wie der Schock meinen Körper gefangen hält. Mit offenem Mund starre ich Tian, Carmen und Nate an. Letzterer macht einen Schritt auf mich zu. »Was ist los?«

Kraftlos lasse ich das Handy sinken. In meinem Kopf dreht sich alles. Die Geräusche des Klubs erscheinen mir plötzlich unfassbar laut, obwohl sie hier an der Garderobe bereits gedämpft sind. »Es wurde eingebrochen.« Die Worte kommen so leise über meine Lippen, dass ich mir erst nicht sicher bin, ob meine Freunde mich gehört haben.

»In deiner Wohnung?«, fragt Carmen verwirrt, und ich schüttle den Kopf.

»Bei Juliette.«

»Fuck.«

»Wir müssen zu ihr, sofort.«

Carmen nickt. In ihren Augen funkelt die Entschlossenheit, die mir sonst Angst einjagt – doch jetzt ist sie für mich der nötige Antrieb, um endlich aus meiner Starre herauszukommen.

»Ich kann euch fahren«, sagt Tian sofort, während Nate meine Hand nimmt und mich aus dem Klub zieht.

»Nein.« Seine Stimme ist fest.

»Es sind von hier nur zwei Blocks, wir sind schneller, wenn wir gehen«, setzt Carmen nach, doch gerade als ich auf den offenen Bürgersteig treten will, bleibe ich stehen.

Es regnet in Strömen.

Dicke Tropfen klatschen auf den Asphalt. Carmen flucht hinter mir. Ohne zu zögern, schlüpft sie aus ihren High Heels und sieht mich an. Wir brauchen keine Worte, uns ist beiden klar, was wir zu tun haben. Ich nicke, dann laufen wir los.

Nate ist dicht hinter mir. Irgendwo hinter uns flucht Tian vor sich hin.

Der Regen vernebelt meine Sicht. Binnen Sekunden bin ich bis auf die Unterwäsche durchnässt. Ohne auf den Boden zu achten, laufe ich durch Pfützen. Nur an den Straßen verharre ich kurz, warte, bis Carmen dicht neben mir ist, und laufe dann weiter. In meinem Kopf gibt es nur noch eine Sache, die wirklich zählt: Juliette.

Wenn ihr nun etwas passiert ist? Wenn sie angegriffen wurde? Wenn ...

Wir biegen gerade um die Ecke, als wir die Streifenwagen sehen. Das Blaulicht zeichnet Lichtreflexe in die Pfützen auf dem Asphalt. Ich bleibe so ruckartig stehen, dass Carmen fast gegen mich läuft. Sie flucht leise. Blinzelnd betrachten wir die Szenerie vor uns.

Zwei Polizisten halten einen großen Schirm über Juliette.

Ich atme erleichtert aus.

»Juliette!«

Meine beste Freundin sieht mich verwirrt an. »Brooke!« Keuchend zieht Carmen mich weiter, ihre feuerroten High Heels in der freien Hand. »Carmen!«

»Scheiße, geht es dir gut?«, will Carmen wissen.

Sie bietet ein seltsames Bild. Die schwarzen langen Haare kleben ihr im Gesicht, die nackten Füße stehen im Wasser, und ihr Make-up hat dunkle Linien in ihr Gesicht gezeichnet. Die Polizisten sehen uns verwirrt an, kommentieren es jedoch nicht, dass wir durch den strömenden Regen zu unserer Freundin gelaufen kommen.

»Ich …«, setzt Juliette an, doch sie kommt nicht dazu, ihren Satz zu beenden. Tränen schimmern in ihren Augen, und sie schüttelt den Kopf, als wäre jedes weitere Wort zu viel.

»Tu das, verdammt noch mal, nie wieder. Jag uns nie wieder so eine Angst ein«, schnaubt Carmen und zieht Juliette so fest in ihre Arme, dass diese nach Luft schnappt.

»Geht es dir gut?«, wispere ich. »Bist du verletzt?«

Es fühlt sich komisch an, ihr nach dieser langen Funkstille plötzlich wieder so nahe zu sein. Ich weiß nicht, was ich tun kann, darf oder womit ich eine unsichtbare Grenze überschreite.

Juliette schüttelt den Kopf. »Woher wusstet ihr von …?«

»Der Hausservice hat mich angerufen, ich stand noch auf der Notfall-Kontakt-Liste«, erkläre ich kleinlaut. »Scheiße, ist wirklich alles okay bei dir?«

»Ja, ich war gar nicht da. Und sie wollen mich nicht in die Wohnung lassen.«

Die Polizisten nuscheln etwas, das ich nicht verstehe, weil meine eigenen Gedanken so laut sind. Dann wird meiner Freundin eine Karte in die Hand gedrückt. Juliette nickt langsam. »Es geht mir gut«, versichert sie, doch es klingt nicht gerade überzeugend.

»Wirklich?«

»Ich denke schon.«

»Kannst du ein paar deiner Sachen holen?«

Sie schüttelt den Kopf. Dann sieht sie uns an, als könne sie nicht glauben, dass wir tatsächlich da sind. »Ihr seid einfach so gekommen.«

»Honey, ein dummer Streit wird uns nicht davon abhalten, zu dir zu stürmen, wenn's brennt. Oder wenn eingebrochen wurde.«

Einen Moment sehen wir Carmen irritiert an.

»Zu früh für dumme Sprüche?«, haucht sie.

»Wir sind immer da, Juliette«, sage ich und spüre, wie ich anfange zu heulen, weil die Anspannung der letzten Minuten endlich von mir abfällt.

»Immer«, verspricht Carmen.

Und so liegen wir uns zu dritt in den Armen, während der Regen auf uns niederprasselt und unsere Tränen verdünnt.

24. The Story

Nate

»Wie geht es ihr?«, fragt Tian, noch ehe ich die Chance dazu bekomme. Wir sitzen zu zweit an Carmens Küchentisch und fühlen uns so fehl am Platz wie noch nie. Bisher habe ich in Juliette immer nur das reiche Mädchen gesehen, das mit ihrer Intelligenz und ihrem Charme wahrscheinlich bald die gesamte Wirtschaft von Chicago für sich vereinnahmt hat, doch heute wirkte sie so unglaublich zerbrechlich. Und allein.

»Sie schläft jetzt«, antwortet Brooke und schüttelt den Kopf. »Verdammt, zum Glück war sie mit ein paar Freunden unterwegs und nicht zu Hause, als es passiert ist.«

Ihr blondes Haar ist inzwischen getrocknet. Sanfte Locken fließen über ihre Schultern. Ich mache ihr Platz, damit sie sich zu uns setzen kann.

Etwas an dieser Sache ergibt keinen Sinn. Nicht, dass es in Chicago nicht öfter zu Einbrüchen käme, aber in einem Haus wie dem von Juliette? Wie sollten potenzielle Einbrecher an dem Mann am Empfang vorbeikommen?

Schweigend sitzen wir am Tisch, ohne wirklich zu wissen, was wir sagen sollen. Tian fährt sich immer wieder nervös durch das schwarze Haar. Als Carmen zu uns kommt, springt er von seinem Platz auf, doch sie bedeutet ihm, sich wieder zu setzen, während sie Tee aufgießt.

»Das nenne ich einen denkwürdigen Abend«, murmelt sie. Das Porzellan der Tassen klirrt leise, als sie diese auf dem Tisch verteilt. Keiner von uns widerspricht ihr, denn ein heißer Tee ist jetzt genau das, was wir brauchen. Erst als sie bei uns am Tisch sitzt, der Duft des Kräutertees in der Luft liegt und Brooke meine Hand drückt, schaffe ich es, wieder etwas zu sagen.

»Wo ist Tom?« Zugegeben nicht gerade elegant. Aber die Frage brennt mir nun schon seit Stunden auf der Zunge.

Carmen leckt sich ihre Lippen, ehe sie antwortet. »Geschäftlich nicht in der Stadt.«

»Juliette konnte ihn nicht erreichen ... Er ist bei irgendeiner Konferenz außerhalb von Chicago«, fügt Brooke hinzu. Ihre Stimme klingt genauso erschöpft, wie ich mich fühle.

»Was macht er eigentlich?«, will ich wissen, weil ich mir diese Frage bisher nie gestellt habe.

»Er ist in einem Pharmakonzern und ... «

»... ein Arschloch.«

Verwirrt starren wir alle Tian an. Dieser scheint sich ertappt zu fühlen, denn er räuspert sich unbehaglich und fährt sich schon wieder durch die Haare. Langsam bekomme ich den Eindruck, dass mir etwas Entscheidendes entgangen ist.

»Ist doch wahr. Wenn meine Verlobte mitten in der Nacht anruft, würde ich das sicher nicht verschlafen. Scheiß auf diese Konferenz!«

»Niemand hier wird dir widersprechen«, meint Carmen gelassen. Doch auch ihr ist deutlich anzusehen, wie sehr die letzten Stunden ihr zugesetzt haben. Ihr Make-up ist zum ersten Mal, seit ich sie kenne, nicht mehr perfekt. Die Mascara ist verschmiert, ihr Lidstrich nur noch auf einer Seite vorhanden, und langsam, aber sicher zeichnen sich dunkle Ränder unter ihren braunen Augen ab.

»Wir können nur hoffen, dass er sich morgen meldet«, murmelt Brooke und lässt ihren Kopf auf die Tischplatte sinken.

»Was wurde gestohlen?«, frage ich, einfach um etwas zu sagen.

»Wissen wir noch nicht.«

»Was soll das heißen?«

»Als Juliette kam, war die Polizei bereits vor Ort – die Wohnung war komplett verwüstet, aber die Spurensicherung war noch nicht da. Wegen eines Unfalls im Westen der Stadt waren zu wenig Cops eingesetzt. Wir sollen morgen in die Wohnung und nachschauen, was fehlt«, erklärt Carmen. Ein tiefes Seufzen kommt aus ihrer Kehle.

»Wie konnte das passieren?«, will Tian wissen.

»Die Frage stellen wir uns alle, Herzchen.«

»Brooke?«, frage ich und stupse meine Freundin leicht an. Ihre Augen sehen aus, als würden sie jeden Moment zufallen.

»Hm?«

»Wir sollten gehen.«

»Hm.«

Gegen meinen Willen muss ich lächeln. Sie hebt träge den Kopf, und ein Teil ihrer Haare steht zerknautscht zur Seite ab.

»Nate hat recht«, stimmt Carmen zu und steht auf. »Kommen deine Eltern nicht morgen?«

»O Mist, das habe ich völlig verdrängt«, stößt sie aus, gähnt herzhaft und geht vom Tisch zum Sofa, wo sie sich einrollt wie ein kleiner Hund.

Carmen lächelt mich wissend an. »Bring sie nach Hause. Juliette wird sich jetzt erst mal ausschlafen, und ich gebe euch Bescheid, wenn sie wach ist.«

»Mir bitte auch«, sagt Tian, was ihm einen überraschten Blick einbringt. Carmen hebt eine Augenbraue, während ihr allwissender Blick über ihn gleitet.

»Sicher, Loverboy.«

Tian verdreht die Augen und schnappt sich seine Jacke. Ich hingegen hebe Brooke auf meine Arme. Schläfrig drückt sie ihren Kopf an meine Brust.

Brooke

Das kleine Café ist ruhig, und die Mittagssonne treibt die meisten Gäste nach draußen, während wir uns einen Tisch in einer Ecke gesucht haben.

»Wie sehe ich aus?«, fragt Nate sicher schon zum dritten Mal an diesem Morgen. Er streicht sich über das Sakko, dann durch die Haare und rutscht auf seinem Stuhl hin und her, als würden wir auf den Schuldirektor warten und nicht auf meine Eltern.

Ich verstehe, wieso er nervös ist, aber ich mache mir keine großen Sorgen. Zumindest nicht wegen Nate, meine Eltern sind eher wegen anderer Dinge nicht gut auf mich zu sprechen. »Du siehst klasse aus«, wiederhole ich also lächelnd. »Mach dir keine Gedanken, sie werden dich lieben.«

»Ach, ja?« Von dem selbstbewussten Stripper ist in diesem Moment wenig zu sehen. Nate fährt sich immer wieder nervös durch die Haare und wirkt dadurch jünger als sonst.

»Sicher, meine Mutter war ganz aus dem Häuschen«, sage ich grinsend und lüge dabei noch nicht einmal. Seit dem Unfall habe ich keinen Mann mehr zu Hause vorgestellt. Nicht, weil es niemanden gab, sondern weil sich dieses Privileg bisher niemand erkämpft hat. Bis Nate kam.

»Klasse. Noch mehr Erwartungsdruck.«

Ich muss lachen. »Sie werden schon nicht beißen.«

»Bist du dir da sicher?«

»Na ja, mein Vater vielleicht.«

»Fuck, Brooke ...«

»Das Fluchen verkneifst du dir besser, da kommen sie«, sage ich schnell und springe auf, um meiner Mutter zuzuwinken. Mein Dad folgt ihr. Die beiden erinnern mich immer wieder an Warren Beatty und Faye Dunaway als Räuberduo in der Verfilmung von *Bonnie und Clyde* von 1967. Meine Mom trägt ein senffarbenes Kleid. Ihr Haar ist ebenso blond wie meins, doch sie trägt es auf Kinnlänge.

Mein Vater nickt kurz, als er uns sieht. Dann zieht er mich in seine Arme. Sein Haar ist inzwischen etwas kürzer – was sicherlich daran liegt, dass ihm das Volumen langsam ausgeht. Doch die blauen Augen funkeln noch immer genauso wie auf den Hochzeitsbildern. Er trägt ein Hemd, jedoch ohne Krawatte, was ich als gutes Zeichen werte. Als sie unseren Tisch erreicht haben, umarme ich meine Mutter und drücke meinem Dad einen Kuss auf die Wange. »Darf ich vorstellen? Das ist Nathaniel …«

Nervös reicht Nate meiner Mutter die Hand.

»Oh, das nenne ich einen guten Händedruck«, kommentiert sie strahlend.

»Meine Mom.«

»Sind Sie schon zu alt, um Ihnen zu sagen, dass ich Ihnen den Arsch aufreiße, wenn Sie meiner Tochter wehtun?«, will mein Vater wissen, als wäre er schon dabei, Nates Grabrede zu schreiben.

»Und das ist mein Vater.«

»Sehr erfreut«, bringt Nate hervor und sieht mich unsicher an.

Ich lächle aufmunternd. Mir ist jetzt schon klar, dass meine Eltern ihn lieben werden – von meinem Vater einmal abgesehen, aber auch er wird sich daran gewöhnen. Wir setzen uns wieder. Meine Mutter winkt einen Kellner zu uns heran, und wir bestellen eine Menge Schokoladenkuchen und Kaffee.

Gerade als ich es geschafft habe, einen Schluck von meinem himmlischen Caramel Macchiato zu nehmen, räuspert sich mein Vater.

»Wie sind Ihre Pläne für die Zukunft?«, fragt er mit diesem Blick, den Väter immer aufsetzen, wenn sie möglichst schnell einen Grund finden möchten, den neuen Freund ihrer Tochter zum Teufel zu jagen.

»Daddy«, sage ich tadelnd.

»Erzählen Sie uns etwas von sich, Nathaniel«, setzt meine Mutter wenig hilfreich dazu. »Unsere Tochter hat ein großes

Geheimnis aus Ihnen gemacht. Also spannen Sie uns nicht auf die Folter. Wir wollen alles wissen.«

Nate sieht erst mich an, dann wieder meinen Vater. »Ich will zur Feuerwehr.«

»Hier in Chicago?«, brummt mein Vater und verengt die Augen, als sei er sich nicht sicher, was er davon halten soll.

»Ja.«

»Oh, wie in dieser Serie?«, fragt meine Mutter und bekommt direkt Herzchen in den Augen. Damit hat Nate ihren Test zumindest bestanden. »*Chicago Fire*?«

Ich versuche angestrengt, nicht rot zu werden, denn noch habe ich Nate nicht gestanden, dass meine Mutter und ich eine regelrechte Obsession für diese Serie hatten. Und wenn ich ehrlich bin, vielleicht auch noch haben.

»Ich bin sicher, es ist nicht ganz wie in der Verfilmung, aber ja«, gibt Nate zu. Er wirkt, als sei ein Stein von seinen Schultern gefallen. Endlich ein Thema, bei dem er sich nicht unwohl fühlt.

Dad nickt langsam. Ihm ist anzusehen, dass ihm Nates Berufswahl durchaus zusagt. »Wie kommen Sie zu diesem Berufswunsch?«

Nate legt seine Kuchengabel zur Seite. Ein feines Lächeln umspielt seine Mundwinkel, als würde er vor seinem inneren Auge eine alte Erinnerung abrufen. »Mein Großvater war ebenfalls Feuerwehrmann.«

»Ah, die gute alte Familientradition.« Damit wäre auch geklärt, warum mein Vater Nate mag. »Ist es nicht sehr schwer, in das Fire Department von Chicago zu gelangen?«

»Ist es«, gibt Nate zu. »Die nächste Prüfung ist schon in einer Woche.«

»Dann drücken wir Ihnen die Daumen«, sagt meine Mutter begeistert und tätschelt meinen Arm – ihre Art von »Gut gemacht!« oder auch »Den darfst du zu Weihnachten mitbringen«. Damit läuft dieses Kennenlernen schon mal besser, als Nate erwartet hat.

»Ich muss zugeben, wir waren nicht begeistert, dass Brooke sich dazu entschieden hat, in Chicago zu bleiben«, meint mein Vater und blickt von mir zu Nate. »Und ich hoffe, sie tut es nicht nur wegen Ihnen.«

Mein Freund räuspert sich etwas unbehaglich und drückt meine Hand kurz. »Ich denke, Brooke hat sich in diese Stadt verliebt, noch bevor wir uns über den Weg gelaufen sind«, erklärt Nate, doch mir entgeht die stumme Frage in seinem Blick nicht.

Leider reicht meiner Familie dieser Satz nicht ganz aus. »Sie müssen verstehen, wir haben immer damit gerechnet, dass Brooke nach Harvard geht«, setzt meine Mutter nach. »Wir wollen das Beste für unsere Tochter.«

»Das will ich auch«, sagt Nate fest.

»Dann sind wir uns einig, dass sie eher auf eine Elite-Universität gehen sollte?«

Fuck.

Wie konnte dieses Gespräch so schnell von super zu schrecklich schwenken? Ich stelle meine Tasse ab und lehne mich auf meinem Stuhl zurück. Plötzlich erscheint mir das Café unglaublich klein. »Ich ...«

»Brooke hat jahrelang dafür gearbeitet«, fährt mein Vater fort und zeigt mit der Kuchengabel auf mich. »Selbst als der Unfall sie aus der Bahn geworfen hat. Es gab nur dieses eine Ziel für sie. Sie wird mal die weibliche Version von *Indiana Jones.*«

»Dad«, werfe ich ein. Ich kann seinen Blick kaum ertragen. Aber wenn ich es nicht jetzt sage, werde ich dieses Geheimnis noch ewig mit mir herumtragen. »Ich wurde abgelehnt.«

Nun ist die Bombe geplatzt.

Ich warte darauf, dass sie den letzten Rest meiner Würde zerfetzt und damit jedes Selbstvertrauen, das ich mir in der letzten Zeit wieder so mühevoll aufgebaut habe. Mom und Dad sehen einander an, ehe sich ihre schockierten Blicke voll auf mich konzentrieren.

»Was?«

Nates Hand liegt auf meinem Knie. Ich atme tief durch und zwinge mich, meiner Familie in die Augen zu sehen. »Die *Ivy League* hat mich abgelehnt«, wiederhole ich noch einmal. »Ich habe mich nicht wegen Nate für diese Uni entschieden, sondern weil ich abgelehnt wurde.«

Drei Herzschläge lang ist es ruhig am Tisch.

»Was?«, donnert mein Vater und ich zucke zusammen. »Das ist nicht möglich, du hast dein ganzes Leben darauf hingearbeitet.«

»Ich weiß«, murmle ich leise, auch wenn mir klar ist, dass es außer Nate niemand hört. Mein Traum schwebt noch immer über meinem Kopf, nur fühlt es sich inzwischen nicht mehr wie eine rosarote Wolke an, sondern viel mehr wie ein Beil, welches über mir hin- und herschwingt – jederzeit bereit, mich zu verletzen.

Meine Mutter schüttelt den Kopf. »Wie kann das sein?«, will sie wissen, als gäbe es eine reale Antwort auf diese Frage, die irgendwas davon einfacher macht.

»Ich fürchte, andere waren einfach besser als ich.«

»Verdammt, Brooke«, schnaubt mein Vater. »Wir haben so viel Zeit und Geld in deine Bildung investiert.«

Mir ist bewusst, dass mein Dad mir nicht wehtun will. Aber dieser Satz schmerzt dennoch. Es war nicht gerade einfach, ihn von meinem Traum zu überzeugen. Meine Liebe zu Geschichte bringt weit weniger Geld als ein Studium in Medizin oder Wirtschaft. Doch es war immer das, was ich wollte. Und er hat es unterstützt, selbst wenn er sich etwas anderes vorgestellt hat.

»Ich weiß.«

Einen Moment herrscht angespanntes Schweigen. Mein Dad nimmt sich eine der Servietten und tupft sich über den Mund, während meine Mutter sich noch mehr Zucker in ihren Kaffee rührt. Ich spüre, wie das schlechte Gewissen in mir wieder an Kraft gewinnt. Mein Versagen überschattet all die guten Dinge, die in den letzten Monaten geschehen sind. Nate, die Wohnung, Carmen und Juliette. Die Arbeit im Museum.

»Die *University of Chicago* ist super«, versucht Nate zu helfen.

»Ja, aber sie ist nicht die Elite. Brooke wollte immer nur dazugehören«, brummt mein Vater. »Verdammt, ich wusste, dieser Unfall würde dein Leben zerstören.«

»Dad, bitte.«

»Und das nur wegen dieser beiden ...«

»Dad!«

Er sieht mich an. Mir ist klar, dass er nicht auf mich wütend ist, sondern genauso unter meinem zerbrochenen Traum leidet wie ich. Die letzten Jahre war Harvard, die *Ivy League* und einfach alles, was damit zusammenhängt, unser Anker. Dieser Traum hat mich durch die Zeit nach dem Unfall gebracht. Er hat dafür gesorgt, dass ich nicht aufgebe. Vielleicht ist das alles, was einen Traum wirklich ausmacht – nicht, dass er sich erfüllt, sondern dass er einem Kraft gibt. Und Hoffnung.

Dad schnaubt. Er schüttelt den Kopf. »Das war dein Traum.«

»Ich weiß, aber Chicago ist real. Mein Traum nicht mehr.«

Er wischt sich über die Stirn. Ich kann sehen, wie es in seinem Kopf arbeitet, wie er all die Tage durchspielt, in denen wir zusammen ins Museum gegangen sind. Oder an den Urlaub denkt, bei dem er zwei Stunden Umweg in Kauf genommen hat, damit ich Harvard einmal aus der Nähe sehen kann. Über die Zeit ist mein Traum zu unserem geworden. Nun habe nicht nur ich etwas verloren, sondern auch er. Gerade überlege ich, welche Worte diese Situation irgendwie besser machen könnten, dann gibt er einen leisen Seufzer von sich. Unsere Blicke begegnen sich. Dann kapituliert er.

»Schon gut, also Chicago. Ich werde mich damit abfinden müssen.«

»Ich bin glücklich hier«, verspreche ich.

»Dann hoffe ich, dass es so bleibt und du es nicht bereust.« Dabei wandert sein Blick zu Nate, als würde er Widerworte erwarten. Dieser ist jedoch klug genug, um den Mund zu halten.

»Es war keine Entscheidung, Dad«, stelle ich klar. »Du weißt, wie hart ich dafür gekämpft habe. Für die *Ivy League*. Aber es hat nicht geklappt, und ich will nicht noch ein Jahr warten.«

»Gut, aber wenn …«

»Es gibt kein Wenn«, fahre ich dazwischen. »Ein Nein bleibt ein Nein.«

Meine Mutter greift nach meiner Hand. Ich kann sehen, dass sie mit den Tränen ringt. »Es tut mir so leid, Schätzchen.«

»Es ist okay, Mom, wirklich«, versichere ich ihr. »Ich bin glücklich. Die *Ivy League* war mein Traum, und er ist zerbrochen, aber jemand sehr Kluges sagte mal zu mir: *Wir haben alle zerbrochene Träume, Brooke, es kommt nur darauf an, was wir aus den Scherben machen.«*

Nate und ich sehen uns grinsend an, doch mein Dad schnaubt abfällig. »Derjenige hat offenbar noch nie Tausende von Dollar in eine Privatschule investiert.«

»Hör nicht auf deinen Vater«, meint meine Mutter und winkt ab. »Er ist nur bockig, weil er mir nun zehn Dollar schuldet.«

Schockiert blicke ich zwischen meinen Eltern hin und her. »Ihr habt darauf gewettet, auf welche Uni ich gehe?«

»Nicht direkt«, meint meine Mutter etwas ausweichend. »Ich habe darauf gewettet, dass du nie ohne Carmen und Juliette leben wollen wirst. Und ich hatte recht. Zu meiner Verteidigung … Das war weit vor dem Unfall.«

»Ich fasse es einfach nicht«, brumme ich und verschränke die Arme vor der Brust.

»Jetzt sei nicht so, Liebes.« Mein Vater lacht, was schon immer dafür gesorgt hat, dass ich ihm nicht wirklich böse sein kann. »Erzähl uns lieber, wie du in einer verdammten Stadt wie dieser zurechtkommst.«

»Dad ...«

»Ich bin sicher, wir haben vorhin eine Straßengang gesehen. Und Parkplätze gibt es hier auch nicht.«

»Ohne Sie beleidigen zu wollen, Mr. Harris«, mischt Nate sich ein. »Aber Chicago ist die beste Stadt in den Vereinigten Staaten – und Ihre Tochter ist der Beweis dafür, denn sie ist hier.«

»Einen süßholzraspelnden Feuerwehrmann hast du dir da also geangelt«, meint mein Vater und blickt von Nate zu mir. »Dagegen komme ich mit meiner väterlichen Logik wohl nicht an.«

Ich grinse. »Da liegst du richtig, Dad.«

25. I'll Be There For You

Brooke

Carmen und ich stehen an Juliettes Seite, während sie ihre Wohnungstür anstarrt, als sei sie das Tor zur Hölle. Sie hat die Arme fest vor der Brust verschränkt, die Lippen sind zusammengepresst. Alles an ihrer Haltung schreit die Anspannung in ihrem Inneren heraus.

»Wir müssen das nicht tun«, sage ich und streichle Juliette über den Arm. Sie wirft mir einen Seitenblick zu, doch sofort sind ihre Augen wieder auf die Tür gerichtet. Dann atmet sie langsam aus und macht einen festen Schritt nach vorn.

»Doch, denn ich brauche meine eigenen Sachen – in Carmens fühle ich mich ...«

»Sag jetzt nichts Falsches, Honey.«

»... nicht wie ich«, beendet Juliette ihren Satz.

Carmen kommentiert es nicht. Wahrscheinlich, weil sie selbst sieht, dass Juliette in ihrem Sommerkleid etwas verloren aussieht. Sie nickt und bezieht ebenso wie ich neben unserer Freundin Stellung. Aber niemand von uns greift nach dem Türgriff oder entfernt das Absperrband der Polizei.

»Okay, dann los«, sage ich.

»Ich bin bereit«, kommt es von Juliette.

Doch keiner regt sich. Einen Moment lang stehen wir einfach nur da.

»Jemand muss die Tür aufmachen«, flüstert Juliette und sieht Hilfe suchend erst mich und dann Carmen an.

Diese verdreht die Augen. »Ohne mich würdet ihr beide nicht eine Woche überleben.«

Keine von uns widerspricht.

Carmen schiebt sich vor, öffnet die Tür und betritt die Wohnung, dicht gefolgt von uns. »Oh …«

»Fuck.«

»Das ist viel schlimmer, als ich es erwartet habe«, murmelt Juliette. Ihre Augen sind weit aufgerissen.

Das Chaos ist gnadenlos.

Die Möbel wurden umgeworfen, sämtliche Schubladen aufgerissen, und ihr Inhalt ergießt sich auf dem Boden wie Fische, die man aus einem Netz auf die Schiffsbohlen geschmissen hat. Ich stolpere fast über eine zerbrochene Vase, schaffe es aber noch, mein Gleichgewicht zu halten. Selbst Carmen hat es einen Augenblick die Sprache verschlagen. Keine Ahnung, was genau wir erwartet haben, aber das hier ist schlimmer. Die ganze Wohnung ist ein einziger Trümmerhaufen. Juliette schluckt schwer, bückt sich und hebt ein gerahmtes Bild auf. Es zeigt sie und Tom – oder zumindest sollte es das, doch die Fotografie ist zerrissen.

Endlich schaffe ich es, mich zu räuspern. »Was wurde gestohlen, Liebes?«

Meine Freundin zuckt kurz zusammen, als würde sie sich jetzt erst daran erinnern, was hier geschehen ist. Sie legt das Bild zur Seite. Hilflos sieht sie sich um. Der große Fernseher hat einen Riss, als habe jemand etwas dagegen geworfen. Doch die Soundanlage steht noch unberührt an ihrem Platz. Ihr MacBook finden wir neben dem verrückten Sofa. Carmen und ich werfen uns verwirrte Blicke zu, doch keine von uns kommentiert etwas. Stattdessen folgen wir unserer Freundin ins Schlafzimmer.

Wenn es überhaupt möglich ist, sieht dieser Raum noch schlimmer aus. Daunen, Papiere, Fotos – einfach alles liegt kreuz und quer auf dem Boden. Das Bett ist zerwühlt, als hätte jemand versucht, es zu ermorden.

Juliette steuert den Safe an, der in ihrem Kleiderschrank steht. »Nicht geöffnet.«

Carmen hat sich währenddessen dem kleinen Schminktisch zugewendet. Sämtliche Produkte wurden von der Oberfläche gefegt, der Spiegel hat einen Riss – doch als sie die Schublade öffnet, runzelt sie die Stirn. »Es fehlt auch kein Schmuck.«

Juliette tritt neben sie. »Tatsächlich.«

»Der Fernseher, dein Laptop und die Anlage sind auch noch da«, kommentiere ich. »Das ergibt alles keinen Sinn.«

»Wieso sollte sich jemand die Mühe machen einzubrechen, um dann *nichts* mitzunehmen?«, stimmt Carmen mir zu. »Und die Tür?«

»Was?« Juliette runzelt die Stirn. Ihr ist deutlich anzusehen, dass die Situation sie völlig überfordert.

»Die Tür wurde nicht aufgebrochen«, fährt Carmen fort.

»Was willst du damit sagen?«

»Dass es sich nicht um einen klassischen Einbruch handelt.«

Mir wird eiskalt.

»Das ist wirklich nicht die richtige Zeit, um deine Verschwörungstheorien auszupacken«, schnaubt Juliette. Sie beginnt, wahllos Kleidungsstücke in eine der rumliegenden Taschen zu stopfen. Dann hält sie plötzlich inne.

Sie zieht ein altes Fotoalbum unter einem Stapel Kleidung hervor. Ich erkenne die Bilder sofort. Es ist eines *unserer* Alben. Wir in der Schule, bei Ausflügen. Doch keins der Bilder ist noch ganz. Sie sind zerrissen. Es sieht fast so aus, als hätte jemand versucht, Juliette aus diesen Erinnerungen zu tilgen. Mit Tränen in den Augen sieht sie zu uns auf.

Carmen flucht. »Scheiße. Ein Einbrecher würde sicher nicht alle Bilder von Juliette zerstören.«

»Hör auf. Ich fühle mich so schon schlecht genug«, haucht Juliette tränenerstickt und schultert ihre Tasche. Offenbar hält sie es nicht länger an diesem Ort aus, der eigentlich ihr Zuhause sein sollte.

»Du kannst auf keinen Fall hierbleiben«, murmle ich. Obwohl der Sommer die Stadt vollends im Griff hat, ist mir plötzlich schrecklich kalt.

Carmen ist offenbar die Einzige von uns, die noch klar denken kann. »Wann ist Tom zurück?«

»Morgen früh.«

»Gut, dann kommt ihr beide heute zu mir«, beschließt Carmen, und ihr Tonfall duldet keinen Widerspruch.

»Jemand muss dieses Chaos hier beseitigen«, meint Juliette, doch es klingt eher wie eine Frage, auf die sie keine Antwort hat.

»Ja, aber nicht du. Ich tätige ein paar Anrufe, und du packst die wichtigsten Unterlagen und Wertsachen ein.«

Juliette nickt ergeben. Ich drücke ihre Hand, greife mir eine ihrer anderen Taschen und helfe dabei, ihr zerstreutes Leben wieder einzusammeln.

Nate

»Scheiße.«

»Verdammt, jetzt sag mir nicht, ich hab die Zeit wieder überschritten«, keuche ich und beuge mich nach vorn. Mein Körper schreit förmlich. Schweiß rinnt mir über die Stirn.

Tian sieht mich an. »Nein. Du warst fünf Sekunden drunter.«

»Was?« Der Sinn seiner Worte weigert sich, in meinen Verstand vorzudringen. Wir haben das Untergeschoss des Studios in einen Parcours verwandelt, der mir alles abverlangt. Die ersten drei Mal habe ich ihn kaum bis zum Ende durchgehalten, doch nun soll ich meine Zeit auch noch getoppt haben?

Tian nickt, als könnte er die Verwirrung meiner Gedanken hören. »Fünf Sekunden.«

»Ist das dein Ernst?« Ich mache einen Schritt vor und entreiße ihm die Stoppuhr – und da steht es.

»Ich bin genauso überrascht wie du«, gibt mein Freund zu und klopft mir auf die Schulter.

Das Studio ist seit zwei Stunden geschlossen. Es ist niemand da, der meinen peinlichen Freudentanz sehen kann. »Fünf Sekunden.«

»Ja«, meint Tian lachend und schüttelt den Kopf, während ich den wohl schlechtesten Moonwalk des Jahrtausends hinlege.

»Das heißt ...«

»... dass du besser wirst – und damit auch deine Chancen. Glückwunsch, Nate!«

Ich springe einmal in die Luft. Die Anstrengung der letzten Monate scheint sich endlich auszuzahlen. »Fuck.«

»Du hast allen Grund, dich zu freuen.«

Tatsächlich kann man es so sehen, doch noch ist es nur ein Motivationsschub, kein echter Sieg. »Sobald ich die Prüfung wirklich geschafft habe.«

Mein Freund schüttelt den Kopf. »Setz dich nicht so unter Druck, du wirst das schon hinbekommen.«

Dankbar grinsend sehe ich ihn an. Vielleicht hat er sogar recht. Vielleicht reicht es dieses Mal. Vielleicht kann ich es wirklich schaffen.

»*Was* wird er hinbekommen?«

Tian und ich drehen uns um. Da steht er, mein Dad, Niguel Reynolds. Sein Blick gleitet über das umdekorierte Studio. Verdammt. Das ist so ziemlich das Letzte, was ich jetzt gebrauchen kann. Innerlich richte ich mich bereits auf einen erneuten Wutanfall ein und schaffe es gerade noch, ein frustriertes Stöhnen zu unterdrücken.

Mein Vater verengt die Augen und betrachtet uns.

»Nichts«, sage ich schnell, weiß jedoch gleich, dass ich verloren habe.

Mein Vater kommt näher.

»Schwitzt du von nichts auch so? Oder habt ihr zwei das Studio nur aus Spaß umgebaut.«

»Wir haben nur trainiert, Mr. Reynolds«, hilft Tian mir aus, doch selbst in meinen Ohren klingt das wenig überzeugend. Dabei ist es im Kern die Wahrheit.

Mein Vater lehnt sich gegen eines der Laufbänder. »Es lief gar keine Musik.«

»Nicht für einen Auftritt«, füge ich schnell hinzu.

»Und wofür dann?«

Ich beiße mir auf die Zunge. Offenbar kann ich nun gar keine Geheimnisse mehr für mich behalten. Hilfe suchend sehe ich Tian an, doch der zuckt nur mit den Schultern. Diese Sache muss ich wohl allein klären, doch etwas in mir sträubt sich, meinen Vater einzuweihen.

»Jetzt sag schon, Junge.«

Verwirrt sehe ich ihn an. Täusche ich mich, oder hat seine Stimme tatsächlich einen versöhnlichen Unterton? Auch sein Blick kommt mir nicht so kühl, distanziert und griesgrämig vor wie sonst. Langsam atme ich aus. Mit einem Handtuch tupfe ich mir noch einmal über das Gesicht. Vielleicht ist es besser, wenn ich es einfach sage. Dann habe ich es hinter mir. »Ich habe mich wieder zur Prüfung angemeldet.«

Niguel zieht die Augenbrauen zusammen. »Tatsächlich?«

»Hör mal, ich bin wirklich nicht in der Stimmung, damit du mir sagst, dass ich nur meine Zeit verschwende«, brumme ich und drehe ihm den Rücken zu, damit ich seinen abschätzigen Blick nicht ertragen muss. Stattdessen schnappe ich mir die Wasserflasche.

»Das hatte ich auch nicht vor.«

Wie erstarrt halte ich inne. »Warte ... was?« Langsam drehe ich mich wieder um. Vielleicht war das Training doch etwas zu viel für mich und meinen Körper. Das hier kann unmöglich real sein.

»Ich hatte nicht vor, etwas dergleichen zu sagen«, fährt mein Vater fort. Er räuspert sich unbehaglich, als würde er damit ringen, noch etwas auszusprechen.

»Hast du wieder einen Schlaganfall?«

Sein Blick trübt sich. »Darüber macht man keine Witze, Nate.«

»Tut mir leid, aber du musst irgendwelche Probleme haben – denn das klingt fast nach einer Entschuldigung.«

Mein Vater verdreht die Augen. »Tian, würdest du uns kurz allein lassen?«

Der Angesprochene zuckt zusammen. Er wirft mir einen aufmunternden Blick zu, dann salutiert er übertrieben. »Yes, Sir.«

Noch ehe ich ihn davon abhalten kann, verschwindet er. Mein Vater und ich sehen einander einen Moment an. Etwas zwischen uns verändert sich langsam, aber sicher. Wir werden ruhiger.

»Nate, ich habe lange mit deiner Mutter gesprochen ...«, fährt er fort, kann mir dabei jedoch nicht in die Augen sehen. »Mir war nicht bewusst ... Ich wollte nicht wahrhaben, wie viel du in den letzten Monaten für unsere Familie getan hast. Und für das Studio. Und ... für mich.«

Jedes Wort, das ich mir zurechtlegen könnte, bleibt mir im Hals stecken. Es ist lange her, dass ich mir genau das von ihm gewünscht habe. Wenn ich ehrlich bin, habe ich es aufgegeben, darauf zu warten. Und nun steht er hier, mitten in der Nacht und ist nicht einmal wütend darüber, dass ich das Studio in einen Parcours verwandelt habe. Es kommt mir vor wie eine Halluzination.

»Nate?«

»Ich ...«

»Könntest du bitte etwas sagen, damit ich mir nicht noch dümmer vorkomme?«, schnaubt mein Vater, wobei er schon eher wieder wie er selbst klingt.

Ich lege das Handtuch zur Seite und versuche mich an einem zögerlichen Lächeln. »Danke, Dad. Es bedeutet mir viel, dass du das sagst.«

»Gut, denn ich werde es nicht so schnell wiederholen.« Die Mundwinkel meines Vaters zucken nach oben – nur für den Bruchteil einer Sekunde –, doch es reicht aus, damit ich mich besser fühle.

Nun muss ich tatsächlich grinsen. »Das habe ich kommen sehen.«

»Und tue mir den Gefallen und sag's deiner Mutter, noch eine Nacht auf dem Sofa ertrag ich nicht.«

»Mach ich«, verspreche ich.

Es gibt keine herzliche Umarmung oder einen Klaps auf die Schulter, aber mein Vater lächelt kurz, und das ist fast noch mehr wert. Er dreht sich um, um mich wieder allein zu lassen. Doch auf halber Strecke bleibt er noch einmal stehen. »Nate?«

Noch einmal wende ich mich zu ihm. »Ja, Dad?«

»Viel Glück bei der Prüfung. Dein Großvater wäre stolz auf dich.«

Unwillkürlich schwillt meine Brust an. »Danke.«

»Und jetzt bringt, verdammt noch mal, mein Studio wieder in Ordnung!«

26. Rescue Me

Brooke

»Der Abend war schön, aber zwischen uns dreien ist es noch immer seltsam. Juliette wird ständig von Tom vertröstet. Wenn sie noch einmal sagt, er käme morgen, muss ich jemanden mit einer Bratpfanne schlagen«, sage ich und stöhne leise. »Aber das ist nichts im Vergleich zu deinem Vater.«

Nate legt den Kopf schief, während er mir das Gespräch mit seinem Dad noch einmal zusammenfasst. Mit voller Konzentration rühre ich die Tomatensoße um, gebe den Oregano hinzu und studiere noch einmal das Rezept. Erst dann nicke ich und drehe mich zu Nate herum. »Das hat er wirklich gesagt?«

»Ich weiß, völlig verrückt«, bestätigt er noch einmal, doch das Lächeln in seinem Gesicht zeigt deutlich, wie nahe ihm die Worte seines Vaters noch immer gehen. Lächelnd lege ich die Arme um seinen Hals.

»Es geschehen noch Zeichen und Wunder.«

»Er war so kurz davor zu sagen, er sei stolz auf mich. *Sooo* kurz, Brooke.« Zum Beweis hält er Daumen und Zeigefinger einer Hand aneinander, sodass nur noch ein schmaler Schlitz zwischen ihnen zu sehen ist.

Lachend lege ich den Kopf schief. »Das freut mich wirklich riesig für dich. Und er hat auch allen Grund dazu.«

»Nur wenn ich die Prüfung schaffe.«

»Selbst wenn nicht, hast du das gesamte letzte Jahr dafür gesorgt, dass sein Studio überlebt«, gebe ich zu bedenken und lasse wieder von ihm ab. Die Soße blubbert fröhlich vor sich hin. Offenbar ist Kochen gar nicht so schrecklich kompliziert, wie ich immer dachte.

»Ja, von meinem Stripper-Geld.«

Ich werfe einen Blick über meine Schulter. Nate schiebt die Hände in die Hosentaschen. Ein kleiner Schatten hat sich auf sein Gesicht gelegt, als wären sämtliche Selbstzweifel wieder in seinem Kopf. »Du bist so viel mehr als nur ein Stripper«, sage ich mit Nachdruck.

»Nein, bin ich nicht.«

»Von wem hast du dir das denn einreden lassen?«

»Brooke, ich bin Mitte zwanzig, habe nicht einmal versucht, auf ein College zu kommen, und wohne noch bei meinen Eltern. Meine Vita ist nicht gerade beeindruckend«, murmelt er.

Ich stemme die Hände in die Hüften, auch wenn ich mir vorkomme wie meine Großmutter. Wahrscheinlich, weil ich eine ihrer Schürzen trage. »Es kommt nicht immer auf eine einwandfreie Vita an.«

Nate zieht eine Augenbraue nach oben. »Sagt das Harvard-Girl?«

Mürrisch verziehe ich das Gesicht. Er weiß genau, dass er damit meine Schwachstelle getroffen hat. Dennoch lasse ich mich nicht beirren. »Ich habe dazugelernt. Am Ende zählt doch nur, das man wirklich glücklich ist.« Da ich finde, dass dieser Satz absolut alles sagt, wende ich mich wieder der Soße zu. Es wird Zeit zu testen, wie sie schmeckt, also greife ich nach einem Löffel.

»Und bist du das?«

Nate steht nun hinter mir und legt seine Arme um mich. Sein Duft kribbelt in meiner Nase. Die zarte Berührung löst einen kleinen Wirbelsturm in meinem Unterleib aus, der sämtliche Schmetterlinge wiedererweckt. Ich lehne mich gegen ihn und genieße dieses Gefühl der Nähe und Geborgenheit. »Im Moment ja. Ich liebe die Stadt, meinen Job, dass meine Freundinnen bei mir sind, dieses Loft und ... einfach alles.« Damit mir nicht doch noch etwas wirklich Dummes herausrutscht, stecke ich mir schnell den Löffel in den Mund. Ich fasse es nicht, dass mir fast das L-Wort rausgerutscht wäre. Es ist viel zu früh dafür. Außerdem bin ich mir noch nicht absolut sicher. Oder? Darf ich mir überhaupt schon sicher sein, gesetzt den Fall, dass ich mir sicher wäre? Bevor meine Gedanken ebenfalls von einem Wirbelsturm erfasst werden können, räuspere ich mich. »Was ist mit dir? Bist du glücklich?«

Nate lässt mich los und beschäftigt sich damit, Teller aus dem Schrank zu holen. Es dauert einen Moment, bis er antwortet. »Ich hab lange gebraucht, um etwas zu finden, dass ich wirklich will«, gesteht er. »Und wenn ich ehrlich bin, weiß ich noch nicht, ob ich ewig Feuerwehrmann sein werde. Aber es ist das erste Ziel, auf das ich je so hingearbeitet habe.«

Ich nehme den Teller, den er mir reicht, und fülle erst die Pasta und dann die Soße ein. »Du wirst das schaffen.«

»Je öfter man mir das sagt, umso größer wird der Druck«, meint er seufzend.

»Möchtest du lieber hören, wie gering deine Chancen sind?«

»Keine Ahnung. Es war einfacher, als es nur Tian wusste. Jetzt hab ich das Gefühl, alle erwarten, dass ich es schaffe ... und sind enttäuscht, wenn nicht.«

»Dass so eine sensible Seele hinter all dem Glitzer steckt ...«

»Machst du dich gerade über mich lustig?«

Ich grinse. »Nur ein bisschen«, gestehe ich und befülle meinen eigenen Teller. Der tiefe Couchtisch dient uns als Esstisch, und wir setzen uns auf den flauschigen Teppich. »Aber du musst dich nicht unter Druck gesetzt fühlen, wenn du es nicht schaffst, dann sollte es eben nicht sein.«

Nate schüttelt den Kopf. »Wow, das klingt fast noch schlimmer.«

Mit einer Hand rolle ich die Spaghetti auf meiner Gabel auf, während die andere nach dem Weinglas greift. »Und wenn ich ehrlich bin, könnte ich gut darauf verzichten, mir ständig vorzustellen, wie du durch infernale Brände springst und holde Jungfrauen aus Bäumen rettest.«

»Das war wohl ein Tick zu viel Wein für dich.«

»Es gibt nie zu viel Wein«, protestiere ich, doch Nate hat die Flasche bereits zu sich gezogen und betrachtet das teuer aussehende Etikett.

»Von wem ist der?«

»Juliette – sie trinkt keinen Roten. Davon bekommt sie Kopfschmerzen«, erkläre ich knapp und fühle sofort, wie meine gute Stimmung ins Wanken gerät. Ich habe nicht gelogen, ich bin glücklich. Aber es wäre mir lieber, wenn meine beste Freundin es auch wäre.

»Wie geht's ihr?«, will Nate wissen, als habe er den Gewissenskonflikt in meinen Augen gelesen.

»Den Umständen entsprechend gut, denke ich«, murmle ich und schüttle den Kopf. »Morgen kommt Tom – dieses Mal hoffentlich wirklich. Ich hoffe, dann klärt sich alles auf.«

»Was meinst du?«

»Keine Ahnung, irgendwas stimmt da nicht. Die Wohnung wurde nicht aufgebrochen, es wurde nichts gestohlen, und dieser Irre hat nur Bilder von Juliette zerstört«, fasse ich zusammen. Seinem Blick ausweichend kümmere ich mich weiter um die Vernichtung meines Essens. Tatsächlich schmeckt es nicht furchtbar und ist eine willkommene Abwechslung zu Pizza und Hotdogs.

»Klingt irgendwie gruselig«, murmelt Nate kauend.

Einen Moment schweige ich. Das Wort trifft es ziemlich gut. Es sieht fast so aus, als habe Juliette sich Feinde gemacht, von denen sie nichts weiß. »Du sagst es.«

»Hast du sie gefragt?«

»Was gefragt?«

Nate räuspert sich. »Na, ob ihr das nicht komisch vorkommt.«

»Natürlich.«

»Und?«

»Nichts und. Das war's. Sie hat keine Ahnung, was los ist – und wenn ich noch mal etwas gegen Tom sage, wird die nächste Eiszeit ausbrechen«, fasse ich zusammen. Ich fühle mich schlecht, weil ich Tom noch immer nicht vertrauen kann. Aber irgendwo ganz tief in meinem Inneren weiß ich, dass etwas nicht stimmt. Er verheimlicht etwas. Oder jemanden. Oder beides. Und es wird eher die Sonne explodieren, als dass ich ihm Glauben schenken kann.

»Und was tust du jetzt?«

»Ich fürchte, ich kann nichts tun«, sage ich und weiß sogleich, dass es stimmt. Es ist nicht meine Beziehung, nicht meine Hochzeit und damit auch nicht meine Entscheidung.

Nate legt seine Gabel zur Seite. »Das war's, wir warten ab?«

»Wenn du eine bessere Idee hast, sag es mir«, murmle ich mehr in mein Weinglas hinein, als wirklich zu ihm.

»Meine Erfahrungen mit Intrigen und Geheimnissen beziehen sich nur auf Netflix-Serien, aber ich dachte, Carmen wäre gut in diesen Dingen.«

»Das ist sie«, bestätige ich.

»Aber?«

»Nichts aber, ich bin sicher, Carmen arbeitet an etwas – aber sie hat noch nichts gefunden, sonst wüsste ich es.«

Frustriert stöhne ich. Ich würde mich so wahnsinnig gern für Juliette freuen, aber dieses Ziehen und Zwicken in meinem Bauch hört einfach nicht auf. Es ist, als schwebe Tom wie eine dunkle Wolke über uns allen – und wir müssten ein schreckliches Gewitter erwarten.

»Und in acht Tagen ist die Hochzeit«, fasst Nate zusammen.

Sein nachdenklicher Blick macht mich noch unruhiger. »Erinnere mich nicht daran«, brumme ich.

»Woran soll ich dich dann erinnern?«

Mein Grinsen wird einen Hauch anzüglicher. »Gerade würde ich mich wirklich gern daran erinnern, wie du ohne Shirt aussiehst.«

Nate

Chicago kann im Winter eiskalt und unfassbar ungemütlich werden – der Sommer ist dafür umso schöner. Ich stoppe meinen Lauf und verschnaufe einen Moment. Der leichte Wind lässt meine schweißnassen Haare wehen.

Grundsätzlich muss man in dieser Stadt für sämtliche Wetterkapriolen gerüstet sein. Das Wetter springt gern von windig und regnerisch zur schlimmsten Hitzewelle des letzten Jahrzehnts. Aber die ständigen Wetterwechsel schaffen es nicht, den Bewohnern die gute Laune zu rauben. Wenn man wie ich in Chicago aufgewachsen ist, weiß man: Wenn du dir in Chicago anderes Wetter wünschst, wechsle einfach die Straßenseite!

Mit einem Grinsen dehne ich mich, während mein Blick durch den Grant Park gleitet.

Ja, ich liebe meine Heimat, und für kein Geld der Welt würde ich diese Stadt jemals verlassen. Gerade will ich mich an den letzten Abschnitt meiner Joggingrunde machen, als mein Telefon klingelt. Mit gerunzelter Stirn ziehe ich es hervor.

»Hallo?«

»Nate?« Die Stimme kommt mir bekannt vor, doch es fällt mir schwer, sie gleich einzuordnen.

»Ja?«

»Hier ist Carmen«, erklärt sie, als hätte sie die Fragezeichen in meiner Stimme gehört.

»Ähm, okay. Hey!«

»Hast du eine Polizeiuniform?«

Einen Moment lang starre ich das Telefon an, weil ich mir nicht sicher bin, ob ich sie gerade richtig verstanden habe. »Ich weiß nicht so ganz, worauf du hinaus willst.«

Am anderen Ende der Leitung stöhnt Carmen. »Für deine Auftritte, du weißt schon.«

»Irgendwas in mir sträubt sich dagegen, Ja zu sagen«, gebe ich zu. Vor meinem inneren Auge stelle ich mir vor, wie Carmen die Hände in die Luft wirft.

Dann räuspert sie sich. »Ich könnte deine Hilfe gebrauchen.«

»Warum nur habe ich das Gefühl, dass du mich in Schwierigkeiten bringen wirst?«

Etwas knistert und rauscht, als würde sie das Handy nun näher an ihren Mund halten. »Ich sag es dir nicht gern, Nate, aber wir haben eine Mission. Du und ich, wir müssen Juliette retten.«

»Sie *retten*?«

»Ja.«

Ich runzle die Stirn, denn dieses Gespräch geht in eine Richtung, die ich absolut nicht vorhersehen kann. Doch etwas an Carmens Stimme und den letzten Wochen veranlasst mich dazu, ihr dennoch weiter zuzuhören.

»Ich weiß, dass ich es wahrscheinlich bereuen werde ... aber sprich weiter.«

»Wir sind Freunde, Nate. Freunde kümmern sich umeinander. Sie kämpfen füreinander. Mehr noch ... miteinander.«

»Bitte sag mir, dass du Tom nicht umgebracht hast.«

Carmen schnaubt. »Als ob ich mir die Hände mit so was schmutzig machen würde.«

»Sehr beruhigend.«

»Wenn mein Plan aufgeht, sind wir die Helden«, versichert sie. Dennoch bleibe ich skeptisch. »Und wenn nicht?«

»Das steht nicht zur Debatte.«

»Warum fragst du ausgerechnet mich?«, will ich wissen, bereue die Frage jedoch, sobald ich ihre Antwort gehört habe.

»Weil ich jemanden brauche, der sich als Polizist ausgibt.«

»Das habe ich schon verstanden, aber warum?«

»Mein Fahrer holt dich in zwei Stunden ab, dann erklär ich dir alles«, sagt sie mit der vollen Überzeugung einer Frau, die keine Widerworte duldet.

»Habe ich die Chance, Nein zu sagen?«

Carmens Grinsen ist selbst durch das Telefon zu hören. »Nein.«

»Werde ich es bereuen, dir zu helfen?«

»Honey, du würdest es bereuen, es nicht zu tun.«

27. *American Dream*

Brooke

Ich lasse die Tasche voller Bücher von meinen Schultern gleiten und werfe den Stapel Briefe auf die Anrichte, ehe ich meine Lederjacke abstreife. Mein Tag war lang. Mehr als eine Horde Touristen haben heute das Museum gestürmt und gefühlt jedes Souvenir aufgekauft, das verfügbar war.

Erschöpft werfe ich mich auf das Sofa, das Nate und ich letzte Woche auf dem Sperrmüll gefunden haben. Doch gerade, als sich so etwas wie Entspannung einstellen will, fällt mir ein, dass ich die Post vergessen habe. Stöhnend erhebe ich mich wieder und trotte in die Küche.

»Rechnung, Rechnung, Rechnung – oh, Coupons!«, murmle ich vor mich hin, doch meine Freude über die Rabatte werfe ich über Bord, als ich den letzten Brief sehe.

Das *Dartmouth College.*

Augenblicklich beginnt mein Herz zu rasen. Hilflos sehe ich mich in meiner Wohnung um, als hätte ich Angst, jemand könnte mich beobachten. Dann trage ich den Brief vor mir her wie eine tickende Zeitbombe. Was, wenn es die nächste Absage ist? Ich weiß nicht, ob ich noch eine Ablehnung ertrage, nicht jetzt, wo ich mich gerade erst erholt habe. Und was, wenn es eine Zusage ist?

Das *Dartmouth College* wurde 1769 in Hanover, New Hampshire, gegründet. Es war nie mein Favorit aus der Liste der *Ivy League*, aber die neuntälteste Universität der USA, auch bekannt als *Big Green*, hat dennoch einen besonderen

Reiz. Es wäre ein Stück aus meinem Traum, und doch fühlt es sich gerade an wie ein Albtraum. Einen Moment lang schließe ich die Augen und überlege, den Brief einfach nicht zu öffnen. Solange ich nicht weiß, was drin steht, wird sich nichts ändern. Ich bin hier. In Chicago. In meinem Loft. Bei Carmen und Juliette. Und bei Nate ...

Als ich die Augen öffne, bin ich mir sicher, dass es eine Absage ist. Es MUSS eine Absage ein. Jedes andere Elite-College hat mich abgelehnt. Ich mache mir unnötig Gedanken. Kopfschüttelnd reiße ich das Papier auf.

Es freut uns, Ihnen mitzuteilen ...

Vor Schreck lasse ich den Brief fallen. Das kann nicht sein. Das darf nicht sein. Ich schlage eine Hand vor den Mund, nicht wissend, ob ich lachen oder weinen soll.

Ich. Wurde. Angenommen.

Das verdammte *Dartmouth College* hat mich angenommen. Ich könnte ein Teil der Elite werden, ein Teil all dessen, was ich immer wollte. Mein Traum könnte doch noch wahr werden.

Warum fühlt es sich dann an, als würde etwas mein Herz in zwei Teile schneiden?

Mein Blick fällt auf die Schneekugel. Auf die Version von mir, mit der ich grade so noch so glücklich gewesen bin. Die Zukunft, auf die ich mich gefreut habe. Verdammt, wieso gerade jetzt?

Noch ehe ich meine verwirrten Gedanken ordnen kann, klingelt es. Panisch springe ich auf. Verdammt, dieser doofe Brief hat mich völlig durcheinandergebracht. Jeden Moment sollten Carmen und Nate da sein. Ich sprinte zur Tür und betätige den Summer.

Dann fällt mir ein, dass ich den Brief habe fallen lassen. Eilig laufe ich wieder zurück. Als Carmen gerade durch die Tür kommt, lasse ich den Brief hinter einem der Sofakissen verschwinden.

»Brooke Harris, dein Freund ist genial«, ruft Carmen zur Begrüßung und stöckelt auf mich zu.

Verkrampft lächelnd lasse ich zu, dass sie mir einen Kuss auf die Wange drückt. »Erzähl mir was Neues«, murmle ich und versuche, mir den Stich des schlechten Gewissens nicht anmerken zu lassen. Vielleicht war es doch nicht die beste Idee.

»An ihm ist ein echter Schauspieler verloren gegangen«, fährt sie munter fort, während Nate durch die Tür kommt. Er trägt drei Tüten, aus denen ein himmlischer Geruch strömt, der meinen Magen sofort daran erinnert, dass er schon lange nichts mehr zu tun hatte.

»Sie übertreibt maßlos«, wehrt er ab, und ich glaube zu erkennen, wie er rot wird.

Etwas ist hier faul. »Was habt ihr zwei angestellt?«

»Wir haben geschnüffelt«, erklärt Carmen grinsend. »Und wir haben die Videoaufnahmen vom Tag des angeblichen Einbruchs.«

»Ihr habt was?« Schockiert klappt mein Mund auf.

»Es war ihre Idee«, meint Nate schnell und deutet auf Carmen. Diese rollt nur mit den Augen. »Und es war eine großartige Idee.«

Ich blicke von einem zum andern. »Irgendwie habe ich Angst zu fragen …«

Carmen setzt sich aufs Sofa und legt die Beine übereinander. »Es war nichts Tragisches«, erklärt sie mit diesem beiläufigen Tonfall, der ein eindeutiges Indiz dafür ist, dass es eben doch etwas mit einer gewissen Tragweite war. »Ich habe an der Rezeption von Juliettes Wohnhaus angerufen und mich als Sekretärin ausgegeben.«

»Und weiter?«

»Nun, ich habe gesagt, es gab einen kleinen Zwischenfall und ich würde einen Streifenwagen schicken, damit jemand noch einmal das Video vom Tag des Einbruchs abholt.«

»Das ist nicht dein Ernst?«, frage ich schockiert. Bevor ich mich daran hindern kann, haue ich Nate auf die Schulter. »Und du hast da mitgemacht?«

Er weicht mir mühelos aus. »Meine originalgetreue Uniform war noch nie so nützlich«, meint Nate mit einem schelmischen Grinsen.

Ich kann nicht glauben, was ich da gerade gehört habe. »Seid ihr beide wahnsinnig? Was, wenn das rauskommt.«

»Wie sollte es rauskommen?«, will Carmen wissen. »Wir haben weder etwas gestohlen noch vertuscht – wir wollten nur eine Information, die wir mit einem kleinen Trick bekommen haben.«

»Es ist strafbar, sich als Polizist auszugeben.«

»Faktisch gesehen hat Nate das nicht getan – er trug nur seine Arbeitskleidung und hat etwas für mich abgeholt.« Carmen winkt ab, als sei das alles nicht mehr als eine kleine Unannehmlichkeit. Für sie scheint es keine große Sache zu sein, doch meine Gefühle sind noch immer dabei zu brodeln, ohne sich entscheiden zu können, wohin sie den Fokus lenken wollen.

»Ich weiß nicht, ob ich euch schlagen soll oder beeindruckt bin.«

»Hol deinen Laptop, wir müssen wissen, was passiert ist«, befiehlt Carmen, und ich wage es nicht, ihr zu widersprechen.

Wenige Minuten später flimmern die Bilder über den Bildschirm. Es ist eine blonde Frau zu erkennen, die, ohne zu zögern, in Juliettes Wohnung geht – und sie hat einen Schlüssel.

»Was zum Teufel ...?«

»Wer zur Hölle ist diese Bitch?«, faucht Carmen und sieht schockiert zwischen mir und Nate hin und her, als wäre sie sich nicht sicher, was wir da gerade sehen.

»Das soll die Einbrecherin sein?«

»Sie bricht nicht ein«, murmelt Carmen. »Und das macht mir verdammt noch mal Angst.«

»Es ist noch viel schlimmer.«

Carmen und Nate blicken mich verwirrt an. »Sie sieht Tina verdammt ähnlich.«

Beide starren von mir wieder auf das Video.

»Fuck.«

Nate

Meine Hände tasten in dem heißen Wasser nach der letzten Gabel, die es abzuwaschen gilt. Brooke steht neben mir und räumt bereits das Geschirr weg, das sie zuvor abgetrocknet hat. Sie ist ungewöhnlich schweigsam heute Abend, doch nach allem, was wir herausgefunden haben, kann ich es ihr nicht verdenken. Seufzend nimmt sie die Gabel entgegen. »Tu mir den Gefallen und lass dich so schnell nicht wieder auf so eine Mission ein.«

»Keine Angst, ich bin sicher, Carmen findet noch einen anderen Stripper.«

»Sehr witzig, wirklich«, brummt sie und wirkt gleich darauf noch verkrampfter. Langsam, aber sicher bekomme ich das Gefühl, dass ich etwas Wichtiges verpasst habe.

»Ist alles okay?« Mir ist bewusst, dass diese Frage nicht ganz zu der schrägen Situation passt, in der wir uns befinden.

»Ja, ich meine, na ja. Offenbar hat eine irre Blondine, die verdächtig nach Juliettes Freundin Tina aussieht, ihre Wohnung ohne Grund komplett verwüstet – aber davon einmal abgesehen, war es ein normaler Tag«, zischt sie und lässt die Schublade donnernd zufallen, ehe sie aus der Küche stapft.

Ich folge ihr, noch immer unsicher, ob ich wirklich verstehe, was hier gerade vorgeht. Da ich aber keine Ahnung habe, wie ich es aus Brooke herauskitzeln soll, mache ich mit der naheliegendsten Frage weiter. »Wann sprecht ihr mit Juliette darüber?«

»Vorerst gar nicht, die Hochzeit ist in drei Tagen, und solange die Polizei nicht weiß, wer die Frau ist, haben wir nichts in der Hand … Unser Verdacht zählt nicht, befürchte ich.« Brooke wirft sich auf das Sofa und weicht meinem Blick aus, als ich mich zu ihr setze.

»Dann war die Mission völlig umsonst?«

»Nein, natürlich nicht. Immerhin wissen wir jetzt, dass kein Mafiaboss oder so was hinter ihr her ist.«

Nur dass niemand von uns jetzt beruhigt ist. »Inzwischen würde mich das bei euch dreien auch nicht mehr wundern«, gebe ich mit einem schwachen Grinsen zu.

»Das sehe ich mal als Kompliment.«

»Zumindest wird es mit dir nicht langweilig«, meine ich und ziehe sie in meine Arme. Sofort scheinen sich ihre Muskeln etwas zu entspannen, doch da ist noch etwas. »Ist wirklich alles okay?«

Sie zuckt mit den Schultern. »Ja, es war nur ein langer Tag.«

»Hm, vielleicht sollte ich etwas tun, damit du dich wieder entspannst«, hauche ich und küsse ihren Hals.

»Jetzt nicht, Mister Glitzer.«

»Autsch, mit dieser Abfuhr habe ich nicht gerechnet.«

»Wir müssen früh raus, erst die Arbeit und dann noch das Essen. Oder hast du das Essen vergessen?«, tadelt sie mich mit einem strengen Blick – den ich zu meiner Schande wirklich verdient habe.

»O verdammt.«

»Nate? Bitte sag mir, dass du es nicht vergessen hast.«

»Ich hab's vergessen.«

»Nate!«

Sie sieht mich mit diesem Blick an, bei dem ich sofort ein schlechtes Gewissen bekomme. In den letzten Wochen ging mein gesamtes Leben so heftig hin und her, dass ich erst jetzt merke, wie anstrengend es war. »Tut mir leid, ich werde kommen – nur etwas verspätet.«

Brooke rollt mit den grünen Augen. »Warum?«

Nun bin ich es, der die Stirn in Falten legt. »Die Prüfung.«

Brooke reißt die Augen auf. »Himmel, Nate – warum sagst du das nicht gleich?«

»Weil du genug um die Ohren hast«, sage ich und zucke mit den Schultern.

»Aber ich habe nie zu viel um die Ohren, um mit dir zusammen nervös zu sein.«

»Das beruhigt mich.«

»Du wirst das morgen schaffen, Nate.«

»Vielleicht ... und wenn nicht, habe ich zumindest in einer anderen Sache gewonnen«, murmle ich und hauche ihr einen Kuss auf die Lippen.

»Ach, wirklich?«

»Mit dir an meiner Seite kann ich mich gar nicht wie ein Verlierer fühlen.«

28. Bitch

Nate

Es gibt diese Momente im Leben, in denen man meint, genau zu wissen, wie es weitergeht. Wie eine Vorhersehung, eine Vision von der Zukunft, schleichen sich Bilder in den Kopf und weigern sich, wieder zu gehen.

Meine Vision lässt mich nicht mehr los. Ich kann die Bilder so klar vor mir sehen wie einen Film im Kino. Und obwohl mein Verstand mir sagt, dass ich diesen Kampf dennoch bestreiten muss, schaffe ich es kaum, mich zu bewegen.

»Nervös?«, will Tian wissen.

»Nein.«

Und zu meiner eigenen Überraschung stimmt es. Ich war noch nie so gut vorbereitet. Der schriftliche Test war ein Klacks. Doch nun kommt der sportliche und praktische Teil. Der Test stellt uns vor echte Herausforderungen. Zuletzt ist dieser Abschnitt des Auswahlverfahrens häufig in die Schlagzeilen geraten, weil zahlreiche Leute durchgefallen sind. Ich selbst auch. Aber ich habe daraus gelernt und mich noch besser vorbereitet. Es ist so, wie Brooke es gesagt hat: Wenn ich es dieses Mal nicht schaffe, soll es vielleicht nicht sein. Also mache ich das Einzige, was mir übrig bleibt: Ich klammere mich an meinen Traum und ignoriere die Visionen.

Trotzdem fühlt es sich so an, als würde sich die Zeit durch Sirup bewegen – und ich mich mit ihr. Tian umarmt mich zum Abschied.

Dann plötzlich bin ich mitten drin.

Zusammen mit zwölf anderen Teilnehmern stelle ich mich dem *Closed Kinetic Chain Upper Extremity*-Test, bei dem man in den Stütz geht und innerhalb von fünfzehn Sekunden mindestens dreiundzwanzigmal seine Hände kreuzend übereinandersetzen muss. Natürlich nicht nur irgendwie, sondern mit einem zusätzlichen Kniff. Man muss Markierungen erreichen, die in einem Abstand von neunzig Zentimetern liegen. Es fordert meine Ausdauer heraus, meine gesamte Muskulatur, und der Zeitdruck macht es keinen Deut besser – aber ich schaffe es noch vor allen anderen.

Für Freude bleibt jedoch kaum Zeit, nur für einen Schluck Wasser.

»Reynolds«, bellt einer der Ausbilder.

Ein strenger Blick verursacht mir eine Gänsehaut, aber ich versuche, mir nichts anmerken zu lassen. Wenn ich nur den Hauch einer Chance haben will, muss ich mich voll und ganz auf das Ziel konzentrieren. Es gibt nur noch mich und meinen Traum. Scheiß auf die düsteren Visionen meiner Zukunft. Ich bin genau da, wo ich sein will. Und ich werde mein Bestes geben.

Nicht nur für mich. Nicht nur für meinen Traum. Nicht nur für Brooke und meine Familie. Sondern aus dem simplen Grund, dass ich glaube, dass ich mit diesem Job anderen Menschen helfen kann. Dass ich gut darin wäre.

»Reynolds«, brüllt der Ausbilder noch einmal, und ich setze mich in Bewegung. Der Hindernisparcours ist ebenfalls kein Problem. In weniger als neunzehn Sekunden meistere ich den festgelegten Laufweg. Im Ziel kann ich mein Grinsen kaum verbergen.

»Nicht schlecht«, kommentiert der Feuerwehrmann mit einem Blick auf die Stoppuhr.

Ich nicke, schaffe es aber nicht, mich zu bedanken – dafür fehlt mir schlicht die Luft. Außerdem kommt nun der wohl wichtigste Teil des gesamten Tests. Wir haben ein paar Minuten Pause, doch ich kann mich weder mit belanglosem Small

Talk ablenken noch schaffe ich es, Brooke zu schreiben. Ich habe Angst, dass mich, wenn ich aus dieser seltsamen Starre erwache, die Angst zu versagen komplett überrumpelt.

Komm schon, Nate, reiß dich zusammen.

»Was kommt jetzt?«, will einer meiner Mitstreiter wissen.

Ich sehe ihn an. »Die Personenrettung.«

»Scheiße. Hab gehört, das soll übel sein.«

Ich antworte nicht, denn das würde seine Annahme nur bestätigen. Rückwärts einen fünfundsiebzig Kilogramm schweren Dummy innerhalb von maximal sechzig Sekunden dreimal entlang einer elf Meter lange Strecke zu ziehen ... Das ist nicht gerade spaßig.

Wir werden in zwei Teams aufgeteilt. Jeder mit einer Zielperson. Ich mache meinen Dummy schon vor dem Startschuss aus, doch das nützt mir wenig. Mein Herz donnert so stark, als würde ich wirklich in einem Feuerinferno stehen.

Simulierte Trümmerteile fallen auf mich nieder. Dann endlich erreiche ich meinen Dummy. Die fünfundsiebzig Kilogramm erscheinen mir eher wie eine ganze Tonne. Schweiß brennt in meinen Augen. Aber ich beiße die Zähne zusammen. Wenn er eine echte Person wäre, ein echtes Leben, dann würde ich auch alles geben, um den Menschen aus dieser Hölle zu befreien.

Ich ziehe ihn mit mir, versuche, meine Umgebung im Auge zu behalten, und gebe die Meldung ab, dass ich eine verletzte Person bei mir habe und Verstärkung brauche. Gerade als ich denke, dass ich es innerhalb der vorgegebenen Zeit schaffe – trifft mich etwas an der Seite, und ich stolpere.

Mir rutscht der Dummy aus den Händen. Ich springe sofort wieder auf, doch ein Fake-Trümmerteil liegt auf meiner Zielperson. Ich fluche, schiebe es zur Seite, greife zu und ziehe den Dummy zum Ziel. Doch der Ausbilder sieht mich mit einem vernichtenden Blick an.

»Glückwunsch«, sagt er und macht sich Notizen. »Sie und Ihre Zielperson sind tot.«

Fuck!

Brooke

Der Geruch von Essen, Blumen und teurem Parfüm schwängert die Luft, während ich angestrengt versuche, unauffällig auf mein iPhone zu linsen. Doch die Mühe ist umsonst.

»Wenn du noch mal auf dein Handy schaust, wird Juliette dich erdolchen«, zischt Carmen.

Schnell verstaue ich das Smartphone wieder in der winzigen Handtasche. »Tut mir leid. Nate hat noch nicht geschrieben.«

Carmen verdreht die Augen. »Er wird schon auftauchen, jetzt lass das blöde Ding einfach stecken.«

Ich will gerade etwas Giftiges erwidern, aber in genau dem Moment macht Tom sich für eine Ansprache bereit. Damit wird dieser Abend offiziell einen noch unangenehmeren Beigeschmack bekommen – und auch der beste Wein kann mir nun nicht mehr helfen.

»Danke, dass ihr heute alle hier seid. Juliette und ich haben ein paar aufregende Wochen hinter uns. Ach, was rede ich da, Jahre.«

Einvernehmliches Gelächter. Nur Carmen und ich sind still. Keine von uns beiden hat es geschafft, Juliette vor dem Essen noch einmal abzufangen. Also müssen wir darauf warten, dass dieser Abend endlich zu Ende geht. Falls Tom etwas von unserem Unmut bemerkt hat, ignoriert er es mit demselben aalglatten Gehabe, das er auch sonst immer an den Tag legt. Bei Gott, ich habe keine Ahnung, wie ich diesem Proll jemals so etwas wie Sympathie entgegenbringen konnte.

»Ich möchte diese Gelegenheit nutzen, um mich bei einigen wichtigen Personen zu bedanken. Füllt also bitte eure Gläser, denn wir werden nicht nur einmal anstoßen.«

Den Rest der Rede höre ich nur halb, wahrscheinlich ist das gut so, denn er wird mit Sicherheit genau die gleiche noch einmal auf der Hochzeit selbst zum Besten geben. Meine Gedanken fahren Achterbahn. Wer ist diese Frau auf dem Video, war es wirklich Juliettes Mitbewohnerin aus New York? Woher hatte sie den Schlüssel? Wieso hat mich dieses verdammte Elite-College plötzlich angenommen? Und warum antwortet Nate mir nicht? Hat er es nicht geschafft? Ist die Prüfung noch nicht vorbei?

Erst als gemeinschaftlich applaudiert wird, reiße ich mich wieder aus meiner Trance. Verdammt. Ich muss es schneller schaffen, meine Gedanken zu ordnen.

Carmen wirft mir einen fragenden Blick zu, doch ich ignoriere sie. Die kleine Gemeinschaft zerstreut sich, und Juliette kommt zu uns. Ich schließe sie kurz in die Arme und bin einmal mehr dankbar, dass wir uns endlich wieder vertragen haben. Ihre Eltern winken uns zum Abschied.

»Wie geht's dir, Süße?«, will Carmen wissen und streicht unserer Freundin eine Strähne hinters Ohr.

»Gut, ich bin froh, dass ihr hier seid.« Obwohl es ehrlich klingt, ist die Stimmung zwischen uns dreien dennoch seltsam. Wir haben den Streit offenbar alle noch nicht komplett verdaut.

»Wir sind auch froh«, sage ich schnell und greife nach ihrer Hand. »Und, bist du bereit für den letzten Mädelsabend als unverheiratete Frau?«

»Ich könnte nicht bereiter sein!«, sagt sie lachend. »Wartet kurz, ich hole Tina, und dann will ich Eiscreme und Liebesfilme.«

»Und Wein.«

»Kein Wein, wir müssen übermorgen alle hervorragend aussehen – ich dulde keine Schnapsleichen auf meinen Hochzeitsfotos.«

»Du bist der Boss.«

»Verdammt richtig.«

Sobald Juliette außerhalb unserer Hörweite ist, packe ich Carmen am Arm. »Tina wird dabei sein?«

Sie legt den Kopf schief und verengt die Augen. »Schau mich nicht so an, ich bin genauso überrascht wie du.«

»Verdammt.«

»Kein Grund zur Panik«, wehrt Carmen ab. »Vielleicht ist das sogar zum Vorteil für uns.«

»Und warum, bitte schön?« Doch ich bekomme keine Antwort mehr, denn in diesem Moment steht genau der Mann vor mir, den ich am wenigsten sehen möchte.

»Tom.«

»Brooke«, sagt er, und das ewige Dauergrinsen ist aus seinem Gesicht verschwunden. »Carmen.«

Letztere lächelt breit, beugt sich vor und haucht zwei Küsse auf seine Wangen. »Tom, unser allseits beliebter Unsichtbare. Muss ja eine unheimlich wichtige Konferenz gewesen sein. «

»Das war sie tatsächlich.«

»So wichtig, dass du nicht einmal ans Telefon gehen konntest?«, fragt sie mit einer Stimme süß wie Honig.

Ich bewundere es, dass sie in solchen Situationen ihr Gesicht wahren kann.

»Es gibt Menschen, die ihr Geld erarbeiten müssen und es nicht von ihren Familien in den Hintern geschoben bekommen«, gibt er grollend zurück, doch das ändert nichts an Carmens breiten Lächeln.

»Ich bin sicher, du wärst besser drauf, wenn Juliette sich mehr um deinen Hintern kümmern würde. Oder hast du dafür vielleicht jemand anderen?«

»Immer wieder die alten Unterstellungen, bist du es nicht langsam leid?«

»Mindestens so leid wie deine Verlobte, die jeden Orgasmus vortäuschen muss.«

Tom schüttelt den Kopf. »Fällt dir wirklich nichts Besseres ein, Carmen?«

»Ach, Tom, du alter Lasziv-Legastheniker. Verstehst du denn gar keinen Spaß?«

Juliettes Verlobter runzelt die Stirn, scheint die Beleidigung jedoch nicht verstanden zu haben oder hat sich dafür entschieden, sie bewusst zu ignorieren.

»Eigentlich wollte ich euch noch danken«, fährt er fort.

»Wofür?«, platzt es aus mir heraus.

Tom grinst. »Dank euch sind Juliette und ich uns noch näher als vorher.«

»Oh, wie schön«, sagt Carmen mit einem falschen Lächeln. »Und das, obwohl du sie die letzte Woche komplett allein gelassen hast.«

»Wisst ihr, so ist das mit der Liebe – man muss nicht immer im gleichen Zimmer sein, um sich emotional näherzukommen. Aber natürlich habt ihr beide damit noch keine Erfahrungen.«

Carmen legt den Kopf schief. »Natürlich nicht.«

Ich warte auf den Moment, in dem sie ausflippt, doch sie ist so erschreckend ruhig, dass ich mich fast gezwungen sehe, Tom den Rest meines Weines auf das perfekt gebügelte Hemd zu schütten. Dazu kommt es allerdings nicht, denn Juliette taucht auf – mit Tina an ihrem Arm.

Tina ist hübsch. Sie sieht aus wie eine jüngere Version von Carrie Bradshaw. Vielleicht bin ich jedoch auch von dem Apartment in der Upper East Side getriggert oder von der auffälligen pinken Marabu-Federjacke. Mode ist offenbar eine innere Einstellung – egal wie unpraktisch das auf den ersten Blick wirken mag oder wie wenig es zu einem formalen Anlass wie diesem passt. Allerdings sind meine Turnschuhe auch nicht die richtigen für diesen noblen Laden, also versuche ich zumindest, etwas weniger unbefangen zu sein. Doch Tina macht es mir nicht leicht.

»Hey, ich freue mich wirklich wahnsinnig, euch endlich kennenzulernen.«

Ehe ich mich davor drücken kann, klebt ihr Lipgloss an meiner Wange.

»Freut mich auch«, bringe ich mühevoll hervor und bin stolz, dass es kein »Bitch, du bist bei Juliette eingebrochen« geworden ist.

Carmen greift nach meinem Arm, als könne sie meine Gedanken hören. »Wir sind unheimlich gespannt. Juliette schwärmt noch immer von ihrer Zeit in New York.«

»Besonders von dem Käsekuchen«, fügt diese hinzu.

Und wir lachen alle. Ein falsches Lachen, das in meiner Kehle brennt wie Säure.

»Und wo führt uns dieser Abend noch hin?«, will Tina wissen.

Ich räuspere mich nur, verkneife mir aber eine Antwort. Obwohl sie objektiv betrachtet wirklich nett wirkt, kann ich meine Antipathie nicht gerade gut verstecken.

»Als Erstes gehen wir zu meiner Wahrsagerin«, führt Juliette nun begeistert aus. »Du wirst Madame Delphi lieben. Sie fängt absolut jede Stimmung auf, und ich schwöre dir, jede einzelne ihrer Vorhersagen ist bisher eingetroffen.«

»Tatsächlich?«

»Ja, nicht wahr, Carmen?«

Carmen nickt, sieht dabei jedoch nicht ganz so überzeugt aus. »Jede einzelne.«

Ich blicke von ihr zu Juliette, sage aber nichts. Das muss ich auch nicht, denn dieses Gespräch geht auch ohne mich weiter. Meine Konzentration ist heute nicht auf der Höhe, aber es ist mir ganz recht, dass die anderen sich mühelos unterhalten. So schaffe ich es, noch einmal auf mein Handy zu schauen.

Keine Nachricht von Nate.

Verdammt, wo steckt er nur? Wie war die Prüfung?

Ich beiße mir fest auf die Lippen, während wir das Restaurant verlassen und einen kleinen Laden eine Straße weiter ansteuern.

Der Geruch von Sandelholz und Kerzenwachs liegt in der Luft. Das Licht ist gedimmt, doch gerade das macht es gemütlich. Ein Perlenvorhang hinter einem kleinen Tresen lässt darauf schließen, dass es einen weiteren Raum gibt, und genau aus diesem kommt eine Dame mittleren Alters. Ihre blasse Haut bildet einen deutlichen Kontrast zu dem blutroten Umhang, den sie trägt.

»Juliette, wie schön, Sie zu sehen!«

»Oh, Madame Delphi, danke, dass Sie sich für uns Zeit nehmen«, sagt meine Freundin und umarmt die selbst ernannte Wahrsagerin herzlich.

»Für eine meiner liebsten Kundinnen mache ich gern Überstunden«, wehrt diese ab. Dann fällt ihr Blick auf den Rest von uns. »Und wie ich sehe, haben Sie all Ihre Freundinnen um sich versammelt.«

Juliette lächelt breit. »Ja, die Hochzeit ist …«

»… schon in zwei Tagen«, beendet Madame Delphi den Satz. Ich starre sie fassungslos an. »Woher wussten Sie das?«

Die Frau lacht heiter. »Von der Rundmail. So genau sind meine Karten leider nicht.«

»Schade.«

»Wem sagen Sie das, aber bitte setzen Sie sich. Wir können gleich beginnen.«

Sie führt uns in den Raum hinter dem Perlenvorhang. Ein runder Tisch steht in der Mitte. Falls ich je darüber nachgedacht habe, wie es bei einer Wahrsagerin aussieht, hätte ich mir einen ähnlichen Raum vorgestellt. Rot und Goldtöne, Kerzen und ein Stapel Tarotkarten in der Mitte des Tisches.

»Wer möchte es als Erstes wagen?«

»Die Braut natürlich«, meint Carmen und rettet uns so davor, dass einer von uns etwas sagen muss.

Juliette schüttelt den Kopf. »Nein, tut mir leid. Meine Zukunft kenne ich bereits, nun geht es um euch.«

»Muss das sein?«, stöhnt Carmen.

»Ich finde es spaßig«, meint Tina. »Ich fange an.«

Madame Delphi nickt. Sie mischt die Karten mit geschickten Fingern und mustert Tina dabei. »Haben Sie eine bestimmte Frage, oder möchten Sie einen allgemeinen Blick auf Ihr Leben werfen?«

Tina überlegt nicht lange. »Ich möchte wissen, ob der Mann in meinem Leben der richtige ist.«

Carmen und ich werfen uns einen Blick zu. Obwohl Madame Delphi diese Frage wahrscheinlich hundertmal am Tag zu hören bekommt, lächelt sie mild. Ich hingegen hätte fast die Augen verdreht.

Die Wahrsagerin zieht die Karten in eine Reihe und macht eine ausladende Handbewegung. »Wählen Sie Ihre Karte«, fordert sie Tina sanft, aber bestimmt auf.

Wieder zögert Tina keine Sekunde. Sie tippt auf eine Karte. Madame Delphi dreht sie um.

»Der Narr«, sagt sie, als müsste einer von uns verstehen, was genau das zu bedeuten hat. »Der Narr steht für das Grenzenlose und den Neubeginn. Er weckt in uns das neugierige Kind, um etwas Spannendes zu wagen oder die eigenen Grenzen zu sprengen. Er bewegt sich außerhalb der gesellschaftlichen Normen.«

»Das ist etwas Gutes, oder?«, will Tina wissen und sieht Hilfe suchend zu Juliette.

»Nun, das kann es sein«, fährt die Wahrsagerin fort. »Dieser Mann scheint Sie zu reizen, weil er anders ist. Vielleicht sogar verboten – doch darin liegt auch eine gewisse Gefahr.«

Tina verschränkt die Arme vor der Brust. »Das klingt nicht sonderlich hilfreich.«

Madame Delphi lächelt gutmütig. »Die Karten können Ihnen keine Entscheidung abnehmen, sie können Ihnen nur zeigen, was Sie vielleicht übersehen.«

Carmen räuspert sich. »Jetzt ich.« Noch ehe jemand die Chance hat, etwas darauf zu erwidern, zieht sie eine Karte aus der Linie und dreht sie selbst um. Falls die Seherin etwas dagegen hat, sagt sie es nicht. Stattdessen wird das Lächeln etwas breiter.

»Das überrascht mich nicht.«

»Geht es für alle ohne Hang zu Esoterik etwas genauer?«

»Die Hohepriesterin.«

Carmen zieht eine Augenbraue nach oben. »Lady, spucken Sie es schon aus. Ich will nicht erst googeln müssen, was es bedeutet.«

Juliette lacht. »Sei nicht so skeptisch, diese Karte passt wie die Faust aufs Auge.«

»Die Karten haben alle ihre guten und schlechten Seiten – wie wir Menschen auch. Die Hohepriesterin verkörpert das Prinzip der Unabhängigkeit und Intuition. Positiv ist die Sensibilisierung für die höheren Kräfte und die innere Weisheit, die sich nur durch Vertrauen offenbart. Negativ kann der Verlust des Mitgefühls für die Sorgen anderer sein.«

»Davor muss ich keine Angst haben«, meint Carmen und lehnt sich zurück. »Ich bin das Mitgefühl in Person.«

Gegen unseren Willen müssen wir alle lachen. Carmen verdreht die Augen. Tina lächelt. Verdammt, warum muss sie nur lächeln? Wenn das so weitergeht, fange ich an, langsam, aber sicher Sympathie für sie zu entwickeln. Dabei schlagen sämtliche Glocken in meinem Inneren Alarm. Unbehaglich räuspere ich mich.

»Nun, Brooke?«

Ich blicke in die dunklen Augen der Seherin. Obwohl ich wirklich versuche, mein logisches Denken nicht abzuschalten, regt sich in mir etwas. Gerade eben habe ich mich noch über meine verwirrenden Gedanken beschwert, und nun soll ich einem Orakel trauen?

»Wenn es denn sein muss …«, nuschle ich und rücke etwas vor.

Madame Delphi mischt die Karten erneut. »Bitte, wählen Sie Ihre Karten.«

Ich zucke zusammen. Das Bild zeigt einen Mann, der kopfüber an einem Kreuz hängt wie eine düstere Prophezeiung. Gegen meinen Willen werde ich plötzlich nervös, doch die Stimme von Madame Delphine ist noch immer ruhig. »Vergangenheit. Der Gehängte. Sie haben eine schwere Prüfung hinter sich.«

»Kann man wohl sagen.«

»Der Gehängte weist auf eine festgefahrene Lebenssituation hin. Sie haben sich hilflos und ausgeliefert gefühlt.«

Ihr prüfender Blick liegt auf mir, doch ich wage es nicht, etwas zu sagen. Eigentlich glaube ich nicht an diesen ganzen Kram. Das ist eher Juliettes Ding. Doch mein Herzschlag wird schneller. Ich zeige auf die nächste Karte.

»Gegenwart. Die Liebenden. Auf dem Kopf gezogen.«

»Uhh«, macht Juliette und lässt ihre Augenbrauen wieder anzüglich tanzen. Tina kichert.

Ich jedoch starre die Karte mit dem Pärchen nervös an. »Und was heißt das?«

»Die Liebenden symbolisieren eine tiefgehende Liebeserfahrung und die Unumgänglichkeit einer Entscheidung. Da Sie die Karte auf dem Kopf gezogen haben, würde ich mutmaßen, dass Sie vor einer Entscheidung stehen, die eine Liebe bedrohen könnte.«

Ich stocke. »Was? Nein?«

»Sie sind sich nicht sicher, welchen Weg Sie gehen sollen und ob Sie es vielleicht bereuen, wenn Sie den falschen wählen.«

Schnell schüttle ich den Kopf. »Das stimmt so was von absolut nicht.«

»Es ist nur das, was die Karten mir sagen. Möchten Sie den Blick in Ihre Zukunft wagen?«

»Ich ... von mir aus.« Völlig wahllos zeige ich auf irgendeine Karte. Das ist mir alles zu unheimlich. Und unlogisch. Und der Sandelholzduft kitzelt in meiner Nase.

»Ah.«

»Ah?«

»Die Königin der Schwerter, egal wie Sie sich entscheiden, das, was Ihnen in der Gegenwart bereits Kraft gegeben hat, wird es auch weiterhin tun.«

»Damit wären dann wohl wir gemeint«, kommentiert Carmen grinsend.

Ich werfe ihr einen bösen Blick zu.

»Die Königin der Schwerter fordert Sie auf, die Zukunft mit offenem Herzen zu empfangen und die Richtung selbst vorzugeben«, führt Madame Delphin aus. »Also vor welcher Entscheidung auch immer Sie stehen, vertrauen Sie Ihrem Bauchgefühl. Es wird Sie leiten.«

»Das ist der großartige Rat der Karten?«, frage ich etwas enttäuscht. Für den Bruchteil eines Momentes hätte mich die magische Atmosphäre und die unheimliche Genauigkeit der Kartenlegerin eingelullt.

»Möchten Sie den Karten eine konkrete Frage stellen?«

Ich schüttle den Kopf. Auch wenn die Neugier in mir schimpft, dass ich jeden Rat gebrauchen kann. Chicago oder ein Elite-College? Ich bin mir nicht sicher, welcher Weg der richtige ist, aber ich will mich nicht noch mehr verwirren lassen. Auch wenn es dafür eigentlich schon zu spät ist.

29. *Every You Every Me*

Brooke

Sobald wir Carmens Wohnung erreicht haben, verschwindet Tina auf der Toilette. Wir hören sie gedämpft mit jemandem sprechen, können die Worte jedoch nicht genau verstehen.

»Das ist sicher ihr Dad«, erklärt Juliette, als sie unseren fragenden Blick sieht. »Er ruft sie ständig an.«

»Warum?«

»Er meint, dass Chicago eine gefährliche Stadt ist.«

»Gefährlicher als New York?«, fragt Carmen und macht sich daran, die vorbereiteten Margaritas aus dem Kühlschrank zu holen.

»Tina kommt einfach aus einem sehr behüteten Elternhaus. Ist doch süß, dass ihr Dad sich so um sie sorgt.«

»Klar«, sage ich schnell, damit es nicht so wirkt, als würden wir Tina nicht leiden können. Auch wenn das zumindest näher an der Wahrheit wäre. Wie auf ein Stichwort kommt eben diese aus dem Badezimmer. Sie verzieht wehleidig das Gesicht.

»Mädels, es war wirklich schön mit euch, aber mir ist das Essen nicht sonderlich gut bekommen«, meint Tina, und ihr Lächeln verrutscht etwas.

Juliette schüttelt den Kopf. »Was? Nein, du kannst noch nicht gehen.«

Die Enttäuschung in ihren Augen bricht mir fast das Herz.

»Tut mir leid, du weißt, ich reagiere empfindlich auf Laktose.«

Juliette zögert. Einen Moment lang sieht es so aus, als sei sie sich nicht sicher, ob sie wütend oder enttäuscht sein sollte. Als sie ihren Mund öffnet, habe ich das Gefühl, dass sie noch einmal versuchen wird, Tina zum Bleiben zu überreden. Doch stattdessen sagt sie: »Aber morgen beim Wellness bist du dabei?«

»Ich hoffe es«, meint Tina ausweichend und legt eine Hand auf ihren Bauch. »Ich werde mir schnell ein Taxi rufen. Tut mir wirklich leid.«

Sie küsst Carmen und mich, während wir uns verwirrt ansehen. Sicherlich haben wir nicht gerade das Bedürfnis, sie weiterhin in unserer Nähe zu haben, doch ein so plötzlicher Abgang ist mehr als nur verdächtig. Allerdings ist es viel schlimmer, wie niedergeschlagen Juliette aussieht.

Die Tür fällt ins Schloss.

Juliette trinkt den Rest ihrer Margarita in einem Zug leer. Kein gutes Zeichen.

»Komm, Honey«, meint Carmen und zieht unsere Freundin in die Küche. »Ich mach dir einen neuen Drink.«

»Aber nicht zu stark.«

»Natürlich nicht.«

»Für mich auch einen, bitte!«, sage ich schnell, ehe ich mich neben Juliette an den Tisch sinken lasse. Der Abend in Carmens Wohnung war definitiv anders geplant. »Wie fühlst du dich?«

Juliette zuckt mit den Schultern, doch dann erscheint wieder das strahlende Lächeln. »Ich bin nervös«, gesteht sie. »Dieser Tag ist plötzlich da, und das ist irgendwie schräg.«

»Auch für den Fall, dass ich die Stimmung damit etwas drücke«, unterbricht Carmen. »Hat sich die Polizei noch mal gemeldet?«

»Ich denke, ja.«

»Du denkst?«

»Tom hat sich darum gekümmert.«

Carmen und ich sehen uns an. Na, das nenne ich mal einen Zufall. Natürlich hat unser Sonnyboy sich darum gekümmert. Der Held in den finsteren Stunden, am liebsten würde ich kotzen.

Juliette bleibt das offenbar nicht verborgen. »Was ist?«

»Nichts.«

»Wenn ihr etwas zu sagen habt, dann tut es jetzt«, schnaubt sie und verschränkt die Arme vor der Brust.

»Das Einzige, was wir dir immer wieder sagen werden, ist, dass wir dich lieben, Honey«, sagt Carmen und stellt ihr einen Drink vor die Nase.

Juliette verzieht das schöne Gesicht. »Und warum habe ich dann das Gefühl, dass ihr noch immer gegen mich und Tom seid?«

Schnell schüttle ich den Kopf. »Wir sind niemals gegen dich!«

»Aber gegen Tom?«

Carmen legt den Kopf schief. »Es ist deine Beziehung.«

»Aber?«

»Kein Aber, es ist egal, was wir darüber denken. Es ist deine Entscheidung, und wenn du damit happy bist, dann sind wir es auch.«

»Gut gerettet.«

»Ich weiß, jetzt ab aufs Sofa mit euch – die Kitschüberdosis wartet auf uns.«

Nate

Die Sommerhitze hat sich verflüchtigt. Brookes Wohnung ganz in der Nähe vom Wicker Park ist ein Kontrastprogramm zum modernen Dschungel aus Wolkenkratzern. Ich gehe gemächlich durch die Straßen, vorbei an bunt besprühten Häuserfassaden, stylishen Tattoostudios, Buch- und Plattenläden, kleinen Boutiquen und hippen Cafés. An jeder Ecke gibt es etwas zu entdecken, doch nichts davon sehe ich wirklich. Meine Gedanken sind völlig ruhig, doch es fühlt sich dennoch nicht gut an. Alles ist verborgen hinter einem Schleier aus Grau.

Irgendwann komme ich endlich an ihrem Haus an und lasse mich auf den kleinen Treppen vor der Haustür nieder. Brooke öffnet nicht, also ist sie wahrscheinlich noch bei Juliette.

Ich reibe meine Hände aneinander, versuche, meine Gedanken nicht wieder in das Loch stürzen zu lassen. Mein Zeitgefühl lässt mich völlig im Stich. Ich sitze einfach nur da und warte, ohne genau zu wissen, worauf.

Die Realität will nicht in meinen Kopf. Ich kann weder Freude noch Trauer noch etwas anderes fühlen. Stattdessen starre ich im Schatten der Nacht auf meine Hände.

»Nate?«

Brookes Stimme durchdringt den Schleier zu meinem Bewusstsein.

Ich springe auf. Sie steht direkt vor mir, scheint einen Moment nicht zu wissen, was sie denken soll, doch dann schließen sich ihre Arme um meinen Hals.

»Da bist du ja«, haucht sie in meinen Nacken. »Wie lange sitzt du schon hier?«

Ihr Körper drückt sich an meinen. »Eine ganze Weile.«

»Warum hast du nicht angerufen?«

»Mein Akku ist leer.«

Sie will sich von mir lösen, doch noch bin ich nicht bereit dafür. Ich nehme ihr Gesicht in meine Hände, präge mir jedes Detail ein. Die dunkelgrünen Augen, das hellblonde Haar, dessen verirrte Strähnen sie immer wieder hinter ihre Ohren streichen muss.

Brooke legt den Kopf schief. »Shit, Nate – jetzt sag schon. Hast du bestanden?«

»Ich ...« Meine Stimme versagt.

Ihre Miene wechselt von verwirrt zu besorgt. »Oh, Nate ...«

Doch dann endlich bekomme ich die Worte aus mir heraus. »Ich hab's geschafft.« Es laut auszusprechen fühlt sich an, als sei es jetzt erst wirklich. Als habe ich einen Schleier gelüftet. Ich habe bestanden. Mein Traum ist real geworden.

Brooke gibt ein seltsames Geräusch von sich. Eine Mischung aus Jubeln und Quieken. Sie schlägt die Hände vor ihren Mund. »Wirklich?«

Da ich es selbst nicht so ganz glauben kann, nicke ich. »Ja, ich ... ja.« Meine Mundwinkel heben sich. Ich lächle, weil ihr Lächeln mich daran erinnert, dass ich ein verdammter Glückspilz bin.

»Oh, mein Gott, das ist fantastisch.« Brooke schlingt ihre Arme um mich und drückt ihre Lippen auf meine.

Ich keuche in ihren Mund, lasse zu, dass sie wie eine Naturgewalt über mich hereinbricht, und schließe die Augen. Ihr Körper presst sich härter an meinen. Ich taumle leicht zurück, bis ich die Haustür in meinem Rücken fühle. Brooke lässt mich kurz los.

»Geht es dir gut?«, fragt sie zweifelnd.

»Ich glaube, ich stehe etwas unter Schock.«

»Gut.«

»Gut?«

Statt zu antworten, küsst sie mich wieder. Heißer. Drängender. Ich hatte immer herausfinden wollen, wie sich eine Zukunft anfühlt, und nun liegt die Antwort genau hier in meinen Armen. Als wäre das hier unsere Bestimmung, gegen die weder das Schicksal noch jemand anderes etwas unternehmen kann. Wir beide gegen den Rest der Welt und alle Hindernisse, die sich uns und unseren Träumen entgegenstellen.

Brooke zieht mich wortlos die Treppen hinauf. Ihre Pupillen sind vor Verlangen geweitet. Ich schlinge einen Arm um ihre Taille, küsse sie, bis ich nichts anderes mehr fühle als unsere geschwollenen Lippen.

Wir stolpern mehr durch die Tür, als dass wir laufen. Brooke verpasst der Tür einen Tritt, sodass sie mit einem lauten Knall zufällt. Ohne uns voneinander zu lösen, schieben sich unsere Körper zum improvisierten Bett.

Alles um mich herum dreht sich, als ihre Zunge wieder in meinen Mund taucht. Meine Knie werden weich, und ich muss mich eine Sekunde lang von ihr lösen, damit ich wieder zu Atem komme.

»Oh, Nate, ich bin so stolz auf dich«, wispert sie und fährt mir durch die Haare. Die Worte lösen den letzten Klumpen in meinem Herzen auf. Damit sagt sie *alles*, was ich je gehofft habe, von ihr zu hören. Alles, was ich mir je gewünscht habe, liegt zwischen diesen Worten verborgen.

»Brooke?«

»Ja?«

Mein Herzschlag setzt einen Moment aus, doch ich kann mich nicht mehr zurückhalten. »Ich liebe dich.«

Sie blinzelt. Einmal, zweimal. Und gerade als ich fürchte, dass ich es überstürzt habe, dass ich nach den wenigen Wochen, die wir miteinander verbracht haben, noch nicht das Recht habe, diese Worte zu ihr zu sagen, zieht sie mich wieder zu sich und haucht: »Ich liebe dich auch, Nathaniel Reynolds.«

Ich schlucke hart und sehe von ihren Augen zu ihren Lippen, als wolle ich diesen Moment noch etwas hinauszögern, damit er länger andauert.

Dann halte ich es nicht mehr aus und küsse sie, als würde mein Leben davon abhängen. Und sie erwidert jede meiner Berührungen mit dem gleichen sehnsüchtigen Drängen nach mehr. Ich schlinge die Arme um ihren Körper, ziehe sie so fest an mich, dass nichts mehr zwischen uns Platz finden könnte. Dann stößt sie mich plötzlich von sich.

Ich stolpere und lande rücklings auf dem Bett. Im Halbdunklen sehe ich, wie Brooke aus ihren Schuhen schlüpft und das Kleid von ihrem Körper streift wie einen lästigen Fetzen, der zwischen uns steht. Eilig mache ich es ihr nach, ziehe die Jeans aus und werfe das Shirt in die Ecke.

Zwischen uns ist kein Raum mehr für Scham oder Angst. Alles ist erfüllt von unserem Verlangen, unserer Sehnsucht und so sehr mir dieser Gedanke auch Angst macht, unserer Liebe. Quälend langsam kommt Brooke auf mich zu. Sie setzt sich auf meinen Schoß, drückt einen Kuss auf meine Schläfe. Dann auf meine Wange und zieht eine Spur bis hin zu meinem Mund, nur um dann innezuhalten. Mein Körper schreit vor Verlangen auf, doch ich wage es nicht, mich zu regen. Meine Muskeln spannen sich an, als unsere Hüften sich aneinanderreiben, als könnten auch sie es nicht mehr erwarten. Dann endlich küsst sie mich wieder, vergräbt ihre Hände in meinem Haar und lässt zu, dass wir uns vollends ineinander verlieren.

»Ich will dich, Nate.«

Ein tiefes Grollen dringt bei ihren Worten aus meinem Mund. Im nächsten Moment spiele ich an dem Saum ihres Slips und schiebe ihn zur Seite. Brooke stöhnt auf, doch ihre Hüfte schiebt sich meiner Hand entgegen. Ein Schauder erfasst meinen Körper, während ich spüre, wie bereit sie für mich ist. Wie sehr sie mich wirklich will. Mein Atem stockt, und ich blicke sie an, als würde ich sie zum ersten Mal sehen.

In meinem Kopf verschmilzt jede Empfindung zu einem gigantischen Feuer. Brooke drückt mich von sich. Ehe ich mich versehe, packt sie meine Boxershorts. Ihr Slip verschwindet zusammen mit meiner Unterhose im Halbdunkel ihrer Wohnung. Ich bleibe still liegen, als sie wieder auf mich klettert. Nach all dem Hoffen und Bangen gehöre ich nun mehr denn je ihr. Mit Haut und Haar und allem dazwischen.

Ihre Lippen ziehen eine Spur von meinem Hals bis hinab zu meinem Bauchnabel, während ihre Hände immer wieder über meine Haut streichen, sie in Brand stecken und mich fast in den Wahnsinn treiben.

Das Knistern der Kondomverpackung ist wie Musik in meinen Ohren.

Brookes Griff ist fest und entschlossen, ich genieße es, ihr die Führung zu überlassen. Ihr Becken senkt sich auf meines, so langsam, dass ich ein Keuchen nicht unterdrücken kann.

Jetzt steht nichts mehr zwischen uns.

Keine zerbrochenen Träume.

Keine Unsicherheiten.

Keine Angst.

Es gibt nur noch uns, unsere Körper und all die Gefühle, die wir nicht in Worte fassen können.

30. College Girl

Nate

Mein Wecker klingelt.

Wie viele andere auch habe ich ein Problem damit, morgens früh aufzustehen – selbst nach den letzten Monaten. Als ambitionierter Morgenmuffel verfluche ich dieses Teil und liebe die Snooze-Taste. Ich drehe mich zu Brooke um, die schläfrig die Decke höher zieht, um ihr Gesicht vor der Sonne zu schützen.

»Guten Morgen«, murmle ich mit einem Grinsen auf den Lippen.

»Hmmm«, macht Brooke, reagiert ansonsten jedoch nicht.

Ich gönne ihr die paar Minuten Aufwachzeit im Bett und zwinge mich dazu aufzustehen.

Während der Kaffee durchläuft, springe ich kurz unter die Dusche und stelle erschrocken fest, dass diese Wohnung nicht nur immer mehr nach Brooke aussieht – sondern auch nach mir. Meine Zahnbürste steht neben ihrer, ich habe mein eigenes Handtuch, und mein Haargel steht ebenso im Kosmetikschrank wie der Bodyglitter.

In frischer Kleidung und mit dem Duft von Brookes Shampoo in der Nase trete ich wieder in die Küche. Der Kaffee ist fertig. Zur Abwechslung gönne ich mir einen großen Becher und setze mich aufs Sofa.

Durch die vergangene Nacht schwebe ich noch immer auf Wolke sieben, aber das ändert nichts an der Müdigkeit. Die Snooze-Funktion wird zum dritten Mal von Brooke aktiviert, dann höre ich sie fluchen. Sie springt hastig auf und sieht mich gähnend an. »Warum hast du mich nicht geweckt?«

»Zu meiner Verteidigung: Wenn der Wecker es nicht schafft, bin ich machtlos«, wehre ich ab. »Aber der Kaffee ist schon fertig.«

Sie murmelt ein »Danke« und tapst in meinem alten Shirt in die Küche. Grinsend sehe ich ihr hinterher, wobei ich mit einer großartigen Aussicht auf ihren Hintern belohnt werde, als sie sich strecken muss, um eine Tasse aus dem Regal zu nehmen. Sie bemerkt meinen Blick, schüttelt leicht den Kopf und schenkt sich Kaffee ein. Ich rutsche auf dem kleinen Sofa hin und her. Offenbar sitze ich auf etwas. Verwirrt ziehe ich ein Stück Papier unter mir hervor. »Was ist das?«

Ihr leises Fluchen sorgt dafür, dass mir augenblicklich kalt wird.

Wir freuen uns, Ihnen mitteilen zu können …

Fassungslos starre ich sie an. »Brooke?«

Ihre Stimme zittert, als sie sich mir gegenübersetzt. »Scheiße, ich wollte nicht, dass du es so erfährst.«

»Dass ich was erfahre, Brooke?«

Sie schließt kurz die Augen. »Das ist ein Brief vom *Dartmouth College*«, sagt sie so leise, dass ich sie kaum hören kann.

Ich blicke von dem Brief zu ihr. »Du wurdest angenommen.«

Im Licht der Morgensonne schimmern die Tränen in ihren Augenwinkeln wie kleine Diamanten. »Ja.«

Mein Herz hat aufgehört zu schlagen. »Du wirst Teil der *Ivy League*«, hauche ich, doch mein Gehirn weigert sich, wirklich zu begreifen, was das bedeutet. Was es für uns bedeutet.

»Ich …«

»Warum hast du nichts gesagt?«, unterbreche ich sie und zwinge mich dazu, sie anzusehen, ehe ich den Brief auf den Tisch lege.

Brooke weicht meinem Blick aus. Sie nippt an ihrem Kaffee, um die Antwort noch einen Moment hinaus zu zögern. »Weil ich nicht weiß, ob ich den Platz annehme.«

Meine Verblüffung lässt mich den Kopf schütteln. »Was? Das ist das, wovon du immer geträumt hast!«

Das Lächeln in ihrem Gesicht wirkt traurig. »Ich weiß.«

Das ergibt keinen Sinn. Ich fühle mich, als sei ich in einem Albtraum gefangen.

Bis vor ein paar Minuten war noch alles in Ordnung. Meine Welt war in Ordnung – sogar besser als das. Ich war so kurz davor, einfach alles zu bekommen, was ich mir wünsche. Und nun fühlt es sich an, als sei etwas in mir zerbrochen, weil Brookes Traum es nicht ist. »Und warum zögerst du dann?«

Brooke steht von ihrem Platz auf. Sie wirft die Hände in die Luft, als wüsste sie nicht, wohin mit sich. »Weil ich nicht mehr weiß, ob das wirklich mein Traum ist.«

Nun springe ich auch auf. »Was?«

»Nate, ich bin glücklich hier – wirklich. Ich liebe Chicago, ich liebe es, dass meine Freundinnen bei mir sind, und ... dich.«

Heftig schüttle ich den Kopf. »Bitte sag mir, dass du dich nicht für mich gegen deinen Traum entscheidest.«

Sie stöhnt auf. »Das tue ich nicht.«

»Aber du wirst nicht ans *Dartmouth College* gehen?«, hake ich nach.

Sie verschränkt die Arme vor der Brust. Ich wünsche mir, dass sie mir sagt, dass sie es nicht tun wird, und fühle mich gleich darauf schlecht, weil ich ihr sagen sollte, dass sie es tun muss. In den letzten Wochen hat sich alles nur um die Träume der anderen gedreht. Meine Prüfung, Juliettes Hochzeit. Es ging immer nur darum, was die Menschen um sie herum wollten – und nun kam Brookes Traum aus der Deckung. Langsam verstehe ich, warum sie es niemandem gesagt hat.

»Ich weiß es nicht«, gesteht Brooke, und mein Herz bekommt einen neuen Riss. Mein Schweigen schwebt zwischen uns, wie eine dunkle Wolke. »Nate?«

Kopfschüttelnd lasse ich mich wieder sinken. Mein Kaffee wird langsam kalt, und die schlichten schwarzen Buchstaben auf dem weißen Papier scheinen mich zu verhöhnen. »Tut mir leid, damit habe ich nicht gerechnet.«

Brooke kommt zu mir. Sie greift nach meiner Hand und sieht mich mit flehenden Augen an. »Ich doch auch nicht.«

Obwohl alles in mir sich dagegen sträubt, lasse ich zu, dass sie nach meiner Hand greift. »Und was machen wir jetzt?«, spreche ich aus, was mich fast in den Wahnsinn treibt.

»Keine Ahnung.«

»Es ist die fucking *Ivy League.*«

»Ich weiß.«

»Das ist deine Chance.«

»Ich weiß.«

Stöhnend entziehe ich ihr meine Hand und vergrabe das Gesicht in meinen Händen. Das ist zu viel auf einmal. Wie kann ich mich jetzt schlecht fühlen, wo ihr Traum doch endlich zum Greifen nah ist? Ihr Vater hatte recht, sie darf sich nicht wegen mir für Chicago entscheiden. Selbst wenn das bedeutet, dass mein Herz gebrochen wird. Ein gebrochenes Herz heilt, ein gebrochener Traum nicht. »Bis wann musst du dich entscheiden?« Meine Stimme klingt nicht nach mir.

Sie presst die Lippen kurz zusammen. Das Grün ihrer Augen ist von Tränen verschleiert, die sie zurückhält. »Bald.«

Ich zwinge mich dazu, sie anzusehen. »Und was tun wir jetzt?«

Die Frage ist nur ein Ausweichmanöver, denn eigentlich frage ich mich: Was wird jetzt aus uns? Gibt es ein *Uns*, wenn sie in einen anderen Bundesstaat zieht? Waren die letzten

Monate nur eine Sommerromanze? Ist das hier nun der Anfang vom Ende?

Brooke schluckt schwer. »Ich gehe mit Carmen und Juliette zum Wellness, und morgen feiern wir die Hochzeit meiner besten Freundin.«

»Du kannst das nicht einfach von dir wegschieben.«

»Das mache ich auch nicht, aber ich brauche Zeit, Nate.«

Ihr flehender Ton ist wie ein Tropfen, der das Fass in meinem Inneren fast zum Überlaufen bringt. Mir fehlt die Kraft, sie zurückzuhalten. Der bloße Gedanke, wieder ohne sie zu sein, bringt mich an den Rand eines Abgrunds, den ich noch nie vor Augen gehabt habe.

»Okay.« Ich stehe auf und greife mir meine Sachen.

»Nate?«

»Tut mir leid, aber auch ich brauche etwas Zeit«, murmle ich, drücke ihr einen Kuss auf die Lippen und gehe, ehe ich ihr sage, dass sie mich und Chicago hinter sich lassen soll, um ihren Traum zu leben.

31. *My Happy Ending*

Brooke

In meiner Vorstellung sind Hochzeiten nicht halb so stressig wie in der Realität. Ganz entgegen meinem natürlichen Rhythmus bin ich seit fünf Uhr auf den Beinen. Wer hätte gedacht, dass es fast drei Stunden dauert, bis Make-up und Haare der Braut vorbereitet sind. Juliette trägt noch ihren cremefarbenen Braut-Jogginganzug von Gucci, während ich ihr Brautkleid halte wie den Heiligen Gral.

Für einen Moment bleiben wir im Foyer des Herrenhauses stehen. Vielleicht ist es nur meine Müdigkeit, doch für mich sieht es aus wie ein heilloses Durcheinander.

»Nein, die Blumen kommen dorthin«, bellt Carmen und schnaubt. »Und wenn Sie es wagen, die Luftballons dort abzustellen, trete ich Ihnen in den Arsch.«

»Wow, ist sie immer so?«, fragt Tina offensichtlich eingeschüchtert.

Ich kann es ihr nicht verdenken, doch auf verquere Art empfinde ich es als Genugtuung, dass sie Angst vor meiner Freundin hat.

»Das ist noch die freundliche Version ihrer inneren Bitch«, erklärt Juliette strahlend.

Noch sind ihre Haare in Lockenwicklern verhüllt, doch schon jetzt leuchten ihre Augen auf diese ganz besondere Art. Sie ist die Braut. Das weiß jeder, der einen Blick auf sie erhaschen darf. Doch ihr Strahlen wirft lange Schatten, von denen nur Carmen und ich etwas wissen.

»Geht schon mal hoch, ich komme gleich nach«, weist uns Carmen an, und gegen meinen Willen muss ich kurz grinsen. Zumindest eine von uns hat die Situation, ihr Leben und scheinbar auch die gesamte Welt im Griff. Ich kann Juliette nicht verdenken, dass sie Carmen heute alle Zügel in die Hand gegeben hat. Wenn es jemand schafft, dass sämtliches Personal vor Ehrfurcht erzittert, dann sie.

Obwohl wir unter dem Zeitdruck leiden, sehe ich mich dennoch etwas in der Location um. Wie eine elegante Traumhochzeit in Chicago aussieht, weiß ich nun. Juliette hat es geschafft, den beeindruckenden Großstadtcharme mit einem Hauch mediterranem Flair zu verbinden. Wir sind in einem Herrenhaus am See. Der Garten ist bereits für die kleine Anzahl von Gästen vorbereitet. Der kleine Empfangssaal jedoch sieht noch etwas vollgestopft aus. Die Tische, Dekoration und Kisten stehen im Raum herum. Die Esstische und die Bar sind noch kaum als solche zu erkennen, und das, obwohl die ersten Gäste in weniger als zwei Stunden erscheinen werden.

Ich seufze leise, als mir bewusst wird, dass uns eine stilvolle Hochzeit mit schwarzen eleganten Akzenten erwartet, aus der es kein Entrinnen mehr gibt. Die letzten Tage haben so viel aufgedeckt, doch nichts davon reicht, um etwas zu beweisen. Und was vielleicht noch wichtiger ist, nichts davon will Juliette hören. Sie hat uns ziemlich eindeutig gesagt, dass sie kein einziges Wort mehr gegen Tom duldet. Allerdings bin ich mir nicht sicher, ob wir nicht doch etwas erwähnen sollten. Irgendetwas. *Sag es jetzt oder schweig für immer.* Wann hat mein Leben eigentlich angefangen, so schrecklich kompliziert zu werden?

Tina, Juliette und ich steigen die geschwungene Treppe des Hauses hinauf. Für das Brautpaar sind zwei separate Räume im oberen Stock reserviert worden. Juliette hat die Suite mit Blick auf den See, während Tom die am anderen Ende mit Sicht auf den Parkplatz bekommen hat.

»Tom sollte jeden Moment erscheinen«, murmelt Juliette, als hätte sie mitbekommen, dass meine Gedanken sich um ihren Bräutigam drehen.

»Dann verschwindet lieber in Euer Gemach, oh, holde Prinzessin.«

Juliette grinst. »Königin, wenn ich bitten darf.«

»Wo hat Eure Durchlaucht den Champagner versteckt?«, will Tina wissen, sobald wir die Suite betreten.

Täuscht es mich, oder liegt eine gewisse Traurigkeit in ihrem Blick?

»Ihr bleibt nüchtern, bis ich das Jawort ausgesprochen habe«, befiehlt unsere Königin.

Zum ersten Mal verstehe ich, warum Tina das Gesicht verzieht. Mir würde diese Situation mit etwas Alkohol im Blut auch leichter fallen.

»Das ist nicht fair«, beschwert sich Tina, und ich erwische mich dabei, wie ich fast zugestimmt hätte.

»Die Party wird euch entschädigen, versprochen.«

So unauffällig wie möglich linse ich auf mein Handy. Nate hat noch nicht geantwortet. Ich kann ihm nicht verdenken, dass er noch immer wütend auf mich ist. Und dass er Angst hat. Ich habe auch Angst. Eine gewaltige Angst, die jeden schönen Moment der letzten Monate infrage stellt.

Was, wenn ich die falsche Entscheidung treffe?

Was, wenn ich in ein paar Jahren auf diese Momente zurückblicke und weiß, dass ich das Falsche getan habe?

Was kann man tun, wenn man zwischen zwei Träumen gefangen ist?

»Brooke«, reißt meine beste Freundin mich aus den Gedanken.

»Ja?«

»Diesen Blick dulde ich auf meiner Hochzeit nicht«, tadelt sie mich und stemmt die Hände in die Hüften. »Was ist los?«

»Nichts«, wehre ich schnell ab. Sie muss nichts von der *Ivy League* wissen. Heute ist *ihr* Tag, auch wenn es mir widerstrebt. Mir und jedem, der Tom nicht durch die rosarote Brille der ersten großen Liebe sieht. »Also, meine Königin, wie lautet der erste Auftrag?«

Juliette grinst. »Zieht eure Kleider an und besorgt mir etwas mit viel Zucker.«

Nate

Der strahlende Sonnenschein passt nicht zur düsteren Stimmung im Wagen. Tian hat das Lenkrad umklammert, als wäre es ein Anker. Ich betrachte sein Profil, während ich auf eine Antwort warte. »Dein Timing ist echt scheiße«, sagt er schließlich.

»Du findest immer die richtigen Worte.«

»Dafür bin ich bekannt.«

»Shit, Nate – du kannst dieses Gespräch nicht auf der Hochzeit ihrer besten Freundin führen.«

Ich stöhne leise. »Es fühlt sich so an, als könnte ich dieses Gespräch nie führen.«

»Dann solltest du es vielleicht lassen.«

»Was?«

»Es ist Brookes Entscheidung, nicht deine.«

Ich beiße die Zähne zusammen. Obwohl ich weiß, dass er recht hat, behagt mir die Vorstellung nicht. Mir ist bewusst, dass es Brookes Entscheidung ist. Natürlich. Aber ich kann den Gedanken nicht ertragen, dass sie ihren Traum aufgibt. Und mein Herz kann es nicht ertragen, sie zu verlieren. Fuck. Wieso ausgerechnet jetzt? Wieso kam dieser verdammte Brief, nicht früher? Wieso ...?

Tians Stimme reißt mich aus den Gedanken. »Wir sind da.«

Kaum haben wir den Wagen geparkt und sind ausgestiegen, steht auch schon Carmen vor uns. »Gott sei Dank, seid ihr da.«

»Ich weiß es wirklich zu schätzen, dass wir zum Arbeiten auf eine Hochzeit eingeladen werden«, meint Tian und verdreht die Augen.

Er versucht, seine angespannte Haltung zu verbergen, doch mir kann er nichts vormachen. Etwas belastet ihn, und ich werde das Gefühl nicht los, dass dieses *Etwas* sich um die Braut dreht.

»Hey, ich zahle dir doppelt so viel wie jeder andere in dieser Stadt«, meint Carmen grimmig. Sie stemmt die Hände in die Hüften, ehe sie uns mit einer Kopfbewegung bedeutet, ins Herrenhaus zu gehen. Es tummeln sich bereits einige Gäste, denen man an der Nasenspitze ansieht, dass sie das im Monat verdienen, was Tian und ich im Jahr haben.

»Du bist allerdings auch dreifach so anstrengend wie jeder andere Boss«, knurrt mein Freund.

Carmen wirft das schwarze Haar über ihre Schulter und lächelt auf diese gefährliche Art, bei der ich mir nie sicher bin, was sie denkt. »Danke, jetzt ab an die Bar mit dir ... Die ersten Gäste sind schon da und sitzen auf dem Trockenen.«

»Erinnere mich daran, dir hierfür in den Hintern zu treten«, brummt Tian, geht jedoch mutig vor und stellt sich hinter den Tresen. Er braucht nicht lange, um sich zu orientieren.

»Danke, Nate – ohne Barkeeper wären wir am Arsch gewesen«, stöhnt Carmen und schüttelt den Kopf.

Da sie der einzige Mensch ist, den ich unter den Gästen kenne, und von Brooke noch nichts zu sehen ist, bleibe ich bei ihr stehen. »Bedank dich nicht bei mir.«

»Tian wird dafür bezahlt, der braucht keinen Dank«, meint sie gelassen. »Ich hätte diese Hochzeit nicht ohne einen Drink überstanden.«

Ich zupfe an meinem Hemd herum. »Wie wohl keiner von uns.« Mein gesamter Anzug ist eigentlich eine Nummer zu klein, doch etwas Besseres habe ich nicht auftreiben können. Bis eben habe ich mir darüber noch keine Gedanken gemacht, doch nun komme ich mir zwischen all den reichen Schnöseln dennoch eine Spur schäbig vor. Falls Carmen mein Unwohlsein bemerkt, kommentiert sie es nicht.

»Wo ist Brooke?«, will ich wissen.

»Bei unserer Braut.«

Sie hebt einen Finger und schreit jemanden am Handy an, bevor sie so laut flucht, dass sich einige Leute zu uns herumdrehen. »Scheiße, nicht das auch noch. Der Trauzeuge hat Tom verloren.«

»Was?«

Für einen kurzen Moment zuckt ein Ausdruck, der verdächtig nach Angst aussieht, über Carmens Gesicht. Sie atmet einmal tief durch. »Er ist nicht in seinem Zimmer, obwohl wir noch die letzten Einzelheiten durchgehen wollten.«

»Er ist bestimmt auf der Toilette.«

»Nein. Was glaubst du, wo er nachgeschaut hat.«

»Es ist sicher nur ein Missverständnis, so viel, wie hier los ist ...«

»Nate«, unterbricht sie mich und sieht mich so ernst an, dass mein Herz noch etwas schwerer wird. »Er ist weg. Einfach verschollen.«

»Du meinst es ernst.«

»Juliette wird ausflippen.«

Unbehaglich räuspere ich mich. »Dann besorge ich ihr mal lieber einen Drink.«

»Das übernehme ich. Bei Gott, ich hab mir auch einen verdient.«

Verdutzt sehe ich sie an. »Und was soll ich dann tun?«

»Wenn du mir helfen willst, finde den verdammten Bräutigam, denn wenn er nicht bald auftaucht, muss ich jemanden töten«, zischt sie.

»Und ich dachte, er würde auf deiner Abschussliste an erster Stelle stehen.«

»Touché.«

»Lässt du mich jetzt hier stehen?«, frage ich, als sie an mir vorbeigeht.

»Du bist ein großer Junge und hast eine Mission«, ruft sie, ohne sich noch einmal zu mir herumzudrehen.

Ich verkneife mir einen böswilligen Kommentar. Damit ich zwischen all den Gästen, von denen ich niemanden kenne, nicht weiter auffalle, gehe ich hinaus in den Garten. An dem kleinen Altar steht eine ältere Dame, die wahrscheinlich Juliettes Mutter ist, und spricht mit der Pastorin.

Keine Spur von Tom.

Ich folge dem Weg hinab zum See. Bisher hat sich niemand sonst hierher verirrt. Es gibt nur mich und das schimmernde Licht auf der Wasseroberfläche. Gegen meinen Willen muss ich zugeben, dass Juliette sich eine wahre Traumhochzeit organisiert hat. Mein Blick schweift zurück zum Haus – und unwillkürlich schleicht sich ein Grinsen auf mein Gesicht. Brooke steht an einem der Fenster.

Sie winkt mich zu sich, und ich kann gar nicht anders, als ihrem stummen Ruf zu folgen. Das blonde Haar liegt über einer Schulter, und das grüne Kleid betont ihre wundervollen Augen. Ihr Anblick verschlägt mir fast den Atem, obwohl sie sich nur über das Fensterbrett beugt. Sie ist so schön, dass es wehtut.

»Bitte erwarte nicht, dass ich jetzt den Romeo mime«, rufe ich zu ihr hinauf, obwohl ich alles dafür tun würde, wenn wir das Happy End bekommen, das den Protagonisten einst verwehrt blieb.

»Keine Angst, wie ich hörte, hast du dein Soll an Heldentaten bereits erfüllt.«

Ich überlege gerade, etwas darauf zu erwidern, als eine andere Stimme mich zusammenzucken lässt.

»Wo zur Hölle bleibt Tom?« Juliette erscheint im Fensterrahmen. »Nate, hast du ihn gesehen?«

Verdammt, nicht das auch noch. »Nein, also hier draußen ist er nicht.«

Sie flucht. »Wo, zum Teufel, kann dieser ...« Den Rest kann ich nicht mehr hören.

»Die Trauung ist in einer halben Stunde«, erklärt Brooke entschuldigend. »Er sollte längst da sein.«

»Ich suche weiter.«

»Danke, Tina ist auch schon unterwegs.«

»Wir werden ihn finden«, sage ich in der Hoffnung, beruhigend zu klingen, doch so richtig gelingt es mir nicht. Da ist dieses dumpfe Gefühl. Als würden wir auf der Titanic sitzen und den Eisberg riechen können, doch noch ist nichts zu sehen.

»Brooke«, sage ich schnell, ehe mich auch noch der Rest des kläglichen Mutes verlässt. »Du musst ...«

»Nicht jetzt«, schneidet sie mir das Wort ab. »Wir reden nachher. Nach der Trauung.«

Ich schlucke schwer, während ich zu der Frau hinaufblicke, die mich so vollkommen gefangen genommen hat. Mit Haut und Haaren, Herz und Glitzer. »Dann hast du dich entschieden?«

Ein unfassbar trauriges Lächeln umspielt ihre Lippen. Ihr stummes Nicken ist wie der Startschuss eines Sprints, der das Ende unserer Zeit markiert. Sie hat sich entschieden.

Vielleicht ist diese Hochzeit einer der letzten Momente, die wir zusammen verbringen. Vielleicht entscheidet sie sich zu gehen. Und wir wissen beide, wie das enden wird. Keiner von uns kann es sich leisten, eine Fernbeziehung zu führen. Oder übertreibe ich? Ist es nur mein Ego, das mir sagt, dass alles vorbei ist, wenn sie Chicago verlässt? Ich will etwas sagen, doch dazu komme ich nicht mehr.

»Nate«, ruft plötzlich Tian, und ich sehe ihn verwirrt an. Er stolpert zu mir in den Garten. Unter den neugierigen Augen von Brooke, Carmen und Juliette bleibt er neben mir stehen.

»Solltest du nicht hinter der Bar stehen?«

Tian schüttelt heftig den Kopf. Der Blick, den er mir zuwirft, gefällt mir gar nicht. »Wir haben ein Problem.«

Offenbar ist der Eisberg näher, als ich gedacht habe.

»Was für ein Problem?«, donnern drei Frauenstimmen aus dem Fenster, doch keiner von uns wagt es, etwas darauf zu erwidern.

Er räuspert sich unbehaglich, was absolut nicht zu dem Tian passt, den ich kenne. »Das sollten wir nicht unbedingt im Garten besprechen.«

»Tian, du machst mir Angst.«

»Was ist los?«, ruft Brooke.

»Ist etwas mit Tom?«, will Juliette wissen und lehnt sich so weit aus dem Fenster, dass ich fast Angst bekomme, dass sie herausfällt.

Tian schließt kurz die Augen, dann nickt er.

Noch so ein Nicken, das mehr aussagt, als tausend Worte es könnten. Carmen flucht, Brooke ruft etwas, das ich nicht verstehen kann. Das Fenster ist plötzlich leer, ebenso wie Tians Blick. »Fuck, was ist denn ...?«

»Ich habe etwas gesehen, das ich nicht hätte sehen sollen«, murmelt er und sieht dabei aus wie ein geprügelter Hund.

Zu mehr Worten ist er nicht mehr fähig. Bevor Brooke und Carmen ihre Freundin aufhalten können, steht Juliette auch schon in einem Traum aus Creme vor mir und Tian im Garten.

»Wo ist er?«, herrscht sie ihn an.

Mein bester Freund schüttelt betreten den Kopf. »Du solltest wieder reingehen.«

»Sag mir, verdammt noch mal, wo er ist.«

»Du solltest das nicht sehen, Juliette«, murmelt er und sieht ihr in die Augen. »Niemand sollte so etwas sehen. Besonders nicht an einem Tag wie heute.«

»Hast du Tom gefunden?«

Tian zögert einen Moment. Dann nickt er.

»Und warum sagst du das nicht gleich? Was sollte daran ein Problem sein?«

Tian schweigt. Wir schweigen. Der Eisberg ... seine Kälte ... Wir alle können spüren, dass er uns den Untergang bringen wird.

»Verdammt, Tian. Jetzt rede mit mir!«

Die Verzweiflung in Juliettes Stimme ist einer Wut gewichen, die vor Erregung nur so trieft. Noch immer sagt keiner von uns ein Wort. Die Vögel singen im Garten, als könnten sie die Stimmung dadurch verbessern – doch stattdessen fühlt es sich an wie ein Lied, das uns verhöhnt.

»Tian.«

»Juliette, bitte. Ich will nicht, dass du das mit ansehen musst.«

Bedrohlich macht die Braut einen Schritt auf Tian zu und zieht ihn an seinem T-Shirt zu sich. »Dass ich *was* mit ansehen muss?«

Tian schluckt. Er wehrt sich nicht. Macht keine Anstalten, sie von sich zu schieben, doch seine Augen sind flehend. »Juliette ...«

»Sag es mir, sofort!«

Irgendwo, tief im Inneren meines besten Freundes, zerbricht etwas. Ein Widerstand, ein Herz – ich kann es nicht sagen. Doch seine Worte sind so leise, dass ich sie kaum verstehe.

»Die Limousine am Ende des Parkplatzes. Sag nicht, ich hätte dich nicht gewarnt.«

32. *Best Thing I Never Had*

Brooke

Der Bann ist gebrochen. Unsere eisige Starre hat sich aufgelöst. Ich sehe Nate an, der mich mit einem ebenso wissenden Blick fixiert. Das ist nicht gut. Gar nicht gut.

Juliette stolpert einen Schritt von Tian zurück. Dann schüttelt sie den Kopf.

»Fuck.« Noch ehe jemand sie aufhalten kann, rafft Juliette den Rock ihres Kleides und stürmt los.

Das Knistern des Stoffes erscheint mir plötzlich unglaublich laut. Ich stolpere fast über ihren Schleier, doch nichts und niemand kann sich dieser Braut mehr in den Weg stellen. Verwirrt sehe ich mich zu Tian und Nate um, doch die Zeit reicht nicht aus, um mir etwas zu erklären. Juliette nimmt den direkten Weg durch das Foyer, ohne dabei auf die verdutzten Blicke der Gäste zu achten. Die Violinistin beginnt sofort mit ihrem Lied, doch Carmen schüttelt den Kopf, sodass die Musik genau in dem Moment verstummt, als wir Juliettes Stimme auf dem Parkplatz hören.

»Du verschissener, elender ...«

»Juliette, bitte, es ist nicht das ...«

Der Kies knirscht unter meinen High Heels. Doch direkt vor dem Eingang ist nichts zu sehen außer den parkenden Wagen der Gäste. Ich eile weiter, biege im Eilschritt um die Ecke und komme stolpernd neben Juliette zum Stehen. Mein Atem stockt, als die Informationen von meinen Augen in mein Gehirn geleitet werden.

Der Rest von uns ist dicht hinter mir.

Das Schweigen ist so laut, dass man ein Herz brechen hört.

Die Passagiertüren der Hochzeitslimousine sind weit aufgerissen – und auf den Anblick im Inneren hätte ich gut verzichten können.

Die Dekoration des Fahrzeugs wirkt wie ein einziger Hohn. Blumen und Spruchbänder, die der Welt verkünden, dass hier zwei Liebende ihre Verbindung feiern. Doch es sind nicht Braut und Bräutigam, die ihre *Verbindung* in dem Fahrzeug erneuert haben.

Juliette schüttelt den Kopf. Sie stolpert einen Schritt zurück, als könnte sie damit auch die Zeit zurückdrehen. Zurück zu dem Moment, in dem sie die Tür des Wagens aufgerissen hat. Zurück zu dem Augenblick, in dem sie beschlossen hat, Tom zu heiraten. Zurück. Einfach nur ganz weit zurück.

Sie stolpert zu uns. Wir stützen sie, wollen ihr Halt geben, doch sie schüttelt uns ab. Im Inneren des Wagens raschelt Stoff, knistert Folie. Ein Bouquet aus Blumen landet auf dem Kies, während vier ertappte Augen unsere Gruppe mustern. Frauenbeine sind zu sehen, doch das Gesicht liegt im Schatten. Tom zieht seine Hose hoch.

»Juliette, bitte, es ist nicht das ...«, stammelt er erneut.

Der Ausdruck von Entsetzen wird von einer eisigen Kälte in Juliettes Augen abgelöst. Sie hebt das Kinn. »Du fickst also nicht gerade eine meiner besten Freundinnen?«

Carmen und ich sehen uns kurz an, dann erkennen wir Tina, die beschämt aus der Limousine steigt. Sie glättet ihr Kleid, als könnte sie damit auch die Wogen glätten.

»Es tut mir leid«, wispert sie. Der verschmierte Lippenstift um ihren Mund leuchtet wie ein Signal. Sie schluckt schwer.

Auch Tom kommt nun stolpernd aus dem Wagen. Er blickt erst Juliette, dann den Rest von uns an. Wir ballen alle zeitgleich die Hände zu Fäusten.

Juliette hebt ihr Kinn und macht einen Schritt auf Tina zu. »Ich fasse es einfach nicht.«

Wir alle können ihr Herz noch einmal brechen hören, so laut wie den Knall einer Waffe.

Ihre – ehemalige – Freundin schüttelt den Kopf. »Es tut mir leid«, wiederholt Tina. »Aber du musst es verstehen. Ich konnte nicht zulassen, dass er das mit uns einfach wegwirft …«

Juliettes Stimme ist leise. Fast brüchig, doch jeder von uns kann sie klar und deutlich hören. »*Dir* tut es leid?«

Tina hebt verzweifelt die Hände. »Ich wollte nicht, dass das passiert. Zumindest nicht so.«

»Dass mein Verlobter auf meiner Hochzeit unter dein Kleid rutscht?«

Wieder ein Kopfschütteln. »Dass wir uns ineinander verlieben.«

Juliette lacht – und klingt dabei ein bisschen wie der Joker, sodass ich mich darauf gefasst mache, sie von einem Mord abzuhalten. Doch sie tut nichts dergleichen. Stattdessen sieht sie von Tina zu Tom.

Niemand von uns sagt etwas, nicht einmal Carmen. Wir starren auf das Szenario vor uns, als wäre es eine wahr gewordene Soap, die wir einfach nicht abstellen können.

Tina schließt kurz die Augen. Hätte ich nicht gesehen, dass Tom noch immer eine halbe Erektion in seiner Anzughose hat, hätte sie mir vielleicht leidgetan.

»Baby …«, murmelt Tom, der offenbar erst seinen Hosenstall schließen musste, ehe er seine Sprache wiedergefunden hat. »Bitte, lass es mich erklären.«

»Es ist okay«, meint Tina und legt ihm eine Hand auf die Schulter. Der Ausdruck in ihrem Gesicht ist wieder weicher, doch das Flehen ist noch immer da.

Fleht sie nach Liebe? Nach Vergebung?

»Sie wissen es jetzt. Wir können aufhören, es zu verheimlichen, und du kannst das tun, was du längst hättest tun sollen.«

»Ist das euer Ernst?«, kommt es zischend von Carmen.

»Wir wollten niemanden verletzen«, wehrt Tina ab. »Besonders nicht Juliette, aber …«

Carmen will auf sie zugehen, doch Tian packt ihr Handgelenk. Stumm tauschen sie Blicke aus.

Die Braut macht einen halben Schritt nach vorn. Das Sonnenlicht lässt die Diamanten in ihren Ohrringen funkeln. Die vielen kleinen Perlen in ihren halb hochgesteckten Locken schimmern. Da ist es wieder, das Strahlen. Doch dieses Mal hat es nichts mit Liebe und Freude zu tun, nur mit Wut. Verrat. Und einem Hauch von Hass.

»Wie lange habt ihr es denn schon hinter meinem Rücken getan?«, fragt Juliette und wirft die Hände in die Luft. »Einen Monat? Zwei?«

Tom sagt nichts. Er schüttelt nur immer wieder den Kopf, unfähig, Worte für seine Taten zu finden.

»Drei«, antwortet Tina knapp und sieht Juliette dabei fest in die Augen. »Jahre.«

Mein Mund klappt auf. Obwohl ich mir nicht ganz sicher bin, ob ich ihn zwischenzeitlich überhaupt geschlossen habe.

»Du hast etwas mit ihr, seit du mich in New York besucht hast?«, will Juliette wissen.

In ihren Augen schimmern keine Tränen, nur Wut und ein Schmerz, der mir den Atem raubt.

»Baby, so war das doch gar nicht. Sie hat mich verführt, sie hat mich in den letzten Tagen immer wieder zu sich gelockt und …«, versucht Tom es wieder, aber Tina hat es sich offenbar zur Aufgabe gemacht, endlich die Wahrheit zu sagen.

»Er wollte es beenden, Juliette. Und ich auch. Vor zwei Monaten habe ich das sogar getan, aber dann stand er vor mir und … So ist das mit der Liebe. Ich habe es nicht geplant, wirklich nicht. Aber ich konnte nicht zulassen, dass er dich heiratet. Was glaubst du, wo er war? Bei einer Konferenz? Nein, bei mir. Er war immer bei mir. Er liebt dich nicht, er liebt mich.«

Juliette verengt die Augen. »Vor zwei Monaten?«

Tina nickt. »Der Abend, an dem du so ausgeflippt bist«, murmelt meine beste Freundin, als würden sich sämtliche Puzzleteile nun vor ihren Augen zusammensetzen. »Das war es, oder? Du warst nicht wütend auf mich oder Brooke, du warst wütend, weil deine Affäre dir den Laufpass gegeben hat.«

Verzweiflung verdrängt den letzten Rest von Unglauben. Die Karten liegen auf dem Tisch. Schonungslos, offen und für alle sichtbar. Für Juliette. Für uns. Für die Gäste einer Hochzeit, die gerade in Rauch aufgegangen ist.

»Juliette, bitte. Es ist kompliziert, aber ich liebe dich.«

»Wenn es so wäre, würden wir wohl nicht hier stehen, sondern vor dem Altar.«

Die Kälte ihrer Stimme verursacht mir eine Gänsehaut.

»Sie bedeutet mir nicht das Gleiche wie du«, setzt Tom an, doch noch ehe Juliette darauf reagieren kann, schiebt sich Tina vor.

»Was?!«

Tom schluckt. Er blickt auf den Boden, dann zu Juliette und wieder zu Tina. Plötzlich ist er nicht mehr der allwissende Geschäftsmann und Sonnyboy. Er ist ein Waschlappen. Ein Betrüger. Und aus dieser Nummer kommt er nicht mehr raus.

»Tina, du weißt, dass ...«

»Du liebst mich, Tom. Das hast du mir gesagt. Immer und immer wieder.«

Tinas Augen funkeln wütend. Sie erinnert mich an ein verletztes Tier, das geradewegs in eine Falle gelaufen ist.

»Sobald ich wieder vor dir stand, konntest du nicht anders. Weil du mich liebst. Du musst mich lieben. Sonst hätte ich dich wohl kaum dazu bekommen, an deinem eigenen Hochzeitstag in dieses Auto zu steigen. Du liebst mich.«

»Oh, Honey«, entfährt es Carmen, was Tina dazu veranlasst, ihr einen wütenden Blick zuzuwerfen. Doch ihre Wut richtet sich schnell wieder gegen den Bräutigam.

»Sag es ihnen«, zischt sie und schubst Tom so heftig, dass er gegen den Wagen stolpert. »Sag ihnen, was du mir gesagt hast ... dass wir einen Weg für unsere Liebe finden.« Wieder schubst sie ihn.

»Beruhig dich, Baby!«

»Sag es ihnen, Tom. Sag ihnen, dass du mich liebst.« Tinas Stimme ist nun fast ein Kreischen. Ein verzweifeltes Kreischen, verzerrt von Wut und einer Liebe, die nicht mehr war als ein Trugschluss. »Sag es ihr!«

Tom schweigt.

Der laute Knall lässt uns alle zusammenzucken. Die Ohrfeige trifft ihn so hart, dass er auf dem Kies wegrutscht. Der feuerrote Handabdruck sieht aus wie ein Brandmal. »Du. Liebst. Mich.«

Während wir alle langsam, aber sicher Angst vor Tina und ihrem Ausbruch bekommen, schnaubt Juliette.

»Du wagst es, von Liebe zu sprechen?«, zischt sie. »Er hat gerade versucht, dich zu ficken – auf unserer Hochzeit. So dumm kannst nicht einmal du sein.«

Tina blickt von Juliette zu Tom. Dieser räuspert sich unbehaglich. Schweiß lässt seine Stirn glänzen, doch seine Lippen sind versiegelt. Offenbar dämmert ihm langsam, dass ein falsches Wort ihm eine erneute Ohrfeige einbringen könnte.

»Du Bastard«, schreit Tina ihn an. Tom springt von ihr weg, als hätte er Angst, sie würde sich gleich wieder auf ihn stürzen. Doch Tina hat sich längst ein anderes Opfer gesucht und tritt gegen das Auto. »Elender Bastard, sag, dass du mich liebst!«

Bei jedem ihrer Tritte gegen die Limousine zucke ich zusammen und rücke näher an Nate.

»Verdammt, Tina, hör sofort auf«, schreit Tom.

Doch sie denkt gar nicht daran. Sie demoliert das Auto, Tom und alle, die in ihre Nähe kommen. Wie ein bockiges Kind wirft sie sich hin und her. Schleudert die kleinen Kiessteine auf, wirft damit und trommelt mit den Fäusten gegen

Toms Brust. Plötzlich packt dieser sie. Für einen schrecklichen Augenblick glaube ich, dass er sie schlägt. Doch er schleudert sie nur von sich.

Tina stolpert. Ihr Körper rutscht auf dem Kies weg, und sie landet hart auf den Knien. Ein Laut des Schmerzes dringt aus ihrer Brust, doch ich kann nicht sagen, ob es am Sturz liegt oder an der klaffenden Wunde in ihrer Brust, die ihr gebrochenes Herz verursacht hat.

Bedrohlich geht Tom auf sie zu. Die Ader an seinem Hals pocht, als sei sie kurz davor zu explodieren. »Verfluchte Irre, erst die Wohnung und jetzt das Auto? Hast du sie noch alle?«

Tinas knallrotes Gesicht wird plötzlich blass. Es scheint, als sei ihr erst jetzt klar geworden, was für ein Spiel Tom die ganze Zeit mit ihr gespielt hat. »Jedes Mal, wenn du mich in New York besucht hast, hast du gesagt, ich sei die Einzige für dich.«

Ihre zischende Stimme lässt mir sämtliche Haare zu Berge stehen.

»Die Einzige, Tom. Aber ich hab es gesehen, das falsche Leben. Die falsche Wohnung. Die ganzen falschen Bilder von euch. Du elender Mistkerl, wie konnte ich nur so blöd sein?«

Carmen und ich sehen einander an. Wir stehen neben Juliette, allzeit bereit, sie aufzufangen. Doch sie steht felsenfest da. »*Du* warst es«, kommt es von ihr. Ihre Stimme klingt seltsam unbeteiligt. Nicht einmal mehr kalt. Monoton. Irgendwie unwirklich. »Du hast meine Wohnung verwüstet.«

Tina, der nun erst klar wird, dass wir auch noch da sind, sieht auf ihre Schuhe. »Er wollte dich heiraten, obwohl er mich liebt.«

»Dann habe ich eine gute Nachricht für dich, du kannst ihn haben.« Juliette rafft wieder ihren Rock und dreht sich um.

Ihre Mutter kommt auf sie zugelaufen. Das Gesicht verzerrt, soweit das Botox es noch zulässt. Sie will ihre Tochter an sich ziehen, doch diese schüttelt den Kopf. Inzwischen haben sich auch einige Gäste auf dem Parkplatz versammelt.

Sie alle starren mit Entsetzen den Mann an, der diese Göttin von einer Frau an seinem Hochzeitstag in der Limousine betrogen hat. Mit erhobenem Haupt geht Juliette weiter. Sie wankt nicht, bricht nicht zusammen, dreht sich nicht einmal um. Unschlüssig folgen wir ihr, während Tina noch dabei ist, in Tränen auszubrechen.

Sie weinend im Kies sitzen zu sehen lässt mein Herz zucken. Doch ich kann mich nach all dem nicht um sie kümmern. Also folge ich Juliette – so wie der Rest von uns. Unsere Königin schreitet voran, mit uns als ihrem Gefolge.

Tom jedoch lässt sich nicht so einfach loswerden. Er scheint plötzlich wieder Kontrolle über sich zu haben, hechtet vor und stellt sich Juliette in den Weg. »Baby, bitte ...«

»Bitte was, Tom?«

»Ich liebe dich.«

»Die letzten Jahre sagen etwas anderes«, antwortet sie kühl.

Tian schiebt den falschen Bräutigam unsanft zur Seite, damit Juliette die drei Stufen nehmen kann. Einer der Gäste hält ihr die Tür auf, sodass sie sich durch die Tür ins festlich geschmückte Foyer schieben kann.

Das Gemurmel der Gäste im Inneren verstummt schlagartig. Die fünfstöckige Hochzeitstorte wirkt wie eine höhnische Skulptur. Irgendwie hat Tom es geschafft, sich Zutritt zu verschaffen. Carmen flucht leise, als er Juliette am Arm packt.

»Es war alles ganz anders, als diese Irre es dargestellt hat.«

»Lass mich in Ruhe, Tom!«

»Es ist unsere Hochzeit! Wir werden heute Mann und Frau. Du und ich, Baby.«

»Was?« Juliette fängt ungläubig an zu lachen. Ein kaltes Lachen.

Carmen und ich positionieren uns wieder an ihrer Seite.

Tom runzelt angestrengt die Stirn. »Wir heiraten heute«, sagt er, als sei es das Natürlichste der Welt.

Jede andere Frau auf dieser Welt wäre wohl in Tränen ausgebrochen, doch Juliette wirkt eher wie eine Rachegöttin, die sich noch nicht entschieden hat, was sie mit diesem Wurm anstellen soll. »Nein, *Baby.* Du hast es nicht verdient, jemanden wie mich zu heiraten«, sagt sie ruhiger, aber mit einer leisen Drohung, die in ihrer Stimme mithallt.

In Toms Augen schimmern Tränen wie vergiftetes Silber. »Ich kann nichts dafür, ihr seid beide ...«

»Du solltest gehen.«

Sie will sich umdrehen, doch Toms Griff wird so fest, dass sie schmerzhaft das Gesicht verzieht. »Baby, bitte ...«

Ich will ihn von ihr losreißen, doch Nate hält mich fest.

Juliettes gesamter Körper versteift sich. »Fass mich nicht an.«

Tränen laufen über Toms rotes Gesicht. »Juliette ...«, sagt er und zieht sie dichter zu sich. So dicht, dass es einen Moment fast so aussieht, als wolle er sie küssen.

»Lass meine Tochter los!«, ruft Juliettes Mutter aus.

Doch der eiskalte Blick ihrer Tochter bringt sie zum Verstummen. Mit trotzig vorgerecktem Kinn sieht sie Tom an. »Ich sagte, du sollst mich nicht anfassen. Nie wieder!«

»Du gehörst mir, du bist *meine* Frau.« Er greift nach ihrem anderen Arm, will sie noch dichter zu sich ziehen, doch eine andere Hand stößt ihn weg.

»Hey!« Tian schiebt sich schützend vor die Braut. »Ich denke, Juliette hat sich eben klar ausgedrückt.«

Die beiden stehen sich gegenüber wie wilde Tiger, die bereit sind, einander zu zerfleischen.

»Misch dich nicht ein, du ...«

Tian macht einen bedrohlichen Schritt auf Tom zu. »Überleg dir gut, was du jetzt sagen willst, denn ich habe kein Problem, dir vor versammelter Mannschaft den Arsch aufzureißen.«

»Und damit ist er nicht allein«, meint Nate.

»Verdammt richtig«, schnaubt Carmen.

Ich hebe das Kinn. »Du solltest jetzt gehen.«

Tom sieht uns verwirrt an. »Das hier ist meine Hochzeit!«

»Falsch, Tom«, schnaubt Juliette. »Das hier hätte deine Hochzeit sein können, aber diese Chance hast du verpasst. Nun ist es meine Hochzeit. Und zwar nur *meine.*«

»Juliette, das kannst du nicht ...«

»Und ob ich das kann. Verschwinde. Wenn ich in meine Wohnung komme und dich dort finde, werde ich meine Freunde nicht mehr davon abhalten, dich im Lake Michigan zu versenken.«

»Das kannst du nicht machen«, kreischt Tom und will uns nachsetzen, doch Tian ist schneller. Er stößt ihn weg, blockiert einen Schlag des abtrünnigen Bräutigams und rammt seine Faust in Toms Gesicht.

Plötzlich passiert alles wie in Zeitlupe. Tom taumelt, dreht sich einmal halb im Kreis und landet mit dem Gesicht voran in der Hochzeitstorte.

Juliette hält kurz inne, wirft einen Blick über ihre Schulter und meint: »Verdammt, nicht auch noch mein Kuchen.«

Tian packt den Bräutigam an den Schultern und wirft ihn unsanft aus dem Herrenhaus, während ich die Hand meiner besten Freundin nehme. In meinem ganzen Leben war ich noch nie so stolz auf sie wie in diesem Moment. Doch sie schüttelt mich ab.

Fluchtartig rennt Juliette nach draußen. Ihr Atem geht schnell, als sei sie kurz davor zu hyperventilieren. Zum ersten Mal schimmern Tränen in ihren Augen.

Carmen und ich schließen zu ihr auf, blicken einander hilflos an, während aus dem Foyer und dem Speisesaal die Stimmen lauter werden.

»Wie konnte ich nur so dumm sein?« Ein einzelner Satz. Juliette blickt blinzelnd in die Sonne. »Wie konnte ich es nicht sehen?«

»Liebes, du ...«

»Ihr wusstet es«, sagt Juliette und sieht uns an. »Ihr wusstet es, oder?«

»Nein«, sagt Carmen.

»Wir hatten nur ein Gefühl. Tut uns leid, wir hätten etwa sagen sollen aber ...«

»Ich war so dumm«, haucht Juliette und sieht an sich herunter. »Dieser verdammte Mistkerl. Ich hab ihn geliebt.«

»Ich weiß«, hauche ich und greife wieder nach ihrer Hand. »Er hat dich nicht verdient.«

»Und wir lieben dich viel mehr, als dieses Arschloch es je könnte«, fügt Carmen formschön hinzu.

Juliette nickt. Eine einzelne Träne läuft über ihre Wange, doch ich wische sie fort. Tom hat nicht eine ihrer Tränen verdient. Dann schließe ich meine beste Freundin in die Arme. Carmen folgt meinem Beispiel.

Und so stehen wir da. In einem wunderschön geschmückten Garten. Auf einer Hochzeit, die nicht stattfinden wird.

Nate

Die Gäste haben sich im Garten eingefunden. Brooke hält meine Hand etwas fester, während ich den Gang im Auge behalte. Die angespannte Nervosität in der Luft hat mich gepackt. Gleich neben uns in der ersten Reihe sitzen Juliettes Eltern. Beide haben Tränen in den Augen. Aber nach dem was passiert ist, haben wir das alle.

Es fühlt sich seltsam an, hier neben Brooke an dem Altar zu stehen. »Brooke?«, flüstere ich so leise, wie es mir nur möglich ist.

»Nate?« Ihr strahlendes Lächeln verrutscht nicht einmal.

»Ich weiß, mein Timing ist furchtbar.«

»Aber?«

»Aber du solltest gehen.«

Brooke blinzelt mich verwirrt an. »Was? Wohin?«

»Ans *Dartmouth College.*«

Nun ist es raus. Ich kann es nicht mehr zurücknehmen, und das ist gut so, denn noch einmal würde ich es nicht schaffen, diesen Satz zu sagen.

»Das entscheidest aber nicht du, Nate«, sagt Brooke bestimmt. »Und wenn ich mich für oder gegen das *Dartmouth College* entscheide, dann nur, weil ich es will.«

»Aber ...«

»Kein Aber, Nate. Vielleicht warten wir damit noch etwas, denn mehr Drama kann ich gerade nicht ertragen«, flüstert sie zurück – und zu meinem Unglück beginnt in genau diesem Moment die Violinistin mit ihrem Lied.

Alle Gäste erheben sich von ihren Plätzen. Die Braut schreitet am Arm von Carmen durch den Gang. Ein Lächeln liegt auf ihren Lippen. Sie hält den Strauß aus weißen Rosen wie eine allmächtige Waffe.

Neben mir springt Brooke auf. Sie nimmt Juliette den Strauß ab, als diese vor den kleinen Altar tritt. Die Pastorin nickt, die Musik verstummt, und wir setzen uns wieder.

»Wir haben uns heute hier versammelt, um ...«

»Vielleicht überspringen wir den Teil mit der ewigen Liebe«, unterbricht Juliette, was einige der Gäste zu einem leisen Lachen verleitet. Die Pastorin nickt, sucht nach einer geeigneten Stelle in ihrer Bibel, scheint jedoch keine zu finden. Sie klappt das Buch zu und hebt feierlich die Hände. Genau aus diesem Grund liebe ich Chicago. Hier ist absolut alles möglich.

»Wir haben uns heute hier versammelt, um dieser Frau unsere Ehre zu erweisen«, sagt sie schließlich – und in Anbetracht der Umstände empfinde ich das als ganz guten Mittelweg. »Wir alle sind Zeugen vor Gott und vor Juliette. Und hiermit frage ich dich, Juliette Campbell: Nimmst du dich selbst zur Braut?«

Juliette schluckt.

Für einen Augenblick glaube ich fast, dass sie ihre eigene Hochzeit doch nicht durchziehen wird, doch dann tritt Brooke vor und reicht ihr ihren Ring. Carmen steht auf der anderen Seite. Beide lächeln. Mit dem Ring in der Hand dreht sich Juliette zu ihren Gästen um.

»Ich gelobe feierlich, dass ich mich, Juliette Campbell, zur Frau nehme. Ich verspreche mir Treue in guten wie in schlechten Zeiten. In Gesundheit und Krankheit. Ich werde mich lieben, auf mich achten und diesen Ring tragen – als Symbol für all die Liebe, die ich verdiene und bereit bin zu geben. Mir und allen Menschen, die an meiner Seite stehen.«

Sie streift sich den Ring über den Finger – und ich kann mich nicht mehr zurückhalten. Ich springe auf und jubele ihr zu. So wie auch der Rest ihrer Gäste.

Wer braucht schon einen Tom, wenn man selbst seine eigene Königin ist?

33. Chicago

Brooke

Drei Monate später

In der Winterzeit verwandelt sich Chicago in ein buntes Spektakel an Lichtern, Märkten und Veranstaltungen, das jeder Fan der besinnlichen Jahreszeit einmal erlebt haben muss. Doch auf den eisigen Wind und den meterhohen Schnee hätte ich trotzdem gern verzichtet.

Mir war zwar bewusst, dass Schneefall im Dezember für Chicago nahezu garantiert ist, doch die ersten Flocken haben mich eiskalt erwischt. Zitternd stehe ich mit den inzwischen längst kalt gewordenen Bechern in der Hand an der Straßenecke und warte. Der Lincoln Park Zoo hat sich in ein glitzerndes Meer aus zwei Millionen Lichtern verwandelt, die in diesem Moment alle noch heller zu strahlen scheinen.

Oder strahlt vielleicht alles, weil ich selbst strahle?

Noch nie war ich mir so sicher, wie in diesem Moment, dass ich mich richtig entschieden habe. Diese Stadt hat mich in ihren Bann gezogen und wird mich nie wieder gehen lassen. Scheiß auf die *Ivy League*. Ich gehöre hierher.

Eine Schneeflocke landet auf meiner Nase, und ich wische sie eilig fort. Es war nicht einfach, mich gegen den Traum zu entscheiden, den ich solange gehabt hatte und der mich bis zu einem gewissen Grad auch definiert hatte. Über den ich mich definiert hatte.

Aber so ist das mit den Träumen. Manchmal müssen wir sie zerschlagen, um zu erkennen, was wir wirklich wollen. Was uns glücklich macht. Der Anblick von Chicago im Schnee macht mich glücklich. Grinsend verenge ich die Augen, denn ich sehe bereits etwas anderes, das zu diesem Glück gehört.

Nate kommt auf mich zu. Er lächelt, als er mich sieht. »Du hättest nicht auf mich warten müssen«, sagt er und haucht mir einen Kuss auf die Lippen, der mich mehr wärmt als jeder Kaffee dieser Welt.

»Du hast deinen Schlüssel vergessen«, meine ich tadelnd und ziehe seinen Bund aus der Tasche. »Du musst dich langsam daran gewöhnen, ihn mitzunehmen.«

»Was würde ich nur ohne dich tun?«, raunt er und zieht mich in seine Arme.

»Du wärst verloren.«

»Das wäre ich.«

»Wollen wir nach Hause gehen?«

Stolz hebe ich das Kinn. Zu Hause – meine kleine Wohnung in Chicago mit dem knallpinken Teppich und den Bildern von mir und meinen Freundinnen. Ich schüttle den Kopf, blicke in die warmen Augen vor mir und sage: »Nein, wir nehmen ein Taxi.«

Es dauert einen Moment, bis die Tragweite dieser Worte bei Nate angekommen ist. »Bist du sicher?«, will er wissen und schiebt mir eine Strähne hinters Ohr.

»Ja, Carmen und ich haben geübt.«

»Dann also ein Taxi«, raunt er, macht jedoch keine Anstalten sich zu bewegen.

Schneeflocken verfangen sich in seinem Haar wie schimmernde Kristalle. Er zieht mich in seine Arme. Einen Moment lang sehen wir uns nur an. Es gibt nur uns zwei – und die Tausenden Lichter um uns herum, die nur für uns strahlen.

Danksagung

Es fing alles mit einem harmlosen Gespräch an, einer kleinen Stichelei unter Freundinnen und einem Glas Gin. Durch Samantha Blake wurde die Idee #glitzerndesgeheimprojekt geboren – und zu diesem Zeitpunkt hatte ich keine Ahnung, wohin es mich noch führen würde. Also, danke, Sam, denn ohne dich hätte ich diesen Strip nie hingelegt!

Bücher schreiben sich nicht von allein, und auch die Ideen dahinter stammen nicht alle aus meinem Kopf. Vieles basiert auf echten Freundschaften, auf echten Menschen – und mehr als eine Szene auf Cosima Lang und July Winter, zwei Freundinnen, die mich immer wieder bestärkt, unterstützt und inspiriert haben ... und mich immer noch dafür auslachen, dass ausgerechnet *ich* bei der Brautkleidanprobe von July geheult habe wie ein kleines Mädchen. Ich liebe euch, Mädels!

Und wo wir bei der Liebe sind, darf meine Bloggerin des Herzens nicht fehlen. Christin (@christins_wunderkiste), du bist immer da, hörst dir alles an, was ich zu sagen habe, und wirfst dich für mich vor jede Glitzerkanone. Ich bin unendlich froh, dass du in meinem Leben bist.

Meine großartige Testleser-Gang: Saskia Stanner, Queen der fehlenden Kommas; Ava Blum, die jede Tanzszene unter die Lupe genommen hat; Vivien Varley, die gute Fee voller Energie; Jenna Liermann, die immer da ist, wenn auch still; Ella Vogt, die sogar ihre Serie für Nates Strip unterbrochen hat, und Ina Schneider, die in letzter Minute noch einmal eingesprungen ist, um mir Mut zu machen. Ohne euch wäre diese Geschichte nicht das, was sie heute ist.

Emily Bähr, meine Covergöttin, Vertraute und schärfste Kritikerin. Ich könnte jetzt etwas furchtbar Kitschiges sagen, doch dann müssten wir beide Rosenblätter erbrechen, und das wollen wir ja nicht. Du weißt, dass ich dich liebe.

Meinen beiden besten Freundinnen: Ju und Sandra – ich liebe euch. Danke, dass ihr es mit mir aushaltet.

Ein großes Danke gilt auch dem PiperDigital-Team – dafür, dass sie mir und dieser Geschichte eine Chance gegeben haben. Und natürlich meiner wundervollen Lektorin Julia Feldbaum. Das mit uns beiden wird langsam zur Gewohnheit ;)

Und zum Schluss möchte ich dir danken.

Ja, dir!

Danke, dass du dieses Buch gelesen hast. Danke, dass ich wegen dir meinen Traum leben und schreiben darf. Danke, dass du da bist.